集人文社科之思　刊专业学术之声

第十一辑

集刊序列号：PIJ-2018-302

集刊主页：www.jikan.com.cn/ 古代文学前沿与评论

集刊投约稿平台：www.iedol.cn

古代文學前沿與評論

第十一辑

中国社会科学院"登峰战略"古代文学优势学科　编

社会科学文献出版社

SOCIAL SCIENCES ACADEMIC PRESS (CHINA)

目 录

书籍阅读视野下的近世中国文学

在文本中发现与认识阅读史 …………………………………… 叶　晔 / 3

中国古代文房类知识的生成及其在通俗阅读世界中的传播…… 韦胤宗 / 28

三十年来明清女性阅读研究综述…………………………… 肖亚男 / 53

书籍史/阅读史对近世中国文学研究的新开拓 …………… 王润英 / 70

开山复觅路：重读潘光哲《晚清士人的西学阅读史（1833—

　　1898）》 ……………………………………………… 徐佳贵 / 85

寻常阅读中的历史侧影

　　——何予明《家园与天下：明代书文化与寻常阅读》读后

　　………………………………………………………… 王国军 / 102

深入日常的文献文化史

　　——徐雁平《清代的书籍流转与社会文化》读后 ………… 裴云龙 / 108

《文选》研究新视野

"文选学"集成研究暨数字化平台建设展望

　　……………………………… 刘志伟　马　婧　朱翠萍 / 123

二元对立的突破

　　——《文选》异文的理解进路 ………………………… 高　薇 / 146

近年日本的"文选学"研究 ………………… 〔日〕栗山雅央 / 171

考选学源流　授初学门径

　　——评徐华《历代选学文献综录》 ………………… 南江涛 / 183

Transcending Binary Oppositions：An Approach to Analyzing Textual

    Variants in the *Wenxuan*   *Gao Wei* / 146

Recent Research on "*Wenxuan* Studies" in Japan

            Kuriyama Masao（*Japan*）/ 171

Tracing the Genealogy，Guiding the Beginner：A Review of Xu Hua's

    Comprehensive Bibliography of Wenxuan Studies

    Through the Ages   *Nan Jiangtao* / 183

New Issues and Directions in *Wenxuan* Textual Studies：Summary of the

    Symposium "Academic Perspectives *for the Wenxuan*

    Studies in the New Era"   *Liu Ming* / 195

Ancient Chinese Music and Literature

The Evolution of Ritual-Musical Institutions and Their Functions in Early

    Western Han as Documented in the "Statutes on Salaries" 秩律 of the

    Statutes and Ordinances of the Second Year 二年律令——With a

    Discussion on the Ritual-Music Institutional Context of Emperor

    Wu's "Establishment of the *Yuefu*"   *Zeng Zhian* / 213

Mimic the Ancients'Thoughts and Get It from His Heart：Discussion on

    Li Dongyang's Nature Voice in his Imitation of Ancient Yuefu Poetry

        Wan Ziyan，*Zhang Shimin* / 233

A Critical Review of Early Chinese Buddhist Music-Dance，Geshi 歌诗，

    and Sanyue 散乐   *Sun Lingxi* / 254

Ming-Qing Archives and Literature

The History of Confucianism in the Qing Dynasty seen from Archives：

    A Critical Review of Qi Xuemin's *Literary-Historical Writing in Qing*

    Historiographical Archives   *An Dongqiang* / 283

Qing Palace's Archives and its Use   *Wang Che* / 293

Use of Archives and New Approaches of Qing Dynasty Literature Research

            Zhu Xilin / 313

From "Delimiting the Ming Era" to "The Authorship of 270 Years":

The Formation of Bibliographic Principles in the *Mingshi yiwenzhi*

明史·艺文志   *Wang Xuanbiao* / 333

Contribution Invited   / 346

书籍阅读视野下的近世中国文学 ◀

在文本中发现与认识阅读史

叶　晔

　　内容提要　记叙性史料，是无关特定学科的常规阅读史研究的基石。但"读"是文学的基本行为之一，文学的阅读史研究，应尝试去思考自己学科的独有方法。在文本中发现与认识阅读史，提倡最大限度地使用已公布的存世古籍及其影像，有助于我们将实物书的核心价值，从印刷史中的"造物"，适当地转移至我们与古人共同拥有的实体"读物"，并引为逼近古人"读写实践"现场、书写情境文学史的重要抓手。借助数字人文技术，实现对文本的群体性落位，收束作家的阅读时空，定位阅读者的书籍来源，形成对作家之文学知识、观念、思想的进一步认识，并将这些认识转化为作家的创作、批评思想，不失为我们审视中国文学"读写转换"、探问中国特色的阅读史风貌的有益求索。

　　关键词　实物书　作品群　阅读局限　读写实践　情境文学史

　　实物版本学，是当下古典文献学的前沿方向之一。这既得益于古籍保护界研究理念的持续更新，也归因于全球范围内的古籍数字化及其互联网分享。而在此领域中锐意进取的文献学家们，抱有一个重要的学术诉求，就是希望将"古典文献学"发展为一门有自主知识体系与理论建构的学科，而不止于为其他学科提供材料或技术的一种工具。如果说传统的目录版本学，其考镜源流的目的是更好地研究著述者其人其事、其文其思想，那么，"实物书"意识的强化，让古典文献学的研究重心在很大程度上下移至宋代以后，即中国历史上的印刷书时代。毕竟璀璨的中华文明之所以绵延数千年而发达至今，文字的物理性流传与遗存是最具决定性的要素。宋版书、明版书的文物属性固然重要，但如何跳出"古本""善本"等传统版本学的价值导向，发挥其更具普遍性甚至不可替代的新的时代价值，理应成为"新文献学"深度融入其他学科的一个探索方向。

本篇的重点，在于对明代文学的阅读史进行考察。与常规的阅读史研究通过史料去还原阅读场景、探究阅读问题不同，笔者主张在文本中发现与认识阅读史。不仅因为这更贴近文学研究的本位，还在于这是现阶段最大限度地调用已公布的实物书籍及其影像的一种研究路径，有助于我们深化对存世古籍及其数字影像的多维认识：它们既是善本文物、稀见文献，也是史料宝库、数字海洋，更是我们与古人共同拥有的实物阅读对象，是我们逼近古人"读写实践"现场、书写情境文学史的重要抓手。

一 "全视角"的关闭：当"阅读"进入"文学史"

在传统的文学史研究中，作为基于读者本位的文学接受的前置环节，阅读的话题只占很小的比重。既然作为其归宿的"接受"，在中国文学史中缺少足够的书写空间，那么，有关阅读的诸种面相，就更难被植入到文学史的章节之中。但这不是最关键的问题，在传统的接受史研究中，我们尤其重视后来作者对前人作品的继承与创新，这里所说的"前人作品"，意在文本著述（work），而非实物书籍（book），故"文学接受"逐渐发展为一种从文本到文本的对"机制""原理"的内在考察，这当然有效地回应了古典文学研究界对"文学本位"的一贯主张，但其较少关注具体的阅读情境及实物书籍的文本媒介属性等缺憾，也在一定程度上被放大。

不难想象，当"阅读"进入"文学史"，历史中的那位读者的重要性会不断增强。而我们作为了解历史进程的研究者，则被要求关闭全知视角，限制调用当事人无法掌握的知识资源，以避免陷入"以今度古"的误区。这个时候，自觉地站在历史读者的位置上，采用限知视角来观察古人的阅读行为，成为一种新的认知对齐方式。换句话说，在阅读史的世界中，具体某人的阅读行为很重要，再宏观的文学史家也必须服从于"情境文学史"的基本原则。

具象化的情境如何改变我们对文学史的认识，可以通过三个层次的"收束"来完成。第一个层次是"对话的收束"。自现代学术发生以来，古典文学研究因贯彻"创作""批评"基本二维，被分为中国文学史、中国文学批评史两个学科，而有关文学思想、观念的研究，因其自觉的理论高度、清晰的学术表达，在历史中的承袭、递变关系更容易被捕捉。在集部之外，如先秦礼学文献中的"缘情"表述与魏晋"诗缘情"说的关系、中古时期的"子部入集"观念等，都是文学批评史中的重要命题；在集部之内，中古诗学的批评术语对于近古词学、曲学批评体系的建构，亦起到正典示范的作用。这些案例所体现出的"以高行卑"的体位定势，不仅发生在文学创作的文体互参上，还出现在文学思想、观念在各著述部类之间的换位移用上。如果我们的文学史视角不限于当代眼光下的"世俗"与"新变"，那么，更广泛意义上的反映文学思想、观念之"不变"的沿袭，同样是一个相当稳定的文明延续的过程。但严格来说，这种观察方式主要立足于"思想的对话"，并不要求更细密的"文本的对话"。我们固然可以将很多作家的文学思想起点追溯至《文心雕龙》等早期经典，但并不意味着这些作家思想的阅读来源一定在此。事实上，限于各种主客观的因素，文本的接受有着各种复杂的模式，我们不能因为相近的思想，就在逻辑上确立"直接"的授受关系。光靠"言志""缘情""述事"等大传统，或宽泛意义上的"风骨""兴寄"等批评观念及"咏物""咏史"等论诗类型，就建立起作家之间的诗学关联，置于中古文学研究中，尚可因其批评材料的有限而予以包容，但面对异常丰富的明清"诗文评"文献，这种对文学思想之相似性的简单归类，更像是一种研究方法的惰性。一言以概之，当"阅读"进入了思想史，"思想的对话"就必须收束至"文本的对话"，因为阅读人的行为对象只能是书籍及其上的文本。

第二个层次是"来源的收束"。即使作家之间确立了稳定的"文本对话"关系，终究还是一种无关物质媒介的形而上的知识承袭。当"阅读"进入后，知识的来源将进一步被收束至书籍（work）的来源。通过"文本对话"之法，我们可以确认后世读者的某部分知识，确实源于某位前贤的经典文章，但到底基于对作家文集的系统阅读，还是读了选录此文的某部经典总集，需要我们作更精细的考察。限于客观的阅读条件，古人通过类书、类选等书籍来较便捷地获取各类日常甚至专业知识，是其学习人生中应对"阅读局限"的常见做法。严格地说，定位某种知识的历史起源，属于知识史研究的范畴，与具体阅读之人无关，换一位读者也是同样的答案；只有将某种知识定位至直接的书籍来源，才是阅读史的研究，不同的读者指向不同的答案。将知识来源和书籍来源区分开来，是我们进入更精细、深刻之议题的必经之路。

第三个层次是"书籍的收束"。即使完成了前两个层次的收束工作，所读的某部书得以确定，但当"阅读"进入的时候，我们还应再区分著述书籍（work）与实物书籍（book）之别。通过各种文学批评史料，可以知道某人读过《杜工部集》《李太白集》等，但他接触的《杜工部集》《李太白集》到底是哪一个版本，我们较少深究。其实，不同版本中的同一作品或"作品群"，其文本、序次存在一些差异是很普遍的现象，我们只有精确至阅读行为中的"那一部"实物书，才能解释因异文、异次而造成的在作家"读写转换"中的细小区分，及其对于那些在文学史书写范围内的重要作家、作品的发生学意义。总的来说，当"阅读"进入"文学史"之后，它可以在多个维度将我们的全知视角收束至限知视角，原本借助思想对话、知识来源、著述书籍等路径来展开文学史论证的方式，在文本对话、书籍来源、实物书籍等更具体的阅读情境面前，显得多有粗疏之处，由此引导我们的学术思考进入一个更精细的层面。

二 "造物"与"读物"：阅读史视域下的近世文学区隔

我们经常说"一代有一代之文学"，对古代文学研究来说，唐诗、宋词、元曲作为"一代文学之胜"固然重要，但作为文学生长的历史环境，唐、宋、元、明诸朝代的文明体性也很重要。说到文明体性，我们经常在第一时间提及东方文明与西方文明之别；而在中华文明的内部，亦有如"唐型文化"与"宋型文化"等，得到傅乐成、王水照等先生详细论证。那么，稍晚的宋代与明代，除了耳熟能详的"宋明理学"等共性外，还有没有各自独特的文明体性呢？如果用新历史主义的眼光来审视，20世纪学术视域中的明代文学体性，与21世纪学术视域中的明代文学体性，又有哪些不同呢？前者是研究对象所在时代的差别，后者是研究主体所在时代的差别，按理来说不难对各自的问题作出清晰的区分，但有一种"物"可以跨越时空，以不同的身份将研究对象与研究主体交缠在一起，那就是作为文物的实物古籍。

21世纪较之20世纪的最大变化，是信息时代的来临。在古代文学研究领域，海量的古籍影像和数字化的工具所引发的研究范式革命，是去世于20世纪的学者难以想象的。但在数字化、信息化的学术进程的内部，如果以 10 年为一个发展时段，大家是否还能捕捉住更狭小时段内的核心学术特质？如果不能，那所做学问就会和上一代学人同质化；如果可以，或许会做出预流的学问来。进入 21 世纪 20 年代，笔者目力所及的最大不同，无疑是人工智能大模型；而最务实的变化，则是古籍数字图像的全面开放。

研究者所在时代的学术优势，对不同学科的学者来说是平等的，能否将这种优势发扬光大，主要取决于学习新知识、新技术的意愿与勇气。但不同学科内部的自有优势，及研究对象所在历史时段的特有优势，却各有各的不同。作为一名明代文史研究者，思考明代社会文化较之宋代、元代、清代的异同之处，是应该承担的责任；而如何让某一时代的后起优势具备方法论上的典型意义，并为其他历史时段与领域的研究提供帮助，则是进一步"为明代赋能"的重要议题。

明代文学研究起步较晚，在过去的相当长时间内，其研究成果与唐代文学、宋代文学研究相比，有一定的差距。将唐宋文学的研究方法，应用到明清文学的研究之中，曾是推动这一时段"走出冷落"的普遍做法。那么，什么时候明清文学研究能反过来给更早的时代提供一些方法论的支持？或者说，能否在明清文学文献的基础上建构起某一套研究理论，而且是前代依靠有限的文献无法总结出来的？我们经常会拿"文献不足征"作为文学史早期问题难以证实的借口，但这个理由在文献浩繁的晚近时代就不太管用了。其实，有些在上古、中古时代因"文献不足征"而无法论证的学理问题，依靠明清足征的文献，实可以有新的推进，并反过来给"文献不足征"的时代一些新的启示。

其实，我们惯常说的"文献不足征"，主要指"史料"的不足。而本文要讨论的，则是真正意义上的作为"读物"的"文献"。从传统的印刷史或出版史的角度来说，雕版印刷成形于中晚唐五代，南宋是印刷书出版的第一个高峰。这种围绕"造物"（印刷书）展开的思考方式，面对宋代以前的文学世界根本无法切入，因为存世至今的中古抄物的数量极少。宋代以前的文献（work），从存世实物的角度来说，其最早版本（book）仍是宋代以后的。汉魏六朝唐人的诗集，除少数的敦煌残卷和日本古抄本外，绝大多数的实物形态都是宋刻本甚至元、明刻本。但自宋代开始，"文本"与"实物"的生成时间被逐渐拉近，这就意味着文本发生变异的各种可能性在变小。如南宋江湖诗人的诗歌，在他们生前就被临安书坊刊印成小集，而且现在还有不少被保存下来。在这种情况下，不仅对作品流传过程中文本如何变异的讨论得以深化，对作品进入公共流通领域之前的作家改易行为的讨论，也从情理推测演变为一种实证研究。

在此立场上，当我们引入"书籍文化"或"出版文化"的概念，实可对宋明之世有一个更复杂的理解，即从对"物"的认识，拓宽至对"物文化"的认识。大木康在《明末江南的出版文化》中，认为南宋是印刷术发明的时代，而晚明是印刷术使用的时代①。其表述或许略有夸张，但其要义值得琢磨。南宋的印刷业固然发达，但其全面推广的程度，与晚明相比还是远远不及。这种历经数百年积累所造成的差距，赋予明代的绝不只是"第二个高峰"的重要意义，还有"书籍文化"对地方、民间社会的广泛渗透。阅读的阶层不再只是士人群体，还有更广域的、处在古代中国社会底层的识字民众。由此引起的研究对象的转移和研究方法的变革，亦在意料之中。

"书籍文化"固然可视为一个明代开风气之先的文献学特征，是书籍史视域下对宋、明文学体性的一次区隔，但从"造物"的角度来说，也不过是印本时代的 2.0 版本而已。私以为，从"读物"的角度去思考此问题，可以为如何挖掘明代文学中的"方法潜能"带来一些新的认识。

现有的宋代阅读史研究成果，主要通过史料来呈现宋人的阅读特点。史料告诉我们宋人读了哪些书，告诉我们宋人的阅读形态是怎样的，只要相关的史料够多，大致的阅读情境就可以被搭建起来。其中，宋本实物主要起到辅助的作用。只能"实物为辅"的原因，一是存世宋本的数量（最新统计为 3500 余部）不足以支撑起对长达三百年的宋人阅读资源的整体呈现；二是很多存世的宋本古籍已经过后世的重新装帧，现有的包背装形态并非宋代常见的蝴蝶装原貌，在阅读行为及观感上亦缺少共性。

明本古籍的情况则大不同，保存至今明刻本、明抄本、明书画作品的数量，远超宋元的同类书物，至今尚难给出一个精确的数据。但全球范围内的各图书馆古籍部，已有足够多的实物书可以引导我们进入明人的阅读情境，体察具体的阅读细节。通俗地说，明人阅读记录中的某部书，我们较大概率可以在某家图书馆找到相应的实物版本。如果研究者想亲手摩挲其物理形态，可以去图书馆调阅并将之置于眼前；如果研究的目的在书籍的文本形态及其内容，那么，很有可能足不出户亦可在办公室电脑上慢慢

---

① 〔日〕大木康：《明末江南的出版文化》，周保雄译，复旦大学出版社，2014，第 2~3 页。

"细读"。无论哪一种情况，因完全相同的书籍形态和文本内容，我们有机会近距离地感受明人的阅读体验。这种阅读感上的共鸣，是宋前阅读史研究难以实现的。清版书的数量当然更多，但从对理论的建构来说，存世的明版书结合明代文本文献，已可以创建出一套研究方法，推动阅读史研究进入一个重视"读物"的新阶段。

三　作为物证的书籍："贾谊所见书"的启示与局限

有关明代的书籍、阅读文化，海外汉学研究可以给我们不少启示。如加拿大阿尔伯塔大学的戴联斌教授，他在牛津大学的博士学位论文是 *Books, Reading, and Knowledge in Ming China*（2012），虽然尚未出版，但他有一本书《从书籍史到阅读史：阅读史研究理论与方法》，在汉语学界的阅读史领域中颇有影响。另何谷理（Robert E. Hegel）《明清插图本小说阅读》（*Reading Illustrated Fiction in Late Imperial China*）、何予明（Yuming He）《家园与天下：明代书文化与寻常阅读》（*Home and the World：Editing the "Glorious Ming" in Woodblock-Printed Books of the Sixteenth and Seventeenth Centuries*）、戴思哲（Joseph R. Dennis）《中华帝国方志的书写、出版与阅读》（*Writing, Publishing, and Reading Local Gazetteers in Imperial China, 1100–1700*）等，无论是英文书名，还是作者自译的中文书名，都在有意识地呼应"阅读"二字。当然，这些学者中除了何谷理立足于文学本位外，其他人都带有较强烈的历史本位立场。如何站在能够解决某些文学创作和批评问题的角度去认识古人的"阅读"行为，是中国学者可以继续推进的一个领域。

2022 年，南京大学出版社推出了十卷本《中国古代文献文化史》。其中赵益教授的《中国古代文献：历史、社会与文化》是具有导论性质的一本，其第一章"传统与特质"，最早发表于《文史哲》2020 年第 1 期，文章题为《论中国古典文献传统的历史独特性——基于中西比较视野的思考》。作者在全面学习了西方阅读史研究成果的基础之上，以宏阔的学术视野，自觉地提出了中国历史上的书籍阅读文化有别于西方世界的三个特征——连续性，稳定性，精英性。所谓"连续性"和"稳定性"不难理解，首先，中国的文字已有三千多年的历史，而且从未中断过，此即连续性；其次，虽然因为口头或抄本传播而造成的文本的不稳定性客观存在，但总的来说，反映中华文明的汉语文献拥有传承有序的特点，并保持了整体的原貌。而所谓"精英性"，相对来说被关注得还不多。精英性更显一种中西比较的视野，因为西方中世纪的抄本书籍带有很强的宗教属性，古腾堡革命后的印刷书籍又有浓郁的世俗色彩，而在古代中国，虽然小说、戏曲等俗文学类型在元明清时期也很发达，但如果真要从数量上考虑古典文献的特性，那么即使到了清代，处在主流位置的仍是士人的、雅文学的文献。另外，从可操作性的角度来说，在中国古代的阅读世界中，精英的阅读行为更易被记载，精英阅读过的书籍也更易被保存，更重要的是，这两类材料存在被"实物"关联的某种可能性，这是在大众阅读和通俗书籍流通的研究中很难实现的一面。

我们从刘跃进先生的一篇文章说起。这篇文章发表在 2008 年第 4 期的《南京师大学报（社会科学版）》上，题为《贾谊所见书蠡测》。这篇文章讨论了西汉贾谊到底读过哪些书的问题，作者分为四个维度予以考察。首先，从"贾谊的学术渊源"中进行归纳，这在某种程度上对应了前文提到的"思想的对话"，当贾谊的著述中表现出对《申子》《韩子》《左传》思想的明确继承时，就可作出定位；其次，作者采用了据典溯源的方法，诗文用典在某种程度上可视为"文本的对话"，通过"贾谊的文章用典"，推断《老子》《庄子》《楚辞》亦为其常读书籍；再次，梳理出"贾谊笔下的经典"，如贾谊《新书》多次提到《国语》《左传》等，本质上是视贾谊文章为史料，只要史料提到某书，就视为作者已阅。总的来说，这三条路径都不算稀奇，换作另一位研究对象亦可落实。但这篇文章提到的第四点，是贾谊颇有别于其他两汉作家之处。作者引用了马王堆帛书竹简中的材料，包括《驻军图》《长沙国南部图》《刑德》等，用来证明贾谊的知识体系中，除了前面提到的《左传》《楚辞》及诸子百家外，还有各种军事、地理、刑法知识。在这个案例中，时间和空间的双重契合是很重要的一环，而这种巧合无法具有证据上的普遍意义，这也是阅读史在早期中国研究中难以展开的根本原因。据考古发现可知，马王堆二号墓墓主是长沙相利苍，三号墓墓主是利苍的儿子利豨，三号墓封于公元前 168 年，这一年正好贾谊去世。既然贾谊在此前做过长沙王太傅（前 176-前 173），那么，与长沙相利苍同为辅佐长沙王的重要官员，二人的关系应当很近。又据考古医学鉴定，三号墓主遗骸"年龄三十多岁"，其年龄与贾谊正相当。综合各方材料，作者推断贾谊有可能看过利氏家族的藏书。这当然只是一种推测，未必完全成立，但更映衬出实物书在唐以前研究中的可遇不可求。以时空交集中的实物文献为中介，作者将贾谊的思想与马王堆帛书内容关联起来，论证其作为贾谊后期知识结构的重要组成部分，可谓精彩。

但对先秦两汉研究来说，此案例是不可复制的。因为从阅读史而非知识史的角度来说，若要论证某人读过某书，我们必须证明"人"与"物"在时间和空间的层面存在双重的交集，否则各种变量将严重干扰论证的整个过程。这也反映了上古、中古阅读史研究中的一种无可奈何的境遇，即由于实物书不存，很多话题无法深入讨论下去。最典型的就是中古诗人对前代诗歌的接受，到底是通过阅读诗人别集，还是通过阅读选本和类书？学界对此一直有不同的意见，一部分人认为对中古贵族阶层来说，获取写本诗集并非难事，作家的诗学知识结构是通过阅读大量完整的诗集而形成的；另一些人则认为"阅读局限"应引起重视，中古诗歌在后世的存录及其载体情况，可以局部地反映其在中古时期的流通情况，几种重要的总集与类书如《文选》《玉台新咏》《初学记》《艺文类聚》等，在形塑作家的诗学知识结构与整体阅读经验上，可能发挥了比诗人别集更重要的作用。不管哪一种情况更接近历史的真实，至少我们应该认识到，传统的阅读史研究方法在处理中古文献时有各种使不上力的遗憾。而这些"文献不足征"的历史空白或缝隙，我们通过对宋元明清阅读史的研究，可以在一定程度上予以有效的回应。

四　作为证据的文本间性：文学阅读史研究的第三个维度

阅读史的研究，尤其重视建立读者与文本及其物质媒介之间的关系。较之传统的文学接受史研究，其最大的不同在于文学的物质性在阅读行为中的作用，这是相关论证中无法跳过的一环，也让"阅读过程"变得更真实与鲜活。故实物的书和活态的人，在古代文学的阅读史研究中尤为关键。

一旦我们将研究的目标限定在"物的书"和"活的人"，那么，能够为我们所用的阅读史材料，就可以分为三种类型。

第一种是作为证据的历史记录。如日记、书信、书志等文献。其中有的是作者的读书自述，因文本的私人性、日常性较强，包含了大量宝贵的阅读史材料。如徐雁平的《清代的书籍流转与社会文化》（南京大学出版社，2021）一书，通过对黄金台、管庭芬二人日记的考察，探微清后期江南普通文人的读书生活；蒋建国的《晚清士人的西书阅读与意义之网——

以日记史料为中心》（《中国社会科学》2022 年第 5 期），通过对大量晚清日记的梳理，探讨晚清士人如何借阅读西学书籍来更新"知识仓库"，从而在"主体"的层面完成审视自我与社会的思想革命。还有的因作者的学问家或藏书家身份，其著述中保留了较自觉的藏书、读书记录，如明人杨士奇的"藏书题跋"二卷、俞宪《盛明百家诗》中的三百余则小集叙录、王世贞的《读书后》八卷等。以上的阅读史材料皆出自明清近代，对这一种文献类型来说，只要我们关注重点仍在史料所述之内容，而不涉及文献之形态，那么，其史料所见实物书籍的早晚，就不构成阅读上的因果关系。无论宋版还是明版的《老学庵笔记》，并不影响我们对陆游之阅读世界的认识。总的来说，这一研究路径和思维方式，是阅读史研究中的"常规做法"。

第二种是作为证据的正副文本。如序跋、评点等文献。"副文本"概念的成立，本就指环绕与穿插在正文本周边的辅助性文本因素，它无法脱离正文本而独立存在。而所谓的"正文本"，固然可以熟记于胸，未必与副文本见于同一物质载体，如六经的传疏在早期就独立行世；我们做各种古典文学的资料汇编，涉及批评资料时，也只录实质性的批评文本，不录被批评的作品本文，这样的处理之法虽抹杀了批评的具体情境，但在现代学术规范中，被视为拒绝注水的高质量古籍整理的一种表现。但对大多数的非经典阅读行为来说，正、副文本见于同一部实物书籍才是最常见的情况，我们不能忽视由此而来的普遍阅读经验。实物书所呈现的文献形态及其中正、副文本的位置，在某种程度上，可视为出版者对预期读者之阅读行为的一种引导，是一种提前预演的"阅读痕迹"。

以评点为例，具体的评语作为文学批评资料固然重要，但那属于文学接受的研究范畴，而评语的各种文本形态如眉批、夹批、尾批、朱批、墨批、圈点、划线等，可以更细腻地反映读者的阅读行为和心理，这才是阅读史研究的重点。在这方面，陆胤《传统"圈点"与近代新媒介——兼论明治日本出版物的接引作用》（《中国古典学》第四卷，北京大学出版社，2023）、龚宗杰《符号与声音：明代的文章圈点法和阅读法》（《文艺研究》2021 年第 12 期）、韦胤宗《浩荡游丝：何焯与清代的批校文化》（中华书局，2021）等人已有出色的研究成果。其实在当代生活中，青年人之所以将古人的评点比喻为互联网视频分享中的弹幕行为，不仅在于弹幕所提供的阅读体验和随众期待，更在于有些弹幕并非整体性的评论，其不同的文本形态指向了对文艺作品的结构性分析，只有将副文本置于正文本的某一位置上（就如弹幕出现在视频的某一时间点上），方可达成批评效果的最大化。而这一空间放置的过程，必须借助"物"的媒介性方能实现。

再如书序文这一副文本类型，主要有"他人著述卷首形态"和"撰者文集卷内形态"两种常见模式，二者的异文情况且置不论，至少其不同的书籍位置所调动的读者期待是不同的。见于撰者文集卷内的书序，和其他的文学批评文本并无差异，严格来说，它只有批评史的价值，而缺少阅读史的探索空间；但见于他人著述卷首的书序，因在同一时空内与著述本身构成了正、副文本的关系，至少存在展开阅读史研究的某种可能。当然，较之评点文献对结构性阅读的助力，序跋文献指向的主要是整体性阅读，这多少有悖于"物的书"和"活的人"，而与文学接受研究相近，故在阅读史的研究路径上不如评点研究更能别开生面。

第三种是作为证据的文本间性。这是本文讨论的重点所在。即通过对文本文字及其形态的全面校勘，确立前、后作品群之间的特殊序次或异文关系，将阅读的书籍从著述（work）收束至实物（book）。在这里，"实物版本学"和"结构性校勘"的理念尤为重要。最近发表的曾祥波《论"文本系统"》（《北京大学学报》2024 年第 3 期）一文，强调重视"以篇章层级文本内容差异为标准"的"文本系统"，以区别于"偏重载体物质形态"的"版本系统"。其实，如果我们以"阅读"为纽带，那么，"实物"与"文本"在书籍的精细化研究中缺一不可，二者之关系不止于概念层次上的并列关系、操作层次上的递进关系，更是文学发生中互为因果的循环关系。

首先，研究者需要对古籍原刻、翻刻、初印、后印等概念有清晰的认识，借力郭立暄《中国古籍原刻翻刻与初印后印研究》（中西书局，2015）、李开升《明嘉靖刻本研究》（中西书局，2019）等文献学前沿成果，将存世古籍的基本单元从刻本细化至印本。这是必须落实的一步，否则无法应对后面出现的书籍流通中的时空限度问题。如《牡丹亭》中的集句诗创作，以前我们将这些集句文本与唐人的别集文本进行校勘，如果有异文，就解释为戏曲家创作能动性的一种表现，根据戏曲的故事情境化用唐诗、点铁成金，正是伟大作家的高明之处。但从实物阅读的角度来说，有些特殊的异文在明代的某部唐诗选本中早已出现，甚至有的异文出现在经过挖补的某个后印本中，而这部选本正是汤显祖时代的流行书，那么，我们就不得不考虑汤显祖唐诗书架的另一种构成情况了①。

其次，"特定异文"固然是建立两个版本间联系的重要抓手，但严格来说，大多数异文的特殊性，不足以作为确立版本源流关系的唯一证据。这个时候，提高相类异文的数量是常用的确证之法，除此之外，通过结构性校勘指出两个版本在作品序次上的某种一致性，也是确立版本关系的重要路径之一。"读写转换"编、创出来的作品，当然不能视为目录学意义上的新版本，但书籍阅读在后续编纂、创作阶段的"结构性留痕"，在一定程度上亦可视为原书某一局部的版本变异形态。

对作品序次的结构性校勘，我们以曹学佺的《石仓宋诗选》为例。这是一个绝佳的案例，可以让我们认识宋诗文献在明代后期的流通情况。《石仓十二代诗选》中的《宋诗选》共107卷，是明代体量最大的宋诗总集，成书于崇祯年间。当时的情况是，在古诗、唐诗文献方面，如《古诗纪》《唐音统签》这样的全录式总集已经问世，而大型的宋诗总集尚未出现。一方面，我们可以通过史料管窥曹学佺的书籍来源，如其《石仓宋诗选序》云：

> 三山徐、谢二家，收藏颇夥，亦不轻借人。兴公，予老友，幼年喜购小本书，黍积铢累，为日既久，兹且倒箧以俾予用，顾予而喜曰："子诗选成，始知予前者之积累为不虚矣。"在杭为水衡时，斥俸以抄秘阁所藏，益不欲彰之外。曩任粤西总宪，嘱其掌记以架上书，惟余所欲观毋吝，今诸郎尚遵若考之训如一日也。予年家子林懋礼，顷亦好积书，有所得，每以告，余亦往往资乎其所不逮。于是合此三家之书，而选宋元之集，每代各百十数家，而卷亦称是。②

这段文字是研究曹学佺宋诗来源的最真实、直接的历史记录。我们甚至可以继续深掘，将其从《石仓宋诗选序》的整体层面，细化至个案的层面。如其中的谢肇淛藏书，《五杂俎》有云："余尝获观中秘之藏，其不及外人藏书家远甚，但有宋集五十余种，皆宋刻本，精工完美，而日月不及，

---

① 叶晔：《〈牡丹亭〉集句与汤显祖的唐诗阅读——基于文本文献的阅读史研究》，《文学评论》2019年第4期。
② 《四库提要著录丛书》编纂委员会编《四库提要著录丛书》集部第155册，北京出版社，2011，第532~533页。

日就湮腐……内府秘阁所藏书甚寥寥，然宋人诸集，十九皆宋板也。书皆倒折，四周外向，故虽遭虫鼠啮而中未损……吾乡叶进卿先生当国时，余为曹郎，获借钞得一二种，但苦无佣书之资，又在长安之日浅，不能尽窥东观之藏。"① 由此我们可知，谢肇淛曾通过叶向高的门路去抄过一些内府藏书。叶向高在《小草斋集序》中亦有回应："余在纶扉，公方郎水部，日从余借秘书抄录，录竟即读，读竟复借，不浃岁而几尽吾木天之储，昔人所谓'书淫'，公殆似之。"② 两则材料可为互证。甚至我们还可以将谢肇淛的抄书、藏书行为具体至某一部宋集。如他抄过《小畜集》，"去岁入长安，从相国叶进卿先生借得内府宋本，疾读数过，甚快，因钞而藏之。"③ 还抄过《竹友集》，"幼槃诗文不传于世，此本从内府借出，时方冱寒。京师佣书甚贵，需铨旅邸，资用不赡，乃自为抄写。每清霜呵冻，十指如槌，几二十日始克竣，帙藏之于家。"④ 他的朋友也有类似的记载，如徐𤊹《重录武夷新集跋》云："海内藏书家俱鲜传。万历庚戌，谢在杭官工部郎，始抄之秘府。"⑤ 孟育《蔡忠惠公文集序》云："在杭为水部时，意秘府中有之，因潜随福唐相公入阁翻阅，但检得其书目而无其书，仅抄《刘后村集》三十册以归。"⑥ 综上可见，包括杨亿《武夷新集》、王禹偁《小畜集》、谢薖《竹友集》、刘克庄《刘后村集》在内的诸多宋集，都是谢肇淛从内府抄出来的，曹学佺的一部分宋集来源实可追溯至此。

但这种直捣黄龙式的史料终究是有限的。配合早期宋集的结构性校勘之法，在反映16世纪书籍流通的《石仓十二代诗选》的研究中，有很大的用武之地。如黄庭坚的诗集，主要分为两个系统，一是《豫章先生文集》系统，分为内集、外集与别集，其存世的早期版本，至少有南宋乾道刻本、明弘治叶天爵刻嘉靖六年（1527）乔迁重修本等，分别见《四部丛刊初编》《四库提要著录丛书》。另一是《山谷黄先生诗注》系统，作为宋诗中的经

---

① （明）谢肇淛：《五杂俎》卷一三，上海书店出版社，2001，第264、266页。
② （明）叶向高：《苍霞余草》卷六，《四库禁毁书丛刊》集部第125册，北京出版社，1998，第464~465页。
③ （明）谢肇淛：《钞宋本小畜集跋》，祝尚书主编《宋集序跋汇编》卷一，中华书局，2010，第28页。
④ （明）谢肇淛：《竹友集跋》，转引自祝尚书《宋集别集序录》卷十五，中华书局，1999，第708页。
⑤ （明）徐𤊹：《重录武夷新集跋》，祝尚书主编《宋集序跋汇编》卷二，第76页。
⑥ （明）孟育：《宋端明殿学士蔡忠惠公文集》别纪补遗《序》，四川大学古籍所编《宋集珍本丛刊》第8册，线装书局，2004，第264页。

典，山谷诗在南宋初年已有注本，最早的任渊《山谷内集诗注》，在绍兴年间就有 20 卷刻本；后来的史容《外集诗注》、史季温《别集诗注》，至少在明弘治九年（1496）已有三家合刻本问世。根据《石仓宋诗选》所收黄庭坚诗歌的序次，很容易作出判断，曹学佺的书籍来源在文集本系统，而非诗注本系统。考虑到文集本是分体序次，而诗注本是编年序次，对包括曹学佺在内的明代读者来说，分体与编年所形成的对黄庭坚诗歌的认识是略有不同的：基于分体作品的阅读经验，指向的是专注于文体实践的诗人形象；而基于编年作品的阅读经验，指向的是文学创作从早年至晚年的诗人形象。此外，曹学佺编录的所有黄诗，皆出自《内集》《别集》而无《外集》，李彤所补《豫章先生外集》14 卷，大部分是黄庭坚生前不满意的早年作品，但李彤认为"其称不用者，后学安敢弃遗"，违背作者意愿将之编成《外集》，于此可见曹学佺对李彤所补山谷"少作"的明确态度。由此观之，我们通过结构性校勘，不仅可以定位明人阅读的实物书来源，还可以探究作家在对前人文学作品进行取舍、编删的过程中所表露出的文学立场及主张。考虑到史料能覆盖的宋集数量终归有限，那么，案例数量更多的结构性校勘的工作成果，有助于我们更全面、更立体地把握曹学佺的宋诗阅读行为，及由此形成的文学认识。

严嵩《钤山堂集》卷首的十数篇序，正反映了"正—副文本"（第二种证据）与"前—后文本"（第三种证据）两种形式在有限时空内的叠合。在这个案例中，"集"和"序"构成了一组"正—副文本"，"序"和"序"构成了多组"前—后文本"。《钤山堂集》较之更早的作家文集的最大不同，在于印刷书自正德年间始，进入了一个当代文集可以在作家生前不断增刻（非小集单刻）的时代①。这需要经济成本、印刷产能、作者声望、读者需求等多方面的支持。在此之前的时代，"正—副文本"关系占据了文集序的主导地位，即使存在"一书多序"的"前—后文本"关系，序作者之间也无法双向对话，其实是一种脱离书籍的文本间性。但当前序者有机会读到增刻本上的后序，并触发一定的读者反应，且成为一种普遍的阅读现象的时候，那么，后序者在撰写的过程中，就不得不将前序者纳入预期读者的范围，由此便构成了更加复杂的文本间性，即多序之间的文本对话、文本竞赛及文学观念上的"袭"和"避"。对此案例的研究，虽未必强调实物书

---

① 叶晔：《副文本的秩序：〈钤山堂集序〉的写作策略》，《文艺理论研究》2024 年第 5 期。

的阅读体验，却需要建立在实物书的思维方式的基础之上，才能开掘出更丰富的阅读史意义。而且严格来说，在文本中发现与认识阅读史，本应由文本主导，而不是由史料主导，十数篇《钤山堂集序》中没有任何阅读的史料，阅读的所有元素都是由文本提供的。这种论证方式当然也存在风险，就看研究者如何去把握了。

回到文学作品的结构性呈现问题，这涉及对"作品群"的阅读。我们可以将"作品群"视为一种文本组合形态，而这种形态会影响读者的阅读心理与观感。较之于传统的建立在内容性阅读基础之上的自觉受容行为，建立在结构性阅读基础之上的潜意识读者反应，同样是阅读经验的主要组成部分，包括基于历代文集体例的文体等级观，及因不同的作品序次关系而形成的文学史观、文学排名观等。这些潜在的观念，除了少数见于自觉的文学理论著述外，大多数表现为结构性阅读所得的个体经验。它不只是一个阅读史的问题，还涉及对隐性文学批评思想的梳理。

任何"作品群"都有共性，只要有共性，就存在某种类型化的特点。不同的著述类型如别集、总集、类书、韵书等，可以将读者导向不同的阅读收益。如笔者认为汤显祖的唐诗阅读，源自几种较重要的唐诗选本与丛刻，但也有的学者认为汤显祖认真读过数十甚至上百种唐诗别集；也可以有更消极的理解方式，认为汤显祖的唐诗阅读源于韵书，集句诗创作本就依赖于韵脚，通过韵书确实可以更快地调用各种唐诗资源。虽然我不认同这一说法，但逻辑上是可以成立的。以上别集（分家）、总集（全录）、韵书（分韵），显然属于不同的阅读方式，各自的分类特征自然会造成不同的阅读收益。如笔者对古代女性词史的考察，特别强调女性词之历史认识的形成。现在因为有《女性词史》等当代研究成果，我们可以便捷地梳理出一条女性词的发展脉络，但这不是先天出现在读者面前的，在古人缺少自觉的文学史表达方式之前，根据女词人的时代先后将她们的作品用某种著述形式编织在一起，并得以在较大范围内流通，有其阶段性的意义。通过这样的视角，在李清照、朱淑真等经典女词人之外的边缘世界中，如《古今女词选》等难登大雅之堂的商业读物，亦可在中国女性词史中焕发出较重要的价值①。

以上对汤显祖、曹学佺、严嵩等作家个案的阅读史研究，大多聚焦于

---

① 叶晔：《女性词的早期阅读及其历史认识的形成》，《文学遗产》2022年第1期。

"人"的读书来源和阅读行为，而类似《古今女词选》这样的专书研究，我们很难将其"被阅读的过程"落实到某位具体作家身上，虽在明清时代亦"文献不足征"。这个时候，作为一名古代文学研究者，有必要考虑文学阅读的独特性问题。较之历史向度的实物书籍及阅读行为，知识与观念是文学研究中更内在向度的关键词，在某种程度上，我们可以将书籍史、阅读史的终点，引向为文学的知识史、观念史服务。

"读写实践"是当下文学史研究的一个热点，尤聚焦于"读"与"写"的行为串联。传统的文学接受史研究，主要用"作品"将作者与读者串联起来，这是一次可以超越时空的、没有终点的旅程；与之相比，"读者"在阅读行为之后如何转化为"作者"，其所用时间是可以计量的，短则数日月，长则若干年。以往我们疏于细究"读写转换"的过程，究其原因，一来涉及阅读积累的作家早期的文学资料相对留存较少，二来文学素材与作品原创犹如硬币的两面，不易把握。但从文学的立场来说，我们所有的对阅读来源与阅读行为的梳理工作，都是在为真正去触及文学创作的核心环节——"读写转换"作准备。阅读对象和方式固然重要，但终究是一种实证研究，只有在此基础之上讨论知识构成、阅读观念、思维习惯等对作家之文学创作、批评行为所产生的影响，才是一种更内在向度的文学研究。这方面的尝试固有难度，但由于涉及知识积累、文学构思等创作的"前行为"，以前大多借现当代文学的丰富史料得以精细呈现，在中国古代文学研究中有些力不从心，现在借助于书籍史、阅读史的视角，至少可以在明清文学研究中开辟一些试验田。

五　"读"的收束：书籍流通的时空限度及其读者反应

将古人的阅读对象从著述书（work）收束至实物书（book），是基于文本文献的阅读史研究的必经之路。在此"微观"视角下，除了著述书的文本差异、序次差异等内部特点外，实物书在流通时间、空间上的诸多局限，也是需要深虑的问题。

书籍流通的时间限度，即使在互联网时代，也是客观存在的。如果某部新书在京东、当当等图书网站已经售罄，那就不得不求助于孔夫子旧书网；如果买家觉得孔网的旧书溢价太多，那就只能去附近的公共图书馆借阅。而这种便利的形成并不久远，中国的网络旧书市场的发展不过 20 年，现代意义上的公共图书馆的建立也不过百余年。在晚清之前，如何去寻找一部已非新刊的图书，对读书人来说是颇费思量的一件事。笔者之前考察汤显祖的唐诗阅读，选了明代最典型的十种唐诗选本，最后从阅读概率的角度得出结论，汤显祖主要仰赖《万首唐人绝句》《唐诗鼓吹》《唐诗品汇》《唐百家诗》四种唐诗书籍，他应该没有利用王安石的《唐百家诗选》和方回的《瀛奎律髓》。但这只是数据对比、文本校异后的概率结果，概率的大小未必同于历史的事实，只有再去梳理《唐百家诗选》《瀛奎律髓》的出版史，发现前者在南宋乾道五年（1169）刻本后，即清康熙四十三年（1704）刻本；后者在明成化三年（1467）刻本后，即清康熙四十九年（1710）刻本。这个时间距离进一步佐证了我的判断，即汤显祖并非不信任这两部书，而是当时有可能无法获得这两部书。

　　书籍流通的空间限度，可能要比时间限度更复杂些。即使现在，如果我们没有C2C模式的孔夫子旧书网，一些不走市场化发行渠道的地方文献，很难在京东、当当等B2C模式的网上书店找到，甚至未见于本地以外的公共图书馆。移诸古代，这种局限只会被放大。大一统时代的书籍流通，是否一定就形成了全国性的市场，恐怕到了明代后期也难以断言。阅读行为地点与书籍刊印地点之间的空间距离，在古代的书籍流通中，是比时间距离更难逾越的一道鸿沟。同样是汤显祖的唐诗阅读，据笔者统计，在其所用的279句唐诗中，有12句在十种唐诗选本中只见于《文苑英华》，而且《文苑英华》有明隆庆元年（1567）刻本，距离汤显祖的阅读时代很近，具有一定的说服力。但考虑到《文苑英华》体量过大，其流通、借阅颇为不易，据此就判为汤显祖的参考文献，仍有一定的风险。后来，笔者在临川人帅机的《阳秋馆集》中读到《客送〈文苑英华〉喜赋》一诗。当时帅机在贵州思南知府任上收到远客捎来的书籍，中有"李唐后且繁，路远遂莫致。僻陋何由购，遐思发梦寐。客从故乡来，惠我帙盈笥"诸句①，可见此书来自江西临川。《阳秋馆集》卷首有汤显祖序，各卷端题署"同邑汤显祖义人甫选"等，考虑到汤、帅二人的密友关系（社交距离），而且江西临川与隆庆本《文苑英华》的刊印地福建不远（地理距离），两方面的因素都提高了汤显祖阅读《文苑英华》的可能性。

―――――――――――――――――

①　（明）帅机：《阳秋馆集》卷一八《客送〈文苑英华〉喜赋》，载沈乃文主编《明别集丛刊》第三辑第18册，黄山书社，2016，第647页。

再如明人康海（1475-1540）的文集《对山集》，最早版本为嘉靖二十四年（1545）刻本，由好友张治道编辑，西安知府吴孟祺刊刻，在相当长的时间内只在陕西省内流通。后来江南的王世懋（1536-1588）刚上任陕西提学副使，就欲找康海文集一睹为快，"余至关中，首索先生集读之"①，就因为他在家乡太仓久闻康海文名，却一直无缘系统地拜读其文。后来，他计划将《对山集》重编刻印（由其继任潘允哲在万历十年完成），也是希望有更多的读者能读到这部文集，从撰序者朱孟震"于今数十年，而始得从关中读其集"的感慨来看②，这次刊印确实满足了当时读者市场的迫切需求。比王世懋早近30年的无锡人俞宪（1508-1572），在编《盛明百家诗》的过程中，需要四处寻访当代诗家的别集。虽然吴中地区发达的出版业，使他可以较便捷地获取那些在江南刊印的外省文人别集，但更多数量的外省别集，既非商业出版物，又存在流通上的地理阻隔，如果不是作者寄赠，俞宪就只能通过朋友关系四处问询，甚至到作家的籍贯地或别集的刊印地去实地访求。这个时候，个人的亲力亲为终究是有限的，众人的群策群力才是访求书籍的高效之道。有鉴于此，他不仅自己在任官外地时积极采购、互赠有无，还鼓动曾经的官场旧僚寄赠其在籍贯地及新的任官地区收集到的书籍，至于各类同乡、亲友在外地的协助采访，更不在话下。这种通过多维度的社交网络遍寻各地文献的访书经历，成为我们考察嘉、隆间明集流通之地理空间特点的绝佳样本③。另外，由于俞宪具有读者和编者的双重身份，随着《盛明百家诗》的声名益广，其即刊型选集的图书特点，也吸引了不少外地诗人主动投递其诗集希求刊刻，"士多传说称诵，至有携椠墨固求印刷者"④，从这个角度来说，俞宪在一定程度上已具备了如黄省曾（李梦阳、何景明在生前皆委托他刊刻文集）一样的刻书声誉，成为引导作者主动性、触发书籍跨地区流通的一股新的力量。

事实上，文学作品在作者生前的结集流通，已是一种较理想的情况，

---

① （明）王世懋：《对山先生集叙》，载《康对山先生集》卷首，《续修四库全书》第1335册，上海古籍出版社，2002，第68页。

② （明）朱孟震：《刊对山康先生全集叙》，载《康对山先生集》卷首，《续修四库全书》第1335册，第66页。

③ 参见叶晔《〈盛明百家诗〉与明别集的早期佚本及形态》，《传统文化研究》（创刊号）2023年第1期。

④ 参见王兆云等《皇明词林人物考》卷八《俞汝成》引俞宪自序，《四库全书存目丛书》史部第112册，齐鲁书社，1996，第99页。

这需要建立在整个社会具有较发达的印本出版能力的基础之上。在商业出版颇为成熟的明代中后期，一方面，唐顺之、罗洪先等作家，感慨身为作者无法掌控自己作品的"文本权威"，对坊间出版其文集发出了明确的反对声音，足见出版者在文本流通的环节已有了一定的独立性；另一方面，仍有相当多的读者感慨找不到某位作家的文集。而在尚未编集之前，某些特定的作品又受限于文体功能，缺少较广泛的传播渠道。诗歌可以借单纸、册页的传抄而流通，书信可以从收信人处高价访求，这些进入社交场域的作品，早已超出了作者的控制范围，但像行状、墓志铭等碑传作品，或埋于地下，或藏诸丧家，原作者（及其后人）对它们的控制力依然强劲，读者很难通过传统的文献收集法来获得。如李开先感念康海、王九思的知遇之恩，"久欲作传报之"，但在收集素材的过程中，"屡次致书其家，索其志状不可得"，他很明白此类文献唯有求助传主家属一条途径，而这中间存在各种信息被阻断的可能。最后他只能"急了心愿，乃以平日所闻并其文集及关中士夫集有可采者，强成篇章"①，至少康、王等关中作家群的文集，对山东地区的李开先来说是相对易得的一类文献。而李开先的这座书架，又与生于江南的王世懋在早年无法获观《对山集》，形成了另一组由于不同地理距离所造成的阅读落差。

以上对时空的收束，本质上是对以往某种认知方式的改造。这种认知方式带有较鲜明的学者立场与当代立场，默认历史中的阅读过程是在文学真空的状态下发生的。如果我们继续追问对"全视角"的关闭是否彻底，那么，对身处历史现场的古人来说，还有一些未必能感受到的阅读限度，因被视为理所当然之事，而像日常呼吸一样缺少省思。积极地借、抄、购、藏整部书籍，固为读书人的日常之事，但这并不代表古人阅读行为的全部，他们不会觉得读某人诗只有读其结集一种方式。无论唐宋还是明清，对某一时代的当代文学传播来说，对散篇作品的阅读仍是相当重要且普遍的行为。

散篇作品的保存情况，明显不如成卷、成册的书籍那么理想。中古文学中流动性较强的散篇形态，基本上见于存世的敦煌、日本写卷中；石刻上的文本固然也反映结集前的形态，但其物理媒介的不可移动性制造出另

---

① （明）李开先：《李中麓闲居集》卷一〇《对山康修撰传》，载（明）李开先撰，卜键笺校《李开先全集》，上海古籍出版社，2014，第920~921页。

一种阅读局限。移诸宋代以后的印本世界，书札、自书诗文、唱和诗卷、书画题跋等，是宋以前极为罕见而此后渐多的几种实物类型，也是明清阅读史中较独特的一个研究板块。

俞宪在编《盛明百家诗》的过程中，需要处理大量的当代诗歌。他能征用的既有已固化为刻本或抄本形态、文本渐趋完整稳定的小集，也有不少以散篇形态在社会中缓慢流通、作品组合方式相对随意的"诗数首"，甚至更原始形态、尚在私人空间中流通的"往复诗札"。这些"往复诗札"虽非严格意义上的赠答诗，却因其希求指教的目的，带有一定的社交色彩，其文本形态要早于诗歌的结集形态。如《盛明百家诗》所见《吴霁寰集》，就是俞宪根据吴维岳来信附录的作品汇集而成的："初令江阴，即好诗篇，与予酬赠颇多。及任比部、使江西、官山东，屡有同游之雅。篇翰往复益夥，兹但掇其所有刻之，余所不及见者不与焉。"① 吴维岳的文集《天目山斋岁编》刊刻于嘉靖四十三年（1564），比《吴霁寰集》的刊印还晚一年。俞宪将手头的散篇作品汇刻成一部小集，既没有得到吴维岳的授权，也未必反映当时吴氏创作的整体成就和最上乘面貌，但这种变通却是在特定的历史阶段中书籍出版的真实情况。而这些诗歌的文本内容，因流传于外而不受控于作者权威，与后来经作者改易并编入《天目山斋岁编》的文本多有不同，成为我们认识诗人早期创作面貌的重要样本。事实上，"往复诗札"能在作家自编集之前以商业性质的小集流通，已是明代才有的待遇，绝大多数的"往复诗札"，作为物理性的纸页，其"单件"（书物）的阅读范围相当有限，但经过不断传抄、复制后化身千百"单篇"（文本），却是当时诗歌流通在别集之外的重要样态。那些关系密切的文友，经常在诗歌刚创作完成、未进入公共流通之前，先以私人"诗札"的形式建立起较高频次的文学交流。从这个角度来说，即使没有实物书信存世，如果我们在古人的论诗书中读到有关某篇作品的批评文字，再到书信双方的文集中去定位这篇作品，那么，在一定程度上是可以还原大致的阅读情境的。

时空限度下另一个重要的读者反应，是如何在有限的阅读条件下，更高效、更灵活地使用写作素材。"读写转换"问题是文学研究有别于其他学

---

① （明）俞宪：《盛明百家诗》之《〈吴霁寰集〉小序》，《四库全书存目丛书》集部第 306 册，齐鲁书社，1997，第 336 页。

科的关键所在，从文学原理的角度来说，这是一个有关文学接受与再阐释的命题；但从情境文学史的角度来说，作者的能动性亦可分为阐释文本与处理材料两种情况。这里所说的"处理"，主要指在"阅读局限"中活用文献之法。

还是举李开先为康海、王九思等人撰传一事。李开先的《对山康修撰传》《渼陂王检讨传》等，在中国古代的传记系统中一般被称为"文传"或"传体文"，这类传记有别于由亲友撰写的行状、应丧家而作的墓志铭，多为作家有感而发、为时而著，具有较强的文学性，故多被主流文学史关注。当然，因为没有得到丧家的授意，作者在材料的收集上颇多难处。这一阅读局限，让李开先在撰写过程中有明晰的史料层级感，包括对理想层级与现实层级错位的有效应对。

在李开先的理想层级中，处于第一层级的史料是志状，它们较之其他的传记类型具备材料的原始性，较之其他的早期素材具备行实的完整性，具有无可替代的优势。但是，行状文、墓志文在被编入撰者文集并刊印之前，属于非公开流通的文本，需要向传主家人或朋友索求，外地文人不易寻得。由此，处于第二层级的传主文集，与处于第三层级的传主周边文集，就因上一层级的"阅读局限"，而得到依次递补的机会。尤其第三个层级，从史料的角度来说，其意义固在强化传主所在文学网络的立体感；但从书籍流通的角度来说，这是嘉靖朝作家胜过前人的阅读优势之一，即为某人撰传，不仅应把他的志状、文集置于案头（在唐宋亦非难事），还有必要将其周边人士的文集汇总起来参考，这是在唐宋时代较难做到的事情。因为具备这种阅读条件有一个前提，即反映生平创作全貌的文集，在作家晚年或离世后的较短时间内刊印，并较快地实现了跨地域、群体性的流通。① 而这种阅读的便利，也在一定程度上扩大了传记写作的权利范围，即传记写作再也不是官修史家（可以调用皇家图书馆的档案资源）和传主亲友（可以获得丧家提供的第一手文献）的特权，只要书籍流通的强度足以消弭时空距离，那么，作家就有机会打破因亲疏关系而造成的传记写作权利的不平等。我们会发现，书籍流通与知识传播的时空破壁，最终打破的正是借作者时空而成立的书写权威，这才是文学的真正力量。

---

① 参见叶晔《"今文苑"与"小说言"：论李开先的群像叙事》，《华东师范大学学报（哲学社会科学版）》2021 年第 4 期。

六　数字人文技术下"阅读局限"的解决之道

以上这些"阅读局限"，固然对阅读史中的实证研究造成了诸多困扰，但在数字人文日渐成熟的时代，我们完全可以借助数字化工具，提高阅读史研究的精细度。如前文提到的阅读行为时间与书籍刊印时间的距离问题，传统的手工调查相当烦琐，我们实可根据《中国古籍总目》等大型目录书，制作一个提供古籍实物书之抄印时间的简易数据库。使用者输入一个年份，系统就可以按照时间的远近，依次呈现与此年份接近的抄印书籍。至于阅读行为地点与书籍刊印地点的空间距离，相对来说更复杂一些。我们可以根据《南宋刻书地域考》（《张秀民印刷史论文集》，印刷工业出版社，1998）、《全明分省分县刻书考》（线装书局，2001）等研究成果，结合GIS，制作一个提供古籍实物书之抄印地点的简易数据库。使用者输入一部书的名称，就可以呈现其历代版次、印次的空间分布情况，让研究者自己判断某位历史人物在其行迹的范围内读到此书的概率大小。这些对数字人文来说，都是很简单的技术，倒是我们现在对古籍版本的区分，仍主要停留在刻本的层面，而阅读史的研究诉求，需要我们将书籍的刊印精确至印本的层面。有时候一部书的最近版次在30年前，但其最近印次却可能近在眼前，这就需要学界对具体某书之刻印情况有更精细的研究。

另一个可以仰赖于数字人文的领域，是对"作品群"之阅读来源的锁定。一般来说，除非出现特殊的异文，否则对单篇作品的阅读来源是很难锁定的；但当多篇作品的多组异文或特殊的作品序次关系指向同一部书籍时，对阅读来源的定位就有较大把握。如在对汤显祖的唐诗阅读来源的考证中，固然如《万首唐人绝句》可以有141首作品与《牡丹亭》中的集句诗相对应，远远领先于其他唐诗选本，甚至其中有85句只见于《万首唐人绝句》，符合"唯一选本"原则。但文章最后推断《万首唐人绝句》《唐诗鼓吹》《唐诗品汇》《唐百家诗》为"必读书籍"，《文苑英华》《唐诗三体家法》《唐音》《唐诗纪事》为"可能书籍"，《唐百家诗选》《瀛奎律髓》等为"低概率书籍"，终究是集句文本与多种选本、丛刻对勘后的概率推演结果，只代表在阅读优化原则（用最少的可见文献，覆盖最多的集句文本）下的某种可能。随着人工智能大模型技术的升级，这种追求结果最优化的概率推演，其精确度会越来越高。明代流行的唐诗选本不过十余种，对汤显祖 279 句集唐诗的梳理尚可用手工完成，如果是清中后期的阅读史研究，涉及更丰富的当代集部文献，必将超出传统手工作业的强度。那么，学习一定的编程能力以更好地处理数据，或许将成为更年轻一代学人的必要技能。

即使我们不考虑古籍的数据化处理，只停留在较简易的影像化层面，越晚近的研究时段，其阅读史涉及普本古籍的情况就越普遍。宋元本古籍是现在学界影印出版的重点所在，至少将它们的全本书影在网上公布。从这个角度来说，宋元阅读史的研究虽没有充沛的史料优势，却有便捷的获取优势，因为它们的研究资料都是善本，易于便览；但明代后期至清代的古籍实物，作为明清阅读史研究的核心材料，却没有那么容易获取。古籍整理事业有一个惯性思维，即优先影印古本、善本、全本，一部清版的唐宋八大家的文集，从作家研究的角度来讲可能并不重要，但对明清人的普通阅读而言，对桐城派文人的阅读经验来说，却至关重要。我们需要有一个认识，在阅读史的视域中，所有实物书籍都是平等的，应该被相同地对待与分享。由此观之，普通古籍的无差别影像化与互联网公布，既是文献学发展的大势，也是作为重要受益方的阅读史研究的一个重要机遇。

七　16 世纪的文学书籍"日新"与阅读"日新"

这里所说的"日新"，不是指书籍内容的"日新"，而是指书籍观念、阅读经验等的"日新"。以上之所以选择了严嵩、李开先、俞宪、曹学佺、汤显祖五位作家，不仅因为他们是明代文学史、文化史中的常客，还因为他们的生活经历正好覆盖了整个 16 世纪。这是一个文学复古的时代（对书籍的需求），也是一个印本 2.0 的时代（对书籍的复制），更是中国古典文学的文本凝定时代（对古典的形塑）。就文人书籍观、阅读观的变革而言，是包含万千又承上启下的重要百年。

站在 16 世纪开端的严嵩（1480-1567），面对正德以后出版业的复苏，因其文坛声望和政治影响力，率先遇到了作家生前增刻文集的问题。《钤山堂集》增刻引起的"一书多序"现象，让《钤山堂集序》需要回应的读者期待，在常规的书作者、序作者、普通读者三方之外，出现了代表其他序作者之阅读反应的第四方心理。新的序作者因顾虑以往未有的第四方心理而在写作方式上的调整，成为我们观察 16 世纪前期出版新特征下的阅读心理及其动向的绝佳窗口。

在严嵩后面的李开先（1502－1568），是明中叶士大夫中最热情的俗文学支持者之一。一方面，书籍出版业的繁荣，为他大规模地抄写、购买戏曲旧本提供了良好的条件，存世的《元刊杂剧三十种》就来自李开先旧藏；另一方面，他同样面临书籍流通的各种限度，一位闲居的山东文人在收集陕西复古作家之著述时所遇到的困难，不仅是人物行迹（天各一方）与书籍流通（缺少全国性市场）的阻隔，还有信息渠道的阻塞（致书其家，音信全无）与封闭（退居林下，难闻朝堂事）等。

身居明代商业出版中心地区的俞宪（1508－1572），为我们留下了第一部大型明诗总集。《盛明百家诗》薄古厚今的出版态度、即刊型选集的出版模式，对于保留嘉靖朝诗人的早期创作样貌及其作品形态，作出了很大的贡献。而他覆盖全国范围的访书行为及其自觉记录，也有助于我们了解明中期不同地区的书籍流通及阅读情况。

较之俞宪对本朝诗歌的浓郁兴趣，16世纪最伟大的戏曲家汤显祖（1550－1616）对唐诗情有独情。他采用集唐诗句的方式，为自己的传奇作品注入了深厚的唐诗底蕴。《牡丹亭》的问世正在《唐音统签》编成的前夜，很好地向我们展示了一位优秀的文学家，是如何在有限的书籍条件下阅读前代经典并完成"读写转换"的。

留下超过千卷《石仓十二代诗选》并为明王朝殉国的曹学佺（1574－1646），无疑是明代之诗歌阅读文化的最佳总结者之一。他所在的崇祯时期的出版业发达程度，又较万历时期上了一个量级。书中的《石仓宋诗选》部分，我们可以视为明人在已有"全录式总集"观念的情况下，首次尝试对宋诗进行大规模的编录。这对在明代文学复古思潮中处于蛰伏姿态、文集流通相对滞塞的宋诗来说，无疑是一桩大功业。甚至在某种程度上，这种蛰伏与滞塞，让某些抄本宋集保留了更原始的文本样态。与之相比，《石仓明诗选》就属于当代诗歌的选本，曹学佺多依据已经定型的诗文集刻本，从中选出满意的作品编录而成。从大型明诗总集的角度来说，《盛明百家诗》已珠玉在前，《石仓明诗选》在体量上固然更进一步，但其更本质的书籍史差异，或在于《盛明百家诗》中的异文多源于俞宪所藏的作者手稿，及反映作者早期创作面貌的初印本、小集本；而《石仓明诗选》中的异文，多为曹学佺对其所藏明集刻本中的作者定本进行改易的结果。二者不同的背后，反映的是嘉靖年间、万历以后不同的当代诗歌阅读习惯，即嘉靖出版业对当代诗集的反应尚不够迅速，以至于相当数量的嘉靖诗人作品仍以抄本形式流通，而这一问题在万历以后得到了较好的改善与解决。后来发生在《列朝诗集》《明诗综》中的文本改易现象，在性质上更接近《石仓明诗选》的情况。

笔者曾在一篇文章中提出，16 世纪是古典文学文本凝定的时代。① 而"文本凝定"的读者出口，就是"作品群"阅读。有一组作品呈现在读者面前，是"读写转换"前的重要准备。它提醒我们，可以适当地从对文本的研究，回归至对行动者的研究，这个行动者应是一个更加具象的人。这样可以将"创作"提前半步至"读写转换"的环节，把阅读史的研究成果与文学史（其主体就是创作史）的研究成果衔接起来，让"作家研究"这一传统板块变得更加立体与丰富。只要作家的存世作品够多，这些作品就必然与外部的书籍世界发生文本的关联，从而在一定程度上避免文学阅读史的研究因受限于史料留存的偶然性，造成研究对象（阅读史中的典型）与经典作家（文学史中的典型）的错位遗憾。从这个角度来说，只有从文本中发现与认识阅读史，"阅读"才有机会成为作家研究的常规方法之一。

另外，对"作品群"的研究，也应有别于单篇作品的创作、批评研究。"作品群"的阅读，在本质上是一种超越文本阅读的情境阅读。这个情境不一定是外在的政治情境、社会情境，也包括向内的著述体例的功能情境、文本组合的结构情境等。"阅读"是一件很细腻的事，如果不收束至精细的阅读空间，阅读史的很多想法也不过失之草草而已。我们只有通过作品的群体性落位，收束作家的阅读空间，定位阅读者的书籍来源，然后形成对作家之文学知识、观念、思想的进一步认识，并将这些认识转化为作家的创作、批评思想，所谓的阅读史研究才能形成基于中国文学史、文献史特点的风貌与气派，开辟出更广阔的学术增长点来。

[作者单位：北京大学中国古文献研究中心、北京大学中国语言文学系]

---

① 叶晔：《明代：古典文学的文本凝定及其意义》，《中国社会科学》2020 年第 2 期。

中国古代文房类知识的生成
及其在通俗阅读世界中的传播

韦胤宗

内容提要 从明代中晚期开始，各种民间通俗读物大量出现于书籍市场，形成了一个书籍出版的小高潮。在这些书籍的文字描述以及各类插图和其他图像材料中，皆充斥着书籍、画卷、文房清供等形象，或者描绘理想书斋的场景。这些文房类知识及其图像呈现，显示了明清社会有关书籍与文房用具的知识与图像在大众阅读世界中极为流行。这些文房类知识并非大众生活的直接写照，而有一个逐渐生成并向整个社会传播的过程。南宋末年陈元靓编纂的日用类书《事林广记》中即有"文房类"，元明之日用类书不断补充，同时又有画谱、通俗读物的插图等，刊印书物之图像，至晚明时期在通俗图文世界中形成蔚为大观的文房知识。明清时期的日用类书、图谱、小说戏曲等通俗书籍，收集文人学者关于文房清供的描述与形象，将其简化、改写、整合、分类，并刊印出版，使得原先专属于文人的知识可以进入一般城市平民家中。

关键词 大众阅读 文房清供 日用类书 画谱 通俗读物

文房类知识，一般指的是与文人学者读书、治学、写作、书画等活动所涉及的器物、建筑等相关各类知识。笼统而言，在中国古代，最重要的文房器物除了笔、墨、纸、砚、书册、卷轴之外，往往还有彰显文人雅趣的古鼎、古琴、棋具、香具、茶具、瓶花、佛手、香橼等文房清供，同时还应包括容纳这些器物并能够提供一个特定空间的书斋、敞厅等场所以及各种必备家具。关于这些器物与建筑的各种书面描摹与图像呈现，皆可看作广义上的文房类知识。依常理推断，文房类知识既然直接关乎读书治学与文艺活动，自然是与文人、学者、士大夫等精英群体密切相关。从目前的图文资料来看，明代中期以前，描绘通俗世界的文字对文房类知识确实着墨很少，通俗世界的图像似亦较少呈现文房清供与书斋场景。然而，晚明以降，这种文人的书斋场域及其构成要素却大量出现于一般大众的阅读世界之中：通俗小说、各类戏曲中经常出现对于笔墨纸砚、文人书斋、文房清供的细致描写，日用类书中辟有专门的"文房门"或相关目类，高端与低端通俗版刻画谱中皆有文房器物的精美图样，各类通俗读物的插图、世俗绘画（vernacular painting）、家具和一般器物的装饰画中也满是文房清供、书册卷轴、读书绘画的场景，就连最为低俗的情色小说、秘戏图中也多以书物作为背景。

比如，晚明小说《金瓶梅》的主人公西门庆是一个贪财好色的药材商人，虽然精明，却不通文墨，然而西门庆家中却有书房，且规模不小。《金瓶梅》多次提到西门庆宅中花园旁有三间卷棚，名曰翡翠轩，其后有一明两暗三间书房，小说第三十四回对此有较为详细的描述：

> 进入仪门，转过大厅，由鹿顶钻山进去，就是花园角门。抹过木香棚，两边松墙，松墙里面三间小卷棚，名唤翡翠轩，乃西门庆夏月纳凉之所。前后帘栊掩映，四面花竹阴森，周围摆设珍禽异兽、瑶草琪花，各极其盛。里面一明两暗书房，有画童儿小厮在那里扫地，说："应二爹和韩大叔来了！"二人掀开帘子进入明间内，只见书童在书房里，看见应二爹和韩大叔，便道："请坐，俺爹刚才进后边去了。"一面使画童儿请去。伯爵见上下放着六把云南玛瑙漆减金钉藤丝甸矮矮东坡椅儿，两边挂四轴天青衢花绫裱白绫边名人的山水，一边一张螳螂蜻蜓脚、一封书大理石心壁画的帮卓儿，桌儿上安放古铜炉、流金仙鹤，正面悬着"翡翠轩"三字。左右粉笺吊屏上写着一联："风静槐阴清院宇，日长香篆散帘栊。"伯爵于是正面椅上坐了，韩道国拉过一张椅子打横。画童后边请西门庆去了，良久。伯爵走到里边书房内，里面地平上安着一张大理石黑漆缕金凉床，挂着青纱帐幔。两边彩漆描金书厨，盛的都是送礼的书帕、尺头，几席文具、书籍堆满。绿纱窗下，安放一只黑漆琴桌，独独放着一张螺钿交椅。书箧内都是往来

书柬、拜帖并送中秋礼物帐簿。①

关于此书房中的陈设，扬之水以之与文震亨《长物志》、屠隆《考槃余事》等书中的记述相对比，指出："若把当日文人的意见作为书房之雅的标准，则西门庆的书房便处处应了其标准中的俗。"② 也就是说，它是文人反面教材的典型。但是小说这段文字之中提到的藤椅、琴桌、书画、楹联、香炉、书橱、文具、书籍并书童、画童等，都是明清图文中常见的与文房类知识有关的形象。

这些文房类知识在图文世界中的流传，似乎也影响到了一般市民的日常实践。比如至迟到中晚明时期，书房似乎确实成了一般城市家庭的固定设置，特别是在非文人之外的商人、皂吏等人群之中甚为风行。此事引起了其时士人的不快，明范濂《云间据目抄》云："尤可怪者，如皂快偶得居止，即整一小憩，以木板装铺，庭蓄盆鱼杂卉，内列细棹拂尘，号称书房，竟不知皂快所读何书也。"③ 在范濂眼中，非士人的"书房"并非为读书而设，而是一种附庸风雅的陈设。那么，一般市民如何获得这些庞杂而繁复的文房器物的知识？这些文房器物、读书治学的文字描绘与图像呈现如何生成，又是在怎样的背景下、以怎样的方式流传到通俗世界中？这是本文将要讨论的问题。

一　文房类知识的文本生成与传播

无论是文字书写还是图像呈现，关于读书治学以及与之相关器物的描绘皆至隋唐以后方渐趋多见，文房类知识的形成当大致在此一时期。宋人将读书视为可以疗饥愈疾、适兴寄意的至乐之事，其诗文、绘画中有很多对藏书与读书生活的描绘。对于浸润在诗书礼乐中的士人而言，藏书、读书自然是庄严而优雅的活动，无论贫富，他们皆会为这一活动营建一个可与之相配的庄严而优雅的活动场域，此一场域原本因书而出现，但因其包含着士人对某些理想生活的幻想，故而会因时代之变而不断纳入新的元素，

---

① （明）兰陵笑笑生：《金瓶梅词话》，香港：太平书局，1992，第 871~873 页。
② 扬之水：《物色：金瓶梅读"物"记》，中华书局，2018，第 210 页。
③ （明）范濂：《云间据目抄》卷二，《笔记小说大观》第 13 册，江苏广陵古籍刻印社，1983，第 111 页。

在某一时空切面之下，读书活动之场域便成了士人精神世界的展示空间。此一士人与书物发生关系的活动场域，在宋以后大多处于书斋（或称书房、书室）之中。

若称读书之所即为书斋，则书斋的历史或者与书同源；但具有独立精神内涵、作为"空间意象"的书斋，则在唐以后才逐渐兴盛。唐宋人诗文、绘画中对于书斋多有描绘；① 同时，唐人陆羽《茶经》、张又新《煎茶水记》、吴协《古鼎记》、宋人蔡襄《茶录》、洪刍《香谱》、苏易简《文房四谱》、唐询《砚录》、米芾《砚史》、晁贯之《墨经》等，始论文房清供与文人生活雅趣；南宋末赵希鹄撰《洞天清禄集》总其成，以专著综论文房清供之藏鉴，呈现宋代士人之文化风尚，之后，明人曹昭《格古要论》、张应文《清秘藏》、宋诩《竹屿山房杂部》、高濂《遵生八笺》、屠隆《考槃余事》、文震亨《长物志》等，皆踵武赵《集》，又递有增益，文人的书斋文化自此蔚为大观。

唐宋诗文绘画与清玩类书籍，皆以尚雅为要。《洞天清禄集》之自序以张彦远《闲居受用》开篇，鄙其书"傍及醯醢脯羞之属，噫？是乃大老姥总督米盐细务者之为"，而赵希鹄理想中的文人生活："吾辈自有乐地，悦目初不在色，盈耳初不在声。尝见前辈诸老先生多蓄法书、名画、古琴、旧研，良以是也。明窗净几，罗列布置，篆香居中，佳客玉立相映，时取古人妙迹以观，鸟篆蜗书，奇峰远水，摩娑钟鼎，亲见商周。端研涌岩泉，焦桐鸣玉佩，不知身居人世。所谓受用清福，孰有逾此者乎？"② 以"清雅""古意"为尚，而以日常俗事为鄙。明人文震亨《长物志》等书，处处有关于"雅""俗"之评骘，尚雅排俗至于焦虑，可见雅致乃文人理想之基本追求，因此，雅致本应也是书斋的核心要素之一。

文房清供之赏鉴存藏，本为士人术艺之余，又是专家之学，隋唐之后，方渐趋增多，宋代步入兴盛，此从古代书目中略可窥见一二。文房清供之书，多在子部谱录之类，而谱录之设立，最早为南宋尤袤之《遂初堂

---

① 扬之水：《书房》，《古诗文名物新证》，紫禁城出版社，2004，第388~417页；张蕴爽：《试论宋代书斋空间的精神性建构》，《形象史学研究（2011）》，人民出版社，2012，第98~110页；张蕴爽：《论宋人的"书斋意趣"和宋诗的书斋意象》，《文学遗产》2011年第5期，第65~73页。

② 赵希鹄：《洞天清禄集序》，《洞天清禄集》，《丛书集成初编》据《读画斋丛书》本排印本，第1页。

书目》，① 传世百余种元代之前的谱录中，宋代谱录约占九成以上，足见其盛。文房器物，如笔墨纸砚等类，本来随着书写产生，渊源较古，然而此类器具本为实用，初无所谓赏鉴之需；日久品类增多，遂生优劣之分、雅俗之别，关于其存藏鉴赏之知识，各代文人亦不断积累，至唐宋士人文化发展较盛之时方有好事者裒集成书。宋元文人又将古鼎、瓶花、屏风、盆景乃至于琴棋、品茶、焚香之艺皆归入其中，文房清供遂蔚为大观，逐渐脱离实用而成为文人赏玩之物。传世文房清供之书，如苏易简《文房四谱》、米芾《砚史》、赵希鹄《洞天清禄集》等，虽文有简繁，然皆罗列颇多，考辨详明，又有明确的崇古尚雅之审美追求；至若南宋林洪《文房图赞》、元罗先登《续文房图赞》等，图咏并载，② 题赞雅致，将赏玩之趣发挥备至。中晚明之时，更有大量插图本文房清供之谱录编刊出版，其中若万历十六年（1588）方于鲁所编之《方氏墨谱》（图1）、约万历三十三年（1605）程大约所编之套印本《程氏墨苑》（图2）等，绘图、刊刻皆极为细腻、精致。《程氏墨苑》系著名画家丁云鹏绘图，徽州版刻名族黄氏家族的名工黄鏻、黄应泰等镌刻，其谱录册子本身也已经成为赏玩的对象。如此精美的图册，价格自然不菲，其所设定的读者和购求者应主要是精英群体以及部分富有商人。

　　其实，从唐宋至明代，文房类谱录皆为各方专家编撰而成，其读者群体皆是文人、学者，反映的是文化精英的高雅意趣。最早尝试将此类知识向更广大、更下层的读者群体传播的，是南宋末年建宁府崇安县人陈元靓。③ 陈元靓所编《事林广记》是目前所知最早的具有普适性的日用百科全书，本书宋本已经不存，现有三个元本：其一为北京故宫博物院藏元至顺间建安椿庄书院本，题名为《新编纂图增类群书类要事林广记》；④ 其二为日本内阁文库所藏元至顺年间西园精舍刊本，书名页题名《纂图增新类聚事林广记》；其三为北京大学图书馆和日本宫内厅书陵部所藏的元后至元六

① 参见《四库全书总目》卷一一五《子部·谱录类小序》，中华书局，1965，第981页。

② 按，现存《文房图赞》与《续文房图赞》之最早插图皆来自明代中晚期沈津所编之《欣赏编》。沈津是否根据二书原图编刻，不得而知。但根据二书书名，原有插图应无疑问。

③ 关于陈元靓之相关情况，见胡道静《前言》，（宋）陈元靓编《事林广记》，中华书局，1963。

④ 上海中华书局1963年曾据以影印出版，后中国香港、日本等地又据此影印本再行影印出版。

图1　明方于鲁编《方氏墨谱》，明万历十六年方氏美荫堂刊本，
日本内阁文库藏。

图2　明程大约编《程氏墨苑》，万历时期滋兰堂刊彩色套印本，
日本国立国会图书馆藏。

年郑氏积诚堂刻本，题名《纂图增新群书类要事林广记》。① 另外，日本元禄十二年（1699）曾翻刻了元泰定二年（1325）刻本《事林广记》，有学者亦将其作元本看待。② 除此之外，中国北京、南京、台北以及日本等地又有十几种《事林广记》明代刻本、抄本。各本之间虽称翻刻，然而不断增广删改，胡道静称其"内容都有出入，无一完全相同"③。日用类书并非述道见志之书，而是以切于实用为目的，对于知识，传播大于创新，因此重刊翻刻之时，多有增删调整乃是常理。酒井忠夫、吴惠芳等学者通过比较多种宋元明日用类书之递刊翻刻，指出由宋至明日用类书不断增加面向非精英阶层内容，不断通俗化，其读者群体也逐渐扩大。④

以文房器物而言，日用类书自编纂之日起就比一般的谱录要通俗化。《事林广记》中有《文房类》，西园精舍本与椿庄书院本文字一致，其《文房类》皆下设评砚、洗砚、评笔、收笔、洗笔、评墨、取烟、合胶、搜烟、印色、蜡斗、法糊、书灯、书窗、收书、收画，共十六个条目，其中取烟、合胶、搜烟、印色、蜡斗、法糊六条首题"李庭珪《造墨正法》"，言明取材所自，其他诸条并未说明出处，但大致皆抄录或丛撮前人文字而成。比如"评笔"一条强半取自唐人段公路《北户录》之"鸡毛笔"条，《事林广记》本条作：

> 番禺诸郡多以青羊毛为笔，或用鸡鸭毛，或以雉毛，五色可爱。又有丰狐毛、虎扑毛、鼠须、羊毛、麝毛、狸毛、羊须、胎发等。然皆未若兔毫。亦须取崇山绝仞中之兔，八九月收之，若中秋无月，则兔不孕，则毫少。

> 笔贵夫笔须锋齐劲健，今世笔皆锋长，少损已秃，不中用矣。宣州诸葛高、常州许顿造鼠须、散卓、长心笔绝佳。⑤

---

① 北京中华书局 1999 年曾据以影印出版，《中华再造善本》所收即为此本。

② 陈广恩：《和刻本〈事林广记〉札记二则》，《元史及民族与边疆研究集刊》（第 35 辑），上海古籍出版社，2018，第 310 页。

③ 胡道静：《前言》，陈元靓编《事林广记》，第 3b 页。

④ 酒井忠夫：「明代の日用類書と庶民教育」，林有春编「近世中国教育史研究：その文教政策と庶民教育」，国土社，1958，第 62~74 页；吴惠芳：《明清以来民间生活知识的构建与传递》，台北：学生书局，2007。

⑤ （宋）陈元靓：《事林广记》，日本内阁文库所藏元至顺年间西园精舍刊本，《后集》卷九，叶 15a。

《北户录》卷二"鸡毛笔"一条作：

> 番禺诸郡如陇右，多以青羊毫为笔。韶州择鸡毛为笔，其三覆锋亦有圆如锥，方如凿，可抄写细字者。昔溪源有鸭毛笔，以山鸡毛、崔雉毛间之，五色可爱。征其事，得非入江淹梦中者乎？且笔有丰狐之毫、虎仆之毛、蚼蛤鼠毛、鼠须、殺瓠羊毛、麝毛、狸毛、鹿毛、马毛、羊须、胎发、龙筋为之，然未若兔毫。其宣城岁贡青毫六两、紫毫三两、次毫六两，劲健无以过也。今岭中亦有兔，但才大于鼠，比北中者其毫软弱，不充笔用。是知王羲之叹江东下湿，兔毫不及中山。又炀帝取沧州兔养于扬州海陵县，至今劲快，不堪全用，盖兔食竹叶故耳。然次有鹿毛笔，晋张华尝用之，不下兔毫。按《博物志》云："笔，蒙恬所制。"世有短书，名为《董仲舒答牛亨问》，曰："蒙恬作秦笔，[柘木为] 管，鹿毛为柱，羊毛为被，所谓苍毫，非兔毫 [竹管笔] 也。"夫有笔之理，与书同生，具《尚书中候》云"龟负图，周公援笔写之"，其来尚矣。①

两相对比可见《事林广记》前半部分乃是撮述《北户录》前半部分文本，然对其进行了删改、简化。《北户录》本条首云番禺诸郡多以青羊毫为笔，然后称韶州有可写细字的鸡毛笔，溪源有鸭毛笔，杂以鸡、雉之毛，因此五色可爱；《事林广记》称"番禺诸郡多以青羊毛为笔，或用鸡鸭毛，或以雉毛，五色可爱"，将前者的地理信息、笔毫细节等皆略去。韶州、溪源皆在番禺诸郡之范围，故《事林广记》所略并未出错，然简化了细节信息，仅可使读者有浮光掠影式的感觉。接下来的文本中，《事林广记》列举了八种笔毫，全抄自《北户录》，但删去了《北户录》中蚼蛤鼠毛、殺瓠羊毛、鹿毛、马毛、龙筋数种。《北户录》中相关内容本撮述自晋张华《博物志》、郭义恭《广志》、王嘉《拾遗记》等书，陈元靓将其删去，或因其较为难解也。举例而论，"蚼蛤鼠毛"，晚唐崔龟图《北户录注》引《广志》云"可以为笔"②，而"蚼蛤"何解，《注》未明

---

① （唐）段公路：《北户录》，《丛书集成初编》据《十万卷楼丛书》排印本，第 21 页。其中略有脱讹，难以成文，因此据《古今注》校补，见崔豹著，牟华林校笺《古今注校笺》，线装书局，2014，第 209 页。

② （唐）段公路：《北户录》，第 21 页。

言。《广韵》有"嗣齡"，意为"斑鼠也"，钱大昕称字或作"蛔蛉"①，作"蛔蛤"者为误字。其物具体为何，现在难以确知，但应与后文"鼠须"不同。以此可见《北户录》博引众说，以广见闻，《事林广记》删改之后，实则难以达到此一效果。至于讨论兔毫部分，《北户录》大致取材于《元和郡县志》等地经，又引王羲之、隋炀帝之例，以证宣州中山兔毫笔之精妙；《事林广记》未录此段，而是介绍了取兔毫之时节，后又云："若中秋无月，则兔不孕，则毫少"，此处"中秋无月则兔不孕"之说，又见于陈元靓《岁时广记》一书，《岁时广记》卷三一引《琐碎录》云："中秋无月则兔不孕，蚌不胎，乔麦不实，盖缘兔蚌望月而孕胎，乔麦得月而实。"② 按《直斋书录解题》，《琐碎录》为北宋末温革所编，③ 南宋陈晔续编，其书现已亡佚，难窥全貌，然据中、日等地所存之残卷知其有治家、教子、农桑、医药、器物、杂艺等诸多门类，恐是与《事林广记》接近之居家日用类书，其内容主要也是抄撮群书而成。④ 至于"兔不孕则毫少"之说，则恐为陈元靓臆想之词。

《北户录》本条第二部分载蒙恬造笔一事，自称引自张华《博物志》，然今本《博物志》无此文。又《艺文类聚》卷五八、《白孔六帖》卷一四、《太平御览》卷六五〇等唐宋类书皆称《博物志》载有蒙恬造笔之事，或者古本《博物志》有之，难以确知。至于"董仲舒答牛亨问"一段，或是引自与张华大约同时代的崔豹所撰之《古今注》，其书卷三载有名为牛亨者与董仲舒问答之词："牛亨问曰：'自古有书契以来，便应有笔，世称蒙恬造笔，何也？'答曰：'蒙恬始造即秦笔耳。以柘木为管，鹿毛为柱，羊毛为被，所谓苍毫，非兔毫竹管也。'"⑤ 按，此《董仲舒答牛亨问》，余嘉锡称别为一书，原不在《古今注》中，此董仲舒亦非西汉之董仲舒，⑥ 可备一说。大致而言，此类"蒙恬造笔"故事，或皆为汉晋人所造之臆说，不足

---

① （清）钱大昕：《十驾斋养新录》卷一六，凤凰出版社，2016，第442页。
② （宋）陈元靓编《岁时广记》卷三一，《丛书集成初编》据《十万卷楼丛书》排印本，第358页。
③ （宋）陈振孙撰，徐小蛮、顾美华点校《直斋书录解题》卷一一，上海古籍出版社，2015，第344页。
④ 参见王利器《陈晔〈琐碎录〉跋尾》，《中华文史论丛》第56辑，上海古籍出版社，1998，第61~70页。
⑤ （晋）崔豹撰，牟华林校笺《古今注校笺》，线装书局，2014，第209页。
⑥ 余嘉锡：《四库提要辨证》，中华书局，2007，第864页。

为据，然各家互相传抄，流传甚广，遂为古书所习见。《事林广记》此条并未录《北户录》蒙恬制笔之部分，而是补充了两宋时期闻名天下的笔匠与几种名笔的名目。如宣州诸葛高，为北宋制笔名匠，宋人诗文、笔记中多有称道，或为其时天下士人皆知的人物，其所制鼠须、散卓等笔亦多见题咏。但是陈元靓关于诸葛高之描述并非新作，而是撮述了蔡襄之言。蔡襄集中有《文房杂评》一文，曰："笔，用毫为难。近宣州诸葛高造鼠须、散卓及长心笔，绝佳。常州许頔所造二品亦不减之，然其运动随手无滞，各是一家，不可一体而论之也。"① 陈元靓将蔡襄评论之文删至最简，仅罗列名目，足备耳食罢了，只是这一耳食对于非文人的普通市民而言则也许恰到好处。

更有趣者，"评笔"后为"收笔"，云："东坡用黄连煎汤，调轻粉蘸笔，候干收之；山谷用蜀椒黄蘗煎汤，磨松煤染笔，候干收之。"② 此语并不见于传世东坡、山谷集，却见于旧题苏轼或赞宁所撰之《物类相感志》一书中，《四库总目》称此书为"坊贾伪撰售欺"之作，③ 应是的论。然此一说法因《事林广记》收录，后广为流传，亦可见《广记》对于文房知识传播之作用。

总体而言，《事林广记》取材于前代类书与前人诗文笔记，然并非简单杂凑，而是对其内容进行了删削、整合、改写与增补，删改了年代较早的、非实用且较为繁杂的信息，而增补了相对而言较新的内容。且文字通顺，义脉完整，作为一般读者简单了解此一信息，实则更为方便。因此，后代除了各类日用类书不断沿用之外，一些专业的文房清供之书，如元吕宗杰《书经补遗》，明曹昭《格古要论》、屠隆《考槃余事》、项元汴《蕉窗九录》等，皆袭用其文，流传极为广泛。反倒是如《北户录》《琐碎录》等书几乎全部散佚。陈元靓凭借其广博的阅读，对前代知识进行网罗、筛选、简化、改写，将零碎的知识汇集起来，使散乱的文字系统化，使复杂繁难的记载简单化，删去理论性强的不切实用的内容，然后将打包、分类、全面的知识以相对廉价的方式贩售到读者手中。

---

① （宋）蔡襄：《文房杂评》，见《全宋文》卷一〇一六，上海辞书出版社、安徽教育出版社，2006，第 165 页。
② （宋）陈元靓：《事林广记后集》卷九，第 15a 叶。
③ 《四库全书总目》卷一三〇《子部·杂家类存目》，第 1113 页。

　　后代类书，在陈书基础之上亦不断增补，如明弘治五年（1492）詹氏进德精舍刊本《群书类要事林广记》，其《文房类》在西园精舍本十六个条目之后又增加"点书调朱法""造雌黄墨法""造朱墨法""藏墨法"等四个条目。明刻本《居家必用事类全集》之《文房适用类》全抄《事林广记》之文，后又添"造古经纸法""造五色笺法""调朱点画法""洗故书画法""粘书画轴法""打碑文法"等十多条，内容倍增。

　　日用类书之演进，大致遵循承袭、增新、简化这一规律：其多数内容皆是直接承袭前代同类之书；随着时代之进步，会不断增添时新的、流行的内容，或者偶尔亦会增添图像；然而整体上其内容不断在简化，复杂、抽象、过时的文字越来越少，整体上越来越通俗。日用类书内容之增新与简化，在书中关于"书斋"的描述中即可见一二。明代中期之前，日用类书之中无专门的"书斋"之条目，有关文房器具、古玩清供、琴棋书画之描述散见各处，也就是说，在一般人的精神世界之中，还未有"书斋"这一个观念空间。这种情况在晚明时期有所改变。明万历时人张一栋（字任甫，万历十四年进士）编有《居家必备》一部，系抄撮百余种书而成的类书，① 书分八类，前七类为家仪、懿训、治生、奉养、趋避、饮馔、艺学等，皆元明日用类书常见之内容，最后一类为"清课"，日本名古屋蓬左文库所藏本为八卷本，其清课一门下设"文房器具笺""游具笺""香笺""茶疏""金鱼品""盆玩品""瓶花谱""觞政""乐志编""林下盟"等十个小类，从文房器具、鉴古文玩到山水游具、香茶瓶花等，几乎涵盖了理想中书斋空间与文人冶游之主要内容。也就是说，张一栋在此处构建了一个完整的书斋模型，可作天下人模仿的榜样。

　　事实上，张本《居家必备》也确实流传颇广。中国各大图书馆、美国哈佛燕京图书馆、日本内阁文库等皆有存藏，流传极广；然诸家所藏多非同版，甚至内容各有增删，可见其递相刊刻之盛状。内阁文库藏本分十卷，其第十卷为"清课"，下设四个小类，分别为"清斋位置"、"起居器服"、"洞天清录（纸、墨、笔、砚、书、香）"与"鉴古玩品"，是为张氏原本之删改增补本。书中各个小类皆标识了文本来源，"清斋位置"署名文震

---

① 　有学者称张一栋《居家必备》为丛书，如孙新梅《〈居家必备〉的编纂和社会生活史价值研究》，《历史教学》2018 年第 8 期。按，《居家必备》乃是抄撮群书，分类编排而成之类书，其对原始材料皆有删改，并非照录全书，与丛书相去甚远。

亨，"起居器服"署名屠隆，"洞天清录"署名宋赵希鹄，"古玩品"署名
高濂，据其内容，乃是根据文震亨《长物志》、屠隆《考槃余事》、赵希鹄
《洞天清禄集》、高濂《遵生八笺》等书之内容大幅删改而成，删改之模式
与前述陈元靓之书如出一辙。《洞天清禄集》《考槃余事》《遵生八笺》《长
物志》等书皆是文人雅趣之手册，特别是《长物志》，为晚明文人区别雅俗
之指南，类书之编纂者与订补者将其简化、改写并录入《居家必备》之中，
随着《居家必备》之流行，这种文人书斋生活也被简化成一些固定的模式、
可以随时照搬，从而顺利进入寻常百姓家。高濂、屠隆是嘉靖至万历时期
之人，约与张一栋同代；文震亨活动于万历晚期至明亡，晚于张氏，因此
内阁文库本《居家必备》中所引文震亨《长物志》之内容应为后人补入，
且其刊刻或晚至明末清初。无论是张一栋还是后世增补者，皆努力将时兴
知识收入书中，以供天下人阅读使用。对于晚明的一般市民来说，其家庭
知识之获得、增益与更新，皆取便于印刷业之繁荣所带来的通俗日用类书
之普及。

二 观看"高雅"：世俗图像中的书物

除了文字之外，图像（固定形象）的广泛流传也是中晚明通俗文化世
界中颇为醒目的变革。图像较诸文字，少了口头传播这一个重要的途径，
又相对难以复制，因此图像的广泛流传更加依赖印刷革命所带来的便利，
同时将通俗化也进行得更为彻底。关于明代的图像与视觉文化，学界已有
不少讨论。这里则选择图像中的书、书斋以及相关器物的形象，借以讨论
明清时期通俗世界中对于雅致的文人生活的描绘与模仿。

书卷、书册、书橱、书桌等，相对于钟鼎彝器、珍宝古玩而言，并非
稀有或是形象复杂之器物，图像之绘制者本可以非常轻易写生，无须如绘
制钟鼎彝器时一般只能依照已有的款式进行描摹。但事实上，很多书物的
形象，都在不断重复、模仿前代图像的样式，写熟多于写生。也就是说，
世俗世界中的书物形象，有一个自成体系的生产、流传方式，它在很大程
度上影响着世俗世界中对于文人士大夫文化生活的想象，影响着其他世俗
世界观看"高雅"的方式。

从美术史的角度来讲，古人作画——特别是世俗绘画——重视对于特

定样式的继承与微调，形成高度"模件化"的形象体系，① 这一绘图习惯或者较为依赖粉本，或者依靠学徒的临摹，也有的会使用类似于影写、翻刻的技术照原来的图样产生出类似的图样。图画中书籍形象应该多是以这两种方式绘制出来的。举例而论，古代绘画中若出现士人，多数情况之下都是主仆相从，有童子或侍女，这些形象具有一定的叙事功能，可以辅助画中主人的各种行为，比如帮主人斟酒、磨墨、烹茶、牵马等；除此之外，童仆抱琴、托棋盒、拿酒葫芦等，也都是比较常见的辅助形象。其中有一种"童仆托书"的形象，值得我们注意。书童或婢女手托书籍的形象在北齐的《校书图》（图 3）就有表现，唐宋绘画中非常流行。由于晋唐时期书籍全为卷轴，卷轴外有书帙包裹，因此古画中童仆手中所托者多是一帙书。除以上几例以外，北京故宫博物院所藏唐陆曜《六逸图》（见图 4）、南宋佚名《摹顾恺之斫琴图》（见图 5）、元王振鹏《伯牙鼓琴图》（见图 6）、元佚名《商山四皓图》等图中皆有类似的童子抱书的形象。

图 3　传北齐杨子华绘，《校书图》（局部），美国波士顿美术馆藏。

---

① 　参见〔德〕雷德侯《万物：中国艺术中的模件化和规模化生产》，生活·读书·新知三联书店，2005，第 249~280 页。

图 4　唐陆曜《六逸图》（局部），北京故宫博物院藏。

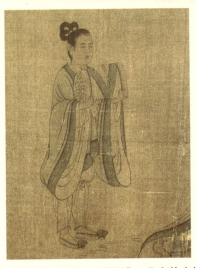

图 5　南宋佚名《摹顾恺之斫琴图》，北京故宫博物院藏。

图 6 元王振鹏《伯牙鼓琴图》，北京故宫博物院藏。

入宋之后，由于雕版印刷等因素的影响，书册逐渐代替卷轴，成为主要的书籍样式，书帙亦渐渐变少。明清绘画中书帙的形象已经极为稀少，而所存的书帙形象以童仆托抱模式出现的频率最多，这种形象可能多数是临摹前代绘画而来。比如，江苏镇江博物馆藏明初院画家谢环的《杏园雅集图》中，画中桌上摆有叠放的书册；可是另一个场景中，官员身后的童仆手中还抱着一个书帙，其中仅有两个卷轴，相较于前代，这个童子托抱书帙的形象写实性要低得多，这应该就是画家临摹来的形象（见图7）。

这样的童仆托书形象，在明清版画中屡见不鲜，甚至在瓷器、家具等器物上也偶有出现。比如中国国家图书馆所藏明万历三十七年（1609）环翠堂刊本《坐隐先生精订捷径弈谱》中有一插图，图中一士人身后有童子手托一帙书（图8）；刊刻于晚明的著名版画册子《唐诗画谱》中有多幅童子托抱书帙的形象，其中一幅为王建《秋闺新月》插图，图中主人公为一仕女，其婢女手中所持即为一帙书（图9），又一幅为张谓《早梅》之插图，图中童子手中抱着一帙书（图10）。

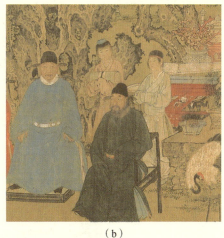

（a）　　　　　　　　　　　　　（b）

图7　明谢环《杏园雅集图》（局部），镇江博物馆藏。

图8　明万历三十七年环翠堂刊本《坐隐先生精订捷径弈谱》插图，
中国国家图书馆藏。

北京大学图书馆所藏明嘉靖二十七年（1548）沈藩朱胤栘刻彩绘本
《圣迹图》中，有大量的书籍形象，明代书籍以包背装流行天下，此图中之
书籍也几乎全是册子，而其中有一个书童托书的形象，书童手中的书却并
非册子，而是一个巨大的卷轴（图11）。这样的巨大卷轴在现实中属于少
见，合理的解释是，这一形象来自一个粉本，书童手中所托抱的本非一个
大卷轴，而是一个书帙，摹绘者可能已经不知道粉本所示为何，因此根据
自己的理解将其进行了调整，以致不伦不类。

图 9　明万历至天启刊本《唐诗画谱》王建《秋闺新月》插图，
哈佛大学哈佛燕京图书馆藏。

图 10　明万历至天启刊本《唐诗画谱》张谓《早梅》插图，
哈佛大学哈佛燕京图书馆藏。

图 11　明嘉靖二十七年沈藩朱胤栘刻彩绘本《圣迹图》（局部），
北京大学图书馆藏。

　　中国国家图书馆所藏明刻本《新镌女贞观重会玉簪记》中有一幅插图为童子肩挑书担的形象（图 12a），担子的一头为琴、宝剑与包袱，另一端为一个匣子和一帙书，其书帙的形象则较为写实，与古画一致。同书还有一幅插图，也有童子肩挑书担的形象，只是其中的书变成了册页装（图 12b）。童仆挑着书担的形象在古画中并不少见，元代大画家王蒙所绘制的《葛稚川移居图》中即有童仆挑着书担以随葛洪移居的形象，虽非童子托书，但其中书籍、书帙之演变则是一致的。

　　依同样逻辑衍生出的形象还有童子背书的形象，比如《唐诗画谱》中即有多幅童子背着一帙书的形象（图 13、图 14）。童子托抱竹帙书卷的形象在唐代之前就已出现，宋元绘画中成为比较固定的士人身旁的辅助形象，明清绘画、图像有所继承，但已与现实情形有所脱节，这些并非写实的形象皆为临摹自前代的固定模式，是一种形象符号。

　　明清绘画中与之相类似的形象符号，更多的则是由书册和各种文房清供共同组成的具有"文"的特性的广义书斋空间。明清版画中，对于书册的表现也有固定的套路，而非根据实物随意摆放写生。最常见的形象模式是书籍与瓶花共同置于桌上，书册之半被瓶花遮住，造成错落之感，晚明刻散曲选本明《吴骚集》之中的书籍形象几乎全为此一模式（见图 15）。同样的，摆着书册与其他文房清供的书桌、书架的形象在各种小说、戏曲、类书等通俗类书籍的插图中皆极为常见，而且其形象模式也都具有高度的同一性。比如晚明时期的绣像本《琵琶记》《西厢记》《西湖二集》《缀白裘》

（a）　　　　　　　　　　　（b）

图 12　明刻本《新镌女贞观重会玉簪记》插图，中国国家图书馆藏，
图见《中华再造善本》影印本。

图 13　明万历至天启刊本《唐诗画谱》
左偎《郊原晚望》插图，哈佛
大学哈佛燕京图书馆藏。

图 14　日本唐屋太兵卫宽文十二年（1672）
覆刻本《唐诗画谱》左偎《郊原晚望》
插图（局部），香港中文大学图书馆藏。

（见图 16 至图 19）等插图中之书架，样式与画法皆比较接近。其时秘戏图
中的书架亦是同一形象模式。这些图像中，书册与书架的旁边亦皆有茶具、

香具、古琴、古玩、屏风、瓶花、怪石、特定样式的桌椅床榻等"清课"器物，共同营造了雅致的书斋空间，而且明清图像中的书斋空间具有极大的视觉雷同性。

这些画谱、小说、戏曲、类书中的图像，大多并非时人首创，而是承袭、改编自前代，因此，图像之样式甚至细节多有雷同之处——前文所提及的《方氏墨谱》与《程氏墨苑》，虽称为名家绘制，然二者有多幅图像几乎完全一致，绘制者应是使用了相似的粉本或有其他共同的图像源头。而号称"历代名公画谱"的《顾氏画谱》，其中仅有部分作品真正临摹自"历代名公"的画作，多数图像乃是顾炳凭空创制或者是根据其他图像材料改做的。① 也就是说，这些插图和图谱的编纂方式与日用类书同出一辙：多数内容承袭自前代作品，但有所删改、增补、简化，并将其归类、刻印，然后广为流传。

绘画本是一种高级艺术，不关治生，总涉风雅；每一幅画出来的作品都是难以复制的，因此具有独一无二的特性，即使临摹作伪，也需技艺高超。收藏与鉴赏绘画本是少数人才可以把持和享受的特权，雕刻印刷则可以使图绘的形象化身千百。而一旦广为流传，图像之"读者"的广度则可能要超过文字的"读者"。不识字，或仅认得数字和少数文字的人，也可以欣赏图像，并从中汲取知识，获得不亚于阅读文字的愉悦。图谱的编纂、小说戏曲与类书中插图的加入对出版者而言都是一种商业行为，是为了吸引读者消费。中晚明时期，活跃在城市中的消费者，除了系统接受过经典熏陶的士绅之外，还有大量的富有商人、涌入城市的地主，以及所有这些人的母亲、妻子和女儿。他们中大部分识字率不高，② 但是在图像的帮助下，他们可以像读书人那样津津有味地"阅读"。在此过程中，这些通俗读物中的图文则承载着择取、简化且不断更新的知识，将其传播给一般的读者大众，使得通俗世界对于文人的雅致也具有像模像样的模仿与想象。

---

① 参见柯律格（Craig Clunas）对于《顾氏画谱》的研究，〔英〕柯律格《明代的图像与视觉性》，黄晓鹃译，北京大学出版社，2016，第159~174页。

② 关于中晚明城市中的人员结构及其识字率，参见 David Johnson, "Communication, Class, and Consciousness in Late Imperial China," in David G. Johnson, Andrew J. Nathan, and Evelyn S. Rawski, eds., *Popular Culture in Late Imperial China*. Berkeley & Los Angeles: University of California Press, 1985, pp. 34~72。

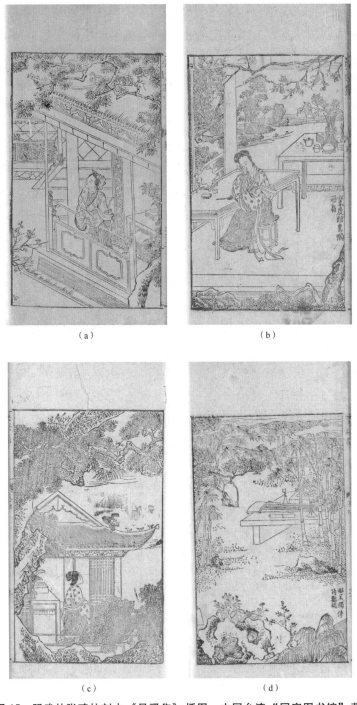

（a）　　　　　　　　　　　（b）

（c）　　　　　　　　　　　（d）

图 15　明武林张琦校刻本《吴骚集》插图，中国台湾"国家图书馆"藏。

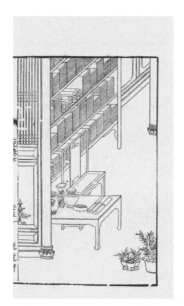

图 16　明万历二十五年（1597）汪光华玩虎轩刻本《琵琶记》插图，
中国国家图书馆藏，图见《中华再造善本》影印本。

图 17　明末云林聚锦堂刻本《西湖二集》插图，北京大学图书馆藏，
图见《中华再造善本》影印本。

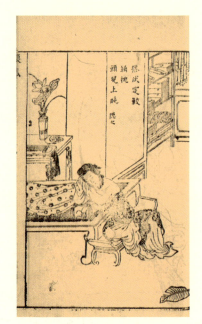

图 18　明崇祯时期安雅堂藏板《新镌绣像西厢琵琶合刻》插图，
法国国家图书馆藏。

图 19　清康熙间翼圣堂刻本《新镌缀白裘合选》插图，北京大学
图书馆藏，图见《中华再造善本》影印本。

结　语

　　无论是不断通俗化的日用类书还是各种图谱以及小说戏曲中的插图，其编纂者多不是知识的生产者，而是传播者。他们根据自己的眼光和商业头脑来挑选和改变特定的知识，由专家向一般读书人、再向数量巨大的半识字乃至于不识字的城市新贵传播。被文人鄙称为"皂快"的西门庆们，定然无暇，也没有能力在四书五经、诗词文集中获得关于书斋、古玩的知识，其家中书房的设计，书架、瓶花、古玩、绘画的摆置应该都是主人与工匠商议，根据时兴样式所设，匠人们之间可能也有口耳相传的知识，但并非所有工匠皆能有所创制，正如晚明郑元勋在《园冶》之《题词》中所云，"工人能守不能创，拘牵绳墨"①，对于时兴样式的把握，无论主人还是匠人，可能皆得依靠其时社会上大量出版、不断翻新的类书、图谱乃至于小说戏曲中的书写与图像。

　　明代中晚期繁盛的商业文化与经济网络无疑是促进文房清供类知识之生产与流传的重要条件，但作为观念事件的对于文房清供之喜好、追捧乃至于迷信，却并非单纯的商业事件。列文森（Joseph R. Levenson）曾对晚期帝制时期中国的社会与文化有过一个非常敏锐的观察，即"官职被用来象征高的文化、知识和文明的终极价值"②。依此观点，整个社会对于"文"与"士人文化"的企慕，对于此种本属于上层的文化背后的政治、权力与地位的向往与追求，可能才是文房清供在俗世流行的根本原因。

　　这些流行的文房知识原本皆是从士人的作品中抄撮而出，士人作品中独特的个性势必和这些书籍的通俗性格格不入。书与书斋本来是士人构建的雅致的精神空间，是他们逃离世俗的清雅之境，现在却变为世俗的背景，文人文化的精神内核逐渐被驱逐殆尽。这些内容同质的书物描画是否及如何给商业文明涂上了一层高雅的色彩，其中蕴含的知识如何被精英、工匠与市民所使用等，则是需要再行讨论的问题。总之，印刷业的发展使得文人文化可以轻易地进入大众的视野，成为大众模仿的对象，然而大众化却

---

①　（明）郑元勋：《题词》，见（明）计成《园冶》，凤凰出版社，2018，第14页。
②　〔美〕列文森：《儒教中国及其现代命运》，郑大华、任菁译，广西师范大学出版社，2009，第14页。

带来雅俗之角逐，这种商业文明之下的雅与俗之间的张力是明清通俗文化最重要的底色。

［作者单位：新加坡南洋理工大学中文系］

三十年来明清女性阅读研究综述

肖亚男

内容提要 三十年来，学界在中国本土研究的基础上，积极引介和深入理解西方阅读史理论，通过消化吸收、融合创造，使明清女性阅读作为专门研究迅速生长起来，并在近二十年里结出了数量可观的果实。本文尝试以学界对"明清女性读什么书"的关注为经，以成果发表时间为纬，呈现三十年来明清女性阅读研究的基本面貌。从成果数量上看，关于明清女性之《牡丹亭》阅读的论文和著作最具规模，其次是小说戏曲阅读方面。新近的一个现象是出现了对女性阅读特定正经正史经典（如《诗经》《史记》）的研究。

关键词 明清女性 西方阅读史 牡丹亭

引 言

中国女性的阅读活动自先秦时代便有迹可循，到东汉已有明确的文字载记①。但有明之前，关于女性阅读的历史记录不算丰赡②。明清两朝，中国

---

① 《后汉书·皇后纪》记载东汉和帝皇后邓绥"六岁能《史书》，十二通《诗》《论语》"。邓绥做太后之后"诏征和帝弟济北、河间王子男女年五岁以上四十余人，又邓氏近亲子孙三十余人，并为开邸第，教学经书，躬自监试。尚幼者，使置师保，朝夕入宫"，"又诏中官近臣于东观受读经传，以教授宫人，左右习诵，朝夕济济"。见《后汉书》卷一〇上《皇后纪》，中华书局，1965，第418页。

② 目前发表的关于明代之前女性阅读的研究成果主要有顾丽华《汉代女性阅读活动述评》，《妇女研究论丛》，2013年第6期；何贤英、白雪梅：《魏晋南北朝时期女性阅读活动浅析》，《山东图书馆学刊》2019年第5期；陈秀钦：《唐代女性阅读活动浅析》，《兰台世界》2011年第9期；铁爱花：《宋代社会的女性阅读——以墓志为中心的考察》，《晋阳学刊》2005年第5期；陈海云：《宋代将家女性阅读活动探析》，《新阅读》2024年第1期。这些成果所引用的阅读案例数量有限，证明可资利用的材料实在有限。铁爱花从大量宋人文集中抽样出女性阅读者案例206个，是以上研究中利用史料最多的。

女性阅读进入空前活跃的时期，大量相关史料散见于明清女性别集、史志碑传类作品、笔记杂著等文献。然而，长期以来，明清女性的阅读被其蔚为大观的著述活动所遮蔽，未能形成一道独立的文化风景，引起专门的学术探究。中国古代文学史学科 20 世纪关于明清女性文学创作的研究成果不可云少，虽有一些涉及女性读书，却往往只是作为其写作活动的附庸，被一笔带过①。20 世纪 80-90 年代之交，语文教育界推广阅读教学，有"阅读学丛书"面世，其中《古代阅读论》② 一书颇具慧眼地选择了清代女性王贞仪的阅读观点，可惜仅此一例。同一时期，图书馆学科也着手建构中国本土的阅读史，一批有关中国阅读文化和阅读历史的书籍应运出版，如《中国读书大辞典》③，但往往对古代女性阅读言之甚少。中国教育史学科自 20 世纪 90 年代起有两部《中国女子教育史》面世，均论及古代女性读书问题④。相关论文也时有发表⑤。其共同特点是将阅读视为古人教化女性的手段之一。三十年来，学界在中国本土研究的基础上，积极引介和深入理解西方阅读史理论，通过消化吸收、融合创造，使明清女性阅读作为专门研究迅速生长起来，并在近二十年里结出了数量可观的果实。

西方阅读史是 20 世纪后半叶在新文化史观、接受美学（又称"读者反应批评"）、文本社会学等理论影响下形成的新兴学科⑥。阅读史关注读者，强调读者在阅读活动中的能动性，考察文本在被阅读和被接受后，知识、话语被接受、理解、创造性转化和再运用的过程，从而使读者所扮演的角

---

① 即便专门研究女性文学史的著作也不重视考察女性阅读，如谭正璧《中国女性文学史话》（百花文艺出版社，1991）仅一处明确提到女作者读书：清代吴藻"自幼好读词曲，后乃自作，便为人称誉"（第 335 页）。又如苏者聪《宋代女性文学》（武汉大学出版社，1997）提到两位女作者朱淑真、张玉娘小时候爱读书（第 139、220 页）。胡文楷《历代妇女著作考》作为一部目录书，对女性著作者的生平有所述说，部分涉及其读书情况。

② 曾祥芹、张维坤、黄果泉：《古代阅读论》，大象出版社，1992。

③ 王余光、徐雁主编《中国读书大辞典》，南京大学出版社，1993。

④ 雷良波、陈阳凤、熊贤君：《中国女子教育史》，武汉出版社，1993；熊贤君：《中国女子教育史》，山西教育出版社，2006。

⑤ 相关研究成果包括蔡锋《对古代皇宫贵族女性文化教育的考察》，《妇女研究论丛》2004 年第 3 期；赵秀丽：《明代女性教化体系的建构》，《山西师大学报（社科版）》2008 年第 2 期；陈宝良：《明代的妇女教育及其转向》，《社会科学辑刊》2009 年第 6 期；谢贵安：《明代宫廷女教论析》，《中原文化研究》2016 年第 3 期。

⑥ 王龙：《阅读史导论》，国家图书馆出版社，2017，第 15~22 页。韦胤宗：《阅读史：材料与方法》，《史学理论研究》2018 年第 3 期。

色得以凸显。女性阅读，一直是西方阅读史研究的题中之义。① 王余光、许欢在 2005 年发表的评述西方阅读史的文章中指出："不少研究者将阅读史的范围做出了进一步的具体说明，如马丁·里昂（Martyn Lyons）就认为阅读史也是一部性别史，随着女性读者队伍的变化，女性作为读者的反应必须加以区分研究。"② 阅读史既已包含性别视角和方法，加上 1960 年以来西方第二波女性主义运动带来的性别/妇女史研究背景，那么对明清女性阅读的深入研究于 20 世纪 90 年代在海外和中国港台地区华丽登场，就不足为奇了。

阅读史研究的代表人物罗伯特·达恩顿（Robert Darnton）在其《阅读史初探》中提出，阅读史应搞清楚"在不同的历史时期什么人在读书、读的是什么书、在哪里读书和什么时候读书，然后进一步探讨为什么要读书和怎样读书的问题"③。

"明清女性阅读"这个主题，已经大体回答了第一问。当然，具体研究中应更进一步，对女性读者所属的阶层、地域等进行细分（实际上很多学者在论述中都做了细分的工作）。至于"读的是什么书"，20 世纪 90 年代海外和中国台湾的明清女性阅读研究，不约而同或相互影响地关注到明清妇女对小青故事系列文本和《牡丹亭》戏剧文本的阅读，创造出含义丰富的研究成果，产生了持续性的影响，乃至形成了一个热点。本文将此热点独立拈出，作为第一节。

第二节叙述学界对女性阅读《牡丹亭》之外的更多通俗文学读物的研究。

明清两朝对女教类图书的大力推行，很早就引起了大陆学者的注意。追寻这条教化的轨迹，研究者们对明清女性所读内容的关注，从"子部—小说"类文本扩展至经史子集丛全部。在现有研究中，既有对她们读某一类书的观照，也有对她们读某一部书的注目。这是第三节的综述对象。

---

① 相关著作至少包括 Janice Radway, *Reading the Romance: Women, Patriarchy, and Popular Literature* (University of North Carolina Press, 1984); Kate Flint, *The Woman Reader, 1837-1914* (Oxford: Oxford University Press, 1995); Jacqueline Pearson. *Women's Reading in Britain 1750-1835: A Dangerous Recreation* (Cambridge University Press, 1999); Martyn Lyons. *Readers and Society in Nineteenth-century France: Workers, Women, Peasants* (Basingstoke: Palgrave, 2001).

② 王余光、许欢：《西方阅读史研究述评与中国阅读史研究的新进展》，《高校图书馆工作》2005 年第 2 期。

③ 转引自王龙《阅读史导论》，国家图书馆出版社，2017，第 27 页。

不少研究者留意明清女性对绘图本的阅读反应，以及女性读书图的流变，本文第四节将简述这一类研究的进展。

需要说明的是，当学者们在具体的研究过程中关注明清女性"读什么书"时，其探索的触角早已伸向"为什么读""怎样读"以及阅读的价值、意义、影响等问题。本文不就这些问题单辟章节，而尝试将其融汇于前四节的综述过程中。前四节均按成果发表之先后进行介绍。

最后，近十年来，随着阅读史的中国本土化进程，对于明清女性阅读的研究也进入总结阶段，个体与群体、家族与地方等与阅读相关的因素在很多研究成果中得到充分研讨。本文最后一节希望对这些方面做出评述。

一 从小青到《牡丹亭》

据李舜华介绍，美国汉学家何谷理（Robert E. Hegel）早在 1981 年就在其著作中论及明清女性作为小说读者的可能性，但他对于"这一可能性究竟有多大呢……流露了某种怀疑"[1]。美国学者魏爱莲（Ellen Widmer）发表于 1992 年的论文《才女冯小青的文学遗产与清代女性作家的历史定位》（*Xiaoqing's Literary Legacy and the Place of the Woman Writer in Late Imperial China*[2]）则是确切涉及明清妇女阅读史范畴的较早成果。该文详细介绍了关于小青故事的传记本文、戏曲文本，并尝试对小青因阅读动情而死背后的历史语境、思想背景和文化意义加以阐释。文中对小青和杜丽娘两人的阅读进行了深度比较："阅读对两人的意义也不同。文学修养将杜丽娘引向性觉醒，但是阅读本身并不是一种激情，并未导致她的自毁。对小青而言，阅读本身就充满激情。在关于小青的很多文学作品以及通俗想象中，阅读《牡丹亭》与灾难紧密相连。小青只是 17 世纪初以来据说因为阅读《牡丹亭》而死亡的数位年轻女子之一……女性小圈子中经常讨论《牡丹亭》，它有力地道出了年轻女子的梦想和欲望，以至于足以改变她们的正常行为。因此小青的故事与《牡丹亭》的联系不只是文本上的，而且是历史上的，因为它折射出一种蓬勃的社会现象，引起人们严肃的关注。"文章还详细介

---

[1] 李舜华：《女性读者与明代章回小说的兴起》，《学术研究》2009 年第 10 期。

[2] 原文发表于 *Late Imperial China*，Vol. 13，No. 1（June，1992），pp. 111-155，译本收入〔美〕魏爱莲《晚明以降才女的书写、阅读与旅行》，赵颖之译，复旦大学出版社，2016。

绍了晚明和清代几位才女（吴琪、王淑端、管筠、汪端）对小青故事的阅读反应。这几位才女没有因为阅读小青或《牡丹亭》而早逝，她们阅读小青，通过写作或编纂选集等形式来纪念小青，使小青成为女性阅读史上的一笔重要遗产。

　　高彦颐的经典之作《闺塾师：明末清初江南的才女文化》①（后文简称《闺塾师》）于 1994 年面世，这部作品是作者在斯坦福大学所撰博士学位论文的基础上修改扩充而成。在该书的上卷（尤其是第二章"情教的阴阳面：从小青到《牡丹亭》"），作者花了很多笔墨，从时间、空间、经济、印刷术、出版业、世风诸因素还原历史语境，揭示清末江南女性作为自主性读者的事实和特点。这些女性为什么阅读？作者认为她们是为了满足自身的渴望："明清妇女的阅读不是为掌握传统教义以搏杀于科场，也不是信手翻阅而消磨时光。她们是为充实及满足自己而阅读的，这种阅读通常接近于狂热。戏剧和其他小说作品也特别卷入其中。当这些作品为现实生活中不完美的经历提供慰藉时，它们也就实现了读者的渴望。"② 作者提炼出女性阅读的意义，包括赋予女性前所未有的自由："（晚明的）阅读女性通过运用她们的才智和想象，栖居于远大于其闺阁的世界中……阅读开启了一个浮世，在这一浮世中，对她生活的规范约束也因而松动，并且更向通融开放了"。③ 她从痴迷的读者身上看到创造性（"阅读也是一种创造性行为。女性的阅读不仅创造了她们的自我形象，还构建着她们幻想的多彩世界"④）、上瘾性等特征。高彦颐的阐释不仅如她自己所言解构了"五四运动"以来流于刻板的"受害者"妇女观，实际上也解构了儒家将个人（无论男女）置于家国同构价值体系中的话语模式。尽管作者本人后来对此书有强烈反思⑤，但不可否认《闺塾师》自面世以来，对海内外明清妇女阅读研究产生了多维度、持续性的启发。

　　1996 年，台北"中央研究院"华玮发表了《性别与戏曲批评——试论

---

①　*Teachers of the Inner Chambers: Women and Culture in Seventeenth-century China*, University of California Press, 1994.

②　〔美〕高彦颐：《闺塾师：明末清初江南的才女文化》，李志生译，江苏人民出版社，2005，第 72 页。

③　〔美〕高彦颐：《闺塾师：明末清初江南的才女文化》，李志生译，第 32 页。

④　〔美〕高彦颐：《闺塾师：明末清初江南的才女文化》，李志生译，第 73 页。

⑤　高彦颐在访谈录《以性别作为方法》中评价《闺塾师》这部书存在矫枉过正的问题，见〔加〕白若云、陈利编《学术之路：跨学科国际学者对谈集》，商务印书馆，2023。

明清妇女之剧评特色》①。该文统计明清两代留下剧评的女性约60位，对她们的身份（闺媛/青楼）、具体时代、所阅读评论的剧作种类进行了归纳，指出她们对《牡丹亭》着墨最多。在收集、梳理、精读28种明清妇女评点戏剧材料基础上，观察这些女性评点者们批评的角度、重心、风格（亦即其阅读的关注点、重点、不同的心理反应）。尤其对《吴吴山三妇合评牡丹亭还魂记》（后文简称"三妇合评"）作了重点研究，对三位女性批语中最精彩、最重要的部分加以条分缕析，与男性评点参照比较，生动呈现出女性观察角度的独特之处，揭示出性别与阅读及批评存在的密切关系。此文很少使用理论术语，却实实在在地体察了女性评点者们的阅读心理，为中国女性阅读史研究提供了一个走向本土化的绝佳样本。②

　　台湾中正大学毛文芳于2001年出版的专著《物·性别·观看——明末清初文化书写新探》也对《牡丹亭》女性阅读予以深入考察和独到阐发③。该书有很多篇章涉及《牡丹亭》，而第四章第五节"杜丽娘的女性阅读"则专门研究明清女性的《牡丹亭》阅读。其第一小节"《牡丹亭》的闺阁解人"指出："女性意见的传递，在《牡丹亭》的阅读里，成为独特的声音，跨越时代地彼此联系……"；第二小节"丽娘如镜：女性自我影像的投射"解析了女性读者如何接受杜丽娘的画像、如何移植"写真"的经验，以及对读者诉说什么等涉及自我意识与形象映现的过程。该书还写道："晚明时期的阅读活动，流行书籍文本的评点与诠释，透过真实的批语与作者隔空对话。站在接受美学的立场而言，评点就是在文本中游历，接受召唤，填补空白，一如旅者发现新风景，为稀罕的空谷幽兰，抉发潜藏之光。"④

　　受上述海外和中国台湾地区对女性阅读研究的影响，21世纪以来，两岸对《牡丹亭》的阅读研究可谓风生水起。以"吴吴山三妇""牡丹亭"为

---

① 华玮：《性别与戏曲批评——试论明清妇女之剧评特色》，《中国文哲研究集刊（台北）》第9期，1996年9月。在此文基础上，作者出版了专著《明清妇女之戏曲创作与批评》，台北"中央研究院"中国文哲研究所，2003。

② 在此之前，叶长海《中国戏剧学史稿》简短介绍了"三妇合评《牡丹亭》"，指出"可能是由于评论者系妇女，故而特别注意对男子的观察"（上海文艺出版社，1986，第290页）。赵山林《中国戏剧学通论》则以5页篇幅介绍"三妇合评《牡丹亭》"，行文中也有"这大约是由于评论者身为女性"之类表达（安徽教育出版社，1995，第881页）。

③ 毛文芳：《物·性别·观看——明末清初文化书写新探》，台北学生书局，2001，第345～363页。

④ 毛文芳：《物·性别·观看——明末清初文化书写新探》，第459页。

主题词进行检索，可知中国大陆地区学界正式发表的相关文章（包括期刊论文、会议论文、学位论文等），至少有 40 多篇。其中约半数可纳入女性阅读研究范畴，较为精练的作品包括张筱梅《丽娘如镜——对明清时期〈牡丹亭〉女性阅读的分析》①，王宁《明末清初江南闺阁女性〈牡丹亭〉阅读接受简论》②，谢雍君《"闺阁中多有解人"——〈牡丹亭〉与明清女读者》③，董雁《明清江南闺阁女性的〈牡丹亭〉阅读接受》④。学位论文有赵雅琴《明清江南闺阁女性〈牡丹亭〉接受研究》⑤、田甜《〈牡丹亭〉的明清女性读者群研究》⑥。查询中国台湾地区学术期刊数据库，亦可发掘相似主题的论文数篇，包括陈静媛《阅读越界：记一部十七世纪的〈牡丹亭〉木刻印本如何穿梭时空为女性阅读作见证》（以下简称《阅读越界》）⑦，高祯临《读者召唤、阅读差异与文本对话——三妇评点〈牡丹亭〉》⑧，詹皓宇《期待视野、多重异读、身体欲望——论明清时期〈牡丹亭〉女性阅读》⑨。从发表时间来看，2006-2009 年形成一个高峰，这或许与 2005 年高彦颐《闺塾师》中译本面世有关。上述论文中，《阅读越界》一文通过"三妇评本"的批语、题跋等文本，详尽、细致地还原"三妇"阅读评点牡丹亭的历史场景，最令人印象深刻。除论文外，相关成果还包括专著中的重要章节。如刘淑丽《〈牡丹亭〉接受史研究》一书的第五章"女性视域中的《牡丹亭》之接受"⑩，作者从接受美学出发，关注读者阅读动机、阅读效果，对女性身份与阅读《牡丹亭》反应的关系加以阐释；另如李祥林《戏曲文化中的性别研究与原型分析》第八章"牡丹亭及明清女性接受"⑪。徐雁平《清代的书籍流转与社会文化》第八章第五节"《牡丹亭》与'闺阁中多有解人'"。除上述成果外，还有一些研究不以"阅读""读者"等词汇为主题词，但其工作为

---

① 《哈尔滨工业大学学报（社会科学版）》2007 年第 4 期。
② 《戏剧艺术》2008 年第 3 期。
③ 《温州大学学报（社会科学版）》2008 年第 4 期。作者的专著《牡丹亭与明清女性情感教育》（中华书局，2008）包含此文内容。
④ 《东方杂志》2009 年第 4 期。
⑤ 苏州大学硕士学位论文，2008。
⑥ 复旦大学硕士学位论文，2009。
⑦ 《中外文学（台北）》第 9 期，2006 年 2 月。
⑧ 《戏曲学报（台北）》第 9 期，2011 年 6 月。
⑨ 《戏曲学报（台北）》第 18 期，2018 年 6 月。
⑩ 刘淑丽：《牡丹亭接受史研究》，齐鲁书社，2013，第 197 页。
⑪ 李祥林：《戏曲文化中的性别研究与原型分析》，台北"国家"出版社，2006。

《牡丹亭》女性阅读史打下了材料基础，如谭帆《论〈牡丹亭〉的女性批评》对明清两代批点《牡丹亭》的 16 位女性的生平事迹做了叙录①，被后来的研究者频频引用。

二　更多通俗文学读物

如前文所述，海外对明清女性阅读的研究，首先注意到《牡丹亭》文本在明清女性中广泛而深入的传播与接受。除《牡丹亭》外，其他一些俗文学文本的女性阅读，也获得学者们的关注。这些俗文学包括弹词、戏曲、章回小说等。学者们通过对女性阅读这些俗文学读物的观察，找出她们与读物的互动，以及她们之间的互动影响。

胡晓真着力于清代女性弹词研究。她发表于 1996 年的论文《阅读反应与弹词小说的创作——清代女性叙事文学传统建立之一隅》② 通过细致的文本分析、合理的逻辑推导，揭示《玉钏缘》《再生缘》《再造天》《笔生花》四部弹词作品之间的"互文性"。该文写道："现代批评常把每一次阅读都看成一个文本与读者合力互动而成的'演出'（performance），弹词小说的阅读经验可以说是一个例证。所以，弹词的写作往往不仅是一个创作，也是对另一部作品的反应，于是两部作品之间就隐然形成了一个对话状况。"作者借"互文性"这一文本理论术语，来说明弹词小说的写作及阅读之际文本间千丝万缕的关系，明确清代女性的阅读反应参与了女性叙事文学传统的建立。该文推定当时妇女的阅读活动有两个特点：首先，有一些特定的读物是预设专给妇女看的；其次，虽然女性的阅读社群定义并不清楚，更没有组织可言，但是其中的成员却能形成对话关系。作为中国台湾地区较早引介西方理论③的学者，胡晓真的论述虽然蕴含了西方阅读史中"读者共同体"这一重要概念，但由于其论述植根于所分析的文学文本，故显得浑然天成。

罗开云（Kathryn Lowry）《晚明情书：阅读、写作与性别》④ 是一篇深

---

①　收录于张宏生编《明清文学与性别研究》，江苏古籍出版社，2002，第 295～309 页。

②　《中国文哲研究集刊（台北）》第 8 期，1996 年 3 月。

③　胡晓真：《最近西方汉学家妇女文学史研究之评介》，《近代中国妇女史研究（台北）》第 2 期，1994。

④　张宏生编《明清文学与性别研究》，第 390～409 页。

受西方阅读史理论影响的论文。她深入晚明书商邓志谟编纂出版的《丰韵情书》一书，力图解决阅读材料是如何通过出版在读者中流通以及通俗读物如何对日常生活造成影响等问题。她发现晚明妇女是写作情书和阅读情书的主体，还指出她们利用当时的出版物进行情书写作时，大量引用通俗戏曲小说文本。种种情况表明，具有识字能力、阅读能力的妇女群体日益扩大，对晚明日常生活造成深刻影响。

李舜华《女性读者与明代章回小说的兴起》① 指出："当前有关女性读者与章回小说之兴起的考察，明显来自西方小说理论的影响。其实，有多少女性接受小说，如何接受，并不只是社会文化消费景观自然的变迁，而是与宋明以来尤其是明中叶的教育世俗化运动密切相关。"她考察明朝女教历史，发现成化、弘治到嘉靖、万历年间，自朱元璋开启的制度化的官方女教渐次衰微，在野士大夫以推行女教为己任，有不少人鼓吹推广通俗读物来教化女性，这是章回小说兴起的背景。作者点明："女性对章回小说的影响只能是间接而曲折的……最终影响章回小说兴盛的'女性读者'，不仅指的是现实意义中的女性读者，更重要的还是指代时人期待视野中的'女性读者'。"作者不囿于自己熟稔的西方理论，而深入明代关于女教的诸多历史事件和庞杂的史料，正视历史的复杂性，给出了独到的见解。

蔡亚平的博士学位论文《读者与明清通俗小说创作、传播的关系研究》② 第三章第二节"女性读者"做了大量资料收集整理工作。首先，从子部小说家类古籍中搜集到明代人、清代人所记载的女性阅读通俗小说的情况，如明中期官员叶盛（1420-1474）《水东日记》记载女性酷好阅读小说，以致好事者视小说为《女通鉴》；署名无碍居士所撰《警世通言叙》提到"里妇"读通俗演义；明末画家朱一是在《蔬果争奇跋》中提到"佳人"出游的时候携带绣像小说，在舟车上随时阅读；清代乾隆年间李海观撰《歧路灯》，序言称该书为"闺阁所愿闻"；许宝善为杜纲《北史演义》作序，称"农工商贾妇人女子无不争相传诵"，等等。其次，从《明史》《江南通志》等史部典籍中觅得女性阅读通俗小说的一些材料。再次，从小说文本的回目、正文内容中找寻女性阅读通俗小说的材料。此外，还从许多通俗小说类古籍上找寻女性的批点文字，获得活生生的阅读证明。在丰厚

---

① 《学术研究》2009 年第 10 期。

② 暨南大学博士学位论文，2010。另外，蔡亚平在该文基础上出版了专著《读者与明清时期通俗小说创作、传播的关系研究》，暨南大学出版社，2013。

的材料基础上，作者对明清时期女性读者阅读小说的特点、通俗小说对女性读者的影响做了三方面的阐释。

郭英德《新戏生成、女性阅读与遗民意识：朱素臣〈秦楼月〉传奇写作与刊刻的前因后果》① 一文通过仔细还原历史场景，推理出苏惠卿阅读《秦楼月》抄本的过程以及她的阅读反应。

王龙《明代女性读者及其阅读活动论略》② 在论述明代女性丰富的阅读内容时，也突出她们"喜观小说，好读戏曲"。

徐雁平《三教之外又多一教：清代的小说戏曲阅读》③ 收集了清代人阅读小说戏曲的丰富史料，其中包含一些女性阅读的材料，如清末的张枬"灯下与诸女儿阅《鸿雪因缘图记》"，李慈铭的母亲"令子妇辈排日读小说演义，若《西游记》《三国志》《唐传》《岳传》，以自消遣"等，曾国藩的小女儿曾纪芬读《阅微草堂笔记》等。作为通俗小说巅峰之作，《红楼梦》在清代女性中的阅读传播是女性阅读史不应缺少的内容。徐雁平在该文中也提到了女性阅读《红楼梦》的一些案例，包括俞樾夫人，包括姚鼐门人俞用济之妻吴兰徵。

李根亮的专著《〈红楼梦〉阅读史》④ 第二章第五节"清代女性与《红楼梦》"利用《红楼梦资料汇编》及其他资料（包括正史、清人日记、杂著、清人别集等），搜罗了40多位阅读过《红楼梦》的清代女性，陈述她们阅读《红楼梦》的史实，并分类探讨她们的阅读动机与阅读特点（如个性化、群体性、参与性）。

以上研究成果不仅揭示出明清女性阅读大量通俗文学读物的事实，还在引用与分析材料过程中呈现了她们主动阅读的姿态，以及她们在什么时候、什么地方、什么情况下阅读等情况。

三　囊括百科的阅读面

明清女性所阅读的内容，远不是通俗文学文本可以涵盖的。从古籍分

---

① 《戏剧研究（台北）》第 7 期，2011 年 1 月。
② 《阴山学刊》2015 年第 1 期。作者在此文基础上编著了《中国阅读通史·明代卷》第十章《女性读者群体及其阅读特点》，安徽教育出版社，2017，第 435~471 页。
③ 《古典文献研究》第 22 辑下卷，凤凰出版社，2020。此文收入氏著《清代的书籍流转与社会文化》作为全书第九章，南京大学出版社，2021，第 469~531 页。
④ 李根亮：《〈红楼梦〉阅读史》，齐鲁书社，2021。

类而言，她们的阅读遍及了四部分类的经史子集丛各部。从今天的学科分类看，则囊括了教育类、文学类、史学类、医学类甚至天文、数学等。三十年来，不同领域的学者就不同类别的阅读进行了观照。由于部分学者的论述涉及多个类别，这里依然大体按照研究成果的发表时序加以胪述。

在传统的研究范式中，更早被观照到的是女教读物。20世纪90年代初开始，中国教育史研究就致力于女教资料的搜集整理，并对女教教本的范畴、类型做了较深研究。雷良波等指出清朝前期女子教育的一大特点，是"全面、系统、集中地编辑出版了关于女子教育的读本"①。丁伟忠《明代的妇女教育》统计公私书目中的明代女教书达50多种，指出"明代女教发达的标志是众多女教书籍的通俗化及普及化"。②曹大为《中国古代女子教育》将女教书分为四个类型。③相比《牡丹亭》等文学文本，这些女教读物才是明清女性普遍而公开的启蒙读物，为幼年至青年的女子提供仪则规范、人生大义、行为榜样等。高彦颐在《闺塾师》中也指出，明末清初，坊刻插图本《列女传》及其他插图的女教书籍，在市场上非常畅销④。直至晚清，女教书依然是女子阅读的首要读物。乔晓鹏《女学、画报、读书会：晚清民国时期中国女性阅读秩序重建》⑤一文涉及晚清的部分，列举了官方公布的女学生必读书目，可见其与传统几乎无异。阅读女教书，对女性产生的教化作用是不言而喻的。赵秀丽《明代中后期女性英烈风气研究》就指明，明代巾帼雄风的兴盛，与当时女性阅读"推崇儒家忠义节孝伦理的女教书籍和倡导英烈的文学作品"有关。⑥

罗秀美《流动的风景与凝视的文本——谈单士厘（1856-1943）的旅行散文以及她对女性文学的传播与接受》⑦揭示单士厘晚清随夫出使他国，对国外著作的阅读。

郭英德立足于明清文学的生成、发展及传播，在2007年发表的论文《明清女子文学启蒙教育述论》中，通过充分的史料揭示出："真正对女子文学启蒙起重要作用的，应该是一般的经史典籍如《诗》《书》《史记》

---

① 雷良波、陈阳凤、熊贤君：《中国女子教育史》，第182页。
② 《中国典籍与文化》1994年第3期。
③ 曹大为：《中国古代女子教育》，北京师范大学出版社，1996，第266~286页。
④ 〔美〕高彦颐：《闺塾师：明末清初江南的才女文化》，李志生译，第54页。
⑤ 《中国出版史研究》2022年第1期。
⑥ 《三峡大学学报（人文社会科学版）》2019年第8期。
⑦ 《淡江中文学报》第15期，2006年12月。

《汉书》《资治通鉴》之类，和一般的文学作品如《楚辞》、《文选》、唐诗、宋诗之类"，其中"《毛诗》和唐诗占据着重要的地位。明清女子文学启蒙的教育效果，直接促成女子诗艺化的知识结构、审美特性和文学活动"。2009 年，他又发表了论文《学而不厌：明清成年女子的家庭文学教育》，侧重于明清女性成年之后的文学阅读活动，指出一些女性阅读范围之广：不仅常诵《孝经》《左传》等儒家经典，还通读"医药、卜筮、种树之书"和稗官野史之类，好读不倦。

方秀洁在其 2008 年出版的英文著作 *Herself an Author*：*Gender，Agency，Writing in Late Imperial China*（《卿本著者：明清女性的性别身份、能动主体和文学书写》）[①] 第四章"性别与阅读：女性诗歌批评中的范、修辞和群体"中，涉及才媛们辑评女性诗歌选本之际对同时代女性诗歌的广泛阅读。

吕妙芬的论文《作为蒙学与女教读本的〈孝经〉——兼论其文本定位的历史变化》[②]，涉及《孝经》这部儒家经典在明清女教中的地位，点出很多女性传记文章均提到传主自幼阅读《孝经》以彰显其女德。

韩淑举《明清女性阅读活动探析》[③] 一文是最早对明清女性阅读进行全面研究的成果。该文以胡文楷《历代妇女著述考》和施淑仪《清代闺阁诗人征略》及明清人文集等为样本，抽样出 300 位明清女性阅读者资料，进行内容分析，认为其阅读的书籍主要包括诗词文集、儒家经典、女教家训、佛道典籍、史书、戏曲小说、医药数术、天文历算等类。

徐雁平《清代的书籍流转与社会文化》第八章"女性与书籍"凡五节，处处体现出作者占有材料之全面、运用阅读史方法之熟练。第五节是关于清代女性的《牡丹亭》阅读，前文已提及。一至四节则从不同角度搜罗了大量关于女性阅读的第一手文献，弥足珍贵。第一节"从吕思勉的回忆看被遮掩的女性阅读"由几位著名学者的母亲、姊妹、妻子的授读活动的文字记录中，推断耕读之家的女子有"最低限度阅读书目"（所引日记、书札中提到《周易》、《尚书》、《诗经》、《周礼》、《礼记》、《尔雅》、《说文》、"四书"等经部典籍和《战国策》）。第二节"古书中女性的印迹"从子部、集部古籍中发掘出若干女性批注、题跋、收藏印记等原始资料，证明明代归有光之妻王氏阅读过《邓析子》这部先秦法家著作，清代女性读过

① 江苏人民出版社，2024。
② 《台大历史学报》第 41 期，2008 年。
③ 《图书馆工作与研究》2009 年第 1 期。

《小仓山房诗集》《后村诗集》《中州乐府》《北山小集》《鄱阳先生文集》《六家文选》《两汉诏令》《扬子法言》《冥枢会要》《岷山广乘》《运使复斋郭公言行录》《缙绅便览》《四史疑年录》《金石录》等数十种书籍——这些书在分类上遍及四部；时代上既有时贤新著，也有宋元旧籍；有的书甚至非常稀见、偏僻，在在体现出清代女性阅读的深广度。第三节"从闺秀集推测女性的阅读世界"考察了 7 位清代女性的诗集，从中提取了 20 多个包含史部书、集部书的诗题，如《读〈晋书〉杂咏》《题玉溪生集》之类。从阅读史的视角看，这类写作正是她们对这些书籍的阅读反应。作者又从十余位女性诗集里头搜得集唐人句、拟陶诗、拟杜诗等情况，指出这些闺秀在"整合成篇之前，有一个阅读采集的过程"，说明闺秀诗人对集部书的阅读属于精读。第四节"闺秀集的女性阅读群体"考察了《清代闺秀集丛刊》及《续编》所收 600 多种闺秀集所含序跋、题辞，提取出 37 个女性题词群体（即阅读群体），总结出明清女性阅读的群体性特征，也证明同时代女性的诗文集是闺秀阅读的重要对象。① 以上种种，不仅为清代女性阅读史开发出珍贵的新材料，而且提供了新眼光、新角度、新方法。

　　笔者整理清代才女王贞仪的《德风亭初集》②，感叹其阅读面极为宽广，曾在拙文《清代才女王贞仪独尊儒学思想探析》③ 中写道："《德风亭初集》中提的书名超过两百种，可窥王贞仪阅读量之一斑。所涉书籍包括正经正史、子部各家、历朝别集。"该文限于主题，未将王贞仪所读书籍中的一个重要方面——数学、天文、历算、地理等科学类图书——单独凸显。实际上王贞仪《德风亭初集》中多处提到她阅读了大量科学书，其中历算书就包括自古以来的《太初历》《大衍历》《史记·天官书》《四分历》《三统历》《授时历》《时宪书》等。而有清一代的女科学家并非仅王贞仪一人，诸可宝《畴人传三编》收录了三位女科学家，除王贞仪外，还有清康熙间的葛宜和乾嘉间的沈绮，葛宜"性闲静，喜读书，日坐小楼以笔墨自娱，书画弈算无不精妙。兼通西法，能以仪器测星象"④，沈绮"博通经史，兼精律历，著有《管窥一得》十二卷"⑤。施淑仪《清代闺阁诗人征略》中记

①　徐雁平：《清代的书籍流转与社会文化》，第 430~459 页。
②　（清）王贞仪著，肖亚男整理《德风亭初集》，中华书局，2020。
③　《国际儒学》2023 年第 1 期。
④　（清）诸可宝：《畴人传三编》卷七，南菁书院丛书本，第 1a 叶。
⑤　（清）诸可宝：《畴人传三编》卷七，南菁书院丛书本，第 1a 叶。

载了乾嘉年间的黄履"工诗词，通天文算学，作寒暑表、千里镜"①，钱塘丁纯"尤精算法，畴人之所掌，保氏之所教，婆罗门之所切，利玛窦之所推，能阐其蕴而观其通"②。笔者还曾发掘出一位晚清热爱数学的女子江熹（1882-1902）。她受父影响，自幼习算学，遗集《西楼遗稿》中有若干首与数学相关，诗句中涉及的科学书包括《周髀算经》《测圆海镜》等③。这些女性的阅读范畴毫无疑问包含了大量科学类著作。

张小伙《明清经典阅读群像考——以〈史记〉阅读为例》④ 一文列出清前期李晚芳、清中期钱孟钿等才女阅读《史记》的史实，并总结道："才女的阅读视野冲破女教书的限制而遍及经史，其中对于《史记》等史书的阅读兴趣引人注目，既激发了女性创作的高峰，也在一定程度上反映了女性主体意识的觉醒，使其《史记》阅读更显随性、真切，更能体会回归阅读本身的乐趣。"

张万民《明清女性的〈诗经〉阅读史：以朱熹〈诗集传〉的反应为中心》⑤ 指出，在明清女性的《诗经》阅读实践中，最通行的读本是朱熹的《诗集传》。明清才女在阅读朱熹传本之后，一方面可以利用朱熹的"女性作诗说"来为自己的诗歌创作辩护，另一方面也因朱熹的"淫诗说"观点而产生阅读困惑。

四　插图读物与读书图

高彦颐《闺塾师》中针对女性的插图书籍的论述，以及毛文芳《物·性别·观看——明末清初文化书写新探》对男性视野下的女性读书图的审视，开启了明清女性阅读史研究对女性阅读插图本以及女性读书图的关注。

在《闺塾师》中，高彦颐认为，插图书籍可能是市场、女性观念、妇女教育的需求等因素促生的："通过邀请读者直接参与，明末清初插图书籍

---

① （清）施淑仪：《清代闺阁诗人征略》卷八，上海书店，1987，第452页。
② （清）施淑仪：《清代闺阁诗人征略》卷八，第477页。
③ （清）江熹：《西楼遗稿》，载肖亚男编《清代闺秀集丛刊》第64册，国家图书馆出版社，2014。
④ 《浙江师范大学学报（社会科学版）》2024年第2期。
⑤ 这是作者尚未正式刊发的论文，在"中国文学与比较文学2024年双年会议"（香港，2024年6月24~25日）上做了汇报。

的时髦，帮助改变了阅读的特定含义。在插图书籍的页面上，文本和视觉的混合是读者大众浮世的另一特征……实用性、立刻的满足和情感表达成了当时的风气。就是在这样的环境中，女读者的需求被凸显出来，使她们在16世纪和17世纪的大文化中，留下了抹不去的印记。按照旧的社会性别陈规，妇女不仅应该是较少受教育的，她们至多只能按图识字，而且她们还被认为是性情中人，居于被自然情感支配的私人世界中。换言之，无论是对插图书籍的狂爱，还是情感亲密关系所表达的首要位置，在那些赞同社会性别陈规之人的心目中，妇女的情趣和关注点现在得到了传播并且开始普及。"高彦颐还指出，最早的木刻插图书籍之一是元代末年福建坊刻的女教书《列女传》，而明末清初，插图本《列女传》及其他插图的女教书籍，是充斥市场的畅销品。

松浦智子《明代内府绘图小说与女性、宦官、武官的关系：以宗教文献为线索》① 通过细致比对和深入考证，揭示出明代宫廷圈域内制作的、附有通俗故事绘图的教派系宝卷，其阅读接受乃以宦官、宫廷女性为主体。高彦颐的考察主要以书坊制作、市场化传播的插图本为对象。松浦智子这一成果则补充了官刻方面的史料与论证。

女性读书图反映了明清男性对女性阅读的观察，是明清女性阅读现象的艺术化体现。学界对女性读书图的研究，也多涉及明清女性阅读情况。李晓愚的论文《明清才女文化与女性读书图研究》② 指出女性读书图在晚明和清代大量出现的原因为"自明代始将阅读的女子画进画里，正是当时独特的文化氛围使然。明清是中国古代文化史上女性阅读最活跃的时期，产生了各种类型的'女书痴'。"顾伟玺、刘迪《明清女性读书图的图式流变与艺术传达》③ 一文，亦对女性读书图在晚明出现的原因做了分析。

凌冬梅《女性课读图与清代士人家族书香传承——以嘉兴地区为中心》④ 考述了清代嘉兴女性课读图及其留存，探究了清代嘉兴女性课读背景、课读内容、课读方式及对家族书香传承的贡献。

---

① 这是作者尚未正式发表的论文，在"2024东亚汉籍研究国际学术研讨会"（北京，2024年7月6日）上做了汇报。
② 《学术月刊》2017年第10期。
③ 《南通大学学报（社会科学版）》2019年第6期。
④ 《浙江档案》2019年第6期。

小 结

笔者尝试以学界对"明清女性读什么书"的关注为经，以成果发表时间为纬，呈现三十年来明清女性阅读研究的基本面貌。从成果数量上看，关于明清女性之《牡丹亭》阅读的论文和著作最具规模，其次是小说戏曲阅读方面。新近的一个现象是出现了对女性阅读特定正经正史经典（如《诗经》《史记》）的研究。随着点点滴滴的进展，明清女性阅读研究进入总结阶段，韩淑举的专著《明清女性阅读》是一部代表性成果。

前文已指出，当学者们在具体的研究实践中回答"明清女性读什么书"时，其探索的触角早已伸向阅读史研究要解决的几个问题，以及阅读的价值、意义、影响等，并纷纷给出独特的解释。本文也力图在综述过程中烛照学者们的思考行踪，但往往未能展开，在此略做补充。

有的成果明确回答了"谁在读、何时读、在哪儿读"这 3W 问题（who、when、where）。譬如王龙《明代女性读者及其阅读活动论略》指出明代女性读者主体不仅包含宦门闺秀，还包括平民女子。韩淑举的专著将明清女性读者按阶层划分为后宫妃嫔女官、官宦名媛、一般士族闺秀、平民、方外、娼妓；又利用女教书的序言、家训、闺秀集序跋内容，以及通俗小说中的材料，指出明清女性早则三岁即开始受蒙读书，多数六七岁开始识字读书（不过，对成年之后日常生活中具体什么时段读书，则未予关注）；对于读书地点场所，她列出"书屋：女性阅读的个人空间""藏书楼：女性阅读的家庭空间""结社雅集：女性阅读的内外交流空间"三种不同场地，给予了充分论述。① 蔡亚平在《读者与明清通俗小说创作、传播的关系研究》一书中举出女性在出游的舟车上阅读绣像小说的事例。

有些成果在回答"为什么读"等方面有突出贡献，如高彦颐对女性阅读《牡丹亭》提出的"满足渴望"说，再如郭英德《学而不厌：明清成年女子的家庭文学教育》中的阐释："对于一生耽于阅读的女子来说，阅读书籍已经不仅仅是一种学习知识、增长学问的需要，而是一种生存的方式，甚至是一种生命的需要。"又如凌冬梅《清代江南女性阅读与家族书香传

---

① 韩淑举：《明清女性阅读》，山东大学出版社，2021，第 156~198 页。

承》提出的"寂寞读书""心灵慰藉"。① 韩淑举提供的答案则是"满足社会需要""滋养身心""满足灵魂需要"。

有的成果挖出了许多细节性史料，来探讨"怎么读"的问题。如凌冬梅的《清代女性阅读途径考》② 举出了 50 多个案例，总结清代女性阅读的主要途径是阅读家族藏书，而购买、借阅、抄录、交流是补充途径。徐雁平《清代的书籍流转与社会文化》中也包含清中期女性借书而读、抄书而读的新史料。③

一些成果强调女性阅读的社会性与社会价值。徐雁平始终关注女性阅读的家族性、群体性，其《清代的书籍流转与社会文化》中有较大篇幅研讨闺秀阅读群体。④ 韩淑举专著第四章的副标题为"家学传承：女性阅读的基本价值维度"，指出女性阅读有利于家族文化的传承。王龙的论文也指出女性阅读活动有益于家庭其他成员阅读能力和文化素质的提高，对社会进步产生巨大作用。

也有些成果侧重个体性的阐释与个案研究，如许欢的专著《万卷古今消永日：中国古代的阅读世界》⑤ 选择柳如是、顾太清两位明清女性做个案研究。王郦玉的专著《明清女性的文学批评》⑥ 就王端淑、席佩兰、汪端、沈善宝四位女性的文学批评做个案研究，涉及她们的阅读活动。

综上所述，明清女性阅读研究是一个复杂的课题，至少可与文学史、出版史、藏书史、教育史、情感史、家族文化、地域文化、图像史学发生关联，形成不同的侧重点与写作策略。本文限于篇幅和见识，定有相关成果未能述及，敬祈方家指正。

[作者单位：北京师范大学图书馆]

---

① 凌冬梅：《清代江南女性阅读与家族书香传承》，《山东图书馆学刊》2017 年第 3 期。
② 《四川图书馆学报》2017 年第 1 期。
③ 徐雁平：《清代的书籍流转与社会文化》，第 737~739 页。
④ 徐雁平：《清代的书籍流转与社会文化》，第 442~459 页。
⑤ 海洋出版社，2019。
⑥ 华东师范大学出版社，2017。

书籍史/阅读史对近世中国文学研究的新开拓

王润英

内容提要 书籍史/阅读史研究自20世纪中期诞生以来逐渐兴盛，又由于其跨学科的性质，如今已成为多个文史学科关注的前沿问题。文学和书籍史/阅读史研究有着深厚因缘，很早就参与其中。因此当西方学者将目光投向中国书籍和阅读世界，中国文学也同样走到前列并迅速发展。或因西方书籍史/阅读史主要研究古腾堡发明之后的印刷书时代，与之相对应的近世中国文学研究在此方面的研究成果最为突出。根据罗伯特·达恩顿的"交流循环"理论，从书籍或文本的生产、流转到接受几个阶段对书籍阅读视野下的近世中国文学研究现状作述评、总结，可为书籍阅读视野下更长时段的中国文学研究提供有效参考，并为书籍史/阅读史全球化转向提供中国式的新诠释。

关键词 书籍史 阅读史 近世中国文学 研究理论 学科展望

引 言

20世纪50年代末，作为法国年鉴学派创始人的吕西安·费弗尔（Lucien Febre）和亨利-让·马尔坦（Henri-Jean Martin）合著的《印刷书的诞生》出版，以此为标志，书籍史研究正式展开，并渐次形成一门新兴学科。它最开始主要研究纸张与书籍的生产、出版发行技术、书籍制度及其带来的社会影响等，既有对物质和技术制度层面的考察，又有对相关社会文化的探查，采用统计学、教育史和文化社会学的方法，初步确立起年鉴学派的书籍史研究典范。但是这种通过统计书籍的传播数量来展现欧洲社会文化的实证主义研究，并不符合现实逻辑，法国的罗杰·夏蒂埃（Roger Chartier）和美国的罗伯特·达恩顿（Robert Darnton）对此都提出过批评和质疑，并且在反思中认为年鉴学派研究典范的主要缺陷在于并未将读者纳入书籍史的关注领域。此后书籍史研究逐渐转向了更为强调读者的阅读史研究，重视读者的接受和意义重建过程，一批以书籍史为基础的阅读史研究成果相继问世。职是之故，当今西方通常谈论的书籍史或阅读史成果，实际上是一而二、二而一的。书籍史虽经历了转向阅读史的过程，但二者之间并无特别严格的界分，正如张仲民所言："在法国，阅读史研究通常被称为书籍史研究；在美国，书籍史研究却又经常被称为阅读史研究。"①

　　书籍史/阅读史研究自诞生之后在欧美甚至全球范围内蓬勃发展，又因其本质上是一门交叉学科，近年来已成为多个文史学科关注的前沿问题，纷纷以之为视角拓展和重新观看本学科研究。文学和书籍史/阅读史有着深厚的血缘，不仅因为文学书籍的重要地位，更因为在书籍史/阅读史发展过程中，西方研究者继承和吸收了诸多如"读者—反应"等文学研究者的理论成果，故而文学实际上很早就参与到书籍史/阅读史研究当中。同样的道理，当西方书籍史/阅读史的研究者将目光投向中国的书籍和阅读世界，中国文学亦自然很早就参与其中，并且在运用相关研究视角方面因先天优势条件而发展迅速。值得注意的是，或因西方书籍史/阅读史主要研究古腾堡发明以后的印刷书时代，而中国与之对应的即是宋代以后的近世中国，就目前的研究状况来看，近世中国文学运用书籍史/阅读史视角的研究成果最为丰赡，已形成一定规模，且出现了相关理论总结。在此关键时期，对书

---

① 张仲民：《从书籍史到阅读史——关于晚清书籍史/阅读史研究的若干问题》，《史林》2007 年第 5 期。其他关于书籍史/阅读史的发展历程可看李仁渊《阅读史的课题与观点：实践、过程、效应》，复旦大学历史系中外现代化进程研究中心编《新文化史与中国近代史研究》，上海古籍出版社，2009，第 213~254 页。蔡霁安：《书籍史：概念、方法、进程与未来》，《中国出版史研究》2022 年第 4 期。林·亨特编《新文化史》，江政宽译，麦田出版社，2002。〔美〕罗伯特·达恩顿：《拉莫莱特之吻：有关文化史的思考》，萧知纬译，华东师范大学出版社，2011。戴联斌：《从书籍史到阅读史：阅读史研究理论与方法》，新星出版社，2017。〔法〕罗杰·夏蒂埃：《过去的表象：罗杰·夏蒂埃访谈录》，沈坚译，李宏图、王加丰选编《表象的叙述——新社会文化史》，上海三联书店，2003。何朝晖：《包筠雅教授访谈——关于欧美的中国书籍史研究动态、趋势与方法》，《中国出版史研究》2020 年第 3 期。

籍史/阅读史视野下的近世中国文学研究作梳理与述评，不仅有利于接下来于此视野下作更长时段的中国文学研究，亦可为书籍史/阅读史全球化转向提供中国式的新诠释。

关于书籍史/阅读史研究，罗伯特·达恩顿曾提出著名的"交流循环"（communication circuit）分析模型，① 从作者到出版商、印刷商、承运商、书商再到读者，将可能影响书籍生命过程的几乎所有因素串联到书籍"生产—传播—接受"的循环全过程里，在研究实践中可借此作为检查书籍或文本在社会中扮演何种角色的手段。故本文将据此，从书籍或文本的生产阶段、传播阶段以及接受阶段来检视书籍史/阅读史视野下的近世中国文学研究。

一 生产阶段

在文学书籍或文本的生产阶段，关涉着书籍或文本的物质形态、印刷出版技术以及书籍制度等多方面的问题。物质形态方面，如陈志勇《士商便览、旅行类书与晚明闽刻曲选读者定位——书籍史视域下闽刻戏曲选本的考察》② 考察晚明福建建阳地区编刻的戏曲选本，从其独特的版面分栏、用墨用纸、字体行款、价格定位以及封面插图等来分析此类戏曲选本传达的市场定位、图书性质和读者人群等核心信息。张赟冰《晚明的史书出版与史学普及——以〈皇明通纪〉为中心》③ 则从版面形式、符号标记、副文本的设计等制作细节，来勾勒《皇明通纪》作为晚明畅销历史书的原因。陆胤《格式化日常：日记预印版格的本土传统与外来资源》④ 注意到日记文献预印版格此一物质形态，追溯其来源，从中见出读书人的修身传统和时间控制心态等。技术方面，如王宇根《万卷：黄庭坚和北宋晚期诗学中的阅读与写作》⑤ 认为 11 世纪印刷所带来的文本生产领域之急剧变化，不仅为黄庭坚诗学的产生和发展提供了大的语境和物质基础，而且影响了其主

---

① Robert Darnton, "*What is the History of books*?" Cathy N. Davidson (ed.), *Reading in America：Literature and Social History*, Baltimore：Johns Hopkins University Press, 1989, pp. 27~52.
② 《厦门大学学报（哲学社会科学版）》2023 年第 1 期。
③ 《"梓者法身：近世书籍文化跨学科工作坊"会议论文集》，2023 年 11 月。
④ 《"梓者法身：近世书籍文化跨学科工作坊"会议论文集》，2023 年 11 月。
⑤ 生活·读书·新知三联书店，2015。

要观点形成。王伟荣《近代印刷技术变迁对浙江地方志出版的影响》① 指出
19 世纪末至 20 世纪初中国印刷技术发生激烈变革，导致浙江地方志于体例
方面进行了改革和创新。制度方面，如林剑华《宋代官府对坊肆刻书的管
制》② 讨论宋王朝各个不同时期，随国家政治形势变化官府对民间坊肆刻书
侧重点不同的管理与控制。程国赋《明代书坊与小说研究》③ 还肯定了明代
书坊与书坊主在小说创作与传播过程中作出的贡献。此外，读者和市场需
求也影响着文学书籍或文本的生产。如徐雁平《〈读书分年日程〉与救"科
举时文之弊"》④ 揭示程端礼《读书分年日程》将朱子的六条读书法转化
为具体可行的读书计划，强调沉潜涵泳，正是针对当时科举导致的时文之
弊。陆胤考清季民初新编尺牍教本之源流，⑤ 周日蓉、郝润华辨析《杜诗镜
铨》之诠释方法，⑥ 都体现了书籍编撰根据阅读需求做出的动态调整。

　　书籍史/阅读史启示文学研究者从"作品"转向"文本"，关注文本编
定之前处于生产阶段的文本形态。如吴钦根的谭献研究，主要通过南京图
书馆藏五十七册稿本《复堂日记》这类原始载体，以及广泛搜罗的谭献其
他稿抄本文献等，还原出其生平文章代笔的真实样貌，带领读者走进其填
词现场，为深度探寻谭献的诗词创作以及其如何塑造文本等奠定了坚实基
础。⑦ 徐雁平《论清代写照性手卷及其文学史意义》指出包括画像与题识文
字的写照性手卷，对于理解清代别集由多篇序跋组成的"文字群"具有启
发意义。⑧ 李成晴《写卷·题板·刊石·墨纸：一部宋代"寄题"诗集的生
成》⑨ 讨论诗卷、诗刻等单体文献如何通过士人间求诗—寄题的信息沟通进
入诗集，完整呈现宋代"寄题"诗集的生成过程，利于突破别集的文本秩

①　《中国出版》2024 年第 14 期。

②　《闽江学院学报》2006 年第 4 期。

③　中华书局，2008。

④　《南京师大学报（社会科学版）》2012 年第 3 期。

⑤　《"实用"与"虚文"之间——清季民初新编尺牍教本源流考》，《文艺理论研究》2022 年
　　第 1 期。

⑥　《阅读史视域下的〈杜诗镜铨〉及其诠释方法》，《中国诗学研究》（第 24 辑），凤凰出版
　　社，2023，第 44~56 页。

⑦　《谭献文章代笔及其"以代作入集"的文学史意义——以稿本〈复堂日记〉为中心》，《南
　　京大学学报（哲学·人文科学·社会科学）》2023 年第 3 期。《"以诗词入日记"与谭献词
　　学创作的时地还原——基于稿本〈复堂日记〉的一种考察》，《文学遗产》2021 年第 3 期。

⑧　《文学评论》2017 年第 3 期。

⑨　杜晓勤主编《中国古典学》（第四卷），北京大学出版社，2023，第 105~144 页。

序，对宋诗之集群展开生成视角的观察与思考。

集前文本之外，书籍阅读视野之下，伴随书籍文本生成的如序跋、评点、批校等"副文本"同样受到了学界的关注。序跋方面，如王润英对明代书序文的研究，既看到书序文和所序书籍之间的密切系联，又充分发掘书序文对明代社会文化的建构意义。[①] 郭英德、马东瑶、赵宏祥等学者也各从富有创造性的视角探析序跋。[②] 这些研究促使序跋不再只是被视为文学批评材料，其文体和文化价值皆得到重审。评点方面，如罗鹭《元人评点元诗的诗学价值与意义》[③] 指出元代诗歌评点的特色是将评点对象由古代名家名作转变为同时代的普通作家作品，产生了"元人评点元诗"的特殊文献类型，具有开创性和奠基性意义。温庆新则从阅读史角度系统阐释了评点本《红楼梦》的全新意义。[④] 批校方面，如韦胤宗《浩荡游丝：何焯与清代的批校文化》[⑤] 以西方书籍史和新文化史为工具，分析何焯的批校行为及所反映的清人学术心态，进而窥见此种学术文化对社会历史的影响。这些"副文本"的研究，极大拓展了近世中国文学的研究对象，甚至有助于学界重新思考和探索"文学"的边界问题。

二 传播阶段

书籍或文本的流通传播阶段，单从书籍或文本的内部形态来看，就可能涉及抄本与刻本，前文本、定本与衍生文本，实物书的多种版本等伴随文本流转出现的问题。抄本与刻本方面，颇具启发性的研究如孙修暎（Suyoung Son）《文人社群与刻本的制造》借由分析张潮《幽梦影》以及《檀几》《昭代》两部丛书的刻本形成过程，指出 17 世纪的文人刻书，从收集

---

① 《梓而有序：明代书序文研究》，商务印书馆，2020。《集序书写与"后七子"文学思想的构筑、演变》，《北京社会科学》2020 年第 10 期。《政治在场与话语转译：明初士人的谱序书写》，《华南师范大学学报（社会科学版）》2021 年第 6 期。

② 郭英德：《民间学术共同体的结盟——陈玉璂〈学文堂集〉序文解读》，《文学评论》2022 年第 6 期。马东瑶：《论周必大的"士大夫文统"观》，《文艺研究》2021 年第 12 期。赵宏祥：《集序写作的"认题"与"立意"——以钱谦益集序为例》，《中南大学学报（社会科学版）》2018 年第 3 期。

③ 《四川大学学报（哲学社会科学版）》2021 年第 4 期。

④ 《〈红楼梦〉评点本的阅读史意义新探——基于版本形态意图指向的考察》，《湖南大学学报（社会科学版）》2022 年第 4 期。

⑤ 中华书局，2021。

稿件到刊印成书的每一个步骤都带有抄本生产特有的印记。① 启发我们重新检视抄本与刻本之间以往泾渭分明的界线。实物书的多种版本方面，如魏宏远《王世贞〈艺苑卮言〉实物印本考覈》② 认为王世贞《艺苑卮言》实物印本形态的不断变化，参与了文本意义的生产，而在脱离作者掌控后实物印本"物的叙事"与"作者意图"渐行渐远，最终转为"以资闲谈"的"诗话"或"诗论"。陈广宏《严羽诗学著作的生成及其早期传播》③ 推证严羽诗学著作具有诗辩、诗体、诗法、诗评、诗证的构成方式，论析严氏诗学著述如何在宋元间文学生态环境中主要以"诗法"面目被传播。叶晔《〈齐州吟稿〉与曾巩地方诗歌的存录方式》④ 注意到曾巩的选集《齐州吟稿》与其文集系统的巨大差异，据此由收录《齐州吟稿》的《两宋名贤小集》推证地方文人如何通过不同的文本存录方式，完成对作家之地方书写行为的塑造。还有汪超根据稼轩题序的异文，追踪《稼轩词》四卷本系统的流变，提醒利用整理本开展研究势必存在风险。⑤ 罗鹭则聚焦一种兴起于明弘治年间的特殊翻刻本，即明人对书棚本唐集的翻刻本，这种并非完全忠实于底本原貌的新刻版本推动了书棚本唐集在明中期的流通与传播。⑥

　　除此之外，对于戏曲和词等与表演相关的文学形式，特别是海外学者关注到表演文本和文学文本之间的关系，提出了诸多新见。如何予明《演出的困难性：徐渭〈狂鼓史〉的相关问题》透过分析明杂剧经典《狂鼓史》，打破以往将其视为只能纸上阅读而无法在台上演唱的文人杂剧之说，认为《狂鼓史》虽然在内容上有其实际演出的困难，但其音乐在晚明的生命力并没有被拘束在纸上空间。蔡九迪（Judith Zeitlin）《演出、手稿与印刷之间：十七世纪戏曲与歌本中的音符想象》讨论音乐作为一种物质存在所具有的推动与形塑叙事的力量，强调了过去文本研究中甚少被注意到的听觉/音乐元素，并揭示了对这种元素可能的分析方式。古柏（Paize Keulemans）《印刻"热闹"：十九世纪侠义小说与表演文本中的小贩叫卖声》通

---

① 美国纽约新学院大学《"白话小说，书籍史与阅读史：明清文学研究的新视角"研讨会论文集》，2007 年 11 月。
② 《兰州大学学报》2018 年第 6 期。
③ 《中华文史论丛》2017 年第 2 期。
④ 《汉语言文学研究》2020 年第 3 期。
⑤ 《中国古典学》，北京大学出版社，2023，第 185~202 页。
⑥ 《书棚本唐人诗集在明代中期的翻刻与流通》，《"梓者法身：近世书籍文化跨学科工作坊"会议论文集》，2023 年 11 月。

过比较 19 世纪的《包公案》鼓词以及侠义小说中与小贩叫卖声相关的段落，说明在不同的叙事文本对于庶民日常生活里的声音的想象。史恺悌（Catherine Swatek）《清代昆曲的抄录与传播》发现抄本中保留的宾白的记录。① 国内如马里扬《宋词换头短韵的"游弋现象"及其音乐解释》② 则探析了宋词文本流传中留存的音乐要素。

近年来，近世文学书籍或文本在海外尤其是东亚文化圈的流通传播备受学界关注。琴知雅《朝鲜时期所编唐诗选本研究》③ 讨论朝鲜文人自编的唐诗选本及其文学史意义，并借此管窥朝鲜时期阅读和出版文化的真实状貌等。罗鹭《五山时代前期的元日文学交流》④ 在探析五山时代前期的元朝与日本的文学交流时，论及日本南北朝时期翻刻元人诗文集至少 15 种，翻刻数量之多、传播速度之快、刊刻质量之精，都是中日文学交流史上的奇迹。陆胤《传统"圈点"与近代新媒介——兼论明治日本出版物的接引作用》⑤ 从流行于近世东亚的读写世界的"圈点"入手，指出近代新媒介中的圈点并非传统圈点自然发展的产物，而兴起于明治日本印刷工业和新闻体制输入之后。叶晔则通过对日本国立公文书馆藏《华胥放言》"戌集"的考察，梳理了编纂者周铭中年的行迹、思想及文学创作实践，并从中挖掘出其时新版书籍在东部海域的流通细节。⑥

其他研究，如徐雁平《批点本的内部流通与桐城派的发展》⑦ 从姚永概《慎宜轩日记》中发现围绕批点本存在一个私密的"批点本书籍交流网络"，可反映桐城派形成的机制和文学特质。温庆新《查禁与阅读："四大奇书"流布的两种面向及思想史价值》⑧ 则从书籍流通的查禁制度方面，揭示"四大奇书"这样的通俗章回小说在历史长河里如何被加以公共性塑造。另外徐雁平还有《清代环太湖地区的书估、书船与书籍的流动》《清代的抄书与

---

① 以上四篇论文皆见美国纽约新学院大学《"白话小说，书籍史与阅读史：明清文学研究的新视角"研讨会论文集》，2007 年 11 月。

② 《中国古典学》，北京大学出版社，2023，第 173~183 页。

③ 《中国古典学》，北京大学出版社，2023，第 333~370 页。

④ 《四川大学学报（哲学社会科学版）》2015 年第 3 期。

⑤ 《中国古典学》，北京大学出版社，2023，第 371~399 页。

⑥ 《〈华胥放言〉东传与清初词人周铭事迹考》，《江苏师范大学学报（哲学社会科学版）》2023 年第 4 期。

⑦ 《文学遗产》2012 年第 1 期。

⑧ 《金阳学刊》2023 年第 1 期。

书籍生产及流动》等文呈现了清代书籍流转的文化世界。①

三　阅读阶段

文学书籍或文本的阅读接受阶段，强调读者反应的重要性，读者的阅读实践并非被动接受，而是一个充满创造性和意义重建的过程，读者亦可成为作者。因此，罗伯特·达恩顿精练地指出阅读史研究不仅要关注"谁在读""读什么""在哪里读""什么时候读"等问题，还要回答更困难的"为什么读""如何读"等问题，即读者身份、读者的阅读对象、阅读方式和阅读反应诸方面。

关于读者身份，如张昊苏《论乾嘉时期藏书家的通俗小说阅读生态——以周春〈阅红楼梦随笔〉及其交友圈为中心》② 展现乾嘉时期藏书家阅读通俗小说的生态。以周春为考察焦点，论析在乾嘉考据学风的影响下，他如何将治经、治史之法折射进小说阅读，形成独特的索隐范式。并因同乡学友间的交流与书籍传播，使浙西成为《红楼梦》阅读和研究的重镇，而索隐方法蔚然成"派"。华玮《性别与戏曲批评——试论明清妇女之剧评特色》③ 则在精析 28 种明清妇女评点戏剧的材料之基础上，探究女性作为戏曲读者在其笔下的剧评中呈现的独特观察角度和阅读心理体验等。罗开云（Kathryn Lowry）《晚明情书：阅读、写作与性别》④ 深入晚明书商邓志谟编纂的《丰韵情书》，看到妇女群体作为阅读和写作情书的主体，对晚明日常生活造成了深刻的影响。

关于阅读对象，如徐雁平《三教之外又多一教：清代的小说戏曲阅读》⑤ 指出 19 世纪 30 年代以后，至少在交通便利、经济较为发达的南方，对于小说戏曲的阅读得到前所未有的扩展。其《新学书籍的涌入与"脑界不能复闭"——孙宝瑄〈忘山庐日记〉研究》⑥ 又据孙宝瑄《忘山庐日记》的记载，发现孙在光绪晚期大量阅读西学书籍的经历，展现出西学书籍给

---

① 《学术研究》2013 年第 10 期，《古典文献研究》2017 年第 2 期。
② 《南开学报（哲学社会科学版）》2024 年第 2 期。
③ 《中国文哲研究集刊》（第 9 期），1996 年 9 月。
④ 收于张宏生编《明清文学与性别研究》，江苏古籍出版社，2002，第 390~409 页。
⑤ 《古典文献研究》2020 年第 2 期。
⑥ 《清华大学学报（哲学社会科学版）》2019 年第 4 期。

其带来的观念更新、知识结构更替，且由此可窥 19～20 世纪之交中国社会文化的转型问题。由于文学书籍或文本的作者也是读者，因此可由其创作推知作者的阅读情况和知识结构。如叶晔《〈牡丹亭〉集句与汤显祖的唐诗阅读——基于文本文献的阅读史研究》[①] 即通过考察《牡丹亭》中的集唐诗句在明代通行的唐诗选本、丛刻中的收录情况等，推知汤显祖的唐诗阅读书籍，并通过对书籍来源的考证，大致呈现汤显祖的唐诗知识结构。胡鹏《笔记与南宋阅读转型——以陆游〈老学庵笔记〉为中心的讨论》[②] 亦是由分析《老学庵笔记》及相关文本，还原其材料来源和创作概貌，在厘清陆游笔记阅读史的同时，发现以《广记》为代表的笔记类书、总集是南宋士人案头的日常读物，在建构士人知识构成和思想世界方面具有重要意义。此外，叶晔认为从以调编次的明万历《花草粹编》，到以世次为编纂方式的《古今女词选》《名媛诗纬诗余集》《林下词选》，再到《兰雪集》《杨升庵夫人词曲》的适时发现和表彰，女性读者才算普遍形成了对女性词的历史认识，女性词文学传统方可谓"成立"，进而才能实现真正意义上的创作及批评自觉。[③]

关于阅读方式，如陆胤长期关注中国传统文化中的读书之法，其《从"自讼"到"自适"——曾国藩的读书功程与诗文声调之学的内化》[④] 根据曾国藩日记所载，对其读书活动做分类统计，详析曾氏汲取理学家读书功程和修身日谱的经验，有意识地将各种形式的阅读体验塑造为一门修身日课，对近代读书社会产生了深远影响。《从"经文"到"经义"——"读书革命"视野中的近代读经法变异》[⑤] 则指出清季发生的学者经学观念及读经之法的变异，伴随白话文的兴起与新学科秩序的形成，关乎教化实践与读写生活，预示着"读书革命"（Leserevolution）的发端。龚宗杰《符号与声音：明代的文章圈点法和阅读法》[⑥] 梳理了文章圈点之法在明代于形式和意义上发生的新变，这种从文字以外的符号、声音要素切入，有助于全面认识中国古代的书籍阅读，更好理解评点在古代文学批评史中的意义。李晓田《"声音景观"与"阅读规范"——宋代士人对读书声的诗学呈现与文

---

① 《文学评论》2019 年第 4 期。
② 《安徽大学学报（哲学社会科学版）》2022 年第 4 期。
③ 叶晔：《女性词的早期阅读及其历史认识的形成》，《文学遗产》2022 年第 1 期。
④ 《北京大学学报（哲学社会科学版）》2021 年第 6 期。
⑤ 《文史哲》2024 年第 4 期。
⑥ 《文艺研究》2021 年第 12 期。

化建构》① 指出宋代士人对声音阅读的实践和高度关注，对读书声的倾听、诵读与书写，构成了独特的声音文化和朗读文化，揭示宋代士人借助读书声传达人生价值的策略，认为读书声亦是宋代士人的自叙之声。此外，何谷理《明清插图本小说阅读》② 更是从书籍工艺的角度探讨了明清之人阅读插图本小说的方式、习惯及意义。

关于读者反应，首先是读者的创造性阅读。如魏宏远《王世贞诗文集的文献学考察》③ 呈现了接受者及王世贞本人对诗文集的理解错位而造成多文本性和重复性，造成王世贞诗文集的种类、卷数、版本以及作品间的关系极其复杂。杨珂《清初骈文的"应世"之风及其转向——以"指南类"书籍为中心的考察》④ 勾勒清初至清中叶"指南类"骈文书籍的演变，揭示在读者阅读和改造下，清初骈文如何朝庸俗化、程式化方向发展，并最终完成雅正化的美学转向。陈宏《从李贽评〈水浒传〉看晚明文人阅读视野中的鲁智深形象》⑤ 则探讨晚明文人阅读的关注视角，认为《水浒传》中鲁智深形象在晚明之所以被解读为具有佛性的真和尚，除了此形象自身具备的狂禅意味文化内涵之外，更与当时作为读者的文人超越出世入世界限看问题，推崇豪杰品格和纵情自在的人生境界密切相关。

其次，读者反应的另一种情况即是读者转换成作者。如汤志波《改写与被改写：书籍史视野下〈雪庵清史〉的成书与接受》⑥ 以明万历间乐纯编撰《雪庵清史》的典型案例，揭示了《雪庵清史》如何改写、化用、套用其他书籍创作成书，以及此书后来为其他笔记继续改编与袭用的命运。尧育飞《清人日记成"例"的读写"驱动"》⑦ 提出日记体例是日记文体研究的关键，认为清人受所读日记体例影响，在写作实践中不断变化体例。诸种日记之间不断影响，使得日记体例在晚清呈现趋同之势。薛瑞丰《从阅读、吟咏到摹拟：江户"大学头"林家与邵雍〈击壤集〉》⑧ 揭示了日本江户时代掌管文教的"大学头"林家身为朱子学者，文学上却格外青睐

① 《中国诗歌研究》（第 24 辑），社会科学文献出版社，2023，第 160~177 页。
② 〔美〕何谷理著，刘诗秋译《明清插图本小说阅读》，生活·读书·新知三联书店，2019。
③ 《文学遗产》2020 年第 1 期。
④ 《"梓者法身：近世书籍文化跨学科工作坊"会议论文集》，2023 年 11 月。
⑤ 《南开学报》2003 年第 1 期。
⑥ 《"梓者法身：近世书籍文化跨学科工作坊"会议论文集》，2023 年 11 月。
⑦ 《"梓者法身：近世书籍文化跨学科工作坊"会议论文集》，2023 年 11 月。
⑧ 《中国诗学研究》（第 25 辑），凤凰出版社，2024，第 235~248 页。

邵雍，他们如何阅读《击壤集》并反复摹拟，还形成了一种在家塾释菜礼上赋诗吟康节的传统。林家充分学习了邵雍自然平易的诗风，汲取了"自乐""与万物自得"的诗学精神。叶晔《副文本的秩序：〈钤山堂集序〉的写作策略》[1] 注意到在明正德、嘉靖年间中国出版业快速爬升期出现的作家生前高频次增刻而生成的书序文"副文本群"，在此情况下，序作者具有将其他撰序者引为预期读者的第四方心理，进而开辟写作新路，形成了文学批评维度的规避与竞赛局面。

四 总结与展望

综上所述，可知在书籍阅读视野的观照下，近世中国文学研究目前已取得了较大进展。从某种程度上看，书籍史/阅读史视角的引入，甚至从多方面突破了传统近世文学研究的格局。

首先，在研究对象上，书籍史/阅读史将文献文本置于从生产、流转到被阅读的交流循环过程，近世文学研究受此影响，一方面在选择和考察研究对象时，从"作品"转向"文本"，逐渐走出长期以来以点校本为中心的研究模式，越来越多地关注到集前文本形态和实物书籍的版本等问题，同时伴随文献文本生成的如序跋、评点、批注之类的"副文本"等其他衍生文本亦被纳入研究视野，文学文本不再是孤立的存在，而关涉多种文本关系。另一方面，在"作品"转向"文本"的过程中，许多以往不被视作"文学"的文本进入近世文学研究，促使我们反思 20 世纪初才闯入中国的"文学"概念之合理性，利于重建更加符合中国传统文化生态的文学文本概念。[2] 其次，在研究重心上，西方书籍史/阅读史研究经历了从"作者"转向"读者"的过程，相应地，近世中国文学研究在长期以作者为考察中心之后，正如夏蒂埃指出的那样，将作者视为读者的一分子，开始探索作家的阅读对象、阅读习惯和方式、阅读反应以及作家如何实现读写转换等。再次，在研究方法上，随着书籍阅读研究视野的引入，西方书籍史/阅读史常用的计量、比较、联系等方法，在近世中国文学研究当中被广泛运用，为传统文学研究增添了实证等色彩。最后，在研究目的上，西方书籍史/阅

---

① 《多维视域中的明代文学——第七届明代文学研究青年学者论坛论文集》，2013 年 8 月。

② 相关讨论参见徐建委《浪漫主义的基因：浅谈文学史研究与古典学之关系》，《中国古典学》，北京大学出版社，2023，第 1~22 页。

读史研究从一开始就不只是单纯针对书籍或阅读历史的探析，而是要透过书籍史、阅读史把握社会、思想和文化的脉搏。就目前书籍阅读视野下的近世中国文学研究来看，最终导向的亦非所谓的"纯文学"问题，而是以文本解析为中心，走向更为深广的思想文化世界。

正如众多外来理论"中国化"进程呈示的那样，早期研究往往能迅速在大框架范围内发挥出理论的优势效能，实际上此后的深度融合却最具挑战。以上研究成果说明书籍阅读视野下的近世中国文学研究已走过该理论"中国化"进程的初步阶段，正在迈向 2.0 时代。未来需要在现有成果基础上，更着重从中国本土文献文本自身的属性和特征出发，深度融合书籍史/阅读史研究观念和理论，建构中国式研究的新范式。鉴于此，或许可从以下几个切口继续拓宽进路。

1. 数字人文的助力

相较于前代，近世文学文本具有整体上数量巨大且文本系统异常复杂的特点，因此要对此期内的书籍或阅读相关数据作更具精度的统计分析，对书籍交往、文本关系做更直观的可视化呈现等，未来势必要借助人工所不可比拟的数字人文的研究优势，即充分运用莫雷蒂所谓的"远读"，将"远读"与传统的"细读"相结合。

例如调查某位作家的书籍社交网络，徐嘉弈已运用社会网络分析工具Gephi 对祁彪佳日记中所记载的与他人的书籍社交行为进行分析，可视化呈现出祁彪佳书籍社交网络的几个特征。[①] 例如调查某位作家阅读到某部书籍的概率。叶晔提议可根据《南宋刻书地域考》《全明分省分县刻书考》等研究成果，结合 GIS，制作一个提供古籍实物书之抄印地点的数据库。使用者输入一部书的名称，即可呈现其历代版次、印次的空间分布情况，让研究者自己判断某位历史人物在其行迹范围内读到此书的可能性。[②] 例如确定某位作家多篇作品的阅读来源，可以通过数字人文从多组异文或特殊的作品序次关系等方面入手，作精细的比对和统计。并且，相较于西方具有大量图书名册、出版和借阅记录等直接的系统性资料，中国的书籍和阅读信息需要从评点、批校、日记、书信等间接材料中抓取碎片信息，因此更需要

---

① 徐嘉弈：《明清之际江南地区藏书家的书籍收藏阅读与书籍社交网络研究——以祁彪佳为例》，曲阜师范大学硕士学位论文，2021。

② 叶晔：《实物书之春：在文本中发现与认识阅读史》，《"游目万卷：书籍阅读视野下的近世中国文学"学术研讨会论文集》，2024 年 8 月。

研究者学习一些编程技术，建构适用于具体研究的分析模型。随着未来古籍高清影像化和互联网公布的逐步实现，数字人文普遍参与到书籍阅读视野下的近世中国文学研究中应是大势所趋。

2. 折衷式的眼光向下

书籍史/阅读史研究在发展过程中深受新文化史影响，逐渐抛开宏大的历史模型和叙事结构，倡导向下的眼光，不再将关注焦点集中于社会精英而转向平民。伴随此种转向，西方书籍史/阅读史研究势必遭遇材料方面的困境。然而不同于中国，西方仍然保留了诸多中下层民众的记载，譬如财产清单、购书记录、回忆录等，它们支持西方学者产出了不少有关中下层民众阅读史研究的优秀成果，达恩顿《屠猫狂欢：法国文化史钩沉》和夏蒂埃《"他者"的角色：启蒙运动时期的农民阅读》便是其中的佼佼者。

引入书籍史/阅读史研究的视角，对于近世中国文学研究而言，同样面临着研究对象在人物上从精英到平民，进而在材料上从精英文本到平民文本的双重困境。文学作品的书写者大多为文化水平较高的社会精英，文化水平较低甚至不能识字的平民很难成为文学史的主角，故而社会精英书写的文学文本汗牛充栋，平民很少甚至无法留痕。相对于西方国家，这些状况在中国尤为明显。那么在书籍阅读视野下研究近世中国文学，是否就始终无法达成真正的眼光向下呢？事实上前文呈现的研究状貌对此已给出了答案。人物方面，典型者如徐雁平，多年来关注中下层文人的书籍文化世界。此外，我国台湾地区学者张艺曦亦提出"小读书人"概念，[1] 以探查明代中晚期普通士人的生活和思想世界。对中下层文人或"小读书人"的关注，最终是要努力通过此一中间阶层将精英与平民的世界慢慢勾连起来。材料方面，徐雁平以日记为例在"文献集群"概念基础上又提出"中间文献"概念，[2] 转换视角，在传统诗文集这类精英文本之外，将日记、书信等与中下层文人关联更为紧密的寻常文献置于"文献集群"视角下考量，发掘"中间文献"价值意义的同时，更能在它们散布的细节中去发现近世中国的广阔世界。总之，无论中下层文人（或"小读书人"）还是"中间文献"，这种"中间"取径，本质上都是近世中国文学研究在结合本土实际之

---

① 张艺曦：《歧路彷徨：明代小读书人的选择与困境》，台湾阳明交通大学出版社，2022。
② "文献集群"见于徐雁平《"文献集群"与近代文学研究的新拓展》，《文学遗产》2022年第3期。"中间文献"见徐雁平讲座"书籍之间：书籍史如何助推古代文学研究"，2024年8月29日。

后一种更具操作性的折衷式的眼光向下。结合中国进入近世后社会整体呈现出文化权力下移、地域化和日常化等明显特征，虽然精英人物和经典文本的地位不容忽视，但是书籍阅读视野下近世中国文学研究折衷式的眼光向下所观照的中下层文人及其笔下包括"中间文献"在内的文学文本，或许更能体现近世中国文学的主旋律。

3. 本土理论的建构和持续生长

在积累了丰富的个案研究之后，书籍阅读视野下的近世中国文学研究之理论方法和范型正在形成。具体来看，如前文所述，徐雁平针对近代文学文献数量巨大、形态多样以及文献之间存在多重关联的特征相继提出"文献集群""中间文献"概念等，重审近代文学，标志着近代文学研究的新拓展。如叶晔多年来围绕明代文献特征，提出明代是古典文学文本整体"凝定"的时代，[①] 也是"实物书"的时代，[②] 甚至为明集提供了"细读"与"远读"转换和结合的整理前景。[③] 和徐雁平类似，皆从文献角度出发，尝试把握近世中国文学中某一具体时段文学的脉动，描画出该时段文学的真正特质。再如温庆新建构了如何从阅读史视野来探讨中国古代通俗小说的接受的理论模型，[④] 韦胤宗重新厘清和界定了阅读史的材料与方法，[⑤] 王润英则反思"副文本"理论进入中国后产生的理论与研究实践错位等问题，试图结合中国古代文本特征重构中国式"副文本"理论。[⑥] 这些针对某一时段的文学和某类文学文本而建构的本土理论，正在持续生长，随着未来研究的推进，理论之网将会更加密实，而书籍阅读视野下近世中国文学研究的整体理论范型也会越来越清晰。

事实上，本土理论的建构和持续生长，反映出国内学界对中国文献文本特征和文化意涵的多方位发掘与深刻体认。本土理论密织的网最后形成的不仅是书籍阅读视野下中国文学研究的理论范型，而且终将舍筏登岸，

---

① 叶晔：《明代：古典文学的文本凝定及其意义》，《中国社会科学》2020 年第 2 期。

② 叶晔：《实物书之春：在文本中发现与认识阅读史》，《"游目万卷：书籍阅读视野下的近世中国文学"学术研讨会论文集》，2024 年 8 月。

③ 叶晔：《明集整理的一种前景："细读""远读"转换及其潜能》，《中国古典学》（第 4卷），北京大学出版社，2023，第 39~57 页。

④ 温庆新：《中国古代通俗小说阅读史研究的思路及意义》，《湖南师范大学社会科学学报》2023 年第 3 期。

⑤ 韦胤宗：《阅读史：材料与方法》，《史学理论研究》2018 年第 3 期。

⑥ 王润英：《反思与重构：从中国古代序跋看"副文本"理论的更新》，《励耘学刊·文学卷》（2024 年第 1 辑，总第 39 辑），社会科学文献出版社，2024，第 219~233 页。

建构出真正契合中国传统文献文本的整体研究理论。此一方面，南京大学程章灿、赵益等提出的"中国古代文献文化学"即是很好的示范。①

书籍史/阅读史视野引入中国文学研究以来，特别是近十几年间，已有包括南京大学"中国古代文献文化史"（10ZD130）重大项目在内的多个国家社会科学基金项目成功立项，显示出国内文学学界对书籍史/阅读史研究视域的持续关注和投入。从刚刚揭晓的2024年国家社会科学基金立项名单来看，17项书籍史/阅读史相关项目中，文学类仍有7项之多，单项方面远超历史学、图书馆·情报与文献学、新闻和传播学其他三类传统上与书籍史/阅读史最为相关的学科门类，并且所涉时段从魏晋南北朝到近现代，考察对象从个体作家到时代群体。② 从这些均可看出当前文学学科在国内书籍史/阅读史研究中重要的先锋地位和强劲的发展态势。而就目前的研究情况来看，近世中国文学研究在此方面显然仍居于最前列。因此，接下来在书籍阅读视野下对更为遥远的写抄本时代的中国文学和对更为广阔的中国古代文学之探讨，近世中国文学研究皆可作为一种有效的参考，一叶助渡之舟；而对书籍史/阅读史的全球化转向而言，近世中国文学研究又能提供中国式的新诠释，是一面异域的镜鉴。

［作者单位：中国社会科学院文学研究所］

---

① 赵益：《从文献史、书籍史到文献文化史》，《南京大学学报（哲学·人文科学·社会科学）》2013年第3期。

② 这7个项目分别为浙江师范大学何炯炯主持的"左翼作家阅读史研究（1927~1937）"、西北大学仲济强主持的"阅读史视域下后期鲁迅的历史意识与文学创造研究（1928~1936）"、中山大学李雪莲主持的"沈从文阅读史整理与研究"、湖南第一师范学院任芯颖主持的"晚清明初违禁小说生产、流通与阅读史料的整理与研究"、湖南大学向吉发主持的"阅读史视域下沈从文对俄苏文学的接受研究"、南京大学赫兆丰主持的"知识史与魏晋南北朝文学发生研究"、海南师范大学胡鹏主持的"笔记与宋代士人的知识世界研究"。

开山复觅路：重读潘光哲《晚清士人的西学阅读史（1833—1898）》

徐佳贵

台北"中央研究院"近代史研究所潘光哲先生的《晚清士人的西学阅读史（1833—1898）》一书，初版由台北"中央研究院"近史所于 2014 年推出，2019 年又由江苏凤凰出版社推出简体的修订版。笔者对该书初版撰成一则书评，发表于《台北"中央研究院"近代史研究所集刊》。① 经大致比对，就几则初版书评（包括笔者的书评）② 提出的多数问题，2019 年修订版已做出修改或回应；③ 原章末注均改为页下注，便于读者检阅出处；人物、史事考证与文本对照性质的附录文字，从 16 则增改至 25 则。此外，正文内容如再版自序中所言，变动不大。之后 2021 年台北"中央研究院"近史所又推出新版，笔者则未寓目。作为"汉语世界的第一部阅读史专著"（2014 年版封二"内容简介"），这部著作在学界产生了较大反响，影响范围未限于近代、未限于史学领域。作者熟稔欧美"新文化史"名下的书籍史与阅读史径路，而对相关的欧美社会文化研究理论，涉猎亦甚广泛。与之相应，作者在开展详密史料考订的同时，援引了不少理论术语，并给出了一些在理论思考基础上的自创语汇。此次重读这部具有"开山"意味的阅读史著作（主要依据凤凰出版社 2019 年版，下引此书仅注明页码），笔者尝试围绕书中重点使用的几个语汇，略论其间史论结合的情况可能带给

---

① 徐佳贵：《潘光哲，〈晚清士人的西学阅读史（1833~1898）〉》，《"中央研究院"近代史研究所集刊》第 89 期，2015 年 9 月。

② 各篇书评出处见潘著 2019 年版"再版自序"，第 1 页注 1。

③ 但之前繁体版未发现的一些错字繁转简后依然存在，如陈澧之"澧"2014 年版一部分误作"澧"，2019 年版承袭，误为"陈沣"（如第 132 页）。

学界的启迪。

一

　　在第1章"导论"中作者声明，此番的阅读史书写系出以个案研究（第11页）。阅读史出以个案，是一些海外学者历来的主张；[①] 而重视个案的一大因由，应是为反思一度在欧美史学界大行其道的量化取径的局限性。与对经济史量化操作之可行性基础的论证思路类似，包括法国年鉴派早期学者在内的欧美学者在书籍史中开展量化，往往注目于在特定时段内富于连续性、并可从中提取规模化与系统性数据的大宗史料，如近代以降欧洲国家与地区政府遗存的出版信息档案、图书出版机构档案、公私图书馆目录与借书卡、大型书市交易目录、成系列的订单、包含书籍的遗产清单与公证记录等。量化亦可施用于阅读环节，分析历史上读者的身份构成、购书借书情况、各类人士的阅读能力（含识字率）、地域性或群体性的阅读偏好等。然而，但凡属于史料遗存，便不可能具有足够"科学"的当代调查统计所需求或所获得的完备性；且统计的结果，有时只是印证了定性研究早已得出的"常识"，更多时候，借助模型公式的数据解读又难逃"以今法度量古事"的指责。此外，量化所呈现的历史，经常是某些数据拼接成的静态剖面的连缀；而数据剖面本身不等于历史剖面，此种连缀也难以反映个人运用书籍构建生命意义的动态过程。回到中国史，晚清阶段可纳入阅读史视野的资料总量可观，但系统性或较近代欧洲更低，一时难以构成可以在某种意义的整体上"统"而"计"之的连续系列；何况上述欧西量化取径的若干缺陷，海内研究亦无须重蹈覆辙。据此，个案式的阅读史书写，自是一种包含"不得已"意味的明智选择。

　　然而，个案研究之间通常缺乏现成的有机联系，而本书作者并不满足于一部论文集的形态。因此，在注意历史时间顺序的同时，书中又借助一些穿针引线的术语，努力构建各章之间的逻辑关联，首要的一个语汇便是"知识仓库"。

---

①　Robert Darnton, *The Kiss of Lamourette*: *Reflections in Cultural History*, W. W. Norton & Compa-ny, 1990, pp. 177~179；中译见〔美〕罗伯特·达恩顿：《拉莫莱特之吻：有关文化史的思考》，萧知纬译，华东师范大学出版社，2011，第151~152页。

作者早先的《华盛顿在中国——制作"国父"》① 一书及早先发表的
与本书有关的论文中，均已使用到了这一语汇。而据作者所述，"知识仓
库"一语系借自德国哲学与社会学家舒兹（Alfred Schutz），德语原文为
Wissensvorrat，英译为 stock of knowledge（第 7 页）。查舒兹运用这一语汇时，
主要是指人们据以认知、解释周边世界并给出"合理"反应的经验/知识集
合，亦即一种可内化于个体之中的社会经验/知识集合，这关系到舒兹本人
的现象学背景。换言之，stock of knowledge 原先偏重知识的日常性、可调用
性，因而在舒兹的论述脉络中常与"在手上的"（at hand/on hand）或"社
会的"（social）等修饰语相连，主要是为应对人的认知、经验、交流与社
会性的生成何以可能的问题。② 另据笔者粗略检索，这个语汇在中文学界常
被译作"知识储备"；而本书译作"知识仓库"，对于 *vorrat*/stock 的意涵是
偏向仓储之"物"还是仓储建筑或空间本身，作者似有不同的理解。本书
的论述逻辑，基本上是"知识仓库"存储"思想资源"，供士人进库阅览或
调取，而各方读者亦可参与"仓库"的改建与仓储内容的增添调整。在强
调知识的可积累性与储备的可变性，以及据以揭示认知理解行为的复杂性
这两点上，作者的用法与舒兹的阐释是相通的。但舒兹的用法，游移于
"一个"总体性的社会储备形态与"许多"个体化的储备形态之间，而本书
所谓"知识仓库"，本身是公共性的而非私人性的，唯公共性又意味着原则
上的开放性，可供各方人士入内各取所需。总的来看，本书更像是在使用
一个建筑类型的譬喻，与舒兹原意似有明显区别；认为用词只是表面相同、
只是受到原用者的启发（且作者在另外的场合曾言"这是我所创造的新
词"），③ 可能更加符合实情。

"知识仓库"在书中的意义，是使某些整体性的思路围绕这一建筑型
譬喻展开。该语汇通贯全书，而第 2 章标题亦为"'知识仓库'的建立与
读书世界的变化"，从鸦片战争前对中国士林精英发生真确影响的《东西
洋考每月统记传》（而非创刊更早、但对国内影响未见确据的《察世俗每

① 台北三民书局，2006。
② Alfred Schutz and Thomas Luckmann，*The Structures of the Life-World*，Richard Zaner and Tristram Engelhardt，Jr. trans.，Northwestern University Press，1973，pp. 314~315；Alfred Schutz，*On Phenomenology and Social Relations*，University of Chicago Press，1999，pp. 74~75.
③ 姜小青等《问渠那得清如许：〈晚清士人的西学阅读史〉新书恳谈会纪要》，《学术评论》2019 年第 6 期。

月统记传》）开始，论及之后面世的《美理哥合省国志略》《大英国志》等书，作者认为，这些著作为近代中国的西学"知识仓库"打下了坚实的"地基"（第56页）。此后，士人或外人所撰的西学读物，皆可入存这一"仓库"，新旧库存亦非取代与被取代的关系，而是一并成为后来者因缘调取的对象。基于何种社会条件或机缘、调取何种文本形态与文本内容，则务必深究细索；为此，作者在各章开展严谨细致的文本比对，其间制成诸多对校表格，用以考索后来人的表述究竟源自对哪些文本的阅读，人们又可能基于何种观念框架、社会文化关怀或流通诉求，对这些内容进行增删、改写与重编。这反映出作者对于"精确是义务，而不是美德"（第49页）一语所示之境界的不懈追求，也涉及对传统思想史叙述模式的反思。众所周知，既往思想史书写的路数（包括近代思想史），多呈现为从一位/一个时代的思想者到另一位/另一个时代的思想者、或一个/一系列文本到另一个/另一系列文本的线性谱系；而"仓库"的譬喻突出兴建库房、调取库存的"行为"，正可用以指出，知识思想的流转变迁通常不见得如此传承有序。历史上的读者入"库"调阅旧籍新书，大多不至于无视、可也并未恪守文本孰先孰后的时间序列；而时人或后来者的论述，也可能是袭自或参照某些报刊、丛书的重编版或他人的改写版，这些重编改写可能已经将早先的文字剥离原初的载体形态和语境，甚而将之与其他文本进行无关原作者本意的拼接，从而制造出新的语境或文本关系形态。可以说，本书强调的是某种空间或"场"的连续性，这种连续性的呈现相比以往凸显的点到点的连续性，更能尊重与容纳空间或"场"中知识流通与文本衍生状况的复杂性。且由"书"及"人"，编、撰、读等历史中"人"的行为，得以呈现为彼此衔接、相互转化的过程，这些过程同时充实或改变了公共的知识"库存"，穿梭于文本生产流通各环节之间的人们在观念运作与社会物质条件的共同作用下发扬的能动性，由此便获得了更为充分的展示。

　　延续上述仓库建设的思路，作者又推出"书本地理学"和"地理想象"两个概念。"书本地理学"引自法国年鉴学派第一代领袖人物吕西安·费弗尔（Lucien Febvre，或译费夫贺）与亨利-让·马尔坦（Henri-Jean Martin）合著的《印刷书的诞生》一书中的提法，该提法亦为这部书的一章标题（中译为"书籍地理学"），大意是指书籍与相关人员在地理空间上的分布情况，及对这类动态历史图景的考察。① 这些情况受到各种物质/经济条件制约，具体到近代中国的阅读，各地的交通邮驿状况、士人的信息渠道与书刊获取能力（不一定是买，也可能是通过家传、奉赠、借取、传抄等），显然深刻地影响了士人接触"知识仓库"或其中某些库存的便利程度。不过作者强调，这些物质条件也并非决定性因素，士人在阅读中尚可突破时空限制，驰骋所谓"地理想象"（geographical imagination）（第 135 页）。除却作者此页自承的对赖特·米尔斯（Wright Mills）、大卫·哈维（David Harvey）等社会学与地理学者论述的援引，"地理想象"还应关涉对于书籍与读者空间感之关系的思考：书籍作为媒介、作为"人的延伸"，② 可令读者身居一隅而视通万里，而传播面广泛的印刷书有助于更多人接触到同种文字（或曰较广义的"语言"）承载的内容相似的知识思想，进而强化彼此同属一群、理应同呼吸共命运的观念，连带建构对应特定空间范围的、集体性的"自我"与某些"他者"的区分，如安德森（Benedict Anderson）论述"印刷资本主义"如何促成了近代民族国家这一"想象的共同体"，便大体呈现为这样的思路。③ 具体到晚清的情境，在第 3 章，作者便以（在后世相对康梁等）不甚著名的浙籍学者朱一新及其著作《无邪堂答问》为例，考察关乎近代西国政情、学术与风俗的知识观念，尤其是地理观念如何经由读与写的活动在士人的头脑中成形。对于目力所及的西学文本，朱一新既有汲引又有拒斥，而他自己制作的文本亦得入驻"知识仓库"，成为后代读书人（如杨度）接引西学的基础。这些关乎地理观念的知识生产流通，涉及士人依托旧籍对四裔殊方给予理解、从而建构（含重构）华夏中土与异域之关系的既有方式，而其结果又促成了近代"国族危机""国族竞争"意识的萌生与传播。

接下来的第 4 章，集中探讨围绕报刊这一近代中国最重要的新型媒介展开的阅读史。本章以戊戌维新时期的《时务报》为例，是因为这份刊物标志着办刊不再主要是传教士与边缘士人的行为，而成为中土广大官绅士人

---

① 〔法〕费夫贺、〔法〕马尔坦：《印刷书的诞生》，李鸿志译，广西师范大学出版社，2006，第 163~213 页。

② "人的延伸"是麦克卢汉（Marshall McLuhan）的用语，参见马歇尔·麦克卢汉：《理解媒介：论人的延伸》，何道宽译，译林出版社，2019。

③ Benedict Anderson, *Imagined Communities: Reflections on the Origin and Spread of Nationalism*, Verso, 1991, pp. 32~46；中译见本〔美〕尼迪克特·安德森《想象的共同体——民族主义的起源与散布》，吴叡人译，上海人民出版社，2005，第 30~46 页。

主动积极介入的活动；相应地，围绕报刊的"读书社群"，亦在各地蔚起，通过聚焦于《时务报》本身承载的编读互动内容，以及《汪康年师友书札》等集中反映报刊主事者与各处士人交往的资料，作者揭示《时务报》如何引发士人阅读文化的丕变，该报自身又如何在读者意志的参与下，成为一代名刊。在此过程中，其他士人报刊亦随风而起，引发新的读编互动，而《时务报》的篇章又与其他士人报刊一起，被编录进《经世文编》等传统体裁，受到广泛的复制与再加工。作者还以《时务报》译稿为例，注意到报刊承载的西学具有"新闻化"的趋势，这实际上反映了时人对资讯/信息与知识之区分的理解如何受到报刊阅读行为的影响：一方面，报刊提供了较以往书籍传播更高频度、在原则上又具有稳定周期的信息传输，这对士人的精神世界与阅读习惯产生了巨大冲击；但另一方面，强调时效性的外方报刊新闻传至中土，实际所需的时间时快时慢，而且有时会被士人读者径直转化为更具恒久价值的"知识"（第242—243页），从这个意义上讲，当时既有外方"知识"的"新闻化"，也有"新闻"的"知识化"。在此，笔者意欲补充一点：戊戌时期许多士人报刊的栏目设计，本就是"期待"读者在阅读时或阅读后分拆装订的；这种期待与分拆行为，说明了不少士人编读者一种认识上的"默契"：他们在很大程度上将报刊视作一种暂时的或"过渡"形态的信息载体，而默认恒定持久的载体依然是"书"，过渡性质的报刊"理应"适时地转化为书的形态而传之久远。各种报刊在发行的同时或之后，往往有分类汇编本行世，颇受读者欢迎，这种做法也一直延续到了民国阶段。可见近代读书人对信息与知识之分野的认知，和他们对"报"与"书"之区分的认识存在关联，而这种区分与今人的相关理解尚有不容忽视的差异。①

　　另可补充的是，《时务报》在戊戌维新时期的中心地位，并非始终显得

---

① 此外，"报"与"刊"有何异同，时人的理解与今人也有差异。当时许多名为"报"的出版物今天看来都是"刊"，当然也有明分"报"与"刊"者，如《国闻报》与《国闻汇编》之类；另如《时务报》本身是旬刊，复有《时务日报》与之配套。而戈公振《中国报学史》开篇对报纸与杂志做过区分，报学之"报"当指报纸，可该书所论却仍包括杂志期刊。见戈公振《中国报学史》，《民国丛书》（第2编第49册），上海书店，1990，第2~21页。今有学者从语词史的角度考证称，似乎要到日语"杂志"传入中国、广为国人所接受，报纸与期刊杂志才真正实现两分。见陈江《"报"与"刊"的分离及杂志的定义——中国近现代期刊史札记之一》，《编辑之友》1990年第5期；李玲：《从刊报未分到刊报两分——以晚清报刊名词考辨为中心》，《近代史研究》2014年第3期。

天经地义；该报何以如此风靡，其他一些士人报刊又何以未能挑战《时务报》的地位，也经历了耐人寻味的多方互动过程。如笔者曾着手维新时期杭州《经世报》的个案研究，该报由浙籍士人经理，原聘陈虬、宋恕、章炳麟等人主笔，他们本有意树立地域性的学术旗帜，与康梁一系形成并峙甚至对峙之局。但《经世报》最终销路惨淡，草草收场，除却报文内容的缘故，这也关系到办报者与读者关于报刊编辑形式、经营理念等方面的交流。大致来说，陈虬、宋恕等人早先已有论议经世之学、阐发改良思想的书籍刊印行世，但这些被今人归入"早期维新思想"的著作，原初多是通过进呈或寄赠等方式传布，其传播模式是渐进的点对点传播，以此保证开初的读者范围有限，且多属于亲近之人或较有地位与学识之人。而到维新时期，尽管士人办报对官场力量的借助依旧普遍，但在报务中经营与撰作的分离已趋显著，士人文字甫一面世，往往便要点对面地接触地位与学识状况难以预判的读者（当然"书"的传播也更多地利用了报刊平台，其受众亦容易更形"陌生"）。有意与事的士人作者，便要在自身撰作水平之外，展示在发现撰读距离比预想中更远之时的调节适应能力。而在另一种意义上，撰者与读者的沟通却又可能变得更为迅捷，众多读者多角度的选择与回馈意见，又更频繁地对编撰方构成考验。这不是说，士人读者迅速接受了对报刊媒介的西式品评标准，而是品评标准本身亦在早期的形成过程中，有诸多传统因素对其产生影响，旧有的思想趣味、文章品味与对外来标准的本土化理解共同作用，方才左右了各报刊的命运。要之，中土士人初涉报刊运作时，尚有多歧化的摸索，除却被后世视作"主流"的作者与文本（如梁启超与《时务报》），学者尚须措意整个新型舆论空间的构建演化，关注其间各方文本的存在方式，以及各处经营者、编撰者、读者等相关角色对于此类方式的看法，与在实践中路向各异而又不无相互影响的抉择调适。①

除却媒介之变，尚有"制度"相关的面相。在第5章，作者探讨西学可能具有的"体制空间"，此处具体指向科举体制的改革空间。西学这一"新酒"如何纳入科举之"旧瓶"，尚需趋新官员与应考士子费心揣摩；围绕这一问题，作者对维新时期湖南学政江标所编《沅湘通艺录》收录的湖

---

① 徐佳贵：《维新、经世与士人办报——以杭州〈经世报〉为个案再论维新报刊史》，《新史学》第27卷第2期，2016年6月。

湘士子的策论展开细致梳理，析论士子可能采取了何种答题策略，对策可能借鉴、乃至大段照搬了何种流行的西学书刊，西学书刊又是如何为应试者与阅卷者提供了亦旧亦新的语汇与观念。不仅如此，西学既与"利禄之路"挂钩，相应的"文化市场"也迅速走向蓬勃，借助石印、木刻等新旧技术，西学书刊的盗印翻刻之风也日益盛行；《沅湘通艺录》自身稍后也成为"知识仓库"的存储物，并成为"'文化市场'牟利逐利之资本"。西学在基本取才制度中求得了更大的生存空间，其在中土拓展版图的前景，已然更形广阔（第302—309页）。

1897年末，徐仁铸接替江标担任湖南学政，继续试行科举改革，督导士子勤习策论，更多应试士子于是主动或被强行拉入此一"知识仓库"，乃至开始养成"就报刊求西学"的阅读习惯。但对一般的读书人而言，自行摸索难免事倍功半，因此"读书秩序"的建立，变得至为关键。此处的"读书秩序"，大致是学问次第与门径的意思，在近代学科体制尚未建立之前，士人窥探西学门径，会遇到更多曲折与困难。这些读物的编撰，清晰可见本土目录学传统的影响，而梁启超《西学书目表》和配套的《读西学书法》等著作，乃是早期西学门径书的典范，许多人赖其指点迷津。不过，门径读物指示的知识路向，读者也从未奉为绝对的"圭臬"（第355页），一些读者成为后来门径读物的作者，他们也会基于自身的阅读体验出以创见，促成士人在"知识仓库"中的游览路径不断调整改变。

在此可以补充的是，体制化与"读书秩序"问题，尚须考虑近代学堂/学校教育在中国的兴起。本书的时间下限在1898年，之后"东学"勃兴、学堂广兴的时代不在讨论范围，可是维新时期及之前，西学也已见于某些书院、学堂甚至一些地方塾馆的教学，学科教学在一定程度上已趋规范化，各地的办学者亦已能分享某些新式教育机构的规章程式。相应的阅读史，理应涉及教育知识（包括教育学理知识与办学实践知识）的流转、教材制作与流通、师生互动等议题。而"读书秩序"的生成变化，同样是与亦新亦旧的师徒授受行为相关的，教学场景在许多情况下，亦可被视为一类重要的"阅读"场景，但在其间开展的行为又往往不仅限于狭义的"阅读"。一些西学门径书可能默认士人在私人化阅读时使用，如此则可能不适合教学中使用；如何结合对应特定社会空间的新式教育实践，规划、调整指涉不同群体的"读书秩序"，是一个维新时期业已存在、之后又不断困扰各方知识人的重要问题。

综上所述，本书的阅读史叙写，可以理解为围绕"知识仓库"意象的两个视角有别而又同时进行的过程。其一是仓库的修筑，首先是"打地基"，之后库存日形丰富，"媒介"（近代报刊）与"体制"（科举）要素亦介入其中，导致仓库及其存储的样貌不断发生变化。其二是士人与此仓库内容的互动，读者的境遇与能动性反映在包含"地理想象"之展开、"读书秩序"之建立等现象趋势的言行中。这一可以赋题为"人与仓库"的动态画面，较以往"从……到……"的线性图式具有更强的、对不同种类的过程性历史信息的容纳能力，也应更富于对近代知识思想变迁的解释力。不过，贯穿全书的语汇，从另外的角度看也会造成一些问题。如在近代，中外知识与思想既有竞争也有交汇，倘若默认"西学"自成一"仓库"，那么是否之前有一中土"传统"的"知识仓库"，如此又如何判定半土不洋、半中半西的知识观念资源（如清季相当一部分列于"经世之学"名下的知识内容）应归入哪个仓库?① 而且，明末清初已有一轮西学传播，这批资源在近代中国或遭忽略、或重获重视，那么它们更应当归于既往的仓库，还是新设的仓库？更为关键的是，日本方面的知识资源至晚在维新时期，已在海内有一定的传播规模（如《时务报》等均有"东文报译"栏目，本书已经提及）；"东学"资源既受西学影响，又受自身文化浸润，甚至可能存在早先中国文化或19世纪初以来中西交流成果的影响，若默认1898年之后另有一"东学"仓库，则难免夸大这些库存与其他资源的"本质区别"，相应低估中、西、日三者间（或更多方面之间）多向交流的频密度与复杂程度。另外，作者似乎规定，"公开"传播的知识文本与思想表述方有"入库"的资格，然而许多情况下，判定是否"公开"的标准也是难以清晰的。本意不予公开的知识思想，亦有可能广为传布，有意大力扩散的内容，也可能出于内容读解或物质层面的缘由而无人理睬，与未曾公开无异。

笔者以为，若要维持"仓库"的譬喻，或可进一步向舒兹的思路接近（但仍不尽同），将"仓库"视为一直以来存在的（即非近代新立的）、储藏来源难分中外、储藏性质兼顾公私的整体性知识体系，而将近代西学东渐（包括东学入华）与阅读变迁所涉者，视作仓库内部结构的重大变化。库房从来没有统一的"装修"计划，各方人士可携入新的资源，可独享或

---

① 对此已有书评指出，本书中士人的某些阅读内容能否算作"西学"，所谓"西学"究竟应如何界定，都值得商榷。见范广欣《"西学东渐"与"知识仓库"的建设、使用和更替》，《政治思想史》2016年第4期。

共享库中的新器旧物，亦可将这些资源用作修改仓库结构的材料。质言之，或许人文科学理论总归是"探索"性质的，其"基本概念"，照理便应是"隐喻"而非"法则"；① 隐喻常能催生洞见，却又不免因借助喻体的逻辑理解本体而造成偏颇。本书给出了一个近代阅读史书写的融贯思路，而书中可能存在的一些问题，也能触发进一步的思考，帮助后来人致力于深耕细作抑或面向新议题的开拓。

二

如今，阅读史依然是一个深受国内学界关注、且不断有新鲜血液注入的领域。投身其间的学人，也来自历史学、文学（包括中文与外文）、文献学、新闻学等多种专业背景。以下基于笔者有限的阅读，再略谈几点对中国主题阅读史研究现状的看法，与对该领域未来的展望。

首先，必须指出，国内近年的阅读史研究在资料利用、对象范围、研究方法等方面，较十余年前风气初起时已有明显的进展。多数研究还是聚焦于明清与近代两个时段，当然也有明清以降通贯至近代的研究。就个案式研究来说，可能集中反映读书状况的日记、读书录等，仍是重点利用对象；另如作为历史上一般士人读书状况的反映、在当时又构成日常阅读对象的科举时文材料，可以反映书籍分享（包括物质形态分享与内容分享）情况的书信、会社出版物、报刊读编互动栏目的材料，也一贯受到重视。还有题跋与批校评点（见于书页或自成一文本），反映书籍收藏、出借、购买等情况的印记标价，关乎阅读品味的书籍材质、版式与装帧信息，书局书商的经营记录与出版销售目录、书刊登载的广告与目录、私家藏书楼与公共图书馆书目等，都得到了持续的发掘利用。一些学者承认，购借、收藏、编目行为本身不等于、也不能必然推导出阅读行为，但往往同意在结合其他史料慎重利用的前提下，这些资料有助于深入思考某时某地读书风尚演变的"可能"过程与逻辑。

潘先生这部著作聚焦于"西学"阅读史，而这些西学文本，多半是指用中文书写的读物；其所谓"士人"读者，也主要是指缺乏直接阅读外文

---

① 〔德〕沃尔夫冈·伊瑟尔（Wolfgang Iser）：《怎样做理论》，朱刚等译，南京大学出版社，2019，第 7、13 页。

之能力的国内知识人。而具有外文阅读能力的知识人，显然也值得关注，唯须注意，外文阅读能力本身也是一个需要细致估测的指标。近代不少知识人的外文能力不宜高估，或存在较大争议（如晚清民国时期的不少留学生与海外流亡者）；而日后熟稔外文的知识人，其对外文从陌生到熟悉也有一个过程。这些知识人的阅读，可能直接涉及翻译行为（而翻译又有口译笔述配合、直接笔译、据第三方语言转译、节译与全译、意译与直译等多种情形，牵涉"阅读"的不同性质或不同情境），值得开展更多专题化的剖析。潘先生此著聚焦于"士人"，而知识精英以外普通民众的阅读文化，历来是海外阅读史的热点，也已成为海内阅读史研究的热点之一。这涉及史料上的开掘，如对明清以降日用类书、蒙学书籍、杂字读物、宗教信仰读物、小说戏曲唱词，以及官绅宣谕文本、近代白话报与民众启蒙读物等的关注。这些阅读亦不限于中国本土既有的知识观念，也涉及舶来品，包括近代西学内容。另有性别视角，女性的阅读史也日益引起重视。大多研究者注意到，许多面向或有意面向普通民众的文本，其实是由（男性）知识精英制作并传播的；这些精英自身的知识水平亦千差万别，而文本对其他民众能否发生影响、如何发生影响，也都需要谨慎评估。研究者可运用这些材料来描绘各方知识人对于民众阅读文化和"精英—民众"关系的认知与想象，并估测民众阅读能力与偏好的可能区间，而不可一厢情愿地将文本内容径直认作普通民众自己的声音。另外，一些貌似常供知识精英阅读的文本，有多大可能性进入其他民众的阅读世界？一些通常由精英撰作的文类，是否绝不可能有其他民众介入生产？亦即，阅读史与文化（史）研究中"精英—民众"的二分法本身在何种意义上值得进一步的反思，也需要研究者以更审慎的态度去面对。

在方法上，除却从各种资料中提取与阅读书目、情境、心态直接有关的信息，尚有细致的文本比对，这种承自传统校勘版本学与思想史书写的文献功夫，在阅读史中仍有可观的发挥空间，并能获得越来越多电子数据检索技术的支持。此外还有量化手段。尽管海外学者早已指出量化分析的种种局限，但他们也从未彻底否定量化手段的功用。近年来的明清与近代阅读史，对书坊书单、文献目录与书报广告等材料，也屡有量化性质的利用；还有人借助量化法梳理单一文献（如会社出版物、日记、读书札记）中的信息，包括所阅书籍的题材与体裁变化、读者制造的文本中时新语词的出现频率与其阅读行为的关系等。总的来看，这些量化手段大多是辅助性的，且操作方法简单、无需数学或统计学意义上的专门训练（因而在一些人看来算不上真正的"计量"方法），多是借以印证通过定性的描述与资料排比得出的结论，本就不指望这些数据能够单独精准地说明问题。本土的史料遗存能否经由某种大规模、高精度的量化分析而得出某些宏观的阅读史结论，目前来看依然存疑。

另外，"阅读"的对象是否限定为"书籍"，或曰何谓"书籍"？这一基本问题，依然值得检视。早先一些海外学者认为，书籍史的研究对象应以印刷书为主;① 而另一些人认为，但凡可被认为是"纸"并上书文字的物件，或但凡属于文字呈现的物件，皆可纳入书籍史视野，关键在于从书到人，将书籍或文本视作"过程"而非静物，叙写动态的书籍"生命史"，亦即（个体的或集群的）"人"使用书籍获取知识、促成交流以及构建意义的历史。② 笔者也倾向于赞成这样一种意见，就是若论一个"领域"而非某一项具体研究的应然状态，则书籍史的对象不妨定得宽泛一些，"书籍"究竟如何定义，应始终允许争议。所谓"阅读"，也无须与某种较狭的"书籍"定义捆绑，围绕简帛金石、卷子折本、稿本抄本的传播接受史研究，皆可纳入阅读史视域或借鉴阅读史思路。而文字与图像的交汇，本是常见现象，观览图像亦不必被严摈于"阅读"范畴之外，学者正应借助更多的史料挖掘与理论思考，深究图文结合的阅读如何随时而变。且"读"本身在许多情况下乃是制造声音，这些声音可能另有接收方，或又引起另一些人的出声阅读行为（如教学空间中教师领读、学生跟读的方式，在近代如何演变，似值得进一步探讨），亦即"阅读"不会仅限于视觉。与此道理相通，"听众"聆听文本朗读或口头释意的行为（如普通民众听说书、听人"讲""演"白话报之类），以及口传"文本"、供剧场表演的文本（甚至表演本身，及表演实况与表演对应文本之间的张力）能否纳入阅读史，答案也不妨在原则上保持开放。

而逻辑上连带的一个认识是，阅读史的时段范围，自然可以向印刷术普及之前的时段延伸。欧美书籍史、阅读史经常聚焦于印刷书，这关系到西方印刷术自身的历史特点与印刷术的历史地位；而众所周知，中国长期

---

① Robert Darnton, "What is the History of Books?", *Daedalus*, Vol. 111, No. 3 (Summer, 1982), p. 65.

② 参见〔英〕詹姆斯·雷文《什么是书籍史》，孙微言译，北京大学出版社，2022，第 10~15 页。

是雕版印刷大行其道，中国自身活字印刷的历史地位与作用，也与西方经验显著不同，若依西式的书籍史断限操作，难免强我就人、削足适履。当前明清书籍史、阅读史往往聚焦于晚明以降，这诚然有存世史料较丰的缘故，但也有西式断代的影响——欧美学者往往强调晚明以降（或 1600 年前后以降）属于所谓"中华帝国晚期"或"早期近代"，与欧洲书籍史对西方近代早期的重视若合符契；而连带的一个后果是，晚明与明前中期及之前历史的连续性或可比性，有可能遭到忽视。另如印刷术普及之前，文本的流传与阅读高度依赖抄写；但传抄行为在印刷书蔚起之后也从未消失，抄写的文化意义亦是在承袭中变（这一点中外皆然），若仅以印刷术普及与否为断，便将诱使论者漠视其他一些现象与问题跨越断点的性质。当前，晚明之前时段的阅读史研究也在增多，而对于如何利用更为有限的史料遗存，一些学者已致力于结合图像（如画像石、讲经图、风俗画等）甚或考古资料，挖掘文字载体的物质形态与时人阅读之关系的可能性，并注意到西方古典时期、中世纪及其他古代文明阅读研究的参考与对话价值。更长时段的中国阅读史、对中外互动的考察及与其他古代地区阅读文化的比较，有望取得更丰硕的成绩。

其次，国内阅读史在勃兴之余，在问题意识和思路上，似乎还是遇到了一些瓶颈。仍有一些"阅读史"研究，实际不过是版本目录信息的堆砌，或仅是将各种材料中关于"阅读"的记录采集到一处，而无意给出任何深层的分析，在此，"阅读史"不过是旧式文献研究表面新涂抹的一层釉彩而已。这种做法当然不是全貌，但出现这类情况，有时可能也不是懒惰所致，而是面对材料的极度散碎与头绪纷繁，着实感到无从清理。显然，万金油式的问题框架并不存在，新意与可操作性兼备的问题意识，理应源自对材料相关之具体社会情境与文化趋势的敏感与把握程度。关于这一点，以下基于笔者一点粗浅的思考，姑举数例。

第一，"读了什么"的问题，似乎从来比"怎样读"的问题容易回答；相应地，国内一直以来更常见的，似乎还是阅读"内容"史而非阅读"方式"史，此与时贤倡言"新文化史"名目下的"阅读史"的本意，似存在一定的距离。如果放大方式史的意涵，则编撰读互动研究与读书社团研究等，都不算鲜见；但更深层次的方式史探讨，仍属凤毛麟角。在海外，一些学者提出欧洲曾有一场"18 世纪阅读革命"，称欧洲在其间经历过从精读到泛读、从大声朗读到默读、从公共诵读到私人阅读之类的变化，这些变化又与当时欧西的知识民主化趋势及个体意识觉醒的趋势相关联。其实对于这些宏观判断，达恩顿、夏蒂埃（Roger Chartier）等名家均曾表示质疑；① 根本上说，对较长历史时段中的文化实践方式的简洁归纳，总会显得可疑，这一点中外皆然。可是，针对总体的简明结论不必奢求，局部的深掘仍可勾连一时的社会文化趋向，从而带来启发。如近年陆胤等学者细致考察晚清以降"记诵""吟诵"等读书风习的演变，及与学堂/学校教学相关的新式阅读方式兴起的过程；还曾以作为"读书功程"的曾国藩日记为主体资料，对某些关涉阅读行为的关键词进行规模化的量化处理，涉及读书时间分配、书籍类型变化、精读抑或粗读、动笔与否、出声与否等问题，开展对曾氏如何开展长期性、多层次之阅读实践的精细探讨，终又从中归结出"诗文声调之学"某种可能的近代演变趋势。② 要之，阅读"方式"对阅读"内容"自然存在影响，要点与难点之一是，如何在本土历史情境中评述此种影响过程。在此，我们诚然不宜对欧美学界的问题意识亦步亦趋，但书籍文化总有共通之处，彼方的灯火依然有助于点亮本土资料库中不为前人所注意的勘探路径，而这些勘探所得，正有助于重构中国阅读史与文化史自身的问题域。

第二，阅读史虽然自有价值，但不宜成为一片参与者在其间自娱自乐的领地；除却"反映某一时代的文化变迁"之类大而化之的措辞，学者仍须面对"So what?"形式的问题，思考阅读史能否具有别种层次的学术意义，能否产生与其他研究次领域对话的价值或可能性。如潘先生的这部著作，便有意借助阅读史书写，反思近代思想史与西学东渐史的一般径路；由此引申，笔者以为在中国文史研究中，阅读史反思各种思想史、学术史传统书写模式的潜能，尚有开发的余地。达恩顿曾援引法国书籍史家达尼埃尔·莫尔内（Daniel Mornet）的观点，主张 18 世纪法国人的阅读内容并

① Robert Darnton, *The Kiss of Lamourette*：*Reflections in Cultural History*, pp. 165～167（中译见〔美〕罗伯特·达恩顿《拉莫莱特之吻：有关文化史的思考》，萧知纬译，第140～142页）；〔法〕罗杰·夏蒂埃：《书籍的秩序——14 至 18 世纪的书写文化与社会》，吴弘渺、张璐译，商务印书馆，2013，第98～99 页。

② 陆胤：《从"记诵"到"讲授"？——清末文教转型中的"读书革命"》，《清史研究》2018 年第 4 期；陆胤：《晚清文学论述中的口传性与书写性问题》，《中国社会科学》2019 年第 5 期；陆胤：《从"自讼"到"自适"——曾国藩的读书功程与诗文声调之学的内化》，《北京大学学报（哲学社会科学版）》2021 年第 6 期；陆胤：《从"经文"到"经义"——"读书革命"视野中的近代读经法变异》，《文史哲》2024 年第 4 期。

非后人通常认为的 18 世纪法国文学，称："在我们的印象中，每一个世纪的文学是以经典为核心的作品集合；我们的经典概念来自我们的教授们，教授们又是从自己的教授那里获得的，这些人的概念又来自他们的教授，如此一直追溯到 19 世纪初的某一点便断了线索。文学史是一种伎俩，它经许多代人拼合起来，一些地方缩短了而另一些地方加长了，某些地方磨损了而有些地方打了补丁，时代错误俯拾即是。它与过去的实际文学经验几乎没有联系。"① 这段话相当刺耳，也容易招致非议，可意思并不复杂，据笔者的理解，达恩顿的真意也并非要用另一种线性的"人物+文本"谱系来取代后世的经典作家作品谱系，而是提示研究者应通过充分考虑文本的物质形态问题、其在社会上发生影响的机制与过程问题，反思线性谱系式的文学史模式本身。虽然串联"经典"作家作品的思想史、学术史、文学史模式不至于被彻底否定，但此类模式与历史现场文本传衍状况之间时大时小的张力，也务必引起重视。思想史、学术史、学科史应从若干"伟大"（且因何伟大，往往掺入后设标准）的头脑在高空彼此发射电波的图式，至少部分地转变为顾及物质流通状况与社会实践过程的更为"脚踏实地"的图式。若阅读史在表面上蔚为大观，既往的"学案体"或"高僧传""传灯录"式书写（及其基于"经典性＝代表时代/影响深远"之类的预设而获得的结论）却仍岿然不动，则此种繁荣也不过是在原先的植株上添了些可有可无的枝杈，而无关植株栽培方式本身能否革新、植物园布局能否改良之类的追问。

还有一个延伸性的问题值得提出，便是阅读史与政治史（含政治事件史）的关系。法美等国文化史家尤为关注法国大革命前后的书籍史与阅读史，一个重要意图，便是检视启蒙运动与大革命究竟有何关系，或曰 18 世纪的思想、"心态"或社会文化变迁，究竟在何种意义上或通过何种机制与过程，"导致"或"推动"了大革命的发生。诚然，这也是达恩顿等人的论著引起莫大争议的一个方面；② 质言之，"思想导致革命"这样的表述，中间暗藏了无数逻辑泥潭（例如究竟何谓"导致"，如何才能判定某类思想与

① Robert Darnton, *The Forbidden Best-Sellers of Pre-Revolutionary France*, W. W. Norton & Company, 1996, p. xvii；中译见〔美〕罗伯特·达恩顿《法国大革命前的畅销禁书》，郑国强译，华东师范大学出版社，2012，第 1 页。译文略有修改。

② 参见 Haydn Mason ed., *The Darnton Debate: Books and Revolution in the Eighteenth Century*, Voltaire Foundation, 1998.

革命行动之间存在因果关系等），论者一旦陷入，便难以抽身。但这并不代表这类问题不值得提出，笔者以为，论者固然不能将阅读文化一厢情愿地往"导致革命"的方向理解，或将与革命无甚联系的内容直接弃置，可略如夏蒂埃所言："被剥夺了所有目的论诱惑的历史，可能会变成由毫无联系的事实组成的无休止的清单。"① 以近代中国为例，实现民国代清的辛亥革命，似具有与宋、元、明以来的改朝换代迥异的特性：当时，清廷在军事上的颓势并不明显，其覆亡颇似多米诺骨牌的倾倒——直接给予第一面骨牌的力度不算很大，但之后许多省份迅速宣告独立（包括诸多立宪分子较革命党更为活跃的省份），这很大程度上是"人心已去"所致，而"人心已去"的很大一部分，正是"士心已去"。而"士心"为何"已去"？这便涉及书报流通阅读影响下各方士人对时政的感受、关于政治"理应如何"的观念变化以及实践层面的政治参与形式的变化，这些复杂的变化，亦非笼统的"倒向革命"一语可以概括。换句话说，晚清时段书籍（包括报刊）与阅读文化在政治变迁中的重要性，可能是中国历史上其他时段难以得见的；该时段阅读史与革命的关联，值得作为一个答案开放（open-ended）的问题，长期萦绕于有心者的脑际。

最后，与思路进一步开放的需求相应，阅读史呼吁更充分的跨学科合作。书籍史和阅读史即使能被视作一个"学科"，也应是位于文学、社会文化史、文献学、目录学交界面上的，② 多学科在资料与思路上的合作共享，理应成为常态。目前，国内历史学与文学、新闻学专业围绕书籍阅读议题，已有一些交流对话，只是历史学从业者（笔者可以算入）对相关理论往往所知较浅，甚至不时望而却步；文学专业出身者擅长文本分析，对政治与社会情境的关注则往往稍欠充分，对于历史之过程性的敏感有时也有所欠缺；新闻学专业（通常是新闻史）则要时常面对源于近当代西方经验的媒介理论如何适用于中国历史的问题，并尽力避免让理论仅仅呈现为裹在少量史料外围的一层炫目的包装。还有文献学，在学理上和现今的学科体制中，文献学与文学本来接近，与历史学也有千丝万缕的联系；而一些历史学者对文献学者、目录学者依然存有"因循保守"的刻板印象，事实显然不是如此。如南京大学的文献学者推出"文献文化史"名

---

① 〔法〕罗杰·夏蒂埃：《法国大革命的文化起源》，洪庆明译，译林出版社，2015，第6页。
② 参见〔英〕莱斯莉·豪萨姆《旧书新史：书籍与印刷文化研究走向》，王兴亮译，广西师范大学出版社，2023，第8页。

下的研究系列，通贯中国由古及近的历史，在发挥扎实考订文献源流的专业优长之外，对海外书籍史、阅读史的取径经验也多有参考借鉴，可谓近年该领域的一项重量级成果。总之，阅读史的多方合作，尚有较大的机制化空间，一个声气相求又各美其美的未来，值得经由更多殊途同归的努力去实现。

[作者单位：上海社会科学院历史研究所]

寻常阅读中的历史侧影

——何予明《家园与天下：明代书文化与寻常阅读》读后

王国军

何予明的《家园与天下：明代书文化与寻常阅读》（He，Yuming. *Home and the World：Editing the "Glorious Ming" in Woodblock-Printed Books of the Sixteenth and Seventeenth Centuries.*）是对明代印刷书籍文化与普通阅读习惯的深入研究。该书的英文版由哈佛大学亚洲研究中心于 2013 年出版，并于 2015 年获得了亚洲研究协会列文森图书奖（Joseph Levenson Book Prize）。中文版由作者自己翻译，于 2019 年由中华书局出版。

一 背景与方法

本书基于作者 2003 年于加州大学伯克利分校完成的博士学位论文"Productive Space：Performance Texts in the Late Ming"，并在此基础上扩展了大量内容。此前英语世界的中国书籍史研究是历史学者和文学研究者都涉猎的领域。历史学家往往集中讨论某个地区的书籍生产和流通，特别是福建建阳和四堡地区。[1]也有学者综合考察中国古代书籍出版文化。[2]文学研究者

---

[1] 代表性研究包括 Lucia Chia（贾晋珠），*Printing for Profit：The Commercial Publishers of Jianyang，Fujian（11th~17th Centuries）*，MA. Harvard University Asia Center，2003；Cynthia Brokaw，*Commerce in Culture：The Sibao Book Trade in the Qing and Republican Periods*，MA. Harvard University Asia Center，2007（中译本为〔美〕包筠雅《文化贸易：清代至民国时期四堡的书籍交易》，北京大学出版社，2015）。

[2] Joseph McDermott（周绍明），*A Social History of the Chinese Book：Books and Literati Culture in Late Imperial China*，Hong Kong：Hong Kong University Press，2006。

则以某些作家为例研究抄本文化，[①]或者综合考虑小说插图及戏曲插图。[②]近期对文学与物质文化的关注显然涉及书籍作为一种传播媒介的研究。[③]何予明的研究从文本细读出发，结合中国古典文献学和全球书籍史，提出了独特的研究路径。

本书的中文标题突出了两个关键词"书文化"与"寻常阅读"。作者从清人对明人编刻书籍的贬斥出发——如"明人刻书而书亡"这样的常见批评。英文版标题中的"皇明"（glorious Ming）是一个看似矛盾的文化概念：既然明代的书籍被贬斥为"稗贩"（hucksterism），它又如何成为一种引以为傲的"皇明"文化呢？作者从这个问题出发进入明代的日常书籍世界，去探索其内在的肌理。

在研究方法上，何予明指出了现有书籍史研究的两种模式：一是"交流循环"（communication circuit），关注书籍作为交流工具的功能；二是"读者社区"（community of readers），关注读者之间的直接或间接关联。作者所关注的是书籍的使用，用"识书"（book conversancy）的概念避免了传统意义上识字与否（literacy）的区分。以《山海经》和《千家诗》为例，作者指出前者在明代是版本复杂的图文网络，而后者则是诗歌唱和及习作的教材，因此我们无法追溯作为权威文学文本的《山海经》或《千家诗》。本书的研究避免以某个文体或地域为基本研究对象，而是通过四个个案研究来展开。

二　内容概述

本书的《绪言》分析了清人所指责的"稗贩"二字的含义：前者暗示明代书籍杂糅衍生的状态，后者则强调了书籍市场的作用。由此出发，作者介绍了自己的方法，即搁置对明书的价值判断，转而关注书籍本身的流

---

① Xiaofei Tian. *Tao Yuanming and Manuscript Culture*：*The Record of a Dusty Table*. Seattle：University of Washington Press, 2005（田晓菲：《尘几录：陶渊明与手抄本文化研究》，生活·读书·新知三联书店，2022）.

② 见 Robert E. Hegel, *Reading Illustrated Fiction in Late Imperial China*, Stanford：Stanford University Press, 1998；Li-ling Hsiao, *The Eternal Present of the Past*：*Illustration*, *Theatre*, *and Reading in the Wanli Period*, 1573～1619, Brill, 2007.

③ Judith T. Zeitlin, et al., eds. *Writing and Materiality in China*：*Essays in Honor of Patrick Hanan*. Cambridge, MA：Harvard University Asia Center, 2003.

通和使用。《绪言》介绍了本书使用的关键术语及各章的主要内容。

第一章讨论了明代刊刻的内容驳杂的《博笑珠玑》。该书收录了酒令、灯谜、笑话以及一组明代诗歌等内容。作者依次分析了该书所收录内容的出处，包括《大明律》《千家诗》《西厢记》等文本。作者的分析揭示出，明代家喻户晓的古文和诗歌作品往往是通过像《古文真宝》和《皇明诗选》这类并不权威的古诗文选本传播的。正如作者所言，"《博笑珠玑》投射出了一个跨越不同书籍类型和语体风格的书本世界。"① 通过选择性地呈现各种文本中的内容，《博笑珠玑》创造了一种文化风尚，帮助读者想象"皇明"的文化世界。

如果说第一章关注一本书内容的驳杂，第二章则关注一类书——三节版戏曲杂书。作为明代刻本书籍版式空间的一个创新，三节版板式的中间栏包含了酒令、歌谣、灯谜等丰富多样的内容，从而极大地影响了阅读经验。作者称之为一种都市"逆文化"。作者进而追溯中间栏的这些内容来自当时流行的，多为福建刻本的通俗类书——万宝全书。通过在三节版戏曲杂书的中间栏选入日用类书的内容，这些出版物创造了一个社会空间，用来展示新的知识类别：如笑话、"江湖密语"和"江湖俏语"，以及明代地理交通知识。这些戏曲杂书对明代官方地理知识进行游戏化改写，从而对明帝国的空间进行戏谑和戏剧化的想象。作者最后对这些戏曲杂书的封面进行图文细读，指出其中的插图创造了对私人戏剧演出场所的想象。

第三章深入探讨了明代书籍"辗转稗贩"的现象，综合考察了文字与图像的互动如何创造出新的书籍形式和通俗语言。本章分析了多个案例，例如《玉谷新簧》如何重复利用书籍的刻板，《妙锦万宝全书》如何通过插图将传统话题日常化，醉饮场景在不同书籍中的复现与变异，以及对《西厢记》中张生跳墙情节的跨媒介呈现方式。最后，本章还探讨了这些通俗读物如何将藩国朝贡的国家礼仪转化为普通人熟悉的日常生活场景。本章的标题是《歧异的诗学》（Poetics of Error），在放弃追寻标准版本之后，作者发掘了明代文本歧异和"错误"自身的意义。例如，作者讨论"白字"所揭示的声音世界（特别是戏曲表演）与书写符号之间的复杂关系，这为我们理解通俗文学刻本与口语文化的联系提供了新的思路。

第四章在延续第三章讨论的基础上，综合考察了《赢虫录》的文本生

---

① 何予明：《家园与天下：明代书文化与寻常阅读》，中华书局，2019，第98页。

成和文化想象。作者梳理了《嬴虫录》的三种主要版本，以朝鲜、日本、匈奴为例讨论了其图文编辑的风格。随后，作者探讨了该书在明代私人阅读及日用书籍中的使用情况，并考察了《嬴虫录》在外交场合的接受及其在朝鲜和日本的传播。通过对这一个案的深入分析，作者展示了明代书籍如何将自我与异域想象融为一体，将全球视野融入日常生活的体验。

三　本书的启示

1. 个案研究的方法

该书基于四组个案研究来讨论明代书籍文化这个宏大的话题，那么四个个案之间的联系是什么呢？作者在《绪言》和《结语》中回答了这个问题。作者指出自己所描述的是一种"识书、懂书"的现象，即对书籍材质、版式、图像、文字、流通方式和社会属性的熟悉。同时作为物品、文字和图像，书籍帮助其使用者将世界和自己的日常生活相连接，也就是本书的题目所揭示的——书籍的寻常阅读塑造了明人对自我以及家园与天下的理解。

尽管从个案研究出发讨论整个明代出版文化可能引发质疑，但作者以其广博的学识和对书籍史的熟稔支撑了整本书的结构。通过把握数量极为庞杂的材料和对细节的深刻解读，作者对明代书籍文化中的"寻常阅读"做出了种种令人信服的判断。作者揭示出，清人所谓的明代书籍的"稗贩"性质，正是明代书籍日常使用的复杂性与文化意义所在。

2. 作者与版本

近来，中英文学界对中国文学中作者和标准版本的权威问题都有所反思。[①]何予明通过很多个案分析，例如张生跳墙主题的跨媒介流变以及《嬴虫录》的"异刻本"传播，进一步反思与挑战书籍史研究中对标准本的偏重。即便是"书"的概念在这里都变得更加复杂，何予明的研究揭示：书籍可以是互不相干的文字杂糅在一起，甚至是两个系统的文字共享刻板的

---

① 例如，郭英德在《中国古代通俗小说版本研究刍议》（《文学遗产》2005 年第 2 期）中讨论了古代通俗小说"一书各本"的现象，反思对文本"原貌"的执着追求。夏颂（Patricia Sieber）在《欲望的戏剧：作者、读者及元曲的复制生产（1300~2000）》（*Theaters of Desire: Authors, Readers, and the Reproduction of Early Chinese Song-Drama, 1300~2000*, New York：Palgrave Macmillan, 2003）一书中则讨论了作为元曲大家的关汉卿如何被建构的过程。

同一个空间。书不光是文字阅读的对象，也是观看插图的载体，还是收藏把玩的物品。

从这个角度出发，书籍最重要的不再是作者权威的文字。该书讨论的大部分文本都难以追溯到某一个具体的作者或权威版本。正如该书《歧异的诗学》一章所揭示，在雕版印刷书的再生产中，异文、图像的再利用，甚至是空白本身①都是生成意义的重要元素。

何予明的研究通过书籍的使用来看明代社会对城市生活、中国文化和外部世界的想象，进而来理解明代社会特有的一种新的"阅读文化"和"视觉符号系统"。从这个意义上说，该书处理的是文学研究的经典问题，即人、作品、世界之间的关系。但是这里的人更多的是书籍的使用者而非作者，作品也不是单纯的文学文本，而是承载文本和图像的书籍媒介。

3. 出版史与阅读史

有趣的是，该书英文版标题的关键词是"编辑"（editing），并没有"阅读"（reading）一词，然而中文版的核心概念则是"寻常阅读"。阅读史研究的学者提出了以史料为主导和以文本为主导的两种不同研究路径。②阅读史研究在材料和方法上往往和版本史及文本评点研究异曲同工。③何予明著作所描述的明代书籍文化既是一种编辑出版行为，也是重要的阅读实践，因此中英文标题关键词上的差异正显示了阅读史研究在材料和方法上的一个重要特点。

还需要注意的是，该书的关键词是"寻常"阅读，而非经典阅读或士人阅读。如果对比何予明发掘的寻常阅读与明清时期其他性质的阅读，这又会带来什么发现呢？随着印刷媒介的发展和识字率的提高，晚清民国时期同样涉及不同人群、不同类型的阅读。我们能否梳理明末到清末在阅读史上的某些传承或转变呢？

结　语

随着人文学者普遍对文学与物质性（materiality）关系的日益关注，书籍史研究往往和其他领域结合。比较有代表性的是方兴未艾的"批判性目

---

① 参见何予明《家园与天下：明代书文化与寻常阅读》第178、263页的例子。

② 见本期刊内叶晔文。

③ 见本期刊内徐佳贵文。

录学研究"（Critical Bibliography Studies），特别是总部位于美国弗吉尼亚的学者组织"善本书学院"（Rare Book School）提供的一系列课程和学术活动，包括中国书籍史课程。虽然以目录为名，但是这些学者的研究都有跨学科的性质，将书籍视为文字、图像、物品相结合的存在。在中国研究领域，书籍史也日益成为学者常常采用的方法，比如普林斯顿大学边和的近作 Know Your Remedies 在政治文化背景下梳理了唐宋到明清的本草史，其第一章即用书籍史的方法讨论《本草纲目》在明清时期的刊印与传播。①

何予明的《家园与天下》为明代书籍文化的研究提供了新的视角，丰富了我们对明代印刷书籍的理解。该书英文版出版以来，在英语学界被广泛征引，影响涉及文学、历史研究、出版史和图像研究等领域。这部作品不仅是对明代文学和文化研究的贡献，也为书籍史研究提供了重要的参考资料。

[作者单位：加拿大麦吉尔大学人文学院东亚研究系]

---

① 　边和 He Bian，*Know Your Remedies：Pharmacy and Culture in Early Modern China*（Princeton：Princeton University Press，2020）. 该书荣获 2022 列文森图书奖提名奖。

深入日常的文献文化史

——徐雁平《清代的书籍流转与社会文化》读后

裴云龙

  书籍史与阅读史研究是当前海内外学术研究的热点之一，也为中国古代文学史的研究提供了新的视角与思维。南京大学文学院徐雁平教授的著作《清代的书籍流转与社会文化》（以下简称"徐著"）就属于近年这一领域中颇具关注度与影响力的重要成果①。但值得注意的是，这本书并没有盲目地跟风或"随大流"，以"书籍史"或"阅读史"研究简单地命名或自我定位。作为程章灿先生主编的十卷本《中国古代文献文化史》中的有机组成部分，徐雁平教授将此书研究内容的属性描述为"清代文献文化史"，认为它的研究对象属于"动态的文献"或有"社会情缘的文献"，具体说来就是关于"文献的著述、编辑、刊印、流通、阅读等环节，以及每一环节所牵涉的行为动机，还有所关联的人群之间的互动"，着眼点在于"文献与社会的关系"②。因此可以说，作为"清代文献文化史"代表性成果的徐著包含了书籍史与阅读史研究的基本内容，但又明显超越了这一范畴的限定，力图探讨书籍在清代知识阶层日常生活中产生其文化效用的诸

---

① 截至 2024 年 8 月，以徐著为研究对象、发表于正式学术期刊或辑刊的书评至少有 6 篇，如发表于《古典文献研究》2022 年第 2 辑的韦胤宗《清代书籍史的十一个面向——以〈清代的书籍流转与社会文化〉为中心谈文献学的新写法》、蔡燕梅《重绘清代文献文化学术地图——读徐雁平著〈清代的书籍流转与社会文化〉》、刘仁《对象·路径·视角：清代文献文化史特质追寻》、尧育飞《清代文献文化史的"日记之眼"》，以及卢坡《视角的下移及"群"与"力"的突出——论〈清代的书籍流转与社会文化〉一书的开拓和创获》（《古籍研究》2023 年第 2 辑）、伍巧《"清代特色"的文献文化史研究——以〈清代的书籍流转与社会文化〉为中心的考察》（《图书馆》2024 年第 4 期）。

② 徐雁平：《清代的书籍流转与社会文化》，南京大学出版社，2021，第 1 页。

多环节。

一

　　徐著在绪论中揭示了其着重探讨的主要问题："文献在流转中如何发生作用？哪些书在市场中、在读者手中流转？为何是这些书？流转的书如何影响读者的知识结构、生活方式、情感体验乃至牵引社会习俗、学术风气的变动？"在写作策略与内容结构上，也不寻求时空连续性的传统叙事，而是将主要问题进一步细化和突出，"以问题的探究大致呈现史的脉络"，"试图以多种'专题式的小史'指向'可能的整体史'"①。

　　该书以"文献文化史"为研究的要义，但在标题上却突出"书籍流转"，而非"书籍写作"或"书籍印制""书籍出版"，这个研究侧重和视角的选取也体现了徐著不同于既往中国书籍史著作的一个显著之处。日本学者大木康《明末江南的出版文化》中的主要内容如题所示均围绕"出版"展开，但在附录中收录了作者 2009 年 6 月在复旦大学关于"明清时期书籍的流通"的讲座文字和答疑实录，从"官刻本""家刻本""坊刻本"三方面举例简述了明清文人购书、抄书、赠书的现象②。不过由于讲稿的篇幅和形式所限，该文对相关内容只做了一般性的介绍。美国学者周绍明（Joseph P. McDermott）《书籍的社会史：中华帝国晚期的书籍与士人文化》仍以"印刷"作为研究的重点，同时也用专章内容讲述了"中国学术世界中获取书籍的难题"，主要叙述政府藏书管理的疏漏以及私人藏书借阅的不便，此外也述及士人通过交谊、协议等方式结成"知识共同体"来克服这些困难的方案③，但该书考察的历史时段过长（公元 1000-1800 年间），对于清代的具体情况未作出专门的研究。徐著选择以"书籍流转"作为研究的切入点，既是对前述论著中有所述及但尚未深入展开之重要内容的深化，更体现了作者对清代读书人日常生活的高度关注和兴趣——借用作者在绪论中的表述，实际上是在实践一种"眼光向下"的研究，具体表现为"主要是

---

①　徐雁平：《清代的书籍流转与社会文化》，第 1、4、9 页。

②　〔日〕大木康：《明末江南的出版文化》，周保雄译，上海古籍出版社，2020，第 127 ~ 148 页。

③　〔美〕周绍明（Joseph P. McDermott）：《书籍的社会史：中华帝国晚期的书籍与士人文化》，何朝晖译，北京大学出版社，2009，第 114 ~ 151 页。

更多关注社会中下层以及日常生活"，"用力探求那些已经融入日常生活的文献文化活动"，"将文献'返回'或'置入'丰富的生活中"①。这种对于清代知识阶层如何围绕读书开展相关社会生活的过程、状貌进行细微、动态考察的研究立意，已经超越了一般书籍史与阅读史研究的关怀视野。与更多依靠文化精英阶层和专业人士来开展的书籍写作、印刷、出版相比，如何在日常生活与社会交往中通过多种渠道获取或交换书籍，如何在读书生活中收获知识与思想，如何通过读书建构新的人际关系和社会网络，才是与更广大的普通读书人关涉最紧密和深入的问题，也更能体现清代人文化交流与知识传播的整体风貌。因此，徐著由"书籍流转"的视角考察社会文化，有可能为我们呈现更为丰富、细致和生动的文献文化史现场。

徐著前两章是对"书籍流转"的专题考察，关注的重点分别是清代文人如何"购书"和"抄书"。第一章《书估与清帝国书籍的流转》研究了清代书籍如何通过书估实现商业市场的流通。在"南北书籍交流"的文化背景下，徐著考察了北京慈仁寺和琉璃厂书肆、书估的概况以及王士禛、潘际云等文人在市场中购书、检书的活动；对于南方的书估，徐著详细梳理了黄丕烈之吴门书坊以及环太湖地区湖贾、书船在南北书籍交流中起到的重要媒介作用。徐著认为，清代书估"在依据学术、文学等社会文化动向以及特定的需求而促进作为资源书籍不断进行'调配'方面，其灵活程度与效果，是官方的文化政策之力所不能达到的"，甚至"有利于学术文化保持一定的变动，或者造就一种新生的可能"②。第二章《抄书与书籍生产及流动》研究了清代文人如何通过抄书来实现书籍与知识的流通和共享，包括对内府及四库馆书籍、特别是文澜阁《四库全书》的抄录，以及对私家藏书的借抄、互抄和由此形成的人际网络。经过考察，徐著指出清人普遍具有抄写宋金元著述的风气；清代的抄书既属于一种谋生方式，也被视为日常生活的一部分，同时也属于学习知识及发表著述的重要手段。前两章的内容都属于较为整体的"面"的研究，但都将清代书估、抄书所包含的复杂现象拆解为具体的问题加以考察。值得注意的是，此两章所参考、引用的大量文献均属于近年整理并出版的清人日记，包括叶昌炽《缘督庐日记》（广陵书社，2014）、吴骞《吴兔床日记》（凤凰出版社，2015）、皮

① 徐雁平：《清代的书籍流转与社会文化》，第7页。
② 徐雁平：《清代的书籍流转与社会文化》，第39、91页。

锡瑞《皮锡瑞日记》（中华书局，2015）、张佩纶《张佩纶日记》（凤凰出版社，2015）、潘道根《潘道根日记》（凤凰出版社，2016）、江标《江标日记》（凤凰出版社，2019）等。诸多此类日记的辑录和出版，在极大程度上更新并深化了人们对清代文人日常生活内容、状态的了解和体认。徐著在绪论中已经提到，此书在利用材料方面的重要特色即表现为"对日记、藏书题识、序跋等'边缘文献'进行成规模的运用"①。其研究建立在对这类文献的深入阅读和仔细爬梳的基础之上，使得人们能够通过该书对这些材料的引用和解析，较为深刻地感知清代文人通过购书、抄书实现书籍流通、知识共享并形成学术文化共同体的日常生活图景和学理脉络。

与前两章针对"面"的研究相比，徐著第三、四两章转入对具体的"点"的研究。文人日记在前两章中属于开展历史研究所必需的材料，而在第三、四章中则成为直接的研究对象。第三章《荛圃藏书题识与嘉道时期苏州书籍社会》聚焦于黄丕烈的《荛圃藏书题识》，认为其系列题识具有明显的日记体特性，其文本内容中呈现了吴中文士因书籍借抄、讨论、吟咏以及绘图记事而形成的交游网络，由此在继承前代风尚的基础上渐变形成了新的地方人文传统，书籍在这一历史进程中发挥了"粘合""催化"的作用②。第四章《两位普通文人的日记及其读书生活》将目光锁定在黄金台、管庭芬这两位活动于嘉庆、道光、咸丰年间的浙江底层文人的日记，以其中记载的书籍流转与阅读活动作为考察对象，通过梳理黄金台的购书清单和承担的经济支出，黄氏、管氏将各种书籍作为礼物赠予不同对象的情况以及书籍借还的记录，以此勾勒出以黄金台、管庭芬为代表的中下层文人所藏用的"中层书籍世界"大多由供"舒适的兴趣阅读"的书籍构成，其主要对象包括晚近人集部书籍和多种戏曲、小说③，其中《红楼梦》占据了相当重要的成分。经过此两章内容，我们可以充分了解以黄丕烈、黄金台、管庭芬为代表的清代文人日常参与文化活动的总体面貌和丰富细节。与前两章的研究完全围绕"流转"展开有所区别，此两章开始更多涉及关于书籍阅读状况的考察，一些部分也为后文第七章《家集编刊与文化传承》、第八章《女性与书籍》、第九章《三教之外又多一教：清代的小说戏曲阅读》中的诸多重要内容提供了铺垫。自第五章开始，徐著的论述重心开始由

① 徐雁平：《清代的书籍流转与社会文化》，第8页。
② 徐雁平：《清代的书籍流转与社会文化》，第207页。
③ 徐雁平：《清代的书籍流转与社会文化》，第241~245页。

"书籍流转"向阅读史转换，其后各章内容均属于某些群体或个人对某类书籍阅读状况的专题研究。

近年来，学界提倡以日常生活史的视角拓展传统文学研究的对象和思路，关注具体人的物质活动与思想活动，从"日常琐碎"中发现普遍性的命题①。观照与中国古代文学有关的日常生活可以有多种模式，例如解析文学作品中描摹、呈现的生活情态，或者考察重要作家在某时期的具体生活经历与日常活动。徐著则是以点面结合的方式，考察清代不同阶层、特别是传统研究中关注较少的中下层文人如何通过日常活动实现书籍的流转与知识的共享，并以书籍为纽带建立人际交游和文化脉络，促进学术思想的传播与更新。虽然其主要内容不是对重要作家和经典作品的研究，但这种视角与思路能够使我们对清代知识界的文化生态和重要作品的流播状况建构更加深入、立体的认知，也是对书籍史研究思路和方法的有力开拓。

二

作为文献文化史研究的代表性成果，深入日常生活是徐著超越一般书籍史或阅读史研究思路框架的重要特色。然而，对日常生活的深入揭示是手段而不是终极目的，其主要意义仍在于通过揭示日常生活的更多细节，挖掘出更有恒久价值的问题，从而对古代文学与文化发展的脉络和规律建立更加深刻、准确的认知。正如前辈学者所强调，中国古代文献的"文化性"即文献与知识、思想、学术、文学、政治、权力等之间的互动，以及文献对中国传统等的深层作用②。徐著的研究并未因其深入日常的思路而走向琐细，而是通过对清人日常阅读生活的考察透视了清代学术思想史中的重要问题，包括社会价值标准的确立和精英阶层知识结构的塑造。

徐著第五章《〈读书分年日程〉与读书风气》考察了程端礼《程氏家塾读书分年日程》所标举的"朱子读书法"对清代士人读书准则、习惯与教育方法的影响。徐著将程端礼《读书分年日程》所提炼的"朱子读书法"

---

① 参见张剑《日常生活史与中国古典文学研究》，《苏州大学学报（哲学社会科学版）》2018年第1期。

② 参见赵益《从文献史、书籍史到文献文化史》，《南京大学学报（哲学·人文科学·社会科学）》2013年第3期。

概括为"读书的次第""介绍参考书目，指明读法""限定读书日程"三方面①；认为该书在清代成为读书人进学准则与程朱理学在官方教育中的复兴二者之间具有内在联系，有清一代诸多书院均采纳《读书分年日程》的原则和思想作为课表和教学的规范；特别指出《读书分年日程》具有匡正由科举"俗学"形成的浮躁心态之救弊功用②；此外晚清及民初亦出现诸多仿效此书之作，但在书目的选择上也呈现出时代的新质。对于程朱理学如何影响清代社会文化，我们惯常会想到其对于八股文写作基调与立意的严格限定。但徐著关于《读书分年日程》在清代之影响的研究为我们揭示了另外的面相，即统治者与文化精英阶层在着力将理学思想的标准树立为考核、筛选人才准则的同时，亦同样采用理学的文化精神规范、教化日常的学习心态，限制功利思想的影响。正如徐著所言，"科举求'速化'，而《读书分年日程》在有意'减速'"③。这的确与朱熹生前对科举文章和功利习气的诸多批判颇为吻合，此书第三卷后附录朱熹《学校贡举私议》即体现了这一明显的用意。在此基础上，徐著认为《读书分年日程》对读书人心态亦可发挥更加广泛的影响，即"清代读书人面对经典研习的缓解举措，可与宋代讲求读书法、计算经典字数之举联系起来，一前一后，皆是面对书籍的焦虑，或是书籍增多，不知如何选择、如何读，或是举业负担沉重，无时间读基础性的经典，似乎另有一种强劲的'书籍之流'搅乱了'正常的秩序'"④。由此可知，理学在清代对于树立价值标准与教化士人心态方面的作用，不仅在于意识形态标准的匡正，也在于对功利躁竞心态的约束，以及在信息倍增、知识爆炸的时代如何确立坚定、清晰的原则去选择学习的内容并形成稳健有序的进学方法。

此外，徐著第十一章《新学书籍的涌入与"脑界不能复闭"》也是关于学术思想史的考察⑤。该章的主要研究对象为孙宝瑄《忘山庐日记》（上海古籍出版社，2015）。徐著梳理了孙宝瑄在其日记中记载的阅读舶来之现代生殖医学、卫生学、西方经济学、政治学、哲学知识的感受，以及由此

---

① 徐雁平：《清代的书籍流转与社会文化》，第278~281页。
② 该部分内容，亦参见徐雁平《〈读书分年日程〉与救"科举时文之弊"》，《南京师大学报（社会科学版）》2012年第3期。
③ 徐雁平：《清代的书籍流转与社会文化》，第309页。
④ 徐雁平：《清代的书籍流转与社会文化》，第310~311页。
⑤ 该章内容，亦参见徐雁平《新学书籍的涌入与"脑界不能复闭"——孙宝瑄〈忘山庐日记〉研究》，《清华大学学报（哲学社会科学版）》2019年第4期。

引发的"观念的更新与知识结构的更替"和对传统学术的反思①。该章第二节"颜李之学的复苏"讨论了孙宝瑄"借西学框架对中国的积弊进行批判"的思想中所受颜李学派思想的影响②。徐著指出，"颜李在晚清得以复苏，进入士人的视野，正缘于'经世致用'思潮内在的推动。过往的精神资源总在适当的时机被激活并被转化，成为当下思想文化建设的重要砖石"，"光绪年间孙宝瑄、宋恕重读《颜李学记》，表明他们在积极吸收新学的同时，也从传统的'异端'中寻找精神资源"③。经过徐著对《忘山庐日记》中相关内容的考察，我们可以更清晰地了解以颜李之学为代表的传统思想文化中的"异质"资源在社会变革时期所发挥的独特作用。此外，孙宝瑄的知识结构其实还受到黄宗羲、王夫之、全祖望、章学诚等人思想的影响。在此基础上，该章进一步论及晚清同时期其他重要思想家与颜元思想的契合之处，例如指出蔡元培认为"颜氏的'六德'近似心理学，'六行'近似伦理学，'六艺'中包括法学、美术、体操、名学、算术"，因此"追溯蔡元培教育思想中的本土资源，颜氏之学或不能排除"，另外"湖南在晚清变革的浪潮中是思想颇为活跃的地区，《颜氏学记》的印行自然不是偶然孤立之事"④。经过徐著的考察与论述，联系到吴敬梓等人对颜李学派思想的认同和吸纳，我们可以更清晰地意识到中国社会思想的近代化变革不仅来自西方思想的涌入和"坚船利炮"的侵袭，中国思想史中自身存在的与主流思想形成张力的异质性元素同样值得更加深入的考察。由此，我们对于中国传统学术在社会近代化变革历程和对推动社会变革的士人知识结构中所起到的作用，以及中西学术思想体系的异同与比较，或可产生更加深刻的体认。

徐著上述两章都属于由阅读史的视角切入的关于清代学术思想史的专题性考察。第十一章以孙宝瑄《忘山庐日记》为主要考察对象，第五章在描述清代多家书院将《读书分年日程》作为授课内容与教育准则的情况时，亦主要参照王祖畲《溪山老农日记》（南京图书馆藏稿本）、陈宗彝《龙门书院读书日记》（同治七年稿本，上海图书馆藏）对书院日常授课、读书状况的详细描述。研究的基本思路和方法仍然是从记述清代文人日常生活的

---

① 徐雁平：《清代的书籍流转与社会文化》，第605页。
② 徐雁平：《清代的书籍流转与社会文化》，第597页。
③ 徐雁平：《清代的书籍流转与社会文化》，第594~595页。
④ 徐雁平：《清代的书籍流转与社会文化》，第601页。

文献资料中爬梳、考索有价值的信息。学术思想需要通过各阶层文化人士的具体行为与活动，方可得到普泛的传播并产生切实的效用。由此可知，我们对于思想史的考察也不可只着眼于著述思想的文本，同样需要深入日常生活史的细节，挖掘更加具体的材料。

<h1 style="text-align:center">三</h1>

徐著中有不少内容涉及清代知识阶层对小说、戏曲的阅读和交流。除第九章以此为专门的研究对象外，第五章第四节涉及光绪年间李崇洸《就正斋读书分年法程》引导童年生徒阅读《三国志演义》的情况，第八章第五节以"《牡丹亭》与'闺阁中多有解人'"为论述内容，如前所述第四章第四节亦考察了黄金台、管庭芬日记中记载的小说、戏曲阅读概况。由此可知，小说戏曲阅读属于徐著关注较多的重点内容，也属于清代文人阅读史中相当重要的组成部分。

20 世纪 80 年代以来，随着更多材料的发现和学术理念的更新，学人们越来越强烈地希望冲破传统文学史叙事模式与评价观念的限定。"重写文学史"既是一种强烈的呼吁，也是 30 多年来几代学者络绎不绝的踊跃实践。具体在明清小说史的领域中，"悬置名著"成为重要的研究策略之一。根据这一策略提出者的理解，"悬置"名著绝不等于消解名著的存在及其价值，而是暂时将其作为历史现象悬挂、搁置起来，不让它过分地遮蔽研究的视野，或不把它孤立地纳入研究的范围；"悬置名著"的附带意义还包括"将名著置于小说史之流中，暂时不考察它本身，而着重考察它的前后左右、来龙去脉"，以及"暂时不把名著当作名著看待，而是转换视角，把名著当成一般的小说作品看待"①。将名著本身暂时"悬置"而将研究的视野拓展至与文学史相关联的更为丰富的文化要素，其实可以对名著的生成、接受和历史价值建立的过程和意义进行更为准确和深入的理解。陈大康《明代小说史》中对"熊大木模式"系列作品做过专门的研究，指出"该模式是在《三国演义》《水浒传》已经刊印传播，而后继书稿又严重匮缺的特定形势下出现的"②，由此可从这一新的角度推进我们对于《三国志演义》《水浒传》在

---

① 参见郭英德《悬置名著——明清小说史思辨录》，《文学评论》1999 年第 2 期。

② 陈大康：《明代小说史》，人民文学出版社，2007，第 255 页。

明代之示范效应和影响力的感知。这样的策略和效果也适用于阅读史的研究。何予明对于《博笑珠玑》这一明代流行书的考察，从更丰富的层面呈现了明人如何在生活中以多种方式接受"四书"以及《大明律》《千家诗》《西厢记》《古文真宝》等各种类型的经典书籍，"使读者将知晓如何风趣合式地谈论这些时代书籍，表现自己对这些书本的熟知"①。由此亦可获知，这些经典书籍在当时所发挥的作用远远不止于我们惯常所了解的那些方面。

徐著第九章关于清代小说戏曲阅读史的研究，实际上也是对这一"悬置名著"思路的深化②。该章没有以明清各部小说名著的阅读状况作为展开论述的结构，而是首先通过爬梳延昌《知府须知》和阿英《浙东访小说记》中所记卢氏藏小说目录，以及《己丑曝书杂记》、《钱塘郭氏经纬书库藏书目录》、纳兰揆叙《谦牧堂藏书总目》、《阅清楼书目》、《蘋花阁藏书目录》、《静寄轩书目》、《怡府书目》等多部私家藏书目录中收录的小说名目，考察哪些小说得到清代知识阶层广泛的阅读和收藏，并以此得出"小说戏曲的被焚毁，是在公开范围中被强力推行；而在较隐私的个人阅读世界里，禁毁令或社会舆论力量往往不能触及，故有相对的行动自由"的结论③。接下来通过对诸多文人日记的细读，梳理清人如何在日常生活中通过家庭内"讲说"等多种形式阅读《红楼梦》《儒林外史》《聊斋志异》《三国演义》等小说，以及理学家对小说的多重心态及由此显示的张力。这部分内容仍以近十余年来出版的多种清人日记为最主要的考察对象，包括赵钧《赵钧日记》（中华书局，2018）、李棠阶《李文清公日记》（岳麓书社，2010）、曾国藩《曾国藩全集·日记》（岳麓书社，2012）、赵烈文《能静居日记》（岳麓书社，2013）、曾纪泽《曾纪泽日记》（中华书局，2013）、严修《严修日记》（天津古籍出版社，2015）、张枬《杜隐园日记》（中华书局，2017）、方玉润《星烈日记》（国家图书馆出版社，2017）、王诒寿《缦雅堂日记》（国家图书馆出版社，2017）、杨葆光《订顽日程》（上海古籍出版社，2010）、吉城《吉城日记》（凤凰出版社，2017）、贺葆真《贺葆真日记》（凤凰出版社，2014）、王韬《王韬日记》（中华书局，2015）、庄宝澍《庄宝澍日记》（凤凰出版社，2013）等，其中《贺葆真日记》即由徐雁平本人整理。如前所述，经典小说作为名著的存在意义与历史价值，也正在

---

① 何予明：《家园与天下——明代书文化与寻常阅读》，中华书局，2019，第98~99页。
② 该章内容，亦参见作者发表于《古典文献研究》2020年第2辑的同题论文。
③ 徐雁平：《清代的书籍流转与社会文化》，第473页。

这些目录、日记的记载中得到直观且真切的呈现。《红楼梦》被公认为古典小说水平、成就最高峰的原因和意义，也在这些反映清人日常读书生活的各种史料中得到确证和凸显。此章后两节内容讲述对《红楼梦》的阅读不仅自乾隆末年起开始深入清代文人的日常生活，甚至以地域、幕府为纽带形成了群体阅读的多种模式。饶有趣味的是，《红楼梦》研究中一些重要的热点问题也在徐著对于清人日记的引述和解析中得到浮现，并且能够给人以新的启示。例如蔡元培的"索隐式《红楼梦》研究"思路与观点历来为人所诟病，但若将他的阐释思路置于其日记中所描述的"余喜观小说，以其多关人心风俗，足补正史之隙，其佳者往往意内言外，寄托遥深，读诗逆志，寻味无穷"的心态语境下则自有其合乎情理之处①；再如方玉润《星烈日记》中关于"惟黛玉之死、宝钗之婚二事交关处，颇费经营，形迹似未全化。此等处惟《聊斋》笔墨无痕，故《红楼梦》又次于《聊斋》也"的记述②，足以见出即便是今人广泛认为的《红楼梦》后40回中的华彩桥段，在方玉润眼中也属于整部书之败笔。由此亦可确知，即便在晚清《红楼梦》120回印本流行而抄本系统和脂砚斋批语尚未被重新发现的年代，《红楼梦》80回后内容的艺术质量已经开始受到诟病。因此，我们对于文学史上诸多热点问题的理解，都可能伴随着研究视野和关注重心向日常生活的深入，从另外的视角得到更新或深化。

不过，若以较为苛刻的观点来审视，该章内容亦略有缺憾之处。第四节关于《红楼梦》"群体阅读"的表述中，作者已经提到"在京城，《红楼梦》早期抄本在曹雪芹亲友圈内流传，并进入宗室及上层贵族视野"以及"早期抄本除脂砚斋的评点外，还包括畸笏叟、棠村、梅溪、松斋等人"③，但并未将包括脂砚斋批语在内的早期抄本《红楼梦》阅读情况，与始自乾隆朝后期的诸多文人日记所呈现的、针对120回刻本《红楼梦》的阅读视角、语境与体会进行对比。如能补充这部分内容，此章的论述将更为丰富和精彩。另外，该章标题为"清代的小说戏曲阅读"，但实际内容基本只围绕小说阅读展开，对戏曲阅读的研究所涉甚少。这也很可能是考虑到戏曲剧本阅读与观看戏曲演出在视角和心态上存在诸多不同，需要对与戏曲接受相关的各种文献资料进行更为复杂的甄别和取舍。

---

① 徐雁平：《清代的书籍流转与社会文化》，第519页。
② 徐雁平：《清代的书籍流转与社会文化》，第528页。
③ 徐雁平：《清代的书籍流转与社会文化》，第524页。

四

徐著通过周密、深入地爬梳清代文人日常生活的文献资料，为如何借鉴书籍史研究的理论与方法，以及如何以阅读史研究的视角拓展中国古代文学史研究提供了成功的示范。作为一个研究领域，书籍史研究有其成熟的学理体系和丰厚的成果。徐著从书籍流转的角度考察清代文人如何实现书籍的获取与交换以及知识的提升与共享，并由此实现信息的传播和学术共同体的形成。这一实践足以证明，书籍史研究能够为中国古代文学史研究开拓更为广阔的空间。

阅读史研究是中国古代文学研究中较为新颖的视角。但是，它和传统更为深厚、也更为我们所熟悉的中国古代文学接受史研究在研究对象和方法上高度相似，二者参考及使用的材料也具有相当紧密的关联或重合度。徐著第九章也明确提到，"阅读史的研究是接受史研究的一部分，故可充分利用相关研究的方法和成果"，同时，"小说的接受史研究，已有一定的步骤或研究程式"①。实际上不止小说，各种文体、各类作品的接受史研究都形成了相对稳定的研究范式，同时也在相当程度上意味着趋同或套路化的弊病。许多接受史研究都流于对后世的批评、改编或禁毁等历史现象的一般性描述，或者局限于对批评史、阐释史材料本身的分析或归纳。甚至对于一些重要作品的经典化研究，也只是将这种固有的套路改换了一个标题或称谓。在文学作品的世界里，阅读应该是居于首要核心地位的接受。阅读者与其接受对象生长于完全不同的文化语境中，有其特殊的生活空间，也必然形成其独立的知识体系和思维方式，并不是某位重要作家或某部重要作品接受史发展的自然产物，绝不应该被视作接受对象的附庸。正如罗杰·夏蒂埃（Roger Chartier）所言，"阅读史要自立，就必须与所读之物的历史彻底分道扬镳：'读者涌现于图书史中，并长期与之混淆，身影模糊……，读者被视为书籍之果。今天，曾经被当作书之影的读者，却已脱离了书。影离体而自成一体，得到独立'"②。在阅读史和接受史的研究中，我们应该充分意

---

① 徐雁平：《清代的书籍流转与社会文化》，第 473 页注释 1。
② 〔法〕罗杰·夏蒂埃（Roger Chartier）：《书籍的秩序——14 至 18 世纪的书写文化与社会》，吴泓缈、张璐译，商务印书馆，2013，第 90 页。此段话中的部分内容为其对米歇尔·德·塞尔托（Michel de Certeau）说法的引用。

识到读者自身及其所处环境的特殊性，尽可能全面地关注和掌握与读者日常生活密切相关的各类史料，努力还原读者的阅读语境、阅读方式、阅读习惯、阅读心态和知识结构。在近年关于中国古代文学阅读史的研究中，已经产生了一些堪称典范的杰出示例①。徐著作为一部深入清代各阶层文人日常生活的文献文化史力作，不仅为借鉴书籍史与阅读史的视角研究中国古代文学提供了优秀的示范，也为中国古代文学接受史的研究打开了新的思路。

[作者单位：中国社会科学院文学研究所]

---

① 例如叶晔《〈牡丹亭〉集句与汤显祖的唐诗阅读——基于文本文献的阅读史研究》（《文学评论》2019 年第 4 期）通过考察《牡丹亭》中集唐诗句在明代通行唐诗选本、丛刻中的收录情况，特别是针对异文情况的比对，确认汤显祖的唐诗阅读书籍以《万首唐人绝句》等四种选本为主；又通过对别集、选本、集句等不同性质的诗歌文本校勘，判断汤显祖的集句素材来自日常记忆的学习型阅读，以此大致呈现汤显祖的唐诗知识结构。

《文选》研究新视野 ◀

"文选学"集成研究暨数字化平台建设展望

刘志伟　马　婧　朱翠萍

内容提要　本文就"新选学"理论自觉与集成研究的系统设计，当代"'选学'集成研究现象学"与当代"选学"集成研究反思，文学、文化、文明新视域与"大文选学"等重要议题，展开当代"文选学"集成性研究的回溯、反思与展望，并结合数字化平台建设，尝试提出"大文选学"研究的十五项构想；从数字化平台在"文选学"研究中的重要作用，"文选学"数字化平台的构建与利用，以及具体构建、设计的内容等方面，系统论述"文选学"集成发展与数字化平台建设的关系，提出"文选学"数字化平台的未来长期建设目标，并对其可能存在的局限性进行了理性思考。

关键词　"文选学"　集成研究　数字化平台建设

引　言

在集成《文选》"诗类"之古代研究成果的《文选资料汇编·诗类卷》出版之际①，探讨"文选学"集成研究暨数字化平台建设展望问题，确实机缘殊胜。

与世纪新、旧更替相呼应，20世纪90年代至今的30多年来，关于

---

① 《文选资料汇编·诗类卷》是由刘志伟总编的《文选资料汇编》中的一种，共5分卷，中华书局2024年8月出版，172.7万字。《文选资料汇编》目前已出版《总论卷》《赋类卷》《骚类卷》《序跋著录卷》《诗类卷》，《文类卷》3分卷将于近期出版，全14卷精装本也将于2025~2026年间出齐。

"文选学"研究的回顾、展望，一直是学界关注的热点话题。古人以 30 年为一"世"，依此界定，30 多年来"文选学"研究的回顾、展望成果，自可视为一大研究"世"系，对其进行集成性研究，也就有了特别的意义。

今所知当代关于"文选学"研究回顾、展望的代表性论文，有穆克宏《20 世纪中国〈文选〉学研究的回顾与展望》①、许逸民《"新文选学"界说》②、傅刚《百年〈文选〉学研究回顾与展望》③、刘跃进《我研读〈文选〉的体会》④、程章灿《杂体、总集与文学史建构——以江淹〈杂体诗三十首〉为中心》⑤、胡大雷《关于〈文选〉分体学、〈文选〉类型学的思考》⑥、王立群《论 20 世纪〈文选〉学家流派与〈文选〉学研究分期》⑦、胡旭《梁武帝与〈昭明文选〉〈玉台新咏〉的编纂》⑧ 等。尤其值得关注的是，2018 年于北京大学举办的第十三届"文选学"年会，专以"百年选学：回顾与展望"为大会主题；2023 年于复旦大学举办第十四届年会，"'选学'的回顾与展望"仍被列为探讨专题。笔者也发表过《萧统主编〈文选〉的编纂理想——兼谈对未来"文选学"研究系统的展望》等文章⑨，并曾与《郑州大学学报》合作，专设"21 世纪'文选学'研究展望"栏目，约请"选学"名家五人谈⑩。北大会后，笔者还与孙明君应《中国社会科学报》约请，就"选学"的回顾与展望，发表万字长篇笔谈⑪。

这些绵延 30 多年的回顾与展望的研究成果，记录了新旧世纪交替特定

---

① 《福建师范大学学报》（哲学社会科学版）2002 年第 3 期。
② 《郑州大学学报》（哲学社会科学版）2010 年第 3 期。
③ 《古代文学前沿与评论》2018 年第 2 辑。
④ 《古典文学知识》2020 年第 4 期。
⑤ 《清华大学学报》（哲学社会科学版）2020 年第 5 期。
⑥ 《郑州大学学报》（哲学社会科学版）2010 年第 3 期。
⑦ 《中州学刊》1999 年第 3 期。
⑧ 《古籍整理研究学刊》2004 第 5 期。
⑨ 刘志伟：《萧统主编〈文选〉的编纂理想——兼谈对未来"文选学"研究系统的展望》，《郑州大学学报》（哲学社会科学版）2014 年第 5 期。
⑩ 2010 年 5 月，刘志伟与《郑州大学学报》合作，专设"21 世纪'文选学'研究展望"栏目，征得许逸民先生的同意，重新编发其《"新文选学"界说》一文，并约请傅刚、胡大雷、赵俊玲等分别就"文选学"发展与《文选》版本研究、《文选》分体学与《文选》类型学、《文选》白文会校与义疏的时代意义、《文选》评点与《文选》批评学等方面发表高见，以推进"文选学"研究的进一步发展。
⑪ 谢宗睿：《魏晋南北朝文学研究回顾展望》，《中国社会科学报》2018 年 11 月 15 日第 2 版。

时"世"对百年"选学"的系统总结与理性思考，其继往开新价值，弥足珍贵。不过，对当代"文选学"所凸显的集成性研究现象，及"文选学"集成研究与数字化平台建设的关系诸问题，还鲜见系统关注与自觉探讨，本文今就此谈点不成熟的看法，以就教于学界同仁。

一 当代"文选学"集成性研究的回溯、反思与展望

(一)"新选学"的理论自觉与集成研究系统设计

欲回溯、反思当代"文选学"集成性研究现象，必先从对"新文选学"概念的辨析谈起。

许逸民对"新文选学"概念做了梳理：日本"新文选学"概念，肇始于神田喜一郎 1963 年发表的《新的文选学》①；清水凯夫 1976 年发表的《〈文选〉编辑的周围》②，则标志着日本"新文选学"研究的正式诞生③。许逸民认为，从"新文选学"视域来看，中国"新文选学"的研究实绩，其实远早于日本学者提出"新文选学"概念。1937 年中华书局出版骆鸿凯《文选学》，是中国传统"文选学"和"新文选学"的分水岭，在此之前为传统"文选学"时期，此后则进入"新文选学"时期④。

关于传统"文选学"的源流演变及其涵盖范围等，笔者也有讨论：

> "文选学"肇始于隋唐之际，自萧该、曹宪以降，历代注家辈出，而李善、五臣独盛于后世。有宋至清，"文选学"虽有显隐，但一直

① 《世界文学大系月报》1963 年第 12 期。神田喜一郎所提出的"新文选学"，其主要观点为"旧文选学"并未触及《文选》的"本质"。因此，在神田氏的概念里，那些以承袭旧注（如李善注、五臣注）形式呈现的各类新的译注本，以及斯波六郎氏的版本研究和他的《文选索引》，均未被纳入"新文选学"的范畴。
② 〔日〕清水凯夫：《〈文选〉编辑的周围》，载《六朝文学论文集》，重庆出版社，1989。该文主要探讨了《文选》编者身份、《文选》编纂的背景、《文选》与其他文学作品的关系等方面的内容，为《文选》研究提供了新的思路和方法，但也引发了学界的广泛争议。
③ 清水凯夫对"新文选学"的研究范围，大抵限定在六个问题上：一、《文选》的编者；二、《文选》的撰录标准；三、《文选》与《文心雕龙》及《诗品》的相互关系；四、沈约声律论；五、简文帝萧纲的《与湘东王书》；六、对《文选》的评价。参见《清水凯夫〈诗品〉〈文选〉论文集》，首都师范大学出版社，1995。
④ 许逸民：《再谈"选学"研究的新课题》，载《文选学论集》，时代文艺出版社，1992；《"新文选学"界说》，《郑州大学学报》(哲学社会科学版) 2010 年第 3 期。

延续不断，在清代达到鼎盛，著述层出不穷，张之洞《书目答问》
专设"文选学家"一目，凡十五家，蔚为大观。"文选学"内涵广
泛，成果宏富，举凡文字、音韵、训诂、目录、版本、校勘，以及注
释、考证、评点、辞章、广续等诸多方面，无不囊括，具有重要的学
术价值。可以说，"文选学"之于中国文学、文化等传统学术研究，
居功甚伟。①

明确划分"新选学"与传统"选学"概念，确实为当代研究的理论自
觉，起到了导夫先路的作用。

许逸民还对有别于传统"选学"的"新选学"涵盖的范畴，予以系统
概括，提出了相互关联补充、共构"文选学"研究新体系的八大方面：

（1）文选注释学；（2）文选校勘学；（3）文选评论学；（4）文选索
引学；（5）文选版本学；（6）文选文献学；（7）文选编纂学；（8）文选
文艺学。②

与上述"新选学"范畴相呼应，俞绍初、许逸民进而提出了由郑州大
学古籍整理研究所和中国文选学研究会合作，集结海内外"选学"专家学
者，编撰《文选学研究集成》丛书的十二大项构想，以为学术界提供集成
性的研究资源和学术成果，全面系统地推进新时代"选学"研究的繁荣和
发展：

（1）中外学者文选学论著索引；（2）中外学者文选学论集；（3）文
选学研究资料汇编；（4）文选学书录；（5）文选集校；（6）文选汇注；
（7）文选唐注考；（8）文选版本学；（9）文选学发展史；（10）文选编
纂学；（11）文选今注今译；（12）文选学词典。③

① 《文选资料汇编·诗类卷·前言》，中华书局，2024，第1~2页。
② 俞绍初、许逸民主编《文选学研究集成·序》，载《中外学者文选学论集》，中华书局，1998。
③ 俞绍初、许逸民主编《文选学研究集成·序》，载《中外学者文选学论集》，中华书局，1998。

这十二大项目以"文选学研究集成"冠名提出，也是"新选学"集成性研究理论自觉的重要标志。

屈守元《"新文选学"刍议》不认同所谓"新文选学"的提法，他以"八难"方式驳斥日本清水凯夫的"新文选学"之论，对许逸民等所提出的"文选学"新课题则表示赞同，"私意以为今日研究'选学'所宜参考"。他并以古代"选学"不断有新的发展为例，指出所谓"新选学"的提法并不妥当，应谓之"科学的文选学"①。顾农也从编者及其编选理念角度，对清水凯夫的观点作了商榷。②

周勋初从日本引进《文选集注》在国内出版③，在《文献学与综合研究》中④，还以日本《文选集注》和台北"中央图书馆"所藏宋陈八郎本五臣注为例，倡导"文选学"的综合性研究；中国台湾地区游志诚则著有《文选综合学》⑤。周勋初、游志诚所谓综合性研究，与俞绍初、许逸民所谓集成性研究，可谓同一旨趣。香港地区饶宗颐对敦煌本《文选》之斠正与搜罗古写本残缣零简，用力尤勤⑥，他提倡并身体力行于跨学科综合研究，还提出"文选学"的"三重证据法"，都体现了集成性研究的理论与实践自觉。前所举傅刚、刘跃进、程章灿、胡大雷、王立群、胡旭等的论文，也都具有集成性研究的理论和实践自觉意识。

（二）"'选学'集成研究现象学"

当代大量"选学"论著的发表和出版，为"选学"发展注入了强大动力。众多老中青学者或一人数部，或一人一部，或几位合作，在某个方向深入开掘，或以某校某地为中心，形成多个学术团队，共同创造了集成性"选学"论著大量涌现的局面，使集成性"选学"研究成为当代突出的学术

① 参见中国文选学研究会、郑州大学古籍整理研究所编《文选学新论》的相关论述，中州古籍出版社，1997，第51~60页。
② 参见顾农《评清水凯夫"新文选学"》，《齐鲁学刊》1996年第3期。
③ 《唐钞文选集注汇存》，上海古籍出版社，2000。
④ 周勋初：《文献学与综合研究》，载中国社会科学院文学研究所文学遗产编辑部编《文学遗产纪念文集——创刊四十周年暨复刊十五周年》，文化艺术出版社，1998。
⑤ 游志诚：《文选综合学》，台北文史哲出版社，2010。
⑥ 饶宗颐编有《敦煌吐鲁番本文选》（中华书局，2000）。他所谓"文选学"的"三重证据法"，即中国本土的传世与出土的"文选学"文献，加上域外的相关文献作有机结合的研究，参见郑炜明、罗慧为饶宗颐《文选卮言》所写导读前言《略论饶宗颐先生文选学的特色》，载《文选卮言：饶宗颐先生文选学论文集》，上海古籍出版社，2024。

研究现象，甚至可自成一大专门研究系统，故名之曰"'选学'集成研究现象学"，后面将对此进行较详细论述。

1. 集成性"选学"著作层出不穷

（1）一人发表多部集成性著作者

曹道衡：《萧统评传》（曹道衡、傅刚著，南京大学出版社，2001），《文选李注义疏》（曹道衡、沈玉成点校，中华书局，2018）。

傅刚：《〈昭明文选〉研究》（中国社会科学出版社，2000），《〈文选〉版本研究》（初版，北京大学出版社，2000；增订本，北京大学出版社，2023），《百年选学：回顾与展望——第十三届〈文选〉学国际学术研讨会论文集》（主编，北京大学出版社，2022）。

刘跃进：《现代学术视野下的〈文选〉研究》（刘跃进、柳宏主编，中国社会科学出版社，2016），《〈文选〉旧注辑存》（刘跃进编著，徐华校订，凤凰出版社，2017），《文选文献研究丛书》（主编，凤凰出版社，2020）①，《文选文献丛编》（刘跃进主编，徐华、宋展云、马燕鑫等编著，凤凰出版社，2022）②，《〈文选〉学丛稿》（中国社会科学出版社，2021）。

胡大雷：《文选诗研究》（广西师范大学出版社，2000），《〈文选〉编纂研究》（广西师范大学出版社，2009），《〈昭明文选〉教程》（广西师范大学出版社，2016），《文选译注》（张葆全、胡大雷主编，上海古籍出版社，2024）。

罗国威：《敦煌本〈昭明文选〉研究》（黑龙江教育出版社，1999），《敦煌本〈文选注〉笺证》（巴蜀书社，2000），《〈昭明文选〉丛考》，（花木兰文化事业有限公司，2017），《敦煌本〈文选音〉考释》（四川人民出版社，2023）。

陈延嘉：《文选学研究论文集》（吉林人民出版社，2006），《〈文选〉李善注与五臣注比较研究》（吉林文史出版社，2009），陈延嘉、王大恒、孙浩宇《萧统评传》（陈延嘉、王大恒、孙浩宇著，上海古籍出版社，2018），《文选学研究》（主编，第1辑，中华书局，2018）。

---

① 《文选文献研究丛书》目前可见出版一种，即王玮编著《现当代〈文选〉研究论著分类目录索引》，详后。
② 《文选文献丛编》包含：徐华《历代选学文献综录》（凤凰出版社，2022），宋展云《文选诗类题解辑考》（凤凰出版社，2022），马燕鑫《文选音注辑考》（凤凰出版社，2022）。

范志新：《文选版本论稿》（江西人民出版社，2003），《文选版本撷英》（编撰，贵州人民出版社，2004），《文选何焯校集证》（编撰，河南大学出版社，2016）。

金少华：《古抄本〈文选集注〉研究》（浙江大学出版社，2015），《敦煌吐鲁番本〈文选〉辑校》（浙江大学出版社，2017）。

王玮：《现当代〈文选〉研究论著分类目录索引》（编著，凤凰出版社，2020），《尤袤本〈文选〉文献研究》（社会科学文献出版社，2024）。

中国香港地区饶宗颐：《敦煌吐鲁番本文选》（中华书局，2000），《文选厄言：饶宗颐先生文选学论文集》（上海古籍出版社，2024）

中国台湾地区游志诚：《昭明文选学术论考》（学生书局，1996），《文选综合学》（文史哲出版社，2010）。

（2）一人一部或几位合作撰成集成性著作者

国内学者著述，如屈守元《文选导读》（巴蜀书社，1993），《昭明文选斠读》（游志诚、徐正英著，骆驼出版社，1995），赵福海《文选学论集》（主编，时代文艺出版社，1992），穆克宏《昭明文选研究》（人民文学出版社，1998），汪习波《隋唐文选学研究》（上海古籍出版社，2005），郭珑《〈文选·赋〉联绵词研究》（巴蜀书社，2006），顾农《文选论丛》（广陵书社，2007），《昭明文选译注》（陈宏天、赵福海、陈复兴主编，吉林文史出版社，2007），胡旭《先唐别集叙录》（涉及《文选》书录，中国社会科学出版社，2011），李华斌《〈昭明文选〉音注研究》（巴蜀书社，2013），林英德《〈文选〉与唐人诗歌创作》（知识产权出版社，2013），《〈文选〉与中国文学传统》（程章灿、徐兴无编，中华书局，2014），力之《昭明文选论考》（广西师范大学出版社，2020），徐华《历代选学文献综录》（凤凰出版社，2022），宋展云《〈文选〉诗类题解辑考》（凤凰出版社，2022），马燕鑫《〈文选〉音注辑考》（凤凰出版社，2023），《昭明文选全本新绎》（张葆全主编、樊运宽等译注文化发展出版社，2022），董宏钰《陈八郎本〈昭明文选〉音注研究》（中国社会科学出版社，2022），许圣和《王官与正统：〈昭明文选〉与萧梁帝国图像》（元华文创股份有限公司，2017）等。此外还有影印类著作，如南江涛《〈文选〉学研究》（选编，国家图书馆出版社，2010），宋志英、南江涛《〈文选〉研究文献辑刊》（选编国家图书馆出版社，2013）。

国际学者著述，如日本斯波六郎《〈文选〉李善注所引〈尚书〉考证》

（汲古书院，1982），清水凯夫《清水凯夫〈诗品〉〈文选〉论文集》（首都师范大学出版社，1995），小尾郊一《沉思与翰藻：〈文选〉研究》（研文出版，2001），冈村繁《文选之研究》（初版，岩波书店，1999；中译本，上海古籍出版社，2002）。

美国王平（Wang Ping）《中古中国朝廷之文化与文学：〈文选〉编者萧统及其交游》（The Age of Courtly Writing：Wen xuan Compiler Xiao Tong［501-531］and His Circle）（荷兰博睿学术出版社，2012），康达维《康达维译注〈文选〉：赋卷》（上海古籍出版社，2020）等，都是当代"选学"集成性研究的重要成果。

2. 中原"选学"集成性研究特色尤为鲜明

郑州大学"选学"以俞绍初、许逸民所制定的《文选学研究集成》丛书十二大项规划为指导，聚焦点高度集中于集成性研究，成果丰硕，特色鲜明，如：

俞绍初：《中外学者文选学论集》（俞绍初、许逸民主编，中华书局，1998），《中外学者文选学论著索引》（俞绍初、许逸民主编，中华书局，1998），《昭明太子集校注》（萧统著，俞绍初校注，中州古籍出版社，2001），《新校订六家注文选》（俞绍初、刘群栋、王翠红点校，郑州大学出版社，2013~2015）。

刘志伟：《文选资料汇编》（总编，目前已出版《总论卷》《赋类卷》《骚类卷》《序跋著录卷》《诗类卷》，《文类卷》将于近期出版，全14卷精装本也将于2025~2026年出齐），《"文选学"论文集粹》（主编，中华书局，2017），《〈文选〉与汉唐文化：第十一届〈文选〉学国际学术研讨会论文集》（主编，中华书局，2018）。

王书才：《明清文选学述评》（上海古籍出版社，2008），《〈昭明文选〉研究发展史》（学习出版社，2008），《文选评点述略》（上海古籍出版社，2012）。

赵俊玲：《〈文选〉评点研究》（上海古籍出版社，2013），《文选汇评》（凤凰出版社，2018）。

刘群栋：《〈文选〉唐注研究》（上海古籍出版社，2019），参与点校《新校订六家注文选》（郑州大学出版社，2013~2015）。

刘锋：《〈文选〉校雠史稿》（上海古籍出版社，2020）。

王翠红：《〈文选集注〉研究》（上海古籍出版社，2019），参与点校

《新校订六家注文选》（郑州大学出版社，2013～2015）。

刘锋、王翠红：《文选资料汇编·序跋著录卷》（主编，中华书局，2019）等。

河南大学的部分集成性著作，也与俞绍初、许逸民先生的集成性研究规划项目密切相关，近年还规划了《文选》研究书系丛书，如：

王立群：《现代〈文选〉学史》（大象出版社，2014），《〈文选〉成书研究》（大象出版社，2015），《〈文选〉版本注释综合研究》（大象出版社，2014），《文选书体文汇校汇注》（王立群主编，丁红旗、孔令刚编著，崇文书局，2023）。

郭宝军：《宋代文选学研究》（中国社会科学出版社，2010），《胡克家本〈文选〉研究》（河南大学出版社，2014），《〈昭明文选〉学术史》（济南出版社，2023）。

孔令刚：《奎章阁本〈文选〉研究》（河南大学出版社，2014），《承古与开新：河南大学百年选学前贤论集》（主编，河南大学出版社，2023）。

赵蕾：《朝鲜正德四年本〈五臣注文选〉研究》（河南大学出版社，2014）等。

3. "选学"集成性研究与当代"'选学'集成性研究现象学"

以上虽详列了当代九十余部"选学"集成性著作，但这些仍非此类著作的全部，遗珠之憾在所难免，甄选确当与否，也可从容斟酌，抛砖得玉。至于与当代"选学"集成性研究相关的论文，也是大量的存在，这里不再一一罗列。

合观涵盖老中青三代学者的"选学"集成性论著名录，数量丰硕，涌现出较多高水准的著作，因之作出如此判断：集成性研究是当代"选学"最为突出的学术研究现象，甚至居于核心主导地位，当非耸人听闻。进而得出如此结论：当代"选学"集成性研究，已可自成一大专门研究系统，名其为"'选学'集成研究现象学"，或非孟浪、夸张。

在我们看来：所谓"'选学'集成研究现象学"，既可探研相关成果在意识、思维、方法等方面所具有的理论与实践自觉；也可集成研究其所具有的系统特色，以及特殊的创新价值；更可研究其著述发生史、传承史、成书史，特定的交游、际遇、情怀，乃至逸事、秘闻掌故等，而以论著、对话、访谈、口述与影像等方式予以呈现。

而对照俞绍初、许逸民原初的《文选学研究集成》丛书十二大项构想，除《文选学书录》虽已有较多相关的著作，如徐华《历代选学文献综录》、胡旭《先唐别集叙录》等，但还无专门的集成性著作，《文选学词典》尚未面世，其他十项都已完成。十二大项构想之外，不少集成性"选学"著作别开生面，空前拓展，提升了"选学"研究的视域、维度、高度与质量，如"《文选》文献丛编""《文选》研究书系"等丛书的出版。这些集成性研究著作和丛书的设计和问世，也多具有集成性理论与实践的自觉意识、思维。

因之，可以毫不夸张地说：集成性研究成为当代"选学"研究最为突出的现象，不仅标志着"'选学'集成研究现象学"已成为亟须进行专门研究的领域，更标志着"集大成"研究的"选学"新时代即将到来。

4. "'选学'集成研究现象学"视域与当代"选学"集成研究反思

从"'选学'集成研究现象学"视域来看，我们还可对"'选学'集成研究现象"进行深刻反思，为迎接"集大成"研究的"选学"新时代的到来，做好集成性理论准备。

（1）"通古今之变"与"选学"之"新""旧"概念反思

纵观人类思想文化与学术史，立足当代，接续历史以走向未来，是其基本发展规律；肯定、认同当代以确立自信与强力意志，也是人类的基本心理趋向。因之，"逆往知来"，以"新""旧"作为划分历史与当代的界标，明确区别二者之不同本质，为当代与未来发展提供更为直接、更强有力的理论引领、心理支撑与精神动能，就成为人类的必然性选择，古今中西概莫能外。中国的如：陆贾《新语》、刘向《新序》、桓谭《新论》、刘义庆《世说新语》、刘肃《大唐新语》、熊十力"新唯识论"，以及"新乐府运动""程朱新学""荆公新学""新诗学派""理学新学""永康新学""新红学""新儒学""新史学""新教育""新文科""新制度经济学""新经济结构学"等。西方的如：维柯《新科学》，培根《新工具》，埃里克·沃格林《新政治科学》，薛凤、柯安哲《科学史新论》，以及"新心理学""新古典经济学""新制度经济学派""新历史学派""新剑桥学派""新古典综合派""新货币学派""新供给学派""新历史主义""新批评""新马克思主义""新实用主义""新现实主义""新生态学""新物质主义""新技术主义""新女性主义"等。这些古今中外的大量以"新"命名的著作、学说、学派、主义等，就多出于这种对"新""旧"关系的特定认知。但如以《周易》所谓"彰往而察来""原始要终""惧以终始"① 这种具有贯通性、超越性的整体思维视域看，则"后之视今，亦犹今之视昔"（王羲之《兰亭序》语），所谓"新""旧"的分法，有可能遮蔽、制约了整体观照，而其主观性立场，也造成一定程度上的重今、优"今"而轻"古"，从而难以真正客观认知历史与现实的关系，难以"究天人之际，通古今之变"（司马迁《报任安书》语），甚至影响、制约了对未来发展新趋向的敏锐感知。

从这种意义上说，"新""旧"之"选学"概念划分，虽对科学认知、区分古今"选学"，引领、推动当代"选学"发展，厥功至伟，但当下"'选学'集成研究现象学"成为研究新领域，"集大成"研究的"选学"新时代即将到来，前所回溯之可视为特定时"世"的"新选学"成果，或许也已可视为"选学"研究"传统"的重要组成部分，因之势难再将当代"选学"发展的新趋向，名之为"新新选学"。当代虽有所谓"新新人类"诸提法，毕竟不是理性反思之命名。"新新人类"之后，人类又夫如何？

因之，屈守元不认同"新选学"概念，而倡导"科学的文选学"的深刻思考，给我们以重要启示。他指出：

> "文选学"之名，本立自曹宪，萧该、曹宪之书，以音义为事……乃传之崇贤，兼释事义，五臣、善经而后，又立意于通俗。及至宋元，雕版聿兴，集注、续补之风，行于坊肆。明人比之墨卷，清儒通于朴学。凡此变行，咸可谓之"新文选学"。然以朱明之凭臆衡量，比之李唐之识字正读，其于《文选》，为进步抑为倒退，实犹当有待于评估。然则所谓"新"者，非必皆能超越前人也。今谓研究《文选》，所宜提倡者乃为实事求是的科学精神，谓之"科学的文选学"，其名优于"新文选学"，辜②较可知。许逸民先生《再论"选学"的新课题》（载《文选学论集》，长春文艺出版社出版），私意以为今日研究"选学"所

---

① 《周易·系辞下》："夫《易》彰往而察来，而微显阐幽"，"《易》之为书也，原始要终，以为质也"，"惧以终始，其要无咎"。参见（唐）李鼎祚撰、王丰先点校《周易集解》的有关内容，中华书局，2016，第478、487、488、495页。孔颖达疏"原穷其事之初始……又要会其事之终末"。参见（清）阮元校刻《十三经注疏·周易正义》卷第八《系辞下》，中华书局，2009，第187页。
② 按，原文如此。

宜参考。①

　　屈氏的论述可谓振聋发聩，先见独明。不过，"科学的文选学"概念，似也有待商榷。何谓科学？作为人文学术的重要组成部分，"文选学"是否有所谓"科学"的标准？也许，科学精神对"文选学"研究具有指导意义，才是更为准确的说法。

　　当然，以"通古今之变"的超越视域来看，必须高度肯定：在学术历史长河的不断发展演变中，无论是传统"选学"，还是今所谓"新选学"的研究，都为中国文学和文化的研究，做出了不可磨灭的贡献。但是否以"新选学"或"科学的文选学"概念来命名，还可再予仔细思量。

　　（2）"集大成"与当代"大文选学"研究范围反思

　　就"选学"自身而言，如前所论，集成性研究成为当代"选学"最为突出的研究现象，标志着"'选学'集成研究现象学"的研究成为可能，更标志着"集大成"研究的"选学"新时代即将到来。当代中华民族特定的伟大文化复兴和现代文明建设的时代需要，也呼唤文学、文化、文明的"集大成"研究。尽管当代"选学"研究取得了骄人成绩，但其研究仍更多局限于古代文学研究视域、范围，对当代"选学"突出的集成性研究现象，及其所具有的发展可能性，缺乏敏锐感知与前瞻观察，也与伟大文化复兴和现代文明建设的时代"集大成"需要不相适应。

　　而放眼人类大的文化创造时代，其必然具有"集大成"的突出特色。中华民族历史上的春秋战国时期的"博物君子"与"集大成"特色，西方文艺复兴、启蒙运动时代的"百科全书"特色，就是明证。因之，已具备"'选学'集成研究现象学"突出特色的当代"选学"研究，尤需师承前贤、尊重传统，圆观遍照以集成吸纳古今"文选学"精华成果，不断拓展、提升研究视野、格局与高度，深入阐发《文选》的历史文化内涵和当代文化意义，将"文选学"集成研究纳入传承弘扬中华优秀传统文化、建设中华民族现代文明的时代强音之中，以"究天人之际"的情怀、襟抱和强烈的使命感与责任感，守正创新：既要继续做好"文选学"的传统课题，也要升级研究思维，创新研究方法，结合史学、哲学、宗教、艺术和其他人

---

① 屈守元：《"新文选学"刍议》，载中国文选学研究会、郑州大学古籍整理研究所编《文选学新论》，中州古籍出版社，1997，第59页。

文社会科学，乃至自然科学领域的研究，积极开拓"大文选学"的学术增长点与学术领域，系统探究"大文选学"与中国文学、文化与文明，乃至人类文学、文化与文明的关系。

（3）当代"选学"集成研究不能自外于数字人文

当代是世界经济文化巨变转型的重要时代，人类知识的空前增量与科学技术的极致发展，使得跨学科综合集成研究，尤其是与现代科学技术的融合集成研究，成为发展的必然趋势。人文学科集成研究的一大重要表征，就是与数字人文的融合集成研究。蓬勃发展并迈向"集大成"之路的当代"选学"研究，目前仍较少与迅猛发展的数字人文学科互相联系，这在很大程度上影响、制约了"选学"集成性研究的视域、方法、手段等的创新与开拓。当代"选学"集成研究不能自外于数字人文，这既是时代学术发展的呼唤，也是当代"选学"界所必须肩负的历史责任。

（三）文学、文化、文明新视域与"大文选学"构想

为迎接"集大成"研究的"选学"新时代的来临，呼应当代中华民族伟大文化复兴和现代文明建设的时代需要，除了继续开展诸如"《文选》版本学""《文选》编纂学""《文选》文献学""《文选》与传统小学""《文选》索引学""《文选》文体学""《文选》艺术学"等外，还可以追步、效仿古贤"究天人之际""通古今之变"的精神，将"文选学"纳入更为广阔的文学、文化、文明视野，进行更为宏阔的"大文选学"研究构想。

今尝试提出与数字化平台建设结合的十五项研究构想（更具体的论述，详见本文第二部分）。

1. 开展以"文选学"之"文"、以"新""旧""学"等为核心概念的观念史研究，将其与中国文学、文化、文明乃至世界文学、文化、文明之"文"的观念史、"新""旧"观念的缘起、嬗变相链接，进行当代有关文学、文化、文明观念史的集成反思研究，进行具有重大意义的人类之"文""学"新建构。

2. 开展《文选》文本集成式研读，发掘其中所蕴含的中华民族核心思想价值观念体系，进行关涉人类文学、文化、文明思想核心价值观念体系溯源及嬗变的比较研究。

3. 开展"文选学"与"经学"、"文选学"与总集经典化之比较研究。

4. 以《文选》所收作家进行作家类型及谱系研究，拓展中国与世界文

学作家类型及其谱系比较研究。

5. 以《文选》所收作品与其作者别集为基础，进行中国文学、世界文学作家别集比较研究，进行《文选》未收作家作品与中国乃至世界文学总集未收作家作品的比较研究。

6. 进行《文选》文类及选"文"，与中国古今文类乃至选"文"及流变、世界文类乃至选"文"及流变的比较研究。

7. 进行《文选》注与唐人注系统，与唐前注如《三国志注》《世说新语注》《水经注》等名注以及其他历代注系统的会通研究。

8. 进行《文选》音注系统与六朝及唐人音注系统、历代音注系统、东亚音注系统等的比较研究。

9. 进行《文选》与《文心雕龙》等古代经典文艺批评著作、现当代和世界文艺批评著作的比较研究。

10. 进行《文选》与史学、哲学、宗教和其他人文社会科学，乃至自然科学特定领域的比较研究。

11. 开展《文选》有关图像学、可视化研究。

12. 开展"《文选》博物学"研究。

13. 开展"《文选》教程"与古今经典教程及文学教育比较研究。

14. 开展"《文选》与考古学"研究。

15. 开展《文选》普及化、通俗化、娱乐化的有关研究。

要之，通过这些集成性、系统性研究，建设立体化的"大文选学"研究体系，并辅以数字化平台建设展示该研究体系，进而推动"文选学"向更为广阔、科学、合理、均衡的高度和境界迈进，也助力中华民族现代文明建设与文化伟大复兴。

二 "文选学"集成发展与数字化平台建设

在"大文选学"研究体系构建中，以集成性、立体化见长的数字化平台优势将更加显现，并可为《文选》研究带来新的思路与方法。通过先进的计算机技术手段开展"文选学"资料汇总整理与深度挖掘，将为这一研究领域带来前所未有的发展机遇。

当前"文选学"成果，包括经考信的《文选资料汇编》在内的众多集成性成果的涌现，必将为重构"大文选学"立体化研究体系提供重要支撑作用，也将为数字化平台建设提供坚实基础。另外，数字人文的集成化、数字化整理和分析手段，可为"文选学"的研究提供新的视角和方法，更加系统地挖掘"文选学"的内涵和价值，为学者们提供更加便捷的研究条件，也为"文选学"的普及和推广提供新的途径，让更多的人了解和认识"文选学"。

（一）数字化平台在"文选学"研究中的重要作用

做一门学问，新材料、新工具和新方法是产生新学术增长点的关键。在数字化时代，搭建数字化《文选》平台为"三新"的实现提供了便利条件。

一方面，数字化《文选》平台可以集成并充分利用好《文选》的所有版本和相关材料，尽可能搜集古今中外与《文选》相关的资源，形成静态数据库部分，使得面向全用户的资源共享成为可能。"文选学"研究者无须再各自分散地进行数据资源的本地存储，而是通过访问《文选》专题数据库，轻松获取丰富的研究资料，解决学者们常常需要花费大量时间和精力去收集、整理各种文献资料之痛，为研究者提供极大的便利。

另一方面，数字化《文选》平台可以集成一些古籍智能整理工具，提升《文选》资源的整理与研究效率，快速推进项目进度。

此外，数字化《文选》平台还可以集成在线编辑器，进行开放式的文本标引，建立文本关联，进而统计分析，最终实现增值性知识发掘与提取。同时，在线编辑器也可以实现历时流水线作业，研究者可以在不同的时间节点上，对研究项目进行分工合作，有序衔接；还可以通过子账号管理，保持研究者个人成果的相对独立性。这些都可以通过自定义设置实现，既满足了《文选》研究者面对大型项目谋求合作的需要，又保证了个体研究者针对个体项目知识产权相对独立的诉求。可以说，数字化平台能够实现协作的便捷性与灵活独立性的完美统一，为"文选学"研究提供了强大的技术助力和管理支撑。

另外，"文选学"数字化平台还可以利用古籍大语言模型，将《文选》多方面的评论资料进行勾连，在服务读者阅读方面，可以提供人工智能交互工具，实时解答读者关于字词含义、写作背景等的疑问，甚至提供包括出土实物、活态文献等在内的有关影像信息，帮助读者理解具体文本。

当然，搭建"文选学"数字人文平台并非易事，会面临诸多挑战。所以在建设过程中，需要考虑分类的科学性、赋值的准确性、标引的层次性与深度，这是发现规律、统计分析的必要路径。同时，还需要把相关研究学者聚合到一处，在一个共同的平台上或者相互关联的不同子平台上，遵照相同的数据标准进行协作，这是将"文选学"研究推向纵深的重要机制保障。

总之，搭建"文选学"数字人文平台是时代所需，数字化平台为"文选学"研究提供了便捷的协作方式和灵活的运转模式，为良性的合作机制提供了技术保障。在未来的"文选学"研究中，数字化平台必将发挥更加重要的作用，对于推动《文选》研究和传承中华优秀传统文化具有重要意义。我们应充分认识其重要性，积极应对挑战，为"文选学"数字人文平台的建设贡献力量。

（二）"文选学"数字化平台的构建与利用

1. "文选学"数字化平台的构建

《文选》资源体量庞大、类型丰富，归纳起来大体包括以下三个方面。

《文选》版本本身：包括各种白文本、注释本、评点本的刻本、抄本等。

与《文选》直接相关的成果：如各种注本、评点、研究性论著论文等。

与《文选》有一定关联的文本资料、图像资料：如有关萧统、李善等的资料。

我们应该根据资源类型和功用，构建不同的子模块：

（1）"文选学"目录库

目录库主要是收录《文选》不同版本及后世关联文献的总纲目。作为数字化平台的基础，本库主要包含"书目"与"摘要"两部分。书目部分宏观展示"选学"相关资源的全貌及结构，为资源使用者提供查询的便利。摘要部分对有关资源做内容摘要或解题，便于使用者进一步了解详情。

目录库主要体现在元数据信息的著录，一般情况下元数据信息包含以下方面的内容：元数据id、资源类型、主题词、著录号、题名、责任者、出版信息、语种、丛编、提要、册数、字数、版本、行款、版式、印记、题跋、批注、馆藏、数字化状态等信息，全方位描述书的形制、内容、存藏地及各种再生形态等情况，方便使用者掌握。

（2）"文选学"影像库

影像库按照目录库构建的分类体系，收录与"文选学"多种旧刻旧抄、整理本乃至关联资料等有关的影像。旧刻旧抄部分，以版本价值为中心，收录各种白文本、注释本乃至评点本的刻本、抄本影像。尤其注意在全球范围内，联系有关存藏单位，收入在《文选》版本流传系统中，地位重要、产生重要影响者，这当然包括域外之古抄。整理本部分，联系有关版权、著作权归属者，收入重要的整理作品的影像。关联资料部分，收录与《文选》及历代撰作者等有关的重要影像资料。与《文选》有关的活态资料、出土文献，也是本库的一个组成部分。

（3）《文选》文本库

文本库主要围绕《文选》本身，收录旧刻旧抄及各种整理本经识别校对后的准确文本，从而为使用者自主校读，提供工作基础。本库也可以与影像库关联，按照图文对照的模式呈现，既有检索定位、精准阅读、比较差异的便利，也可以即时复核原书影像，满足还原、保真方面的需求。

（4）《文选》未收的唐前作品库

凡《文选》所录作家的未收之作，选取优秀整理本，无整理本者选取版本质量较高的优秀古刻页面新做整理，纳入本子库，以配合《文选》文本库，为学界开展唐前作家、作品研究，提供便利。

（5）《文选》历代评论资料库

收录古代、近代有关《文选》的评论、资料等。主要内容包括，《文选资料汇编》的电子化，并酌情扩展；历代有关《文选》的评点、批校，并酌情收入体量较大、无法纳入《文选资料汇编》的特殊文献，如《文选颜鲍谢诗评》之类；古代、近代有关《文选》的有价值的研究论著等。

（6）《文选》现当代研究成果库（包括重要论文和论著两部分）

按当代学术分类体系，收录现当代有关《文选》的重要研究著作与论文。鉴于水平参差、体量庞大，选录标准从严，全文收录者仅限于具有一定学术含量或者曾产生过一定学术影响力之作；未能完整收入者，链接入文选学目录库的摘要或解题，或内置于后台，作为平台的基础数据支撑。二者皆做结构化处理及属性标签标引，便利使用者深度利用。当然，这一部分并不易建设，需要充分考虑知识产权问题。

（7）"文选学"专名词库

专名词在"文选学"整理与研究中具有重要的作用，构建"文选学"

专名词库具有重要的价值，构建维度如下：

一种是基础专名，如书名、人名、地名、朝代及其他事物名称等，可以通过人工+系统辅助开展。如今命名实体识别技术比较先进，可以自动标注出一些常见的专有名词，在此基础上，再以人工补充完善，去重点处理比较难的简称、异称以及生僻的专名。

一种是文体学专名，如赋、诗、骚、七、诏、册、令、教、文、表、上书、启、弹事、笺、奏记、连珠、箴、铭、诔、哀、碑文、墓志、行状、吊文、祭文等多种文体，这是专业分类的基础概念。

有了这些专有名词及类型概念，加上关系标注，便构建起"文选学"知识标引库的要素基础。

（8）"文选学"知识标引库

"文选学"知识标引库通过知识标引，将传世文献、活态资料、出土文献联系在一起，其关系类型包含：版本之间的源流关系，原典和整理版本之间的引申关系，字词与注释之间的解释与被解释关系，文本与评注之间的评价与被评价关系，文本描述与客观规律之间的现象与抽象关系，存于异时、藏于异地的相互印证关系，等等。这些关系的梳理与构建，既是知识库的亮点，又是难点。

（9）"文选学"书体库

《文选》之传刻历经千年，从写本、抄本到刻本、印本，反映了一时一代一地写、抄、刻书之用字习惯、书体风气，乃至异体俗写等的流变情况，可见一定的书法史演变状况。

2. "文选学"数字化平台的利用类型

"文选学"数字化平台的利用可分为学术型利用与非学术型利用。不同类型的利用对"文选学"有关资源拆解梳理的要求不同，进而形成不同层次的数据库。

（1）学术型利用

研究资源查询。"文选学"目录库作为数字化平台的基础，为研究者提供了《文选》不同版本及后世关联文献的总纲目。书目部分宏观展示"文选学"相关资源的全貌及结构，方便研究者查询。摘要部分对有关资源做内容摘要或解题，使研究者能进一步了解详情。

文本校读与考订。使用者利用《文选》文本库收录的各种旧刻旧抄及整理本的准确文本，可以便捷地开展自主校读与有关研究。同时，经与影像库关联，使用者面对以图文对照模式呈现的资料，得以便捷地获取原貌，并完成《文选》不同版本的比对乃至校勘工作，进而考订疑难之处。

历代评论研究。《文选》历代评论资料库收录古代、近代有关《文选》的评论、资料等，包括《文选资料汇编》的电子化扩展、历代评点批校以及有价值的研究论著。《文选》现当代研究成果库收录现当代有关《文选》的重要研究著作与论文，并做结构化处理，建立现当代研究成果与《文选》原典及历代评论资料的关联，并实现双向互检，既能加深对原典内容的理解，又使历代研究成果得以统合利用，为研究者开展《文选》评论研究提供丰富的资料。

拓展研究选题与角度。使用者能够借助平台宏观审视有关《文选》的海量信息，找寻《文选》数据内部的关联，及其与其他学科之间的关联，突破既有知识结构的限制，生发出《文选》研究的新选题、新角度。

（2）非学术型利用

辅助教学资源整合。教师可以利用平台的检索功能，快速获取《文选》有关作品、评论、注本等资料，融入教案准备及课堂讲授之中，并融合历朝历代的评论展开细致探讨，以此提升教学质量与教学效果。

培养学生自主学习能力。学生可以利用平台开展自我导向式学习。通过探索多样化的资料类型，深入理解《文选》的丰富内涵和历史演变。同时，依据个人兴趣及研究焦点，灵活选择在整个数字化平台或特定的一至多个子库中进行搜索，在正文、注释或者全数据要素之中进行检索，以此增强自学的针对性与实效性。

文化传播与普及。影像库收录与"文选学"多种旧刻旧抄、整理本乃至关联资料等有关的影像，可以重现文人雅集、印刻流传等场景，直观展示《文选》在往昔文化生活中的实际应用，让更多人了解《文选》的历史价值和文化内涵，便于文化传播与普及。

3."文选学"平台的数字技术模块

在当今信息化时代，数字技术的兴起为传统的"文选学"研究也带来了重要的机遇与变革，为《文选》整理与研究过程提供关键助力及生长点。

利用 OCR 技术、自动标点、自动校勘、自动注释等技术，辅助人工校勘，能实现《文选》不同版本文本的彻底清理、全面校勘。利用有关统计分析工具，能详尽梳理《文选》中诗赋文等的文体特征，便于认识其艺术特点和创作规律。结合利用大数据分析手段与知识标引库，梳理《文选》

以及《文选》所收录的作者的文本传播、历代评论的有关认识，有助于构建《文选》作品的影响力和传播图谱，梳理《文选》所收作者群体的社交网络和文学流派。这些都可为《文选》的深度开发利用筑牢基础。

利用繁简转换、文白翻译、中外翻译等技术，辅以知识库标引、不同知识元的链接，有助于减少语言障碍，便于全球不同语言、不同知识背景、不同圈层用户对《文选》资源的利用，使中华优秀传统文化经典能为世界所用。

允许用户上传新撰注释、论文等研究成果，提供在线学术讨论的空间，有关成果经审核认证，纳入数字化平台，结合利用命名实体识别系统、开放式标引系统、大模型自动问答系统等，构建有关《文选》的交互式知识生长体系，用户获得经过梳理的旧识新知，便于有关知识体系更新迭代，提升知识传播与利用的效率，而且也使数字化平台建设实现良性循环。

利用 GIS 系统、VR 或元宇宙等技术，可基于特定用户群体需求，提取相关文本与音视频资源，通过视频讲授、动画展示、交互式练习及场景再现等形式，充分发挥《文选》资源在专题教育与大众普及中的作用。

对于"文选学"本身而言，可以实现多方面提升。

首先，在整理效率方面，技术为古籍文献整理者带来了极大的便利。以一台常规服务器为例，图像页面经过裁剪、纠斜、透字等处理形成规则版刻本，上传到系统服务器后，识别速度可达 8 万叶/日。若按照简子叶400 字/叶计算，相当于每日可处理 3200 万字，约为人工录入效率的 3000倍。即使将速度降至理论效率的十分之一，也能达到人工效率的 300 倍。自动标点、自动校勘等工具也主要在效率和速度方面表现突出，且正确率在90% 以上，完全处于人们可接受的容错水平之上。此外，将待处理数据和参考数据集成于同一平台，能极大地提升使用效率。

其次，数字人文技术促使研究视角发生转换。一旦数据生产速度提升，快速生成《文选》大数据并建立资源关联，便能将整理者与研究者从传统的"细读"微观视角转移到"远读"宏观视角，研究将更加全面、立体、深刻。另外，数据在技术的作用下可以不断增值。开放式编辑系统允许用户在阅读《文选》的过程中进行实时标注，包括专名标注、分类体系标注、词性标记、情感标记等。这些标记既能打在同一套文本上，又能保持类型的相互独立。整理者和研究者可以从任何所需的视角和维度进行标记和统计分析，使"文选学"研究不断呈现新视角，实现增值、成长、升级和迭代，形成多种维度的信息。并且每个信息、每个节点都可回溯，既能随时固化最新成果，又可以追溯整理研究的历程。

最后，"文选学"数字化平台可以实现跨学科延展，借此实现的学科交叉，例如：

与书法学交叉。历代《文选》写本、刻本的字形、版式本身，即是版刻书法学的基础材料。另外，通过平台可以检索《文选》中与书法相关的作品及评论，结合书法学的研究方法，探讨《文选》作品中的书法艺术价值和历史演变。

与博物学交叉。利用平台的海量信息，挖掘《文选》中与博物学相关的内容，如动植物描写、地理景观等，为博物学研究提供文本素材和历史背景。

与考古学交叉。将《文选》文献资料与考古学最新发现相结合，细致探究古代社会的历史脉络、文化特质及日常生活，为考古学领域的研究补充文献依据，并引入新颖的研究视角。

4. "文选学"数字化平台利用应注意的问题

在推进"文选学"数字化平台建设的过程中，需同步关注如下几个关键方面：

（1）信息过载。研究者常常发现自己置身于浩瀚的信息之海中，难以甄别出真正有研究价值的内容。因此，提升问题导向的敏锐度及信息筛选技能变得尤为重要，以确保研究过程中不被冗余信息所干扰。

（2）数据质量的挑战。当前所呈现的数据状况，并不能完全代表历史上客观的真实情况，因为数据可能存在精准度不足、完整性缺失或一致性欠缺的问题，这些都需要细分方向的研究者进行严谨的验证与解析。同时，数据的筛选、传播过程，或是不经意间的遗失，均可能对研究结果的真实性造成影响，研究者应警觉到，数据库数据的原始局限性可能导致研究焦点发生偏移，因此在研究过程中，必须保持高度的警醒和批判性思维。

（3）技术门槛。数字人文领域的探索涉及一定的技术挑战，要求研究者既要有深厚的专业储备，又要具备相应技术知识与技能，以便更有效地运用数字平台开展研究工作。同时，技术的持续演进迫使研究者不断学习并适应新兴的技术生态。

（4）数据标准不一致的问题。由于标准存在差异，数据的互操作性与应用受到了制约。因此，亟须确立一套"文选学"学者能够广泛认可的数据构建准则，旨在提升数据的精确性、完备度及一致性，从而促进数据与知识的共享与利用。

（5）资金短缺与协作机制不畅的问题。数字化平台建设涉及庞大的资源投入，故而亟须在资金筹措策略与合作模式设计上，采取层级规划，以确保存续且充足的资金供给，并构筑一个顺畅的合作体系，强化学术界、技术团队等多个参与方之间的协同作业。

总而言之，在运用"文选学"数字化工具进行学术探索时，学者应当秉持优势互补的原则。既要善用该平台高效汇聚广泛资料的特性，冲破传统知识框架的束缚，生发《文选》研究的新选题、新角度，又要积极探索平台在跨学科交互中的新型应用途径，拓宽学术研究的边界，明确研究目的及问题意识。同时，警惕数据质量，避免在大量信息中迷失方向。

结　语

"文选学"数字化平台为"文选学"的发展与利用，提供了丰富的资源，相关技术为拓展"大文选学"带来了新的视角、路径与思维方式，使研究者能够全方位地洞悉古代文学的演进脉络和内涵，助力研究范畴与深度的拓宽，促进与其他学科进行更广泛的跨学科合作，并且满足不局限于研究者的更广泛人群的利用需求。

有鉴于此，"文选学"数字化平台的未来长期建设目标，应该是在"大文选学"视野下，拓展"古今文选"资源，做结构化深度开发利用，满足更广泛人群的更深层利用需求。一方面，梳理、提炼、总结《文选》及其有关资源作为中华优秀传统文化经典的核心要素，整合相关的研究成果和资料，以科技与人文结合的手段，打造一个全方位的满足多种人群需求的古代文学研究与利用的综合性平台。另一方面以丰富人类文明、文化的立场，继承《文选》精神内核，顺应时代变迁与文学发展趋势，选编历代以至当今的优秀作品，成为更具时代特色的文学作品经典集。

未来，"文选学"数字化平台作为一个综合性、体系化的文学资源平台，在整个文明和文化史上将发挥重要的作用：

一则，它可以更好地保护和传承中华文化遗产。中国拥有悠久的历史和丰富的文化遗产，各种载体形态的文学作品是其中的重要组成部分。通过数字化平台的建设，这些弥足珍贵的文学遗产得以转换成数字形式保存，防止其因时间的流逝和各种自然、人为因素而遭到破坏。

二则，推动文学、文化与文明研究的深入发展。数字化平台为研究者提供了丰富的研究素材和便捷的研究工具，有助于开展更为深入、全面的学术研究，从而为文学、文化与文明研究注入新的活力。

三则，助力中华民族现代文明建设和中华民族文化复兴伟大事业。文学作为文化的重要载体，对于传承和弘扬民族精神、增强民族文化自信具有不可替代的作用。通过数字化平台的建设，可以让更多的人了解和欣赏中国优秀的文学作品，激发民族文化承继与创新的活力，为中华民族现代文明建设和文化复兴提供强大的精神动力。

四则，为广大读者提供更多优质的文学资源和服务。随着信息技术的飞速发展，人们对于文学资源的需求日益增长。"文选学"数字化平台可以为读者提供便捷的文学阅读和检索服务，全方位满足不同层次的阅读需求，提高全民的文学素养和文化水平。

要之，"大文选学"概念的拓展以及"文选学"数字化平台的建设，具有重大的学术价值和现实意义，对于推动中国文学、文化与文明的研究和发展，保护和传承中华文化遗产，助力中华民族现代文明建设和文化复兴伟大事业，具有不可估量的作用，科学技术与人文的结合，正在路上。

特别鸣谢：本文在成稿过程中，得到姚晓盈博士在文献资料、具体内容规划设计、校改等方面的大力帮助，特致谢忱。

[作者单位：郑州大学；中华书局；中华书局古联公司]

二元对立的突破

——《文选》异文的理解进路[*]

高　薇

内容提要　南梁萧统所编的《文选》是我国现存最早的诗文总集，其在历史传承中经历了辗转传抄与刊刻的过程，逐渐形成今人所见的文本形态。其间，在唐代出现两个极为重要的注本——李善注本和五臣注本。自《文选》付诸版刻以来，李善注、五臣注及合注等多种刊本流行于世。在校勘整理并刊刻《文选》的过程中，人们逐渐塑造了一种仅在二注关系当中思考《文选》异文来源的"二元对立"认知方式。这表现为人们往往好将《文选》异文的产生归咎于二注。然而近代以来，随着《文选》新材料的发现，仅凭二元对立的认知方式来思考《文选》异文来源，既不符合部分异文的实际情况，亦无法满足当下对《文选》的继承与学习的需要。突破二元对立的认知限制，将《文选》纳入更为广大的传抄、刊刻与编注的发展过程之中进行思考，方能更为准确地理解《文选》异文来源，探求《文选》的本来面貌。

关键词　李善本　五臣本　二元对立　《文选》异文

作为一部收录先唐作品的文学总集，《文选》在中国传统社会乃至整个东亚汉文化圈当中长期发挥着文章典范的作用。然而今人所见《文选》的面貌，则经历了相当漫长而曲折的演变过程。从南朝梁代诞生之初至隋唐时期，《文选》由最初的三十卷白文本，逐渐发展出释音、释义等内容有

---

*　本文为国家社会科学基金青年项目"日藏《文选》古钞本整理与研究"（项目编号21CZW016）的阶段性成果。

别、卷数各异的诸家注本，其中以李善和五臣的影响最大。五代迄至两宋，《文选》的传播方式从手抄逐渐转变为雕版印刷。官方与民间涌现出善注刊本和五臣刊本，随后又出现了李善与五臣的合注刊本，一种是五臣注在前、李善注在后的六家注本，一种是李善注在前、五臣注在后的六臣注本，由此奠定了《文选》流传至今的文本形态。

《文选》的文本面貌也在此传承过程中产生许多变化。一方面，李善本、五臣本及合刊本的流行，让白文本及其他诸家注本无人问津以致失传。另一方面，作品及注释在辗转传抄过程中产生的讹脱衍倒，虽经刊刻整理有所减少，但是仍然存在、甚至新增不少鲁鱼亥豕的现象。

因此，恢复《文选》原貌，成为历代整理与刊刻《文选》者追求的目标。这个目标涉及一个重要的工作步骤：校出异文，审订是非。这便涉及如何理解《文选》异文的来源。而以清代胡克家《文选考异》为代表的历代《文选》校勘成果，普遍将异文来源归咎于李善本与五臣本的区别，甚至进一步认为是"五臣乱善"，意即乃是五臣所致。

这种仅从二注身上寻找解决问题答案的思路，体现的是一种"二元对立"的认知方式。这种认知方式虽有其形成的背景与脉络，却将二注本的关系高度对立起来。而且，正如前人留下了不少"无可考"的阙疑之处，《文选》尚有诸多异文，难以依靠此认知方式形成圆满的解释。

幸运的是，近代以来进入学界研究视野的敦煌、吐鲁番出土的残卷，日本保存的古钞本，乃是属于刊本之外的传抄系统，而且"天下孤本"《文选集注》还保存了许多二注以外的亡佚注释，提供了《文选》合刊前的丰富信息。这对于帮助我们打破该认知方式，重新审视《文选》异文的复杂来源，了解《文选》文本面貌的形成过程，进而深刻认识中国经典从手抄到刊刻过程中的文本变化，将有极大的帮助。

一 二元对立：在文本比勘中形成的注本关系认知

五臣注自诞生之际起便具有与李善注针锋相对之意。唐开元六年（718），吕延祚进呈注本。其《进〈集注文选〉表》曰：

> 往有李善，时谓宿儒，推而传之，成六十卷。忽发章句，是征载籍，述作之由，何尝措翰。使复精核注引，则陷于末学。质访指趣，

则卣然旧文。只谓搅心，胡为析理。①

以吕延祚为代表的五臣，上表指摘善注"陷于末学"。二注关系本就有紧张之势，是不可忽视之事实。

二注之不同，可从"底本有别"与"注解有异"这两个层面进行理解。"底本有别"是指各注家所据底本不同，主要表现在个别用字、文章科段、分卷结构等存在差异。而这自然在一定程度上影响到字、词、句的理解乃至全文主旨的把握。底本的差异可认为是影响注家的基础因素。"注解有异"则指各注家在各自底本的基础上，遵从各自师承传统，沿着不同的注释体例、方法和风格，形成对同一文本的不同理解。从《文选》二注来看，李善、五臣的注释行为皆围绕萧统《文选》展开，理论上底本差异不会非常大。但是作为一部集录经典诗文的总集，《文选》选录的作品多行于当世，再加上全书编成之后，曾长期以手抄的方式传播，"母本"会衍生出不同的"变本"，底本自然可能存在"变本"的情况。二注的底本究竟源自哪个"变本"，尚值得仔细琢磨。② 再者，五臣本原为异于李善注而生，重在"措翰"串讲辞章，因此势必与之分道而驰。自五臣注诞生，唐宋笔记多有比较二注的记载。如李匡乂《资暇录·非五臣》、邱光庭《兼明书》痛批五臣，而苏轼《东坡志林》、王得臣《麈史》认为善注可取。

尽管二注的紧张关系被反复言说，但是真正将二者进行系统、全面的比较，却是在二注合并刊刻校订的过程中才正式出现，而将《文选》异文的缘由完全归咎于二者的想法，也是在此后不断校勘的过程中被逐渐提炼出来。现存二注合刊本如奎章阁本的校语揭示了比勘过程。

目前学界所知首个将二注进行合并刊刻的本子，乃是五臣注置前、李善注置后，由秀州州府学在北宋元祐九年（1094）上梓的"秀州本"。该本今已亡佚，幸有朝鲜以之为底本的古活字排印本（学界称为"奎章阁本"）可窥一二：

今平昌孟氏，好事者也，访精当之本，命博洽之士，极加考核，

---

① （梁）萧统编《六臣注文选》，（唐）李善、吕延济、刘良、张铣、吕向、李周翰注，中华书局，1987，第 1 页。

② 关于"母本"与"变本"的论述，可参拙文《从"母本"到"变本"：萧〈选〉旧貌之构建尝试》，《域外汉籍研究集刊》第 19 辑，中华书局，2020，第 337~366 页。

弥用刊正（旧本或遗一联，或差一句，若成公绥《啸赋》云："走胡马之长嘶，回寒风乎北朔。"又屈原《渔父》云："新沐者必弹冠。"如此之类，及文注中或脱误一二字者，不可备举，咸较史传以续之。字有讹错不协，今用者皆考五经、《宋韵》以正之。）小字楷书，深镂浓印，俾其帙轻可以致远，字明可以经久。其为利也，良可多矣。——平昌孟氏《五臣本后序》（奎章阁本卷尾）

秀州州学今将监本《文选》逐段诠次，编入李善并五臣注。其引用经史及五家之书，并检元本出处，对勘写入。凡改正舛错脱剩，约二万余处。二家注无详略，文意稍不同者，皆备录无遗。其间文意重叠相同者，辄省去留一家。总计六十卷。元祐九年二月日。——秀州本《文选》跋（奎章阁本卷尾）①

秀州本的李善注来自北宋监本，五臣注来自平昌孟氏本。秀州州学将经过官方严格校勘的北宋监本，和经由民间精心整理的平昌孟氏本合二为一。二注合刊的具体做法乃是直接以平昌孟氏本为底本，将监本李善注"逐段诠次"，"其引用经史及五家之书，并检元本出处，对勘写入"，在此过程中核正"舛错脱剩约二万余处"。尤值得注意的是，二注合并遵循了一定的体例：

1. 二家注无详略，文意稍不同者，皆备录无遗；
2. 其间文意重叠相同者，辄省去留一家。

这一点正体现为奎章阁本中"善本作某字""善同某注""善注同"等合并校语。这些校语作为一种事实陈述，原原本本地记录下校勘整部《文选》过程中发现的异文情况。这也是李善本同五臣本从正文到注文的首次全面"交锋"。随后同出六家本系统的政和元年（1111）广都裴氏本（今据明代袁褧重刊本）、明州本（今据绍兴二十八年递修本），莫不沿袭着秀州本的校语。

而通过调换二注顺序（即将李善注置前、五臣注置后）所获得的六臣

---

① （梁）萧统选编《日本东京大学东洋文化研究所藏朝鲜活字本六臣注文选》（下册），（唐）李善等注，凤凰出版社，2018，第1491~1492页。

注本，如赣州本、建州本（咸淳七年前后，1271），校语便直接在原来六家本校语的基础上进行相应调整，径改为"五臣本作某字""某注同"。这个过程也伴随着一系列核对工作，然而由于全书体量庞大，二注面貌及校语难免存在错讹。再加上二注合刊之际采用的省略体例，也对二注的原貌造成极大的改变。在以李善本为底本的六臣注本当中，五臣注为被省略的一方；而在以五臣本为底本的六家注本当中，被省略的一方反成了李善注。省略之后的原文不复保留，二者的注文面貌由此均受到不同程度的破坏。

于是在单注本逐渐消亡，而合刊本渐为流行的情况下，时人为了恢复被省略的内容，在所见文本有限的情况下不得不取五臣注以补李善注，或取李善注以补五臣注。南宋淳熙八年（1181），尤袤深感"四明赣上，各尝刊勒，往往裁节语句"，时下流行的合刊本已失二注原貌。于是他"亲为校雠"，自己动手校订李善注，刊刻李善本。书末还附有《李善与五臣同异》，通过列出五臣异文的方式，体现二注之异，以析二注之貌。这种区分二注的做法，目的在于解决合刊本所造成的文本混乱，提供一个完善的《文选》读本。

但是值得注意的是，比勘工作处理的是一些具体版本，所涉校语往往有着明确的指向。正如前举合刊本校语，其所谓"善本""善""善注"指向的是北宋国子监本所见李善异文；而所谓"五臣本""五臣"同样指向那个具体的版本——平昌孟氏本所见五臣异文。然而，尤袤的校语未见相关的版本依据，尤袤仅提过"四明赣上，各尝刊勒"一句，或使用过今人仍可得见的明州本、赣州本。但其所说"五臣"是否纯出平昌孟氏本，而其所刊"李善本"又与今人所见北宋本并不完全一致，故其底本、校本等信息至今尚未得到证实。这就导致后人在不知情的情况下，容易将具体版本当中的二注差异，理解成普遍意义上的二注差异。

果不其然，清代胡克家在整理尤袤所刊的李善本之时，进一步扩大了二注差异的适用范围，并将此视为《文选》异文的来源。他邀请顾广圻、彭兆荪细加考订尤本，撰成《文选考异》。其序文旨在批评尤本已失崇贤旧观，但是开篇却说：

> 《文选》之异，起于五臣……观其正文，则善与五臣已相羼杂，或沿前而有讹，或改旧而成误，悉心推究，莫不显然也。观其注，则题

下篇中，各尝阑入吕向、刘良，颇得指名，非特意主增加，他多误取也。观其音，则当句每未刊五臣，注内间两存善读，割裂既时有之，删削殊复不少。崇贤旧观，失之弥远也。①

所谓"《文选》之异，起于五臣"，便是视五臣注为造成《文选》差异的缘由。言外之意即李善本保留了萧《选》原貌，而五臣注破坏了崇贤旧观，也便破坏了萧《选》旧貌。《考异》也的确依据李善与五臣之别，从"正文""注""音"三个层面，提出了"各本所见以之乱善""其本误衍，后又以之乱善""五臣注错入"等批评五臣的说法，由此试图坐实五臣注乱善兼乱《选》的罪名，也不断渲染李善本与五臣本之间对立的紧张关系。

然而，上述"五臣乱善"等说法，显然并不符合另一种合刊系统的情况。在并五臣入善的六臣注本中，应当还存在"善乱五臣"的情况。但是，《考异》并未充分考虑其他具体的版本现象。胡克家覆刻尤本的目的在于提供一个李善本，乃是以善注为本位，因此对善注原貌的追求，自然容易使之视五臣注为导致善注已失原貌的"罪魁祸首"。而从李善本受到关注这一点来看，李善本和五臣本的地位孰高孰低亦是一目了然。从来只有地位低者才会被认为"乱入""错入"地位高者。李善本与五臣本的对立关系，捧李善而杀五臣的认识，在清代《考异》当中达到了顶点。

当事实陈述被反复言说，便可能逐渐脱离诞生的文本环境，演变成一种价值判断，一种思考倾向。《文选》的异文来源非李善即五臣——一种二元对立的认知方式，从合刊本的校语，到单李善刊本的校勘记，逐渐清晰地浮现出来。

必须承认的是"二元对立"的认知方式是一个相当有力的工具，的确有助于剖析事实，厘清二注合刊本造成的问题。其发挥作用的文本现实条件是：二注有别是必然存在的现象，一部分异文的确能够作为善注与五臣注的区别性特征。前人在合并刊刻《文选》的过程中，通过系列校语清楚地标识出具体版本之差别，这一行为当然没有问题。兹举例如下：

尤本《洛神赋》"容与乎阳林"句之"阳林"，《考异》认为："袁

---

① （梁）萧统编《文选》，（唐）李善注，中华书局，1977，第841页。

本、茶陵本'阳'作'杨'，云五臣作'阳'。按：二本是也。尤所见
以五臣乱善。"

笔者按：《考异》认为"尤所见以五臣乱善"，意思是说尤本原作
"阳"字，乃是根据五臣本改字。其实今人所见日藏白文古钞当中的杨守敬
本、九条本和静嘉堂本均作"杨"，而监本系统亦作"杨"，如北宋本同，
奎章阁本注记称："善本作杨字。"这说明白文本和李善本有作"杨"者，
所以《考异》认为"阳"为五臣本特征的结论可以成立。又，该句相应的
善注曰："阳林一作杨林，地名，生多杨，因名之。"《考异》曰：

　　袁本、茶陵本无"阳林一作"四字。按：二本是也。此尤所见盖
有"阳林"，善作"杨林"，乃校语错入注，因改"善"作"一"以就
之耳。

笔者按：《考异》依据袁本、茶陵本，判定善注没有"阳林一作"四
字。此乃尤袤改校语"善作杨林"为"一作杨林"，并入注文。
上述例子展现出《考异》运用的三个本子："袁本五臣居前、善次后，
茶陵本善居前、五臣次后，皆取六家以意合并如此。凡各本所见善注，初
不甚相悬，逮尤延之多所校改，遂致迥异。说见每条下。"即尤袤李善本作
为覆刻底本，五臣在前的袁本和李善在前的茶陵本作为参校本。其中，袁
本属于六家本系统，乃是以五臣本为底本，并善注入五臣本，因此善注原
貌多被破坏。依据这样的本子来甄别善注并不可靠，故而还需参照当时所
能找到的质量较好的其他版本系统，《考异》利用的是茶陵本。该本属于六
臣本系统，乃是以李善本为底本，并五臣注入李善本，因此多得李善原貌。
在所见版本有限的历史条件下，结合两个系统的合刊本校语和文本实际情
况，辨析并厘清李善注和五臣注的各自内容，《考异》如此做法与判断合乎
文献现状，也有助于甄别出二注的大致轮廓。
但是，这种做法从校出异同到分析原因再到审订是非，都仅从二注入
手。做法行之有效的同时却也逐渐固化成一种非此即彼的认知死循环：《文
选》之异在于二注。这种认知影响很大，从陈景云《文选举正》，到胡绍煐
《文选笺证》、梁章钜《文选旁证》，均概莫能外。甚至，这种思维定式依然
盛行于今天的学界。即便是面对最早的李善刊本北宋国子监本，日本学者

冈村繁仍然提出了李善本在宋代刊刻时"剽窃五臣注"的说法,依然在二注关系当中展开思考。

当然,毕竟前人所作判断完全受制于客观条件。正如胡克家既没有看到比尤本更早的北宋国子监本,也没有看到单五臣注刊本陈八郎本,更没有发现手中的尤本并非初刊本。种种客观条件,既强化了原有的认知方式,也抹杀了成立的背景和范围,最终还留下了许多"无可考"之处。人类的认识往往深受客观条件的限制,我们无法据此苛责前人。

但是幸运的是,今天的我们能够掌握十分丰富的早期材料。除了《文选》白文本在敦煌、吐鲁番和日本已有发现之外①,关于李善注的早期材料也惊现于世,主要有以下四类文本:

1. 敦煌写本 P. 2528、P. 2527 中的李善注,涉及篇目《西京赋》《解嘲》《答客难》。又有一些零碎残卷,如郭璞《江赋》Дх. 18292;张协《七命》有大谷 10374;大谷 11030;Дх. 08011;Дх. 01551;Дх. 07305v;Дх. 08462;Ch. 3164 等。

2. 日本正仓院李善注拔萃。

3. 若干古笔切,如传圆珍笔三井寺切,石川县立历史博物馆及立命馆大学藏古笔切。

4. 日藏《文选集注》中的李善注。考虑到《文选集注》(以下简称"《集注》")是一个合注本,各家注的汇集遵循一定的编纂体例,当中的善注能否真实展现李善本的面貌,暂且存疑。

五臣本的早期材料较为有限。敦煌、吐鲁番出土的残卷缺乏五臣注相关材料,导致五臣本的早期参照文献不足。但好在日本保存有三条家公爵所藏的单五臣注卷子本,《文选集注》也保留了数量可观的"五家本"。前者十分珍贵,为目前所见《文选》写钞本文献当中唯一的单五臣注写卷。

面对前人难以想象的丰富文献,我们不禁认识到以往认知方式有限的适用范围,而重新审视起《文选》异文的复杂来源。下文将借助写钞本材料,尝试通过校勘异文举例对"二元对立"认知方式展开突破。以下讨论所引正文使用胡刻本。

---

① 按,敦煌、吐鲁番出土的白文本详情可参金少华《敦煌吐鲁番本〈文选〉辑校》,浙江大学出版社,2017。日本发现的白文本详情可参拙文《日藏〈文选〉白文古钞引〈文选集注〉考论》,《文学遗产》2022 年第 3 期。

二 突破视角一：二注在写刻过程中的混乱失次

前人在校订《文选》的过程中得出这样一个判断：李善本与五臣本之异，即是《文选》异文的缘由。《考异》所说的"《文选》之异，起于五臣"，便是默认李善注的底本直接源自萧《选》，优于五臣注的底本，而且也默认早期文本亦是如此，进而推断《文选》所有异文的来源在于二注之别。

但是，二注在刊本当中呈现出来的差异并不意味着在写钞本当中也必然能够成立。善注钞本与五臣钞本的区别性异文为刊本系统所继承，固然是文本面貌的主流，但并不反映文本面貌的全部。通过校勘可知，善注写钞本可能异于善注刊本，五臣写钞本亦可能异于五臣刊本，甚至可能出现二注刊本有异而写钞本不异的现象。从这些异文现象来看，二注已各自存在混乱失次的情况。分析如下：

首先，二注在刊本当中出现的异文，在早期材料当中并不存在，可直接推翻既定认知。

《讽谏诗》"正遐由近，殆其兹怙"句，"兹怙"敦煌 Φ242 和杨守敬本、九条本、静嘉堂本均作"怙兹"。陈八郎本、朝鲜正德四年本、奎章阁本亦作"怙兹"。九条本、静嘉堂本旁注："兹怙，关（笔者按，"关"指代"善"）。"奎章阁本注记："善本作兹怙字。"尤袤《李善与五臣同异》："五臣作怙兹。"

笔者按："兹"，此，指汉戚身份。"怙"，依靠，凭恃。该句为韦孟劝诫元王之孙刘戊，不能怙恃汉戚身份，放纵横行以致危殆。二注的早期写钞本不异，均作"怙兹"，当为萧《选》旧貌，而非五臣本独有特征。《考异》曰："袁本云善作'兹怙'，茶陵本云五臣作'怙兹'。按：各本所见皆非也。此但传写误倒，非善独作'兹怙'。何云当从《汉书》作'怙兹'，于韵乃协。陈同。"何焯、陈景云以为该句当作"怙兹"，一是从《汉书》，二是协韵。"兹"正与下文"嗟嗟我王，曷不斯思"之"思"协支部平声韵。

《与嵇茂齐书》"翅翮摧屈"之"翅"字,《集注》和杨守敬本、九条本均作"六"。陈八郎本、朝鲜正德四年本、明州本、奎章阁本同作"六"。奎章阁本注记:"善本作翅字。"明州本校语同。赣州本作"翅",校语云:"五臣本作六。"而据《集注》中《钞》云"今此言六翮摧屈"和天津艺术博物馆藏107号敦煌单注本"自然摧屈六翮"句,可推知此二本正文当作"六"。

笔者按:原文抒发立功于世的雄心壮志,虎啸龙吟,极喷薄宇宙之致,惜遭司马氏篡魏乱世,有志不得舒展,所以是未能获得合适时机,只能垂下羽翼黯然远离,锋芒力量无处可使,翅膀羽毛摧残脱落。李善刊本作"翅翮",可以解释得通。

但是需要注意的是,五臣刊本所作"六翮",多见于早期流传版本。除了白文本系统杨守敬本、九条本,还有注文本系统《集注》,可见李善注在写本中有作"六翮"的版本。另外《钞》和敦煌单注本也可以证明,传抄过程中存在多个版本作"六翮"。而且"六"字更便于书手传抄,能够符合写钞本的传播特征。因此,合刊本校语认为"六"是五臣本特征并不完全准确。而"六翮"专指鸟类双翅中的正羽,又代指鸟之双翼。如《战国策·楚策四》"奋其六翮而凌清风,飘摇乎高翔",班彪《王命论》"燕雀之畴,不奋六翮之用"等句,都是用"六翮"表翅膀,以示振翅高飞的姿态。

其次,同一文本系统内部的"变本"颇多,就今人所见具体版本而言,其写钞本与刊本亦存在诸多差异。有李善写本异于李善刊本者:

《六代论》"而天下所以不能倾动"之"不能"二字,北宋本、尤本同。李善注拔萃、杨守敬本、观智院本作"不"。奎章阁本注记:"善本有能字。"

笔者按:早期作"不倾动"与下句"百姓所以不易心者"之"不易心"显得更为整齐对仗,但是刊本中存在"不能倾动"的版本。

同上"徒以权轻势弱"之"徒以"二字,北宋本、尤本同。李善注拔萃、杨守敬本、观智院本作"徒"。奎章阁本注记:"善本有以字。"

笔者按：该句指出盖因权轻势弱，宗室子弟缺乏固定操守，所以才出现在惠帝文帝时尽忠尽孝，在哀帝平帝时背叛祖宗的现象。"徒"表仅仅、只是，单用"徒"字可理解得通。而"以"表因为，与"徒"连用，形成"徒以"。该词汇的使用由来已久，如"安陵以五十里之地存者，徒以有先生也"（《战国策》），"盖徒以微辞相感动"（《登徒子好色赋》），"而蔺相如徒以口舌为劳，而位居我上"（《史记》），以及"徒以诸侯强大，盘石胶固"（《六代论》）。大概因此，刊本当中出现了"徒以"的版本。

也有五臣注写钞本异于五臣刊本者。譬如日藏五臣注钞本异于五臣注刊本：

> 《奏弹曹景宗》"致辱非所"之"致"字，陈八郎本、朝鲜正德四年本、奎章阁本作"累"。奎章阁本注记："善本作致字。"但是三条本亦作"致"，反合于李善刊本而异于五臣刊本。

笔者按：该句悲悯司州之民因沦落敌手而无辜受辱，"致"在句中表造成、导致、招致，用法同下句"致兹亏表"。而"累"后接续动词"辱"，指屡次、多次，言无辜司民屡次遭辱，呼应前文"自逆胡纵逸，久患诸夏"，亦可说得通。

> 《与魏文帝笺》"优游转化"之"转"字，陈八郎本、朝鲜正德四年本、奎章阁本作"变"。奎章阁本注记："善本作转字。"三条本亦作"转"，亦合于李善刊本而异于五臣刊本。

笔者按："转化"用于表现声音之宛转自如，若用"变化"则失去该层含义。

以上为三条本异于五臣刊本之例。再如三条本、《集注》五家本异于各五臣注刊本：

> 《奏弹曹景宗》"优劣若是"之"劣"字，朝鲜正德四年本、奎章阁本作"当"。奎章阁本注记："善本作劣字。"明州本校语同。赣州本作"劣"，校语云："五臣本作当。"尤袤《李善与五臣同异》："五臣

劣作当。”三条本、《集注》、杨守敬本、九条本、陈八郎本作“劣”且《集注》无校语，可推知《集注》所见五家本亦作“劣”。

笔者按：“劣”当为萧《选》旧貌。上句言“道恭云逝，城守累旬；景宗之存，一朝弃甲”，引出“生曹死蔡”的喟叹，孰优孰劣，对比鲜明。

《答临淄侯笺》“然而弟子箝口”之“然而”，朝鲜正德四年本、奎章阁本无。奎章阁本注记：“善本有然而字。”明州本、赣州本校语同。三条本、《集注》、杨守敬本、九条本、陈八郎本有且《集注》无校语，可反推原来五家本同，则五家本不同五臣刊本。

笔者按：有“然而”两字当为萧《选》旧貌。《新校订》编者按曰：“此‘然而’为承接连词，犹云‘如是而’也，与今习用之‘然而’为转折连词者，其义有别（参王引之《经传释词》卷七）。盖后人以习语读此故妄删之矣。”① 是也。该词接续“弟子箝口，市人拱手者”一句，运用的是“然而……者”的表达句式，表示一种现象或结果，借此暗中称扬曹植的作品：这是圣贤卓绝出众、异于平庸凡俗之作。这个表达句式能够起到连接自然、语气流畅的作用，确实与今人惯用之表转折的“然而”有所不同。

再次，二注系统从写钞本到刊本还存在彻底变异。譬如：

《西京赋》“濯灵芝以朱柯”，“以”奎章阁本、朝鲜正德四年本、陈八郎本作“于”。北宋本、尤本作“以”。赣州本作“以”，校语云：“五臣作于。”但是 P. 2528、上野本、九条本、正安本、弘安本均作“之”。

《答客难》“黈纩充耳所以塞聪”，“充”陈八郎本、朝鲜正德四年本、奎章阁本作“蔽”。奎章阁本注记：“善本作充字。”尤袤《李善与五臣同异》：“五臣充作蔽。”然而 P. 2527、杨守敬本、九条本均作“塞”。

① 《新校订六家注文选》，俞绍初、刘群栋、王翠红点校，郑州大学出版社，2014，第 2640 页。

笔者按：上述二例的写钞本异文（"之"与"塞"）复见于敦煌出土残卷和日藏古钞，分布于多个文本来源，当非偶然讹误所致，而是暗示了某一个共同的源头。"以"与"于"、"充"与"蔽"，或是在二注的传钞或刊刻过程中产生的异文，可算是二注刊本的区别特征，但非《文选》早期旧貌。

最后，二注在刊本无异文的情况下，其写钞本也可能存在变化。例如：

《答客难》"修学敏行而不敢怠也"，诸刊本不异，P. 2527、杨守敬本、九条本无"修学"。

《答客难》"得信厥说"，"得"下诸刊本不异，P. 2527、杨守敬本、九条本有"明"。

《解嘲》"下谈公卿"，"卿"诸刊本不异，P. 2527、杨守敬本、九条本作"公王"。

笔者按：若非确实存在两个以上的版本可供证明，上述异文在二注刊本系统中将无法被识别出来，而且由于并不影响具体文义，理校之法亦毫无用武之地。刊本不异而写钞本异这一重要的《文选》文本现象，同样是化解二元对立认知的重要视角。

基于上述分析可知，二注系统在传钞阶段和刊刻阶段均存在一些差异。善注钞本可能异于刊本，五臣钞本也会异于刊本，甚至二注写钞本均异于刊本。这些现象促使我们认识到，不能单凭刊本便遽然断定《文选》异文的产生环境，进而推断异文的形成缘由。因此，前人在校订刊本过程中所说的"五臣作某""李善作某""五臣乱入"等意见，放在写钞本身上未必成立。这也正是傅刚师所提到的刊本特征并不能适用于写钞本的重要论断。[1] 写钞本与刊本毕竟是两种不同的文献形态，从手抄本到刊本之间存在的种种文本流变现象均值得仔细推敲。

更何况，《文选》在刊刻之前，不但长期以手抄方式流行，而且存在多个文本系统。如今，白文本得以发现，注文本方面则有赖于《文选集注》对诸家唐注的保存。更多文本系统的发现，乃至不同文本系统的共存，有助于进一步突破二元对立的认知方式。

---

① 傅刚：《文选版本研究》，北京大学出版社，2000。

三 突破视角二：合于其他文本系统的异文

确认并考察超出二注以外的文本系统，同样能够有力地突破二元对立的认知方式。现已发现二注以外的文本系统共计三类，一是白文本系统，二是集注本系统，其在二注之外还提供了《钞》《音决》和陆善经注。三是无名注系统，主要是敦煌出土的佚名注和单注本，包括俄藏 Φ242 号的"佚名注"，永青文库、天津艺术博物馆藏 107 号敦煌单注本和 P.2833、S.8521 的"文选音"。这些已经亡佚的唐人注释，与二注既有相同，也有差异，因此更为直接地冲击着既有认知。

首先，白文本系统正是注文本系统之外一个无法忽视的存在。不少在合刊本中被认为是二注有别的异文，也存在合于敦煌残卷与日藏古钞的现象。此乃"萧《选》旧貌"的特征，具体例证可参前文。

其次，在注文本系统当中，除了李善本系统和五臣本系统之外，尚存在其他注本，即前举《集注》中诸家唐人注和敦煌无名注。如此一来，二注刊本当中出现的异文，也可能与二注无关，而与其他注本发生关联。

一方面，存在正文用字合于其他文本系统的例子。譬如：

> 《出师颂》"五曜宵映，素灵夜叹"句下，奎章阁本注记："善本有'皇运来授，万宝增焕'二句。"明州本校语同。《集注》和朝鲜正德四年本、奎章阁本均无此二句。《集注》按："陆善经本此下有'皇运来授，万宝增焕'二句。"北宋本、尤本、赣州本有此二句，但赣州本无校语。

笔者按，由《集注》正文可知李善本的早期材料存在无此二句的版本。然《集注》按语指出，此乃陆善经注本的特征，则北宋本、尤本、赣州本合于陆善经注本的特征。奎章阁本与明州本的校语指出"善本"有此二句，正因其所说"善本"即为北宋本。

> 《夏侯常侍诔》"贤良方正征仍为太子舍人"，《集注》和杨守敬本、北宋本、陈八郎本、朝鲜正德四年本、奎章阁本、明州本、赣州本无"仍"字。《考异》谓"此尤本衍"。《集注》按："《钞》、陆善经本'征'下有'仍'字。"

笔者按，尽管合刊本对此没有出校，但是《考异》认为是尤袤添上"仍"字。据《集注》按语，"仍"是《钞》和陆善经注本的特征。《晋书》卷五十五载其仕宦履历："少为太尉掾。泰始中举贤良，对策中第，拜郎中，累年不调"，"后选补太子舍人，转尚书郎，出为野王令"，此后"居邑累年，朝野多叹其屈。除中书侍郎，出补南阳相。迁太子仆，未就命，而武帝崩。惠帝即位，以为散骑常侍。"可知在选补太子舍人之前，夏侯湛长期担任郎中一职，"仍"字无所依傍。

另一方面，也存在注释合于其他文本系统之处。

如合于陆善经注之例：《集注》卷八《三都赋序》中有陆善经的注释，陆善经说"旧有綦毋邃注"并引用了綦毋邃注释五条。据《集注·蜀都赋》"刘渊林注"下的陆善经曰"綦毋邃序注本及《集题》"云云，说明陆善经得见綦毋邃序注之本。上述五条内容未必皆为陆善经所引的全貌，可能已经《集注》的编纂。而这五条注在李善本中也得到了保留，现存最早的李善本北宋本便有相应的内容。但是北宋本却无其他说明，使人长期以为该注出自刘逵之手。从这个例子来看，陆善经所引旧注，不知何时变成了善注刊本所引旧注。

又合于《钞》之例颇多。例如李善本方面：

> 《难蜀父老》注"毛诗小雅文滨涯也本或作宾"。《集注》善注有'毛诗小雅文'，其余七字见于《钞》："率，循也。滨，涯也，或本为宾字者。"《新校订》编者按："则此七字盖后人改正文'宾'为'滨'，又略取《钞》文以充善注耳，且'滨涯也'乃《毛传》文，若善引之，例当在上有'毛苌曰'三字。知其非善自注无疑。"[1]

再如五臣本方面：

> 《檄吴将校部曲文一首》注"良曰：侯成，小吏。不知其所赏也"，又见《钞》曰："侯成，小吏，不知所赏也。"《新校订》编者按："良

---

[1] 《新校订六家注文选》，俞绍初、刘群栋、王翠红点校，第2934页。

乃袭《钞》注。"①

合于《音决》之例则有：

> 《与魏文帝笺》"繁休伯"下，陈八郎本、朝鲜正德四年本、明州本、赣州本、奎章阁本均有五臣吕向注音："繁，步何反"。三条本无该音注。《集注》无五臣注，但见于《音决》："繁，步和反"。《新校订》编者按："五臣音例夹注在正文间，不在注末。此当是善音。日藏三条家五臣本向注无此音，而集注本善注末正有此音可证。今移此四字于善注末。尤本善注脱此四字。"②

笔者按，从注音体例可确认该注音并非五臣音。但是根据《集注》，李善无此音注，反见于《音决》，恐怕出于《音决》。《新校订》按语有误。

以上主要以《集注》的诸家唐人注为比照对象，此外另有合于敦煌佚名注之例，多出自尤本李善注③。譬如直接合于原文的例子：

> 《讽谏诗》"乃命厥弟，建侯于楚"句，敦煌 Φ242 注曰："厥弟谓元王。元王封于楚国也。"
>
> 尤本善曰："弟谓元王也，元王封于楚国。"
>
> 陈八郎本良曰："厥弟，元王也。建，立也。谓立为侯伯于楚。"

笔者按：尤本此条善注不见于奎章阁本、明州本、建州本等合刊本，

---

① 《新校订六家注文选》，俞绍初、刘群栋、王翠红点校，第 2914 页。

② 《新校订六家注文选》，俞绍初、刘群栋、王翠红点校，第 2644 页。

③ 按，尤本有颇多不见于奎章阁本、明州本等合刊本的李善注，光是《讽谏诗》一篇便有 32 例，数量之巨，足以说明这是一个涉及全篇的整体改变，而非某字某句的无意乱入，故《考异》认为是"尤延之误取之"。其中共有 6 例合于敦煌佚名注，这是一种前人既无法看到也难以想象的文本现象。《文选旧注辑存》将这种情况分为"李善辑注"和"李善注"。徐华先生认为"后世增刻的李善注，又恰好与敦煌 Φ242 相合，说明正是佚注之语后来被增刻到了李善注当中。如果此说成立，写本佚注在唐代应是较为常见的通行本。"《新校订六家注文选》则认为"恐是尤所见李善别本所存之旧注"。参见刘跃进：《文选旧注辑存·编纂说明》（第一册），徐华编，凤凰出版社，2017，第 2 页。徐华《俄藏敦煌写卷 Φ242 号〈文选〉考异——兼论写卷的版本系统及作注年代》，《敦煌研究》2012 年第 2 期。《新校订六家注文选》，俞绍初、刘群栋、王翠红点校，第 1195 页。

且在今本《汉书·韦贤传》中无对应出处。然而这条注文，特别是后半句话"元王封于楚国"完全合于敦煌佚名注。再如合于释义的例子：

> 《讽谏诗》"在予小子，勤唉厥生"句，敦煌 Φ242 注曰："言生时唉唉啼泣。自谓言叹辞。"
>
> 尤本善曰："应劭曰：'小儿啼声唉唉。'颜师古曰：'唉，叹声。'善曰：'《方言》曰：唉，叹辞也，许其切。'"
>
> 陈八郎本翰曰："予小子，孟自也。唉，叹也。勤叹其生之为微也。"

笔者按：尤本中的《汉书》应劭及颜师古注共十六字，不见于奎章阁本、明州本、建州本等。《考异》说袁本、茶陵本无"应劭曰"以下十六字。尤本多出的善注实合于敦煌佚名注。因为从内容的理解来看，尤本的善注与敦煌佚名注相近，而五臣注与之相远。"在予小子"之"小子"，敦煌佚名注解作"小儿"，"勤唉戚生"之"生"，敦煌佚名注则释作"生时"，整句理解为婴儿出生之时唉唉啼哭，正是尤本善注引《汉书》应劭作"小儿啼声唉唉"之意。然而，五臣李周翰则将"小子"理解为韦孟自称，"厥生"理解为"其生"，表自我生平，进而引申为一种"其生之为微"的感叹，与前二者谈出生小儿啼哭的内涵截然不同。

总而言之，二注刊本从正文到注文均存在合于其他文本系统的情况揭示，二注之异文可能源自二注之外，故不可光在二注的范围内进行理解，更无法以"五臣乱善"为理由去处理《文选》文本产生的一切异文。正是基于此，二元对立的认知方式便应当被重新审视和谨慎对待。

纵览《文选》由手抄到刊刻的诸种异文，揭示出文本从"母本"到"变本"的衍生过程。而《文选》从白文本到注文本的形成历史，也说明《文选》文本系统具有多样性。上述现象促使我们对此进行反思：无论是二注内部的差异，还是二注以外的文本系统，均突破了以往非李善即五臣的惯有认知方式，为我们重新审视二注关系及《文选》异文的真正来源打开新局面。这也是我们破除二元对立认知之后面临的迫切问题，如何全面理解《文选》从正文到注文出现的异文。

四　《文选》异文的理解进路

如何看待《文选》异文的产生缘由，既有认知亟须跟随新材料的出现而获得调整与修正。以往限于早期材料的不充分，我们对《文选》在传抄与刊刻过程中的很多细节并不了解，对《文选》异文的理解也有不少存疑之处。以下将尝试结合前文讨论，逐一检讨刊刻、传抄、编注等环节对异文形成的影响，把握不同环节所对应异文的判定条件。

（一）刊刻环节

由于刊本材料相对丰富，前人往往习惯先从刊本身上寻找原因，下意识地认定异文乃是在刊刻环节中产生，由此也发现了很多文本例证。又李善本和五臣本的刊刻者，现有明文记载的官方刊刻者为"北宋国子监"，私家刊刻者为"綦毋昭"和"尤袤"，因此刊刻环节中产生的问题往往归咎于上述机构或人物。

刊刻行为的确会对《文选》文本面貌产生影响。刊刻过程中发生的校勘、整理结果，都在一定程度上改变文本的面貌。反映《文选》刊刻过程的文献记载除了前举秀州本和尤本，还有北宋本和陈八郎本。

奎章阁本卷末的《李善本文选跋》揭示出天圣明道年间官方刊刻李善本的情况。据跋文可知，是书分别于天圣三年（1025）由七人共同完成底本校勘，于天圣七年（1029）完成雕版，参与过底本校勘工作的公孙觉和黄鉴，又再次参与了印版的校勘。这次的印版校勘可能又进行了一些订正，因而又历时两年，最终定板进呈天子。进呈者包括蓝元用、皇甫继明、王曙、薛奎、陈尧佐、吕夷简。

由此可见，北宋国子监本的刊刻不但经由多人整理，更是经由多次校订而成，并非仓促草就。参与校勘工作者主要是国子监说书，其中两次参与校勘工作的公孙觉，天圣七年右至国子监直讲。此前天禧五年（1021），时任内殿承制兼管勾国子监刘崇超曾上奏"内《文选》只是五臣注本，切见李善所注该博，乞令直讲官校本，别雕李善注本"（《宋会要辑稿》职官二八之二《国子监》），可见国子监本版刻之本，包括了国子监直讲官讲授所用之本，亦是官方认可的文本。

他们的校勘整理成果，塑造了《文选》李善注刊本的面貌；该版本一旦雕版发行，刊刻环节对文本的影响就此保留下来，直到下一次的校勘工作来临。

来自非官方的刊刻行为亦是同理，陈八郎本牌记曰：

> 凡物久则弊，弊则新。《文选》之行尚矣，转相摹刻，不知几家，字经三写，误谬滋矣，所谓久则弊也。琪谨将监本与古本参校考正，的无舛错，其一弊则新与。收书君子，请将见行版本比对，便可概见。绍兴辛巳龟山江琪闻。

该书刊刻于福建建阳崇化里，属于"建本"。根据绍兴辛巳（1161）江琪的记述，该书使用了"监本"和"古本"参校，以做到"的无舛错"。这也表明，即便是坊间刊本，也会对文本进行整理之后再行版刻之事。而市面上流通的《文选》版本，是"转相摹刻，不知几家"，展现了多家出版的盛况。

然而就在如此号称精心考校的情况下，二注当中仍有不少光从刊刻环节难以理解的地方。按理说各类"舛错"本应在轮番校勘过程中无所遁形，面对二注存在不少合于其他文本系统的异文现象，许多前辈学者仍然习惯从刊刻环节寻找解释。王立群先生看到前述陆善经所引的五条綦毋邃注复见于善注刊本，指出这是由于"北宋天圣监本的刊刻者不愿刻板地遵从《三都赋序》只能存留刘逵注与李善注的体例，破例地保留了綦毋邃注，只是囿于《李善注文选》的体例，无法在注释中保存綦毋邃的姓名，才采取了存其注释而略其姓名的特殊处理"。[1] 而刘群栋先生则提出"明显是北宋本李善注校理者取《钞》入善注之处""北宋本校理者及南宋时期尤袤刊刻李善注时，应该看到过类似于今天所见《文选集注》残卷的集注本子，并参考吸收了《钞》、陆善经注以及类似于集注本的李善注"等理解。[2] 刘先生参与了《新校订六家注文选》的整理工作，上述说法也在一定程度上体现了《新校订》的整理意见，前述转引的《新校订》编者按语也多次表达"北宋本取集注本之《钞》而入于善"的说法。

刊刻环节诚然会产生异文，但正如前举二注在写钞本与刊本当中均存在异文，已充分说明刊刻并非异文产生的唯一来源。朱晓海先生曾在假定

---

① 王立群：《从綦毋邃注刊唐写本至宋刊本〈文选〉注释的演变》，《文献》2004 年第 3 期。
② 刘群栋：《从刊本李善注的文本变迁看〈文选集注〉在宋代的流传》，《中州学刊》2016 年第 9 期。

《集注》所录的五臣注为原貌的情况下，探讨了明州本、陈八郎本中远为丰富的五臣注来源，仍然得出五臣注的"剽袭在晚唐之前已经开始"和"中、晚唐世间流传的五臣《注》本不止一种"① 等结论。这启示我们，刊本呈现出来的问题不可完全归咎于刊本，而更可能发生在刊本诞生之前。

（二）传抄环节

当传抄材料进入到研究视野之中，我们终于有更多的实例可以证明，刊刻环节无法解释的现象，可能来自传抄环节。首先应当指出的是，刊本所出现的异文理应在对应的写钞本中便已存在。因为从同一系统的继承性质来看，晚出的文本理应具备早期文本的特征。换言之，善注钞本与五臣钞本的区别性异文当为刊本系统所继承。在这个意义上，异文形成于传抄环节的判断无须多言。

但是，经由前举例子可知，从传抄到刊刻产生的文本之间具备多种对应的现象，因此仍有单独讨论的必要。若是写钞本异而刊本不异的情况，由于刊本晚出，所以我们一般径直认为是写钞本存在异文，晚出的刊本进行了更正。这种情况的异文自然来自传抄阶段。但是还存在二注的写钞本异、刊本也异的情况，则指向了两种可能性：或是刊本阶段出现的异文，或是传抄阶段出现的异文。为了确定异文出现的阶段，我们需要引入其他文本系统，一般选择的是反映了萧《选》旧貌的白文本系统作为参照。当二注刊本用字合于白文本，则二注写钞本异于白文本，可以说明注文本系统在传抄当中产生了异文，后在刊刻之际获得了订正。

而对传抄环节的充分理解，将帮助那些在刊本当中无可考订的异文寻得来源。例如：

> 《西京赋》"乃览秦制"，《考异》指出袁本、茶陵本"乃"上有"尔"字，认为"此无以考也"。

笔者按：北宋本、尤本无"尔"字。奎章阁本有"尔"字。上野本、正安本、弘安本有"尒"，九条本直接作"尔"。

---

① 朱晓海：《从〈唐钞文选集注汇存〉诗的部分略窥〈文选〉五臣注的问题（下）》，《学术交流》2015 年第 9 期。

《夏侯常侍诔》"入侍帝闱"，《集注》、杨守敬本同作"闱"。九条本、陈八郎本、朝鲜正德四年本、奎章阁本作"闳"。《考异》指出袁本、茶陵本"闱"作"闳"，但是却认为该字"此无以考也"。

笔者按：《集注》中按语已经提示："今按：五家本闱为闳也。"

《考异》所提出"无可考"之解释，乃是限于所见材料，无法寻得异文出处。但是这些例子往往在写钞本当中可找到版本依据。隐藏在不同刊本之间的矛盾，答案可能远在刊本之外。

传抄环节产生异文的因素多种多样，值得一提的是抄写形制也可能造成文本面貌的改变。比如为了行款整齐美观而增字，《答东阿王笺一首》"焱绝焕炳"句，三条本向日多"焱，火光；焕，炳，皆明也"八字，便是为了补足行末空白。类似情况虽然不影响具体文义，却是在传抄环节才会形成，并造成文本面貌的改变。尽管有的内容可能经由刊刻加以整理，但是作为底本所产生的影响实在不可估量。

在排除了传抄环节导致的异文之外，是否存在另外的理解进路？当下种种对刊刻、传抄环节中的推测，我们都不妨往文本成立更早的阶段去追溯，即考察注文形成与编纂之际的情况。

（三）编注环节

注文本系统的形成过程及其内部充满了多样性：首先注文本系统的底本——白文本，并非有且仅有一个版本；其次注文本系统在形成的过程中存在改动白文本系统的情况（如李善改三十卷本为六十卷）；而且注文本系统的形成有各自的体例和风格（如李善注和五臣注具有不同的注释体例和特点）。如此种种因缘也为异文的发生提供了契机。下面试以文献记载和文本例证探寻蛛丝马迹。

1. 善注本存在多个"变本"

《文选》李善本自身存在多个"变本"，唐人早有记载。《新唐书·李邕传》说"始善注《文选》，释事而忘意，书成以问邕。邕意欲有所更，善因令补益之，邕乃附事见义，故两书并行"，[1] 表明了李善之子李邕参与了李善"变本"的生成过程。而李匡乂《资暇集·非五臣》则记载：

---

① （宋）欧阳修、宋祁：《新唐书》，中华书局，1975，第5754页。

代传数本李氏《文选》，有初注成者，覆注者，有三注四注者，当时旋被传写之。其绝笔之本，皆释音训义，注解甚多。余家幸而有焉。尝将数本互校，不唯注之赡略有异，至于科段互相不同，无似余家之本该备也。①

李匡乂并没有提及李邕之名，但所谓"初注、覆注、三注四注"大概已能反映出晚唐李善本在辗转流传抄写过程中的复杂现象。"绝笔之本"不论是否为李善真正的绝笔之书，乃具有"注解甚多"的繁复特点。"数本"证明抄传甚众，"赡略有异"表明各传抄本之间互有异同，且注释详略不一，甚至连正文的"科段"也存在一些差异。则不单是注文内容发生了变化，相应的下注位置也互有不同。当然，李匡乂所握之"数本"，后来流落何处，是否为宋代刊本所吸收，已无从考究。但从各种刊本跋文说明的情况来看，刊刻者在刊刻之前都有进行一番搜集工作，想必也会穷尽晚唐以来的写钞本。

这条记载直接证明了李善本在唐代存在多个"变本"的情况，甚至其中有些可能直接源于李善本人的修订行为。尽管这并不是造成文本异文的唯一理由，但应当是非常源头且关键的因素。

2. 五臣袭他注的表现

李匡乂《资暇集·非五臣》最早提出，五臣注在形成之际曾对他注有所参考，且主要参考对象为李善注。在书中，李匡乂痛斥了五臣改字的现象：一是李善不随便改字，相反，五臣参考李善的出校而改动萧《选》旧貌。其曰："（五臣）又轻改前贤文旨。若李氏注云'某字或作某字'便随而改之。"如以曹植乐府"寒鳖炙熊蹯"为例，其曰："五臣兼见上句有'脍'，遂改'寒鳖'为'炮鳖'，以就《毛诗》之句。"法藏敦煌本P. 2528 的异文证实了上述说法。敦煌本中"臣善曰"引出的异文，虽与正文、薛综旧注用字不同，却往往合于五臣本用字，说明五臣曾依据善注改字。五臣改字的现象是"斯类篇篇有之"，这意味着五臣注存在改动底本用字的情况。

五臣除了从李善修改底本用字之外，注文方面也对其他本子有所参照。

---

① （唐）李匡乂：《资暇集》，《景印文渊阁四库全书》第 850 册，第 148 页。

李匡乂指出"因此而量五臣，方悟所注，尽从李氏注中出。开元中进表，反非斥李氏，无乃欺心软"。宋人王楙《野客丛书》卷五"《文选》注谬"、卷八"二老归周"等认为五臣注文内容多承袭李善注。元人李治《敬斋古今黈》也指出五臣注"然则凡善所援理，自不当参举，今而夷考，重复者至居十七，殆有数百字前后不易一语者，辞札两费，果何益乎"。① 《考异》也常有指认"五臣袭善注"之处。如《关中诗》注"惴惴或煦嘘"，《考异》云："五臣铣注云'熙犹煦也'，即袭善此注为之。"

在这一提示之下，前举五臣合于《钞》的例子，可知五臣注并非仅参考了李善一家。② 而五臣注文合于他注的现象，则在合注过程中被剪裁甚至省略，由此形成了新的文本面貌。正如合刊本选择省略二注重叠内容，该编纂体例又见于《集注》。

3. 编纂体例的影响

将三条本、《集注》和五臣刊本对校可以发现，三条本及五臣刊本出注而《集注》无注者，共有 5 例，《集注》少注共有 10 例。例如：

> 《答东阿王笺》"陈孔璋"，《集注》无五臣注，三条本、陈八郎本、奎章阁本"向曰"，合于善注引《文章志》。

笔者按，关于"陈孔璋"名下注，五臣注的古钞和刊本均有一条"向曰"，《集注》却没有五臣注。这种情况或是《集注》缺注，或是他本增注。然而，由于多个五臣本均有该条注文，且各本之间不存在直接联系，可知其底本便有该注。五臣本当比《集注》此类汇注本的内容更为完整。因此，这并非一种"增注"的行为，反而更像是《集注》的省略行为。

关于此类现象，饶宗颐先生在校勘三条本时指出乃属于《集注》"从

---

① （元）李治：《敬斋古今黈》卷九，中华书局，1995，第 115 页。

② 按，汪习波《隋唐文选学研究》却认为五臣没有参考过《钞》："五臣注释义的承袭对象，除了李善注以外，是否还曾借鉴过其他的《文选注》，笔者曾为此将五臣注与日存《文选集注》残卷所引《钞》粗加比勘，结论是五臣在释义上主要借鉴对象仅为李善注一种，很难见到五臣注借鉴《钞》的痕迹，结合五臣注著书时间之短及其学术准备上的缺憾，基本可以认定吕延祚《上〈集注文选〉表》中仅攻击李善注一家，不仅如前节所称，李善注为前代《文选》注中的翘楚，攻击李善一家足收打击前此众家的效果，而且可以肯定五臣注书时手边的《文选》旧著并不多，所以释义仅袭用李善注一种。"参《隋唐文选学研究》，上海古籍出版社，2005，第 238 页。

省"之意。① 观察《集注》省略或缺少的内容，确实李善注或《钞》有与之重合者。譬如省文合于善注之例：

> 《奏弹王源》"以彼行媒同之抱布"句，三条本与陈八郎本"翰曰"较之《集注》多引《礼》与《诗》，合于善注。
>
> 《奏弹王源》"且非我族类"句，三条本与陈八郎本"济曰"较之《集注》多引《左氏传》季文子曰，合于善注。

再如省文合于《钞》之例：

> 《奏弹曹景宗》"载怀矜恻"句，三条本与陈八郎本"翰曰"较之《集注》多"载则也"，合于《钞》。李善无注。
>
> 《与魏文帝笺》"巧竭意匮"句，三条本与陈八郎本"翰曰"较之《集注》，多"竭尽匮乏也"一句，合于《钞》。

再有省文同时合于善注和《钞》之例：

> 《奏弹曹景宗》"故能出必以律"句，三条本与陈八郎本"铣曰"较之《集注》多"《易》云师出以律"，善注与《钞》均有"《周易》云师出以律"一句。

上述例子证实《集注》省文合于他注的情况。这一省文体例正类同秀州本的二注合并体例："其间文意重叠相同者，辄省去留一家。"文意重叠者悉数化为"善同五臣注"一句校语。《集注》中五家本的注文当因囿于编纂体例而有所裁剪，从而失去了原貌。当然也有的注文虽被裁剪，但找不到与其他系统的重合之处，比如《奏弹王源》"岂有六卿之胄纳女于管库之人"句，三条本与陈八郎本"良曰"比《集注》多"周礼有六卿""掌管库贱人"二句，然从省缘由不详。

囿于编纂体例而改动注文的情况，同样会对文本面貌带来改变。因为这对文本的改动是一种大面积的、有意识的修改行为。这同二注合刊而引

---

① 饶宗颐：《日本古钞〈文选〉五臣注残卷校记》，《东方文化》1956 年第 2 期。

发的文本面貌变化的现象如出一辙。

结　语

　　利用《文选》新发现的写钞本材料同刊本的校勘结果显示，以往仅从二注身上来寻找《文选》异文原因的"二元对立"认知方式是一把双刃剑。这一认知方式诞生于李善本与五臣本的校勘过程之中，对应二注有别的特征，拥有一定的文献依据，且能够在一定程度上合理解决二注合刊造成的异文，具有一定的合理性与现实指导意义。但是，上述校勘过程主要发生在宋代以降，且针对具体的刊刻版本，在此之前的《文选》主要依靠手抄方式进行传播，也存在二注以外的其他文本系统。因此，这一认知方式便具有一定的适用范围，不可泛论所有异文。

　　因此，通过二注内部的混乱失次及合于其他文本系统的异文分析，本文重新梳理了李善本和五臣本的关系认知，进而梳理出《文选》异文理解的三个进路：

　　第一，刊刻环节会形成新的异文。前人指出刊本中的"五臣乱善"现象，有些来自二注合刊的环节当中。但是，刊刻环节中发生的校勘、修改、讹误，尚不足以解释目前所见到的全部注文现象。

　　第二，传抄环节已经出现了二注混同、省略、剪裁的情况。这便导致了《文选》上梓刊刻之际，哪怕历经多次校勘，除非寻得更早、更接近原貌的本子，否则很难发现造成异文的实际来源。

　　第三，注者作注过程中的修订行为，注释汇编过程中设定的体例，也会影响文本的面貌。李善本存在多个"变本"的情况众所周知，五臣注对他注的参照亦不可忽视。汇编多家注释的从省体例，侧面印证了诸家注的重合现象。

　　上述三个理解进路，本文试图通过文本例证与文献记载详加说明。但是，想要进一步判定三者当中何者更为关键，则目前材料尚不足以对此做出圆满回答。从常理来看，显然文本一旦经由雕版发行，传播范围广，影响势不可挡。但若是论及更为深远、根源性的因素，则注文形成之际注家之作注行为实难轻忽。

［作者单位：中山大学中国语言文学系］

近年日本的"文选学"研究

〔日〕栗山雅央

内容提要 最近几年在日本国内的"文选学"研究方向陆续出现了不少新的研究成果。主要有如下几种内容:第一,《文选》作品研究;第二,每个时代的《文选》学研究;第三,海内外接受《文选》的研究;第四,《文选》所收的作品翻译与其他。日本学界不但提到中国学界很少关注的题目,而且他们的研究思路也与中国学界有所不同。通过对这些日本"文选学"研究情况的介绍,笔者希望促进中日两国"文选学"学界更多的学术交流,也希望能互相填补彼此研究的空白。

关键词 《文选》 文选学 日本国内 现状

前 言

像中国国内的情况一样,近些年在日本国内也有关于"文选学"的许多研究成果,有个人进行考察的,也有设定较大问题组织课题组来进行研究的,如下两种科学研究费助成事业均作出了很大的贡献:第一个项目是陈翀主持的「日本现存の旧抄本を中心とする文選資料群に関する総合的研究」(已结项),第二个项目是佐藤大志主持的「『文選』の規範化に関する基礎的研究」(已结项)。第一个项目是主要关注以日本国内保存下来的所谓"旧抄本"为中心的有关《文选》资料的综合性研究,第二个项目是提出"《文选》的规范化"这一比较新鲜的视角来展开的基础性研究。本文概述近年来日本国内"文选学"的研究成果也大多来自这两项科研项目。这些研究成果可分为如下几种:第一,《文选》作品研究;

第二，历代中国与东亚地区的《文选》学研究；第三，海内外接受《文选》的研究；第四，《文选》所收的作品翻译与其他。下面概括每一种在日本国内的研究情况。

一　《文选》作品研究

近年在日本国内，内容最丰富的就是对《文选》所收的具体作品的研究，学者都用自己的视角来提出新鲜的看法，如下简介各篇的概要。

佐竹保子「謝霊運「江中の孤嶼に登る」の「江南」「江北」：その詩語としての意味」①，聚焦于谢灵运诗歌《登江中孤屿》初联“江南倦历览，江北旷周旋”中使用的“江南”和“江北”的意义。从历代对这两个词含义的解释来看，“江南”在汉赋、乐府等作品中被描绘为灵魂回不去的地方，也被认为是富裕美丽的地区，还被作为歌颂恋爱的诗歌的背景。“江北”也在《楚辞》、曹植等作品中被描绘为灵魂回不去的地方。通过上述内容，佐竹认为《登江中孤屿》初联的内容并不表达谢灵运自己的实际路程，“江南”和“江北”也并不是单纯的地名，而是作为象征包含着上面所说的各种含义而发挥其诗语作用。除了谢灵运诗歌外，佐竹还有关于谢朓诗歌的文章「謝朓「遊東田」末聯にかかわる二、三の問題」② 与「謝朓「游東田」詩の新しさ：特に後三聯の修辞に注目して」③，两文都关注《文选》所收的谢朓《游东田》来探讨其修辞和内容方面的问题。前者详细探讨了谢朓对诗作《游东田》的历代诠释，尤其是围绕这首诗的末联“不对芳春酒，还望青山郭”解释的讨论。对它的了解主要有李善注、五臣注两种。李善把它视为“不仅 A，B 也是”的形式，并不是对立，而是相辅相成的关系。然而五臣的解释却不一样，把“不对”和“还”用更传统的方法解释为对立概念，“不是 A，而是 B”。此外，还引用《古诗》来主张谢朓采用了之前的文学作品上能看到的怀旧和忧愁等主题。到清代大部分都倾向于李善注的解释，不过有些学者加以自己的看法，在近现代

---

①　佐竹保子「謝霊運「江中の孤嶼に登る」の「江南」「江北」：その詩語としての意味」『語学教育研究論叢』第 38 卷、2021 年 3 月。

②　佐竹保子「謝朓「遊東田」末聯にかかわる二、三の問題」『六朝学術学会報』第 22 集、2021 年 3 月。

③　佐竹保子「謝朓「游東田」詩の新しさ：特に後三聯の修辞に注目して」『集刊東洋学』第 125 号、2021 年 7 月。

以后大部分采用五臣注的理解。另外，对"郭"字的理解佐竹提出了它不指城郭或村里等具体地域而指模糊的领域的可能性。后者通过上面所述对《游东田》的两种看法的探讨与其文本细读来阐释这首诗的解释。通过文本细读，佐竹提出了如下修辞和内容上的特点；第一，"远树"一联与"鱼戏"一联的连接就是当时很罕见的一种独创手法。第二，"远树"一联描写远景，"鱼戏"一联却描写近景。第三，"远树"一联采用"一句一意"，"鱼戏"一联却采用"一句两意"。第四，"远树"一联采用叠词来增加了句法的空白，"鱼戏"一联却采用细密措辞加强了句法的稠密等。接着这两联的分析继续考察了末联的内容，她按照李善注的解释，指出末联里能看到谢朓创造出的新意。佐竹的「謝朓「郡に在り病に臥して沈尚書に呈す」について：陸機詩と阮籍詩を補助線として」① 把谢朓《在郡卧病呈沈尚书》与陆机、阮籍诗歌联系起来分析其作品内容，探讨其修辞和内容上的特点以及谢朓写作这首诗歌的背景。佐竹通过诗中的"良辰、凤昔、佳期、坐啸、为邦、抚机、自嘻"等各种表现与李善注、阮籍诗、陆机诗、沈约诗、萧悫诗、史书等用例进行了对比，提出谢朓这首诗歌与阮籍《咏怀诗》其十一的表现有密切关系。通过她的精密论证，我们可以了解谢朓诗歌的新面貌。

柳川顺子「黄初年間における曹植の動向」② 与「曹植文学の画期性：阮籍「詠懐詩」への継承に着目して」③ 都关注曹植的文学活动。前者基于《文选》所收曹植《责躬诗》与《黄初六年令》等作品的细读而提出对黄初年间曹植动向的新看法：第一，曹植被封为临淄侯的时间可以定为黄初元年十月以后，甚至可能到黄初二年初。第二，他被驻在临淄的监国谒者灌均告发而贬到安乡侯，可到安乡前又被贬到鄄城侯。第三，曹植被封为鄄城侯后，在王机等的监视下过着像软禁一样的生活。第四，黄初六年文帝曹丕在征伐孙吴的归途路过雍丘，见到了曹植，曹植向曹丕表达了感激之情。以上内容为更详细阅读曹植作品提供了更切合实际的材料。后者关注曹植和阮籍《咏怀诗》等诗作，考察曹植文学是如何被阮籍继承和进一

① 佐竹保子「謝朓「郡に在り病に臥して沈尚書に呈す」について：陸機詩と阮籍詩を補助線として」『集刊東洋学』第 129 号、2023 年 7 月。
② 柳川順子「黄初年間における曹植の動向」『県立広島大学地域創生学部紀要』第 2 巻、2023 年 3 月。
③ 柳川順子「曹植文学の画期性：阮籍「詠懐詩」への継承に着目して」『中国文化：研究と教育』第 80 巻、2022 年 6 月。

步发展的。先以《艺文类聚》中引用的曹植和阮籍诗歌为线索阐述阮籍继承曹植的具体情况。柳川还注意到"磬折"一词，指出曹植和阮籍作品有共同的表现，从这一诗语的用法来判断阮籍明确接受曹植文学的影响。此外，她还考察阮籍如何阅读曹植作品，从而提出阮籍经由嵇康能看到曹植作品的可能性。

另外，釜谷武志的『歌と語りの文学史——両漢文学考』① 也可以作为重要研究成果来举出，这本书可以分为三段内容：第一段是乐府，第二段是辞赋，第三段是文学观。其中第二段主要用《文选》所收的辞赋作品来讨论相关问题，包括都邑赋、抒情赋、纪行赋等各种辞赋作品。在书中探讨的问题也很广泛，比如关注汉赋中常用难读字的现象来考察汉代文人如何阅读和欣赏赋作品，还有以西汉末的扬雄对文学的想法为例考察西汉与东汉之间怎样变化其文学概念。此外，以东汉的赵壹与三国的曹植描绘"鸟"的作品为中心探讨赋与五言诗相互接近的过程，还有以班固《幽通赋》为例考察东汉时期"志、言志"类作品的特点，还考察了陶渊明创作《归去来兮辞》时为何特意选择"辞"这一文体。如此，釜谷对汉魏时期的辞赋作品进行了全面考察，可以把它看作系统性研究，其他乐府、文学史的考论也都很详细，值得中国学界关注。

其他还有关注某个具体意象来分析《文选》所收诗歌作品的相关表现，探讨这些意象的历代变迁的研究。如佐伯雅宣「六朝詩における異民族の描かれ方：「蛮夷戎狄」および「虜」を中心に」② 着重考察六朝时期诗歌中对异族的描写是如何进行的，尤其是"蛮夷戎狄"和"虏"这一表达。首先说明"蛮夷戎狄"和"虏"的语源及其历史背景，分析它们在六朝诗歌中是如何使用的。在六朝时代以前，为了区分异族使用了各种名称和表现，"蛮夷戎狄"在每个时代都有各种用法，可"虏"却在三国时代开始被使用，其主要指"作为征伐对象的异族"。通过上面的分析，佐伯提出了古代中国人对异族的优越感等感情都在诗歌里被表达出来，还提出了与异族的接触和战争等当时的社会、政治背景对诗歌创作的影响。佐伯还有「六

---

① 釜谷武志『歌と語りの文学史——両漢文学考』研文出版、2024、165～284 頁。其每章题目如下：第一章「賦に難解な字が多いのはなぜか——前漢における賦の読まれかた」、第二章「漢代における古典の成立と文学の受容」、第三章「詩と賦のあいだ」、第四章「自己を語る賦——班「幽通賦」を中心に」、第五章『「帰去来分辞」の「辞」について』。

② 佐伯雅宣『六朝詩における異民族の描かれ方：「蛮夷戎狄」および「虜」を中心に」『中国中世文学研究』第 76 号、2023 年 3 月。

朝詩賦に見る「ふね」（上）：先秦から東晋まで」①，主要关注"船"来分析从先秦到东晋的诗歌里能看到的这一意象语境的变化过程。"船"是中国古代文学中常见的意象，其描写根据时代和语境有多种意义。具体而言，在《诗经》中船有着象征意义，可在《楚辞》中船却主要被描述为一种实用的交通工具。到了汉代，辞赋中的"船"描绘变得更豪华而象征着诸侯或天子的游览，可到了曹魏时期的曹植与王粲在自己的作品中常用船意象，尤其曹植为了缩短和对方的距离利用这一意象。在西晋时期又回到了与汉代一样的用法，在东晋时期木华《海赋》、郭璞《江赋》以及陶渊明诗歌中能看到新的表现。如此，这两篇都关注某个具体意象来进行分析先秦至六朝其语意的变迁过程，其中有很多《文选》所收的作品，这些研究方式也可以说是文选学的重要一环。

综上所述，上面所提到的研究成果都通过一首诗、一篇文的细读来探讨问题，如有的是基于一首诗歌的细读来探讨修辞和内容上的问题，有的是基于文人作品的细读来探讨文人某一时期的动向，有的关注某一种文体来讨论其文体蕴含的各种问题，有的也关注某一个具体意象来探讨六朝以前其意象的变迁情况。由此看来，在一篇文章中考察的问题虽然不大，不过从小处入手解决每个具体问题，然后才能解决文学史上的大问题，这就是研究的正路。这些思路和态度值得我们参考。

二　历代中国与东亚地区的《文选》学研究

《文选》成书后受到历代学者与文人的关注，围绕《文选》的结构、分类、其加注活动展开了各种研究。这些研究不仅在中国国内，古代日本的学者也有关注而表达了自己对《文选》的见解，下面简介采用如上观点而展开的研究。

川岛优子的「凌濛初編『合評選詩』考（一）：（［附］『合評選詩』序文・凡例・付録翻字稿）」②与「凌濛初編合評選詩」考（二）」③两篇

---

① 佐伯雅宣『六朝詩賦に見る「ふね」（上）：先秦から東晋まで』『中国中世文学研究』第73号、2020年3月。

② 川岛優子「凌濛初編『合評選詩』考（一）：（［附］『合評選詩』序文・凡例・付録翻字稿）」『中国中世文学研究』第74号、2021年3月。

③ 川岛優子「凌濛初編『合評選詩』考（二）」『中国中世文学研究』第76号、2023年3月。

都关注明代凌濛初编纂的《合评选诗》这一部书，分析其基本结构、选诗倾向、评点特点，并且考察其在《文选》学史上的地位。尽管明代出版了大量的《文选》评点本，但是一般都认为明代是《文选》没受关注的时代。然而，最近在中国国内出版了相关著作而逐渐开始受学界的关注，川岛参考这些研究对附上评点的《合评选诗》进行了考察。前者先简介凌濛初的出版活动与《合评选诗》的基本结构，其中包括序文、凡例、批评选诗名公姓氏、诗人世次爵里以及选诗的目录、正文与订注等部分。《合评选诗》的注释形式主要包括题下评、眉批、旁批、总评以及圈点，与其他明代的被附上评点的《文选》评点本对比，其形式非常丰富多彩，可以看作是独有的特点。后者接着上篇，具体分析《合评选诗》的评语内容来考察这部著作的特点。凌濛初编书时参考六朝至明代的很多评语、评点等资料，其中包括明代张凤翼《文选纂注》、虞九章《文选诗集》与郭正域的评点本（《新刊文选批评》）等明代资料。川岛提出《合评选诗》的评点基本上都采用郭正域的评点，其《诗人世次爵里》都参考虞九章《文选诗集》。从评语的内容来看，可以分为关于作品与作者的内容、关于文学史等知识点、关于作品的鉴赏或评价等。通过这些评语的分析，可以说《合评选诗》不一定直接反映了凌濛初自己的文学观和主张，应该是从编辑的立场而收集其他相关评点内容等的一部著作。另外还有「明代文選関連書籍考」[①] 整理明代出版的有关《文选》的资料，其中包括《文选》注释本、《文选》评点本、《文选》补遗或续编，以及《文选》工具书，说明每一部著作的收藏情况、结构、四库提要、解题等。如此，川岛的一系列研究对明代《文选》学研究提供了新的视角和材料。另外，还有森田浩一「分類から見た『文選』雑詩」[②] 从当代对"分类"这一术语的了解来重新考察《文选》所收"杂诗"类作品的特点与"杂"字的含义。森田提出了《文选》诗类作品的类别中，有从《诗经》到"杂诗"，以及从圣、古到俗、今等变化过程，这都根据于流别的视角编纂下来。通过这些分析，他认为"杂诗"就是无法被归类的诗歌，也是在每一首中能看到作品本身特有文风的一些诗体。

　　除了中国国内外，在古代日本也有一些与《文选》学有关的学问。池

---

① 　川島優子「明代文選関連書籍考」『中国学研究論集』第 40 号、2022 年 10 月。

② 　森田浩一「分類から見た『文選』雑詩」『甲南女子大学研究紀要．I』第 57 号、2021 年 3 月。

田昌広的「藤原敦光の文選学」① 与「『往生要集外典抄』出典考:『文選』の利用を中心に」② 都探讨日本古代文人参考或利用《文选》的具体情况。前者关注平安末期到镰仓初期的学者藤原敦光的《三教勘注抄》《秘藏宝钥抄》等著作,分析该时期的学术活动中利用《文选》的方式。这两部著作都是对空海所著《三教指归》与《秘藏宝钥》的注释本,对藤原敦光加注时利用哪一本《文选》目前有两种看法,一个是利用无注的九条本《文选》,另一个是利用《文选集注》。池田从《秘藏宝钥抄》中能看到的《文选》以及李善《上文选注表》的内容来判断藤原敦光利用了九条本《文选》与《文选集注》,他认为藤原敦光当时所属的博士家保留了这两种《文选》版本,他们看重无注本《文选》而为了细读其内容参考《文选集注》的各种注释。从日本古代学者对《文选》注释的用法来看,日本古代学者把《文选》注释看作跟类书一样的材料,所以可以认为他们从《文选》注释来选取适合的材料而收录到自己编纂的著作里。后者也关注平安末期到镰仓初期的学者平基亲的《往生要集外典抄》来分析《文选》的利用情况。《往生要集外典抄》是从源信《往生要集》选取二十九条句子或文章而加上注释的著作,其中有八条引用《文选》。从其引用方式来可以判断平安末期至镰仓初期的日本学者不仅引用《文选》正文,还引用《文选》李善注、五臣注等各种注释,这反映出该时期的文人与学者对《文选》有怎样的了解。另外,与上篇所考察的内容相结合,池田提出了平基亲编纂《往生要集外典抄》时参考利用《文选集注》的可能性。如此,通过两篇文章的内容可以了解古代日本人是如何接受《文选》的,以及如何使文选学发展起来的,这一点值得我们关注。

三　海内外接受《文选》的研究

接受《文选》也是"文选学"的重要方向之一,近年在日本国内的相关研究中能看到如下几种:第一,关注李善注来探讨接受《文选》的情况;第二,诗歌与小说接受《文选》的情况;第三,把《文选》与日本文学联

---

① 池田昌広「藤原敦光の文選学」『京都産業大学日本文化研究所紀要』第 25 号、2021 年 3 月。

② 池田昌広「『往生要集外典抄』出典考:『文選』の利用を中心に」『京都産業大学論集.人文科学系列』第 55 巻、2022 年 3 月。

系起来进行的相关研究。

第一种，有些学者通过研究《文选》李善注来探讨古代文人接受《文选》的情况。佐藤大志「『文選』と浮雲：『文選』李善注の活用の一例として」① 与中木爱「唐代の殷仲文詩受容に見える李善注活用の一様相：「勝引」の語を中心に」② 都探讨这一类问题。佐藤论文主要以诗歌里能看到的"浮云"为例，探讨《文选》与李善注的规范性。他把"浮云"用例分为六种而分析历代用法的倾向。他提出了在汉魏晋时期的用法大部分都和《文选》中的六种用法一致，到六朝后期倾向于集中在这六种意思中。他还提出了初盛唐诗人诗歌中的"浮云"的用法却不一样，他们按照自己对"浮云"的印象来创新词义。通过历代"浮云"的用法，他提出了《文选》李善注的规范性所在。中木论文主要分析唐代文人接受《文选》所收的殷仲文《南州桓公九井作》的"广筵散泛爱，逸爵纤胜引"两句的情况，论述其中能看到李善注的影响与其意义。中木把"胜引"的李善注解释与历代用法相比，提出孟郊等唐代文人所创造出的新意之处。此外，关于"泛爱"的理解，她提出杜甫也参考殷仲文的诗歌与李善注来生成新的诗意。如此，虽然《文选》李善注有自己的规范性，可是从唐代文人接受李善注的情况来看，它不一定是绝对性规范，而是文人做出新意的重要帮助。如此看来，他们都关注李善注而探讨其"规范性"与它对中国古代诗歌创作活动的具体影响。李善注虽然影响到唐宋以后的诗歌创作，但是还没得到绝对性规范，而且唐宋文人都参考李善注的理解来创新了新的词义，这一点值得关注。

第二种，是探讨诗歌与小说接受《文选》的情况，这包括《文选》所收的作品之间的接受、《文选》所收的作品与其他著作之间的接受情况。中木爱「謝霊運の「賞心」の受容と変容：『文選』所収の作品を中心に」③ 关注谢灵运的诗歌里使用的"赏心"来探讨其意思的变迁情况。谢灵运诗歌里能看到的"赏心"大部分都有"知己、知音"的意思，唐代诗歌里的"赏心"却有"玩赏之心"的意思，这篇文章通过《文选》所收的作品与

---

① 佐藤大志「『文選』と浮雲：『文選』李善注の活用の一例として」『中国中世文学研究』第 76 号、2023 年 3 月。

② 中木爱「唐代の殷仲文詩受容に見える李善注活用の一様相：「勝引」の語を中心に」『龍谷紀要』第 45 巻第 2 号、2024 年 3 月。

③ 中木爱「謝霊運の「賞心」の受容と変容：『文選』所収の作品を中心に」『中国中世文学研究』第 76 号、2023 年 3 月。

没被收入到《文选》的作品来考察"赏心"一词如何变迁。中木认为从齐代到梁代接受"赏心"一词的情况下，可以看到其词义也从"知己、知音"变成"玩赏之心"的意思变迁。

屋敷信晴「唐代『文選』受容の一側面：『文選』と唐代小説の創作をめぐって」①是通过六朝与唐代的小说作品中能看到的有关《文选》的记载来考察在唐代文人如何接受《文选》。从《太平广记》所收的小说作品中谈到《文选》的部分来看，可以提出如下特点。首先《文选》被用作人物评价的标准，有的用它来表达他的文采和机智，有的用它来表达对他的嘲笑，可以说熟悉《文选》被看作一个很大的优点。其次，还有利用《文选》所收的某个作品来创造出新故事，如《太平广记·宣室志》所收的《陆乔》利用《文选》里收录作品中的沈约与范云等六朝文人来展开故事，如《太平广记·传记》所收的《萧旷》里曹植的《洛神赋》占核心部分。通过以上分析，屋敷认为在当时的知识分子看来，《文选》是必须要了解的一种经典的同时，他们也被《文选》所收作品触发而发挥自己的创意，创造出了新的故事。

市濑信子「清代「集選詩」に見える『文選』の受容」② 关注清代所流行的"集选诗"来论述清代《文选》的接受及其诗学影响。清代是《文选》学兴盛的时代，其受考证学的影响，《文选》的研究也取得了进展。清代前期，由于诗赋偏离科举，诗作被视为举业的阻碍，不过康熙时期的博学鸿词或召试等都采用写诗，所以诗歌还是受到一定的重视。在这些情况下，收集诗歌句子作诗的"集句"手法得到了推广，且这种作品集也得到编纂，其中有收集《文选》中句子作诗的《选楼集句》等。由此，《文选》也被接受为诗学游戏的一部分，展示了士人为丰富自己的词藻而好用《文选》。通过以上分析和对"集选诗"的了解，市濑总结，创作"集选诗"的活动反映出清代文人重视《文选》的具体情况。

武井满干「『三国志演義』中の三国時代の詩文について（一）——曹操「短歌行」」③ 关于《三国演义》中插入的三国时代的诗文，调查了

① 屋敷信晴「唐代『文選』受容の一側面：『文選』と唐代小説の創作をめぐって」『中国学研究論集』第 40 号、2022 年 10 月。
② 市瀬信子「清代「集選詩」に見える『文選』の受容」『中国中世文学研究』第 76 号、2023 年 3 月。
③ 武井満幹：「『三国志演義』中の三国時代の詩文について（一）——曹操「短歌行」」，『社会システム研究』第 20 号、2022 年 3 月。

《三国演义》文本之间、《三国演义》与总集和别集等之间所采集诗文的异同。《三国演义》中有四篇作品《为袁绍檄豫州》《荐祢衡表》《短歌行》《出师表》，这篇论文特别关注曹操的《短歌行》，对此进行了详细的分析。武井指出《三国演义》收录的《短歌行》与《文选》胡刻本有所不同，可按照《胡氏考异》的记载来判断原来的李善注《文选》与《三国演义》里的《短歌行》较为相同，与《乐府诗集》本也比较接近，反而《乐府诗集》的晋乐所奏《短歌行》与《汉魏六朝百三名家集》所收《魏武帝集》的《短歌行》差异较大。这也可以算是接受《文选》的一个例子。

第三种，是把《文选》与日本文学联合起来探讨相关问题。在日本汉文学方向，屋敷信晴「夏目漱石「古別離」と『文選』」① 主要关注日本明治时代的著名文人夏目漱石的汉诗文，尤其是《古别离》，探讨《文选》对夏目漱石汉诗文创作的影响。《古别离》是夏目漱石写信送给正冈子规时附上的一首诗，书信的末尾明确表示参考《文选》创作而来。屋敷先把《古别离》与《文选》所收的江淹《杂体诗》、张衡《四愁诗》以及《古诗十九首》等诗歌进行了对比，认为夏目从《文选》的"杂诗"类诗歌中选取有关离别的表达而写下了《古别离》。他还提出了与《楚辞》的关系，认为通过《古别离》能看到《楚辞》的表达，夏目想把屈原与正冈子规重叠在一起看作他们不是失志的人。如此，我们可以了解明治时代的文人接受《文选》的个别情况。

另外与日本和文学对比方向，有佐久间有美「「鹿鳴」の日中比較——『万葉集』と『文選』を中心に」② ，主要针对中日两国文学作品中的"鹿鳴"一词来进行对比，其主要对象为日本的和歌集《万叶集》与中国的《文选》。中日两国对"鹿"的描绘方法有所不同，在中国文学，"鹿"被描绘为表示主君和臣下的关系和天子威严的政治、权力的一种象征，然而在日本和歌中"鹿"被表现为恋爱和追求妻子的象征。关于这一点，以前的研究成果对《万叶集》中"鹿"的描写与中国文学的影响关系进行了讨论，特别指出"鹿鸣"这个词汇可能受到了来自中国的影响。不过佐久间总结恋爱和追求妻子的"鹿"这个概念本身还是日本独有的，以《文选》为主的中国古代文学的影响是有限的。

---

① 屋敷信晴「夏目漱石「古別離」と『文選』」『中国中世文学研究』第 76 号、2023 年 3 月。
② 佐久間有美「「鹿鳴」の日中比較——『万葉集』と『文選』を中心に」『中京大学文学会論叢』第 10 卷、2024 年 3 月。

总而言之，虽然《文选》是一部文学总集，但是海内和海外都受到其或多或少的影响，其中包括六朝以后的诗歌创作、唐代或明清时代的小说、日本和文学与汉文学等广泛领域，不过日本和文学与汉文学对接受《文选》的研究目前看来相对较少，依然留着研究空白。

四   《文选》所收的作品翻译与其他

近年在日本国内出版的《文选》所收作品的翻译本有兴膳宏、川合康三『精選訳注 文選』①，其中包括赋（《登楼赋》《洛神赋》《芜城赋》《恨赋》）、诗（《大风歌》《秋风辞》《古诗十九首》《咏怀诗》《美女篇》《东武吟》《杂体诗》等）、文（《出师表》《与吴质书》《典论·论文》《与山巨源绝交书》《陈情事书》《北山移文》），就是从《文选》所收的作品中选取有代表性作品而加上日语翻译与注释。这一部是 1988 年角川书店出版的《鉴赏中国の古典第 12 卷文选》的改版。另外，川合康三、富永一登、釜谷武志等『文選 詩篇』（全六册）② 也是日本国内翻译《文选》方面的主要成就。这部著作与上述《精选译注 文选》不同，是《文选》所收诗类作品的全译本。目前，在日本国内只有三种《文选》全译本，即国译汉文大成本、全释汉文大系本和新释汉文大系本，虽然这些翻译本的水平也极高，但是其出版时期比较早。如此看来，最近在日本国内出版《文选》翻译本都反映出日本国内学界对《文选》的关注。并且，这些翻译本由中国学专家加上译注，其翻译的水平也更高，因此除了日本国内中国学学者之外，日本文学等其他学界也能享受到巨大帮助。

接着，陈翀「日中佛教文獻所見『文選』引文彙考稿（上）」③ 与「中日佛教文獻所見『文選』資料編年彙考稿（下）」④，皆主要以《大正新修大藏经》所收唐宋时期的中日佛教文献为主，将其中所引的《文选》本文与李善注、五臣注及其他唐代文选的旧注选出，编年整理，并且对照

①   興膳宏、川合康三『精選訳注 文選』講談社、2023。
②   川合康三、富永一登、釜谷武志、和田英信、浅見洋二、緑川英樹『文選 詩篇』（全六册）岩波書店、2018、2019。
③   陳翀「日中佛教文獻所見『文選』引文彙考稿（上）」『広島大学大学院文学研究科論集』第 79 巻、2019 年 12 月。
④   陳翀「中日佛教文獻所見『文選』資料編年彙考稿（下）」『中国学研究論集』第 39 号、2021 年 4 月。

四部丛刊本《六臣注文选》加以评语，对中日两国《文选》文献研究有极大帮助。

另外，还有语言学方面的研究成果，陈小珍「《文選》五臣音注における「濁音清化」現象」[①] 与「《文選》五臣音注與《廣韻》《集韻》的關係」[②]，都关注《文选》五臣注里能看到的音注来探讨各种问题。前者关注五臣音注中的"浊音清化"现象来探讨中古汉语中音韵的变化。"浊音清化"是汉语音韵学史上一个重要的声母变化，这一现象在北方的官话方言中尤为明显，近代汉语中期已经成立了。陈通过对《文选》五臣音注的分析，提出这一现象在唐代五臣注里已出现，反映出唐玄宗时期的语音体系。后者通过《文选集注》与奎章阁本《文选》所引五臣音注与《广韵》《集韵》的对比，得出了如下结论：第一，五臣音注与《广韵》《集韵》反切的情况相同。第二，五臣音注与《广韵》的关系似乎深于与《集韵》的关系。第三，奎章阁本与《文选集注》相异的五臣音注大多同于胡刻本李普音注，五臣刻本音注与李善音注关系密切。第四，不管是抄本还是刻本，五臣音注与《广韵》《集韵》切不同音同的例子总是多于反切完全相同的例子。这些研究除了文选学之外，也为语言学与音韵学研究提供了材料。

总的来说，本文概括的内容仅是每篇研究成果的简单介绍，并且可能会有一些遗漏。不过通过以上内容，可以窥见近年日本国内推进"文选学"研究的基本脉络。日本学界不但提到中国学界很少关注的题目，而且他们的研究思路也与中国学界有所不同。因此，通过这些日本"文选学"研究情况的介绍，笔者希望促进中日两国"文选学"学界更多的学术交流，也希望互相填补各自研究的空白。

［作者单位：中国矿业大学］

---

① 陳小珍「《文選》五臣音注における「濁音清化」現象」『中国言語文化学研究』第 10 号、2021 年 3 月。
② 陳小珍「《文選》五臣音注與《廣韻》《集韻》的關係」『中国言語文化学研究』第 11 号、2022 年 3 月。

考选学源流　授初学门径

——评徐华《历代选学文献综录》

南江涛

目录学是我国传统学术中一项历史悠久的学问，向来被称为问学"门径"。从《汉书艺文志》到《四库全书总目》，重要的目录典籍是为学者的案头必备书。清代朴学大盛，而有清一代学者，无不重视目录之学者。王鸣盛强调："目录之学，学中第一要紧事，必从此问途，方能得其门而入。"① 章学诚更把目录学归纳为"辨章学术，考镜源流"，得到广泛接受。清末张之洞将《四库全书总目》称为良师，认为"将《四库全书总目提要》读一过，即略知学术门径矣"②。

《文选》编纂完成不久，即引起人们广泛关注，自隋萧该、曹宪、公孙罗等肇始，到唐代李善集其大成，形成专门的"文选学"。一千多年来，文选学几度兴衰，形成几次高峰，备受瞩目。清人张之洞在《书目答问》附录中专列"文选学家"一项，足见选学在清代学术史中具有颇为重要的地位。当今学术界以"学"称者，以"文选学"最为源远流长。

将"文选学"和目录学结合起来，却是晚近学术的一大特点。虽然传统目录中集部专列《文选》著作，但与我们所讲的专题的"文选学目录"还不能同日而语。民国时期，文选学由传统向现代转型。在《文选》目录学方面，先后出现了蒋镜寰《文选书录述要》、普暄《文选书目》、骆鸿凯《文选学·源流第三》、刘纪泽《文选书录》等专书。1949 年以后，除了综合的选学著述考辨，还出现了饶宗颐《敦煌吐鲁番本文选叙录》、傅刚《文

---

① （清）王鸣盛：《十七史商榷》卷一，清乾隆五十二年（1787）洞泾草堂刻本，第 1b 叶。

② （清）张之洞：《輶轩语·语学·论读书宜有门径》，清光绪四年（1878）吴县潘霨刻本，第 13b 叶。

选版本叙录》等更为专业的《文选》目录著作。范志新《文选版本论稿》《文选版本撷英》是较早全面调查明清《文选》版本的专著，内容言简意赅，很有启发性。此外，《中外学者文选学论著索引》等工具书，为选学资料的查找和利用提供了很大便利。然而，由于时代和材料的限制，不难看出，以往的《文选》专题目录书或多缺漏，或专于一个角度，令人难窥古老而现代的选学之全貌。傅刚在《百年〈文选〉学研究回顾与展望》一文提出："应该更大规模地进行资料建设，如汇编历代《文选》学研究文选、历代《文选》学名著集成，影印《文选》写抄本、重要刻本、批校、评点本，编撰《文选学史》，这些工作势在必行，为《文选》学的深入开展奠定坚实的文献基础"①。因此，一部着眼于整体、系统爬梳历代相关著作的《文选》学文献书录，是"文选学"研究者和相关学科师生翘首企盼的。正是在这个背景下，徐华历经数年编纂的《历代选学文献综录》（以下简称《综录》）应运而生。

《综录》分为上下两编，上编是《选学叙录》，收录历代以《文选》为阅读、整理和研究对象的专著和重要篇章、论文；下编是《〈文选〉札记与相关文献叙录》，主要搜集历代史乘、笔记、类书、诗话等与《文选》有较密切关系的文本以及研究《文选》内容相对集中的著作。在"前言"中，作者总结了该书"综而求通""体量上有所突破""发掘一批不为世人所知的孤本、善本、稀见本""辨析发疑""专设下编""注明出处""叙作者生平学术"等七个方面的特点，可谓恰如其分。但翻阅全书，作者的总结略显谦虚。我认为，该书的贡献和优长远不止此。具体说来，有以下几点看法，供学界参考。

首先，收录文献齐全，编纂体例严谨。书名"综录"，着眼历代，"全"自是题中之义，但是要做到全并非易事。在搜罗到数量客观的文献后，如何进行分类，是一项艰辛而体现编者水准的工作。如果仅仅简单按照时代胪列，往往会给人囫囵吞枣的感觉。郑樵《校雠略》云："类例既分，学术自明。"必须对"选学"有着长期浸润和切身研究体会，才能把1500多年来的相关复杂文献条分缕析，让读者一目了然。

先说求全之难。相对于清代民国，或者说相比于 20 世纪，我们今天

---

① 傅刚：《百年〈文选〉学研究回顾与展望》，《古代文学前沿与评论》第 2 辑，社会科学文献出版社，2018，第 11~12 页。

所面临的文献获取环境发生了巨大变化。20 世纪 80 年代以来，"四库系列""中华再造善本"等大型综合性影印丛书陆续面世，《文选研究文献辑刊》《清代文选学名著集成》等专题丛书汇辑出版，《文选》的主要版本、重要研究著作得以大量披露。21 世纪以来，世界范围内的中文古籍数字化迅猛发展，按照"全球汉籍影像开放集成系统"截至目前的统计，该网站古籍数据索引量已经达到 26 万部又 28 万册[①]。其中《文选》相关的文献数以千计。如今我们身处家中，就可以看到前辈们费尽舟车劳顿都未必能够获见的《文选》善本。即便网上看不到，到各大图书馆也能较为方便地借阅。从这个角度讲，现在是我们做这样一部《文选》专题目录的最好时机。但是，细读之下，我们也会发现作者历经十多年走访撰写，并非一帆风顺。为了目验原书，作者先后到中国国家图书馆、上海图书馆、南京图书馆、四川省图书馆、湖北省图书馆、北京大学图书馆、清华大学图书馆、华东师范大学图书馆、南开大学图书馆等十数家国内重要图书收藏机构访书；又借到日本讲学之际，到日本京都大学附属图书馆等机构寻访[②]。这个线路图如果描绘出来，应该说横跨大半个亚洲，其中艰辛可想而知。抛开辛劳不论，由于种种原因，有些书还是没有办法看到，致使提要付之阙如。如蒋孟育选、翁正春评《梁昭明太子文选崇正编》，存明万历二十一年（1593）余秀峰刻本下集一册，藏湖南图书馆，但因破损，未能得见[③]。又如陈念庵纂《重辑昭明太子文选》，在"学苑汲古"等检索渠道可以查到，是书为清抄本，两函 14 册，藏于清华大学图书馆，索书号为"庚 210/8936"，但在此书提要处标"今未见"[④]。作者在前言明确记录到清华大学访书，这里的"未见"，或许是由于书籍损坏无法查阅，或许是有号无书。无论是哪种情况，在收藏机构都是有的，不免留下遗憾。又如王夫之《文选评》，作者根据戴述秋等《新发现的王夫之〈文选评〉批点本考略》（《衡阳师范学院学报》2013 年第 5 期）一文得知该本的存世，但此残本藏于一位私人藏书家手中，无法得见原书，也自然没有办法深入研读，只得将论文提及的特征著录[⑤]。又如柯劭忞《文选补注》，明确见载于柯劭

---

① "全球汉籍影像开放集成系统"https://guji. wenxianxue. cn/index，2024-08-19.
② 以上机构仅仅为作者在前言中列出者，据每种文献著录的收藏单位，实际上数量数倍于此。
③ 徐华：《历代选学文献综录》，凤凰出版社，2023，第 160~161 页。
④ 徐华：《历代选学文献综录》，第 332 页。
⑤ 徐华：《历代选学文献综录》，第 231 页。

忞传记中，但遍查不得，读后令人遗憾。柯劭忞之母李长霞著有《文选详注》八卷①，其"补注"会不会是补《详注》所作？现在不得而知。若母子二人著作尚存天壤间，真可谓母子同精于选学之佳话！借阅的障碍、数据的错误、图书的损坏、收藏的断线，都给我们的访书造成了困难。所以，凭借个人学者一己之力求全，本身就是一项挑战性工作。

求全之难还体现在"下编"的工作。如果说历代选学专著在各大目录中有迹可循，那么其他著作中的《文选》相关文献的钩稽和考索，则更见学术功底。"下编"选录齐梁到近现代 230 种相关著作，包括总集、别集、诗文评、类书、史书、笔记、目录题跋、传记、专著等，基本上涵盖了历代《文选》相关资料的方方面面。与刘志伟主编的《文选资料汇编》六种相得益彰，二者配合使用，可以省却读者诸多翻检之苦，实为功德之作。

迎难而上，是作者的坚守。记得徐华老师在好几家图书馆翻阅《文选》时跟我微信聊天，从来没有提过其中之苦，而都是发掘出此前未见著录或著录错误的《文选》著作时的兴奋之情。从《综录》的成果来看，所求之"全"的目的，基本上达成了。现在这部《综录》叙古代选学著述 320 多种，古代选学相关著述近 150 种，其中清代选学著述 188 种，较此前骆鸿凯著录的 65 种多出近两倍。这些数据中，除了少量名家，尚不包括为数众多的清人批校本。以此为纲，我们进一步整理和深入研究清人选学著述，事半功倍。在"近现代以来"的 232 种著作中，包含了 50 多种民国时期的选学讲义和著作，这与学界熟知的"五四"以来"选学妖孽"口号背道而驰，值得进一步探索。此外，书内著录了亡佚之作和未见之作，虽然因为材料所限仅有只言片语，但对读者全面了解选学发展历程，殊有裨益。

再看分类之细致精确，授人以渔，毫无保留。宋代之前存世选学著作，稀如星凤，故而仅按时代排次即可。自宋代以下，著作日多，《综录》分类尤为重要。但从宋至清，各代之间又分布不平衡，而且每个朝代的著作会有不同特点，所以分类还不能一刀切。作者因时制宜，"宋元金"部分分"辞章类""注评类""考证类""广续类"，明代分"广续类""考证类""注评类""辞章类""丛编类"，清代则包括"注评类""考证类""广续类""辞章类""引书研究""丛编类"。此处需要略作申说，才可以了解作

---

① 周潇：《清末山东才女李长霞与胶州柯氏》，《山东高等教育》2014 年第 2 期。

者良苦用心。从时代来看，越往后分类越细，究其原因，是选学著述越来越多，涵盖类型也越发广泛所致。但是我们发现，同样的类目在不同时代却处于不一样的位次，是作者"通过这种方式以见不同时代选学升降递嬗的轨迹。"①　宋元时期，《文选》学衰落，考证类著作较少，但大多文士仍将《文选》作为枕边书，所以陆游《老学庵笔记》有"文选烂，秀才半"的说法。这足以说明宋代文人虽然不把《文选》当作一门学问来研究，但大多非常重视这部重要总集的文词模拟价值，故而"词章类"置于第一位，其中收录苏易简《文选双字类要》、刘颁《文选类林》、高似孙《选诗句图》等3种存世著作，又著录《文选菁英》等13种亡佚之作，存佚相加共计17种，占据全部33种的半数还多。明代图书编纂和评点之风大盛，所以"广续类"和"注评类"成为特色。朝代之下，先列"广续类"20种，又列"注评类"40种，占据总数76种的79%，突出地位一望可知。清代则是首列"注评类"56种，次为"考证类"65种，二者相加，占据总数188种的近2/3，既明晰了清初注评类选学著作对明代学术风气的继承，更明确了随后学术向"考证"转变的趋势。"考证类"是清代最为卓绝的特点，但并不能以此认定清人对"辞章"的忽略。第四部分列辞章类53种，与注评、考证旗鼓相当。作者正是通过这样严谨的类别划分与排序，向我们展示了清代学术在《文选》方面，也是义理、考据、辞章并重的格局。科学严密的分类，不但将历代选学著作总结得纲举目张，更为我们按照时代特点整理和研究这些著述提供了有益借鉴。

其次，提要详略得当，源流清门径明。历代选学著作的目录调查清楚、搜集全面，只是作者的第一步。她的重点工作，是为每一部选学著作撰写提要。著作有存佚，时代分古今。有些亡佚的著作虽然无法窥得全貌，但却是选学史上无法回避的存在。所以提要并不以是否存世论长短，而是根据收录著作的实际价值来确定提要内容。按照《凡例》，一篇提要包括了作者生平、著作体例、主要见解及内容举要、学术评价及版本情况。其中著作体例又包括性质、篇卷、序跋、成书时间等内容。古代著作自然是提要内容越丰富，对读者越友好。当代选学著作数量也颇为可观，如果都按照这个标准，则会肉眼可见地增大书的体量。鉴于今人生平大多清清楚楚，相关学术评价有些尚未定论，所以作者将这两个方面内容从略，更侧重于

---

① 　徐华：《历代选学文献综录》前言，第3页。

体例和见解的介绍，恰到好处。

先说"详"的角度和作用。对于早期重要选学佚作，提要考证作者生平，判断亡佚时代，指出其在《文选》学史上的地位和产生的影响，方便初学者了解隋唐选学史概貌。尤为可贵的是，作者根据清人辑佚和今人研究成果，指明佚作是否残存个别条目，所存条目可以在什么书中参看，对选学入门者甚有助益。如萧该《文选音义》云："今所见萧该《文选音》仅《文选集注》引《音决》所收二十一条，以及萧该《汉书音义》中与《文选》重合的篇目《甘泉赋》《校猎赋》《长杨赋》《解嘲》《王命论》《幽通赋》《答宾戏》的音义注释共存三百三十余条……参见清臧庸辑《汉书音义》三卷……《玉函山房辑佚书》辑隋萧该《汉书音义》一卷。"① 曹宪的《文选音义》现存仅 11 条，作者便将其一一列于提要之内。虽然原作散佚，我们通过《综录》，即可窥见特点与概貌。

除了专著，《综录》收录为数不少的重要单篇文献，并为之撰写提要，也是较前人更为优长之处。提要并非照录文献本身，而是着重阐述其作者或作品本身在选学史上的价值。如潘耒《文选瀹注序》，徐华认为该序"从理论上对《昭明文选》一书在历代文统框架中予以崇高的定位，对其选文标准加以明确和厘清"。② 重点是通过这篇序，凸显潘耒在清代选学史的地位。张之洞《书目答问》所列"《文选》学家"中，潘耒赫然在目；但骆鸿凯《文选学·源流三》称"稼堂校本无所发明"。事实到底如何呢？作者通过解读这篇序，认为潘稼堂对《文选》的理解有自己独到的看法。实际上，潘耒虽然没有选学专著传世，但批校至少有三个系统。上海图书馆藏潘耒批校《文选》（索书号线普 483568-79）卷前有其康熙戊寅年（1698）朱笔识语："余幼尝私习此书，意所喜者略能成诵，今遗忘尽矣。因诸从学请加评点，辄涉笔一过。汲古阁本刊刻虽精，而讹落不少，注止李善一家，有疑滞处，以六臣本参校可耳。"可见此次所批，是为其门生而作。浙江图书馆藏金守正录清潘耒、孙志祖考异《文选》（善 3577）也录有潘氏识语，略有不同，云："炳儿请加评点，辄涉笔一过。"明言为其长子潘其炳，字文虎，乾隆二十一年（1756）举人，恩贡生，官常州府学训导。乾隆县志人物传多出其手，传见《光绪吴江县续志》卷十八。兰州大学图书馆所藏

---

① 徐华：《历代选学文献综录》，第 9 页。
② 徐华：《历代选学文献综录》，第 179 页。

本的过录题识与此本同，当系同次批校本。南京图书馆藏袁兰批校本《重订文选集评》（索书号：GJ/EB/116994）也过录了潘耒的批校及识语，又是另一种说法："余因涉笔一过，稍加评点，以俟好古之君子览焉。" 如果此识语源自潘氏手批，那么这个批校本又显然是另外一个专供广泛传播的批校本。又吴大澂同治九年（1870）在西安，七月初六日傍晚到古董铺购得汲古阁《文选》一部，系潘稼堂手批本①。王国维《传书堂藏书志》载有潘耒手批《文选》，中有潘氏手跋（同上，但多"潘耒之印"一印），其后又云："又跋：'戊寅七月十二日阅竟'（下有"潘耒之印"一印）。汲古阁本。潘稼堂以朱笔评阅。又前二十卷有墨笔评阅语，乃临竹垞评本，盖稼堂子弟所益也。"② 此外，清人孙志祖撰《文选考异》即录潘校，其序言云："国朝潘稼堂及何义门两先生并尝雠校是书……志祖借阅三家校本，参稽众说，随笔甄录。"③ 潘氏堪为文选学家，当之无愧。故而，以潘耒单篇序言为线索，结合传世的过录潘耒批校本《文选》深入挖掘，当可作为一个很好的研究方向。

次说"略"的恰当与好处。《综录》之略写，本文只谈上编所涉部分，可以分为古代和近现代两个层面。古代略写的情况，一是根据著录或其他文献所载，可知曾经有此著作，但或散佚，或不知今藏何处，而所据史料有限，故从略。如王若撰《选腴》五卷，根据《嘉定赤城志》卷三三，可以略知王若字号、籍贯、官职等；但是对其书内容实在限于材料寥寥无几知之甚少，只得录《直斋书录解题》卷一四："以五声韵编集《文选》中字。淳熙元年（1174）序。"一句带过其体例和成书时间。又如《选诗》七卷，见录于陈振孙《直斋书录解题》卷一五，不著撰人④。虽然可以证明在明人之前就有集《选诗》成专书者，但并无更多的材料可供稽考，只得原原本本将《直斋书录解题》著录及评介撮录。又如《文选双事》《选类》《文选华句》等，见录于尤袤《遂初堂书目》类书类，但不著卷数及作者名，无从查考，只得略为一句，既保留了选学著述的品种，又不枝不蔓。二是著作虽存，但无缘得见，这一点与前述"求全之难"关联。既然无法

---

① 顾廷龙：《吴愙斋先生年谱》，哈佛燕京学社，1935，第34页。

② 刘锋、王翠红主编《文选资料汇编·序跋著录卷》，中华书局，2019，第430页。

③ （清）孙志祖：《文选考异》，载宋志英、南江涛选编《〈文选〉研究文献辑刊》第41册，国家图书馆出版社，2013，第53页。

④ 徐华：《历代选学文献综录》，第48页。

翻阅原书，凭空臆断易导人误入歧途，不如付之阙如。如佚名编《选诗选》一卷、《选诗分编》四卷，均为清抄本，见藏于苏州图书馆，由于古籍部搬家打包，未能借阅，所以"提要"仅将版本形态、册数、藏地、索书号等信息录下。这样做虽然无法让读者快速了解该书内容，但实现了书目的"全"，并且保存了线索，为研究者在合适的时机进行阅读研究提供了方便，预留了学术增长空间。

近现代尤其是当代，略写内容主要是作者生平，作者在"凡例"已经明言。当代作者绝大部分尚健在，很多还活跃于学术界一线，是大家较为熟悉的，无需繁复的介绍。有些作者的职称、职位等还在不断变化，也容易产生错误。故而，这样的策略是非常恰当的。作者之外，内容部分也有详略之别。当代著作也有一些是同书异名，初版时详，再版或另换书名出版则略。如屈守元《文选导读》1993年由巴蜀书社出版，是中国大陆较早向初学者系统介绍如何阅读和研究《文选》的一部专著，所以"提要"引述《自序》说明该书的取法和体例，罗列"导言"阐述的六个部分，并对其提出的阅读方法进行勾勒，还介绍了选读部分的体例等，比较详细。此书2004年在台北华正书局再版，书名改为《文选学纂要》，但内容与《文选导读》完全相同，所以"提要"时一笔带过，仅将新版信息著录备查。另外一种情况，是某部著作虽为当代选学著述，但其内容过于偏狭，对《文选》学研究的实际价值有限，"提要"也是比较简略的，基本上使用百字以内的篇幅，以存其梗概。这种处理方式，也是既可照顾"全"的目的，也可以使专业读者一览可知主次，分寸把握适度。作者通过详略得当的笔墨策略，将历代选学著作一一提要钩玄，既全且精，为我们梳理《文选》主要著述的版本、发展源流，实为《文选》初学者之门径。

再次，发前人之未有，考证细密客观。这一点也是承接第二点对"提要"特点的总结。前人未注意的一些稿本、批校本选学著作，是作者十数年寻访各大藏书机构的重要成果。虽然《中国古籍善本书目》《中国古籍总目》等大型目录工具书中著录了为数众多的历代选学著作，但此前有相当一部分或存而未引人注意，或根本不见于已出版的常见目录书之中，根本无缘进入学者视野。例如刘世珩《文选札记》一卷即不见于《中国古籍总目》。该书现藏于湖北省图书馆，且系抄本，为著名藏书家刘世珩将胡克家刻本与常熟杨家所藏尤刻本进行仔细对勘，尤其是对胡刻本中所指出的

"尤校改之"之处进行仔细核对，指出并非尤改①。卷前有刘世珩序，"提要"全文移录，足资参考。又如傅上瀛《文选珠船》，虽然有清光绪十八年（1892）刻本藏于湖北省图书馆和华东师范大学图书馆，也有周贞亮抄本藏于武汉大学图书馆，但百余年来，仅在骆鸿凯《文选学·源流三》和蒋寅《清诗话考》中提及，一直未能引起学界足够的重视②。作者通过翻阅原书，将其编纂宗旨、卷次列出，并全文抄录自序和凡例清晰呈现，利于进一步细致研究。

"提要"考证内容重在以细节申述或驳正前说，才有说服力。但是，又要时刻保持"客观"，不能因为自己的"新发现"就激动不已，拔高一般著作的价值和地位。这一点《综录》做得也非常到位。如上文提到的王闿运《王评文选诗》，通过与王闿运《湘绮楼说诗》内容仔细比对，发现二者内容基本一致，并举出数例用以佐证，体现了考证细密之处。但这是否就可以说王闿运曾做过单独的《文选》评点呢？显然证据尚不足，因为有可能是后来学人将王氏著作中的语句过录于《文选》之上，而并非据王闿运手批本《文选》转录。因此作者没有断然定论，而是给大家留下了继续深入研究的空间③。又如上述《文选珠船》，虽然尽可能详细介绍，但末尾原原本本引述骆鸿凯、蒋寅二位评价，并未进行驳正，说明她也是赞同前人认为的"搜采甚疏""编排无法"的意见。细读之下，此类例证不胜枚举，是《综录》内容值得信赖的地方。

当然，如此规模的一部《总录》，凭借个人之目力和精力，还是难免有些关注不够的地方。虽云瑕不掩瑜，但本着吹毛求疵原则，大体说来，可分为两端，略陈于此，供作者和读者参考。

第一，有些书因翻检不够仔细，被前人观点引入歧途，致使以讹传讹。例如旧题瞿式耜批点本《文选》，《综录》仍之。因《北京图书馆善本书目》即定为"瞿式耜"批点，缘由则是卷末瞿昌文跋语："先大父稼轩公于是书自壬申岁始披阅，加墨未竟，跋涉公车，行箧亡去，故未署名。间二十余年，同邑王子自都门旋里，遇故戚某，嘱王以是书携归瞿氏，言已而渺。噫！岂公之精灵不欲散佚耶？抑鬼之重公手泽，力为呵护耶！然而九年沦没，世竟无知者，亘使鬼之执璧返赵，亦奇矣。虽然，微王子，吾何

---

① 徐华：《历代选学文献综录》，第 328 页。
② 徐华：《历代选学文献综录》，第 226~227 页。
③ 徐华：《历代选学文献综录》，第 228~229 页。

能宝此。王子名晋，字子登。孙男昌文谨识。"① 然而，细审卷内批点文字内容，乃是过节录孙鑛、钱陆灿等人而来，其中的校语，也与钱陆灿本相合；除了"钱曰""圆沙"等明显标识，还有董文骥（易农）等人的评语，这些都是钱陆灿批校本的明显特点。孙鑛为明人，当无问题。但钱陆灿批校《文选》一书是在康熙年间，彼时瞿式耜已经去世三四十年，显然是有问题的。看其笔迹，又并非后人所加。所以我认为，此书的印章和跋文可能是清人伪造，并非瞿氏批校题跋。因此将其著录为"佚名过录孙鑛、钱陆灿批校本"更为妥当。

再如旧题邵晋涵等批校《增订昭明文选集成详注》，原藏范子烨先生处，后入藏国家图书馆，2015 年国家图书馆出版社将其影印为精装 5 册，出版时将手批内容定为"邵晋涵"批校。前此范子烨辑录批语为《〈昭明文选〉邵氏批语迻录稿》②，又被赵俊玲收入《文选汇评》"邵氏"名下，故《综录》亦仍之。实际上，此本乃是过录潘耒批校。证据如下：（一）卷中除了"邵曰""邵二云曰"，还有三处"潘云"，当是传抄转录过程中的少量遗留痕迹，依次分别为：卷三十一鲍明远《乐府八首》上："潘云：士衡乐府虽沈古，然读明远诸作如啖哀家梨，爽快绝伦。"③ 卷四十李少卿《答苏武书》"人之相知，贵相知心……"："潘评云：西汉文皆长短句，此书多四字句，试看马迁《答任安书》何等激昂跌宕，此书亦有意仿之，而奇意不逮，且所叙情事，亦只从《汉书》本传及《答任安书》中一段，敷衍而成，不能别有披露，可以知其为魏晋人拟作矣。《汉书》所载陵《送苏武醉歌》数语，词短意长，此书缕缕千言，词长而意短。"④ 卷四十九干令升《晋纪总论》末："潘云：究论一代兴衰之故，剀切详明，深达治体，直可为万世龟鉴，惜其全书不传，想当远过南朝诸史也。"⑤ （二）在卷一至五部分，天头所有评语都没有标注姓氏，但也大多不见于他书，玩味其文辞，与后面卷帙中的是一致的；还有就是《集成》中很多的"邵曰""邵二云曰"被人涂去，似乎表明这一点在此前的收藏者应当已经有所察觉，这都

---

① （南朝·梁）萧统：《文选》，明万历二十三年（1595）吴近仁刻本。
② 《文史》2006 年第 1 期。
③ （清）方廷珪评点，（清）陈云程增补《增订昭明文选集成详注》第 3 册，国家图书馆出版社，2015，第 537 页。
④ （清）方廷珪评点，（清）陈云程增补《增订昭明文选集成详注》第 4 册，第 346~347 页。
⑤ （清）方廷珪评点，（清）陈云程增补《增订昭明文选集成详注》第 5 册，第 148 页。

是值得注意的。（三）卷内有大量引用《广韵》《集韵》《韵会》《说文》《玉篇》等字书韵书的内容以注音释词。潘耒长期专注于音韵学的研究，又因为多年各地游历，知晓多种方言，撰成《类音》一书。将批校本中有关声韵的与《类音》比对，二者间确实有着非常密切的联系，如卷十九《长门赋》"焕烂烨而成光"："《唐韵》：烨，筠辄切，音馌。《集韵》域及切，音煜。本作晔，光也。"① 卷二十《舞赋》"朱火晔其延起兮"："《集韵》：晔，域辄切，音馌。《说文》：光也。《博雅》：明也。"② 检《类音》卷八："晔，光耀也，亦作暈，旧筠辄切，叶韵六。烨：《说文》：盛也。"③ 非常明显，批校本中的这些声韵材料，就是《类音》一书的基本材料来源之一。这说明卷内所批的这类资料，也是源自潘耒批校本。既然批语源自潘耒，那这个本子又如何有了"邵曰""邵二云曰"的标注呢？我认为，这恰恰说明邵二云确实是批阅过《文选》的，而他过录的对象当系潘耒批点本。在他抄录评语过程中，除了个别地方，绝大多数没有逐条标明是潘稼堂语，是为邵二云手批本。此批校本当是据其手批本转录而来，因为未标批校姓氏，批语又确实独具一格，不同于坊间广泛流传者，被转录者误会为邵氏批语，非常工整认真地将全书录完，并标出邵云，以图标榜。之所以有这样的推断，是因为一般手批本上不会自己给自己标注完整的姓名，而是加"某（不带姓的名字或名中末字）曰""某案"等字眼，反而是他人尤其是名人的文字，会标明姓名以增其价值，这在大量的批校过录本中是非常普遍的现象。批校本在一定程度上相当于写本，有着与早期写本相同的性质，在不断传抄转录的过程中，文本不断发生着变异，乃至批校内容的作者，也因为层次的错综复杂变得不可辨识，甚至张冠李戴④。《文选》批校本存世较多，其批校情况也极为复杂，在材料有限、证据不足的情况下，我们切不可轻易断言。

又如题焦循《选学镜源》八卷，《综录》已经注意到其内容多出自梁章钜《文选旁证》，并引近代学者寿普暄《〈选学镜源〉发疑》一文⑤，表明

---

① （清）方廷珪评点，（清）陈云程增补《增订昭明文选集成详注》第 2 册，第 378 页。
② （清）方廷珪评点，（清）陈云程增补《增订昭明文选集成详注》第 2 册，第 469 页。
③ 潘耒：《类音》，《续修四库全书》第 258 册，上海古籍出版社，2002，第 198 页。
④ 关于批校本的复杂性，可参看南江涛《批校本的层次类型及梳理方法刍议——以清人批校本〈文选〉为例》，《文艺研究》2020 年第 11 期。
⑤ 徐华：《历代选学文献综录》，第 274~275 页。

可疑之处，但未敢定论。实际上，这是一部托名焦循的伪书①。

第二，书稿文字校勘略有疏失，若有再版机会，当细校修订。一是明显的繁简体变化或转化问题，如第 165 页第 5 行"陆"字当为"陸"，第 169 页第 1 行二"系"字当为"繫"，第 18 行"俞鐘禮"当为"俞鍾禮"，第 171 页第 21 行"制"字当为"製"，第 202 页第 18 行、第 206 页第 7 行"庶起士"当为"庶吉士"，第 247 页第 8、9 两行"萢"字当为"叶"，等等；二是引用他人著作致误，如第 166 页第 16 行"孙生天生"当为"孙生天士"，第 261 页第 9 行"渝"字当为"瀹"等，当是原书过录手书序跋时字形相近误录；三是书名简称手误，如第 176 页第 11 行"《四库全书》"当为"《四库全书总目》"。此外，个别地方还有些许标点失误，不再赘述。

[作者单位：首都师范大学文学院]

---

① 南江涛：《哈佛燕京图书馆藏焦循批校本〈文选〉初探》，《新世纪图书馆》2020 年第 6 期。

《文选》文献学研究的新问题与新趋向

——新时代《文选》研究的学术瞻望学术研讨会纪要

刘　明

南朝梁萧统主持编选《文选》，唐代始称之为"《文选》学"，迄今《文选》学史已逾一千三百余年，以《文选》经典文本为核心，涌现出了数量可观、颇具学术价值的《文选》学著述，留下了值得珍视的文学遗产。清人张之洞《輶轩语》云："选学有征实、课虚两义：考典实，求训诂，校古书，此为学计；摹高格，猎奇采，此为文计。"诚然，包括选学著述在内的文选学史即可分为征实、课虚两途，所谓征实者，特别表现在 20 世纪初以来，随着《文选》的敦煌吐鲁番写本、域外古抄本及宋代刻本的相继刊布，进一步推动了《文选》以文本校理、李善与五臣注考辨、李善注引书考实、存世版本系统梳理、注书体例探索、叙录提要、资料辑录及作家作品实证等为主要特征的整理研究，学界概括性地称之为《文选》文献学研究，也是近四十年《文选》学研究成果最为厚重和集中的领域。同时，《文选》文献学研究的空间如何进一步拓展和深化，也摆在了《文选》研究者的面前，有鉴于此，2023 年 12 月 9 日中国人民大学明德书院等主办新时代《文选》研究的学术瞻望学术研讨会，召集国内从事《文选》研究的青年学者十余人，就推动和瞻望《文选》的文献学研究进行研讨交流。兹据《文选》文献学研究的学术积累和现状，结合研讨内容厘分为四个议题，纪要如下，敬请《文选》学界批评指正。

一　《文选》李善注的成书问题

《文选》的成书、选文下限和编辑体例的研究，是《文选》文献学研究的一个重要内容，也取得了一定的成果。《文选》是据梁代流传的总集或别集再行选文而二次编选成书的观点，是《文选》成书机制方面的创见（参见曹道衡《〈文选成书研究〉序》，商务印书馆，2005），也揭示出齐梁时期大量别集、总集编纂与《文选》成书两者之间的互动关系。由此亦可审视前人提出的编选《文选》遵循"不录存者"的意见，就存在着一定的局限性，不录的作家作品也可能是缘于其别集当时尚未编定。至于编辑体例，《文选》是明确的首赋体例，这也是六朝旧集的固定体例，但也不绝对，例如《陶渊明集》的首诗体例即属例外。选文的上下限及编辑体例的讨论，究其实皆是成书问题的延伸，也是从文献角度研究文学总集或别集的首要问题，弄清楚典籍自身的文献经纬是开展下一步工作的基础。随着新材料的出现，《文选》成书问题的讨论还会有新的理解和看法，而在该问题层面的学术积累和研究范式，相信为处于抄本时代的汉魏六朝时期文学典籍的成书研究提供了诸多启示。要之，成书研究既有其自身的学术魅力，作为典籍研究的基本范式，也是各类《文选》学著述开展文献学研究不可回避的重要内容。

相较于《文选》成书问题研究的热度，《文选》注成书的讨论则略显"沉寂"。注本是经典的衍生性文本，虽是注释也涉及成书过程、成书层次、成书体例和成书的时间等诸多问题，况且注本流行，渐次取代《文选》白文本即萧《选》原本，使得唐代以降《文选》的流通基本是注本的面貌。《文选》注本的成书问题缺乏讨论，推测原因大概有二：一是李善注和五臣注皆有第一手材料即"进书表"，成书经纬相对清楚；二是学界主要关注李善和五臣的注文本身，重在讨论李善注的原貌及变貌、引书考实、两家注的关系以及体例上的五臣乱善等方面。其实，《文选》李善注和五臣注的成书，还有一些深层次问题有待研究，而且个别问题限于材料还不容易解决。

就李善注的成书而言，其一，李善所撰《上文选注表》云："故勉十舍之劳，寄三余之暇，弋钓书部，愿言注缉，合成六十卷，杀青甫就。"萧《选》原本三十卷，李善注本六十卷，李善以"合成"一词指称从"三十卷"到"六十卷"的析分行为。所谓"合成"，《四库全书总目》认为是"始每卷各分为二"，然检北宋刻本、南宋尤袤本《文选》保留的赋甲至赋癸（诗是自甲至庚）的旧题卷次，并不尽如此。李善注云："赋甲者，旧题甲乙，所以纪卷先后。今卷既改，故甲乙并除，存其首题，以明旧式。"推测该以天干为特征的目次当即萧《选》原本之貌，遗憾的是李善予以部分保留，所以只能"部分"了解原本三十卷与注本六十卷的对应关系。再以南宋陈八郎三十卷本《文选》目次（该本不题甲乙诸字样）与此旧题相较，发现自赋甲至赋壬共计天干九，陈八郎本即属九卷，李善注本属十八卷，符合"每卷各分为二"的判断。接下来的赋癸和诗甲，陈八郎本同属卷十，李善注本属卷十九至卷二十，也还符合该判断。但诗乙，李善注本属卷二十一至卷二十二，起王粲《咏史》诗，迄徐敬业《古意酬到长史溉登琅邪城》诗止；而陈八郎本属卷十一，则起王粲《咏史》诗，迄欧阳坚石《临终诗》止，开始出现不对应的参差。由此推导出以下判断：天干不是萧《选》原本的卷目标次，而是选文的分类目次，否则不可能出现一卷之内有赋癸、诗甲的情形；再者，如果认定陈八郎本亦即五臣注忠实地保留了萧《选》原本卷次，依据今所见的李善注本，可以肯定李善在"合成"为六十卷的过程中并未遵循"每卷各分为二"的标准，而是有所分合调整，目的是使得各卷之间大致保持平衡，还有就是卷帙装帧的需要，不能出现卷轴之间不匀称的情形。李善的分合调整就是需要进一步考察的问题，根据陈八郎本可以在一定程度上"还原"其端倪。中国人民大学国学院梁涛教授、刘慧楠博士提交的论文《李善注〈文选〉"始每卷各分为二"辨证》就馆臣之说进行辨析，同时认为明州本以下的李善五臣合注本均在目录"臆加甲乙"，"既与五臣注本甲乙编次不合，且乖违李善注本体例"，注意到了目次背后反映的李善注成书的细节。

其二，李善注的底本来源，或以底本乃据萧编《文选》而认为这不是问题，其实底本来源是值得留意和思考的问题。李善注本里的部分作品是有旧注的，例如张衡《两京赋》的薛综注，李善注云："旧注是者，因而留之，并于篇首题其姓名。其有乖谬，臣乃具释，并称臣善以别之，他皆类此。"再如张衡《思玄赋》旧注，李善注云："未详注者姓名，挚虞《流别》题云'衡注'，详其义训，甚多疏略，而注又称'愚以为'，疑非衡明矣。但行来既久，故不去。"再如阮籍《咏怀诗》则保留着颜延之和沈约等人的旧注。问题在于，李善所注释的这些保留旧注的作品，直接依据的底本《文选》还是有着《文选》之外的来源。假定作为底本的《文选》所收上述作品即保留着旧注，那么曹植的《洛神赋》同样有孙壑旧注，木玄虚的《海赋》有萧广济旧注（据《隋书·经籍志》），《文选》缘何弃而不收，显然保留旧注并非萧《选》原本的体例。假定李善作注时依据了其他的来源，那么李善注本《文选》便存在着"替换底本"的现象。傅刚先生在校理法藏 P.2528《西京赋》残卷过程中，曾提出"怀疑李善径取薛综《两京赋》正文及注文作底本"的判断（参见《文选版本研究》，世界图书出版西安有限公司，2014），这是很有价值的意见，提示李善注本中存在旧注的作品，可能并非依据的萧《选》原本。诚然，以陈八郎本五臣注为例，即未收此类作品的旧注；再者德藏吐鲁番本《文选》残卷里有潘岳的《射雉赋》，亦未抄徐爰旧注。因此，李善的"替换底本"现象应该引起足够的关注，而且还需要考虑有旧注之外的作品是否也存在该情形。这无疑会加深对于李善注本成书过程的认识，而且对李善注本存在的异文现象也有新的体认，很可能相当一部分异文产生于底本的替换，而非出现在萧《选》原本或其流传过程中，拿它与五臣注本进行异文比勘便需要换一种衡量的尺度。

其三，李善注本的成书层次，由于历史上的两条材料记载，凸显了该问题的重要性。第一条材料是《新唐书·文艺·李邕传》云："邕少知名。始善注《文选》，释事而忘意。书成以问邕，邕不敢对，善诘之，邕意欲有所更，善曰：'试为我补益之。'邕附事见义，善以其不可夺，故两书并行。"四库馆臣已辨该条记载不合乎史实（参见《四库全书总目》），不尽可信，但也揭示出李善注本成书的复杂性，就是注本存在释事叠加义释呈现层次的情形。所见今本李善注，确实存在一类近似五臣注的疏通文意为主的注释，法藏 P.2528《西京赋》残卷就已经如此（参见拙作《敦煌唐写本〈西京赋〉注文校理》，载《中国典籍与文化论丛》第27辑），明显地与以引经据典为特征的释事类注释形成两个注释层次。第二条材料是李匡义的《资暇集》所云，"代传数本李氏《文选》，有初注成者，覆注者，有三注、四注者，当时旋被传写之。其绝笔之本，皆释音、训义，注解甚多。余家幸而有焉。尝数本并校，不唯注之赡略有异，至于科段，互相不同，无似余家之本该备也。"初注、覆注、三注、四注乃至于所谓的"绝笔之本"对应着李善注本不同的成书层次。法藏 P.2528《西京赋》残卷的出土，也从实证的角度印证李善注本存在成书层次的问题，从情理上讲，显庆三年（658）的进呈本、永隆二年（681）以《西京赋》残卷为内容的抄本，一直到载初元年（689）李善卒之前，或许因李善本人的不断修订，或者流通过程中抄者的删改，都会产生新的文献面貌的注本，从而形成李善注本不同的成书层次。今之见到的最早的北宋刻本《文选》，只是定型之后的李善注本，在此之前，李善注本"存在一个流动的过程"，"一方面不排除作者本人不断地修改，另一方面即便是作者定稿，进入流通领域又会基于抄者等角色的'需要'而进行改动"（参见拙作《敦煌唐写本〈西京赋〉注文校理》），上述两种情形直接导致李善注本成书层次的多元性和复杂性。结合早期的《文选》写本和刻本资料，梳理注本的成书层次，是《文选》文献学研究值得开垦的领域。

其四，李善的注释体例，这同样牵涉到注本的成书，是很有意义的问题。在李善之前，注释主要针对经史子三部的典籍，特别是经部的儒家经典，文学作品或文学典籍的注释相对较少，且其注释的体例受到经书注释的影响。例如最早的作品自注即谢灵运《山居赋》，其注释体例有引经据典的释事，但更多的是疏解文意，受到的是儒家经典"义疏"体式的影响。《文选》所载薛综旧注《两京赋》、刘逵注《三都赋》等也主要体现为"义疏"体。最早的文学典籍注本似乎是南朝齐人裴津的《山涛集》注（据《隋书·经籍志》），惜佚而不传，无从知其注释体例。李善注《文选》是现存最早的文学总集注本，其注释体例以引经据典的释事为主，近于"集解"或"集注"体，当受到其《汉书》学的影响。因为李善精通《汉书》，撰有《汉书辨惑》三十卷（据《旧唐书·经籍志》），他对《汉书》"集注""集解"一类的著述并不陌生。李善注中也有一部分注释以疏通文意为主，则又近于"义疏"体，《新唐书》所述李邕补注事似乎反映了两种注释体例之间的一种竞争关系。总而言之，李善的注释体例兼具"集解"体和"义疏"体，充分运用两种注释体例的长处，终成六十卷巨帙《文选注》。中国人民大学文学院徐建委教授提交论文《李善注与义疏体》，认为李善注文的特点之一，是"举出所注文辞的出处，或更早的用例，时引旧注，为正文提供文献背景和训诂"，近似于《毛诗正义》等经学义疏。同时指出，李善注是否采用义疏体，或是可以深入讨论的问题。

二　《文选》五臣注的成书问题

五臣注《文选》的成书是饶有趣味的问题，长期以来关于该问题的讨论并不多，主要原因就在于吕延祚《进五臣集注文选表》已言之甚详，实际细究起五臣注本的成书过程，还是会有一些困惑需要解释。兹抄录《进五臣集注文选表》（以下简称"进书表"）有关五臣注《文选》缘起及成书过程的一段话，云："往有李善，时谓宿儒，推而传之，成六十卷。忽发章句，是征载籍，述作之由，何尝措翰？使复精核注引，则陷于末学；质访指趣，则岿然旧文，祗谓搅心，胡为析理？臣惩其若是，志为训释，乃求得衢州常山县尉臣吕延济、都水使者刘承祖男臣良、处士臣张铣、臣吕向、臣李周翰等，或艺术精远，尘游不杂，或词论颖曜，岩居自修，相与三复，乃词周知，秘旨一贯于理。杳测澄怀，目无全文，心无留义，作者为志，森乎可观，记其所善，名曰集注，并具字音，复三十卷。"上述引文隐含着比较丰富的文献信息，其中有些关乎成书的说辞就字面而言似乎明白，但其细节却又不容易理解，兹结合吕延祚及五臣的生平仕履略述如下。

这篇"进书表"写在开元六年（718），时吕延祚任工部侍郎，是年乃五臣注本的成书下限。按照《新唐书》吕向传的记载，他曾隐居陆浑山（在今河南洛阳偃师境内），开元十年（722）召入翰林，累官至工部侍郎，卒赠华阴太守。吕向以李善注释《文选》繁酿，遂与吕延济、刘良、张铣、李周翰更为诂解，时号五臣注。该记载只字不提吕延祚，似乎是吕向领衔主持五臣的注释；再者他是开元十年才在长安任翰林，而此时按照"进书表"，五臣注已成书四年，一种可能是开元六年之前他就居在长安，参与注释，另一种可能是在隐居期间。"进书表"明确称吕延济任衢州常山县尉，刘良是都水使者之子，当无官爵，另三位张铣、吕向和李周翰是处士。所居恐各自异地，且还有外地为官者，还有隐者，吕延祚如何集中他们五位注释《文选》呢？吕延祚使用的词是"求得"，是求得他们居于一处集注《文选》，还是求得他们同意注释《文选》，也不好判断。如果不是居于一处，是五臣各有分工，还是各自注释，再择其优长者汇于一书，也都难下案断。"进书表"称"岩居自修，相与三复"，是各自注释，然后多次斟酌选择而最终定稿的意思吗？因为吕延祚明确提到了"记其所善"。回到五臣注本的注释体例，一般是一篇诗文中，五臣"分工"注释，极少有两人注释同一句的情况。笔者曾请教日本广岛大学陈翀教授，他讲日本平安时期有文士聚在一起讨论注释、选出优者的传统，他山之石可以攻玉，这很有启发性。以之与五臣集注《文选》相较，恐也有别，斗胆揣测五臣集注《文选》的过程是这样的：吕延祚担任召集之责，五人各自注释《文选》一过，注本的稿本通过邮驿寄至吕延祚，吕延祚反复斟酌甄选，择五人注中各自优长者分注于诗文每句下，即所谓的"记其所善"。因为，每篇诗文的每一句都有五个人的注释，择其中最佳的一人注释列于注本里，这样就是集五人中的最优注释萃于注本一书中，故称之为"集注"《文选》。吕延祚是五臣注本的最终定稿者，所以由他进呈给玄宗御览，《上遣将军高力士宣口敕》亦称"卿此书甚好"，也在一定程度上"认定"了吕延祚对该注本成书所起的作用。揣测妥当与否，容再做进一步的探考。

研讨会过程中，五臣如何"集注"《文选》引起了与会学者的热议。长春师范大学《昭明文选》研究所董宏钰助理研究员认为，五臣注释《文选》的过程，就是五人各自注释一遍，然后选择注释优长者汇聚在一起。也有学者提出不同的意见。总而言之，五臣注本是横向的由五人在大致同一时空里的产物，不同于历史上纵向的不同时空的注者的注释汇聚在一起的注本，五人之间如何完成注释工作，是分工合作，还是各自独立完成基础上的再选择，一方面展现出古代注本成书的多元性，另一方面无疑也丰富对于古人注释工作机制的认识。就此意义而言，五臣注能够与李善注并驾齐驱而流传至今，绝非浪得虚名，是有它切实的理由和根据的。

三　多层面地重新审视李善注和五臣注

李善完成李善注《文选》，在显庆三年进呈秘府，得到奖赏，《旧唐书·儒学·李善传》云："赐绢一百二十匹，诏藏于秘内。"又《新唐书·文艺·李邕传》称"赐赍颇渥"，特别是注本获得国家藏书的地位，显然极大提升了李善注本《文选》的知名度。大致此后很快就流传开来，法藏P.2528《西京赋》残卷就是实物例证之一，就材料记载而言，如吕延祚"进书表"称："往有李善，时谓宿儒，推而传之，成六十卷。"又高力士宣口敕称玄宗"比见注本，唯只引事，不说意义"，"注本"指的就是李善注《文选》。又日僧圆仁《入唐求法巡礼行记》云："开成三年（838）十一月廿九日，扬州有卅余寺，法进僧都本住白塔，臣善者，在此白塔寺撰《文选注》矣。"又赵夔《东坡诗序》云："李善于梁宋之间开《文选》学，注六十卷。"此两条材料或凭据传闻，不见得确凿，但综合上述所列诸条记载，可印证李善注本在官方和民间都得到了关注和流通，这是李匡乂《资暇集》称李善注本有诸多版本的背景。

李匡乂的说法表明，在雕版印刷技术到来之前的唐代，李善注本已存在不同的版本面貌，注文之间有差异。曹道衡先生认为："李匡乂所见的几种写本，恐未必都是李善手稿，而多半出于别人传抄。因此他所说的'赡略有异'就难免有抄写者加以增删的可能。再说古代人抄写典籍，有不少是为了供本人阅读，他们往往在阅读过程中，抄录一些他自己认为有用而实见他书的材料，甚至记下他个人的意见，而后来的传抄者不明真相，误以为书中原文而抄在一起。这样的例子在古书中是常见的。"（参见《〈文选版本研究〉序》）传抄而致注文增删的情形肯定是存在的，同时也存在着另一种不宜忽视的情形，就是作者本人的修订也会产生注文的差异。随着雕版印刷技术的到来，这些不同版本的注文形态的注本，都有可能作为雕印的底本，直接导致刻本时代李善注本出现不同注文面貌的印本。笔者曾以法藏 P. 2528《西京赋》残卷的校理为例，详细考察了李善注本经抄本到印本在注文形态方面的变异（参见拙作《敦煌唐写本〈西京赋〉注文校理》），主要表现在宋刻李善注本里出现了相当数量的"增注"，即不见于写本的注释，包括四类情形，增益训诂类注释，增益疏通文意性质的注释，增益写本该出注而未出注的缺失性注释，增益的注文据写本实为薛综注（也有写本为李善注，刻本却误为薛综注）。这还只是一个残卷的校理，就发现注文存在如此多且类型有别的差异，这些注文差异产生的缘由，或者是传抄者的增删行为，或者是李善本人的修订行为，或者是刊刻过程中的校订行为，同样很复杂。放到整个六十卷体量的李善注文而言，可想而知异文将会是多么的复杂。而且更复杂的是，法藏 P. 2528《西京赋》残卷还不能就径直视为代表着李善注文的原貌，哪怕是某一阶段的注文的原貌，因为残卷也是抄者手抄而成，难道它就不存在增删吗？举此个例是想说明，校勘是文献学研究的重要内容和基本手段，但抱持着还原原貌的目的去做校勘工作，是带有理想主义色彩的。同样的道理，厘清李善注文的歧异，进而去还原李善注文的原貌，原貌包括文字层面的原貌和体例层面的原貌，前者重在文字校勘，后者重在摸清五臣是否乱善。这是一项无限接近终点而永远不可能到达终点的工作，但这也不应成为不去开展李善注文校理的理由，校理工作要做，还原的工作也要去做，只是心里要清楚它是有限度的。

李善注本的存世最早刻本，即国家图书馆所藏的北宋刻递修本《文选》，这个本子的版本争议暂且不提。北宋时期刊刻李善注本《文选》，《宋会要辑稿·崇儒》《麟台故事》都有记载，但细节模糊，朝鲜活字本《文选》保留了天圣年间李善本校勘、雕造和进呈完整过程的记载，天圣三年（1025）"校勘了毕"，校勘官有公孙觉、贾昌朝等，贾昌朝就是编撰《群经音辨》者，属饱学之士。天圣七年（1029）"雕造了毕"，"校勘印板"官有公孙觉和黄鉴两位，所谓"校勘印板"当指的是校订上版的写样。天圣九年（1031）"进呈"，责其事者官员有吕夷简等。从校勘到雕造完成花去了四年之久，而之后的装潢也花去两年，天圣三年之前的校勘工作恐持续时间更长，由此可见作为中央官方的国子监在校书和刻书上的严谨。在李善注本刊刻的前后或同时，社会上也流通有五臣注本，朝鲜活字本所载的天圣四年（1026）沈严《五臣本后序》讲得很清楚。李善注与五臣注各自单行，两者之间的注文一定程度上判然有别，但元祐九年（1094）秀州本的刊刻"颠覆"了这一泾渭分明的状态。朝鲜活字本保留了秀州州学的刻书牒文，云："秀州州学今将监本《文选》逐段诠次，编入李善并五臣注，其引用经史及五家之书，并检元本出处，对勘写入。凡改正舛错脱剩约二万余处。二家注无详略，文意稍不同者，皆备录无遗，其间文意重叠相同者，辄省去留一家，总计六十卷。"意思是说，将监本《文选》的正文重新诠次段落（以语句为单位），目的是与五臣注本的正文相对应，因为李善与五臣两家注在注释段落的位置上不同，此或即李匡乂所称的"科段"不同。以五臣注本的正文为底本，相应列入李善与五臣注文。凡注文详略相当而文意有异者，皆列入；而文意重叠相同者，则省去一家。秀州州学刻本是五臣在前、李善在后，所以省去的是李善注文，以源出该本的明州本为例，卷二四司马绍统《赠山涛》即先是张铣引臧荣绪《晋书》为注，然后是省去的李善注，注明"善同铣注"。南宋出现的赣州本和建阳本，注文是先李善、再五臣，但列李善注时仍是省去的，注明"善同铣注"，然后再详列张铣注文。检尤袤本，自然是详列李善所引的臧荣绪《晋书》注文。从这一个例证来看，李善与五臣两家注虽合刊，似乎注文仍是分明有别的，但是否所有的注文都做到了"分明有别"还有待于质证；另外，即便是做到了"分明有别"，省略的过程本身也是两家注的原貌遭到"丢失"的过程。因此，两家注合刊之前各自的面貌，便是《文选》文献学研究的一个重要方面。中山大学中国语言文学系高薇副教授提交论文《〈文选〉二注关系釐正》，认为"省略之后的原文不复保留，二者的注文面貌由此均受到不同程度的破坏。"笔者在这里举一个例子，赣州本《西京赋》"属车之箷"句，李善注引《汉杂事》作注"属车"，该引文未见于法藏 P.2528《西京赋》残卷，推测它属于增注，但在明州本、北宋本和尤袤本里亦均未见，不知道是否属于省略过程中造成的"阙佚"，从而使得注文原貌遭到破坏。此类问题有些复杂，但却是文献学工作者需要面对的。

就李善注本和五臣注本各自的正文面貌而言，高薇进一步指出，"二注系统在传抄阶段和刻本阶段存在丰富的异文。善注抄本可能异于善注刻本，五臣注钞本也可能异于五臣注刻本，甚至二注写钞本均异于刻本……因此，合刊本校语所说的'五臣作某''李善作某''五臣乱入'等意见，放在写钞本身上未必成立。"《文选》是横跨抄本时代和刻本时代的文学总集，在这两个时代它们的异文生成机制不尽相同，在抄本时代除了李善本人的修订，还有抄手，都是导致异文产生的重要因素。在刻本时代，异文的产生则主要应考虑刊刻的因素。当然，刻本《文选》里的有些异文是源自抄本时代的。有鉴于此，高薇以李善注本为例，认为考察《文选》异文的产生，需要考虑到刊刻环节、传抄环节和编注环节这样三个环节。今之能够把握到丰富的《文选》传本资料，既有唐代的写本、日藏古抄本，也有宋元以来的刻本，因此有条件将《文选》的校勘区分为抄本时代和刻本时代两个各自有别的校勘断限。就古人《文选》校勘而言，主要是两件代表性的工作，一是尤袤的《李善与五臣同异》，二是胡克家主持的《文选考异》，前者校《文选》之异，后者校《文选》及李善与五臣注文之异，树立了《文选》校勘学的典范。

《文选》李善注文的文献学研究，还有一个重要方面就是引书资料的辑录、校勘和辑佚等，将李善注视为先唐文献的渊薮。例如清人不仅将注文作为古书辑佚的资料，还以注文比勘、校订正文，王重民即指出："王念孙父子校书，每据旧注所释原文，以改从古本所作，创获甚多"（参见《敦煌古籍叙录》，商务印书馆，1958）。在引书方面，哈佛燕京学社引得编纂处曾编纂《文选注引书引得》，该书《序》云："李善《注》所引之书，多为梁陈以前著作，现时存者，十不一二，故颇为嗜古好学之士所珍重。"值得注意的是，注文所引有的属于典籍，有的则属于单篇文章，对于此类是否属于"引书"的范畴，则需要甄别。根据《隋书·经籍志》《旧唐书·经籍志》的著录，确实有单篇作品单行而具备"书"的形态，那就不排除这一类的引作品也符合"引书"标准。再者，李善的引单篇作品，似乎印证他作注参照了像《艺文类聚》这样的类书。《新唐书·文艺·李邕传》称李善，"有雅行，淹贯古今，不能属辞，故人号'书簏'"，他的"书簏"或许离不开类书的辅助，这也是他能够完成六十卷本李善注的重要因素。南开大学文学院赵建成副教授提交论文《李善〈文选注〉未引书考》，认为李善注引书（文）在 2000 家以上，不过该篇会议论文倒不是讨论引书问题，而是从"未引书"的角度讨论对于李善注引书的误判，包括两种内涵，一是李善注所引书"实为他书"，二是李善注所引书"实非李善注引书"。同时指出造成"误判"的原因有：因误读而造成误判，因李善注文传抄刊刻中产生讹脱衍文而造成误判，因用李善注引书的基本义例来判断特例造成误判，因李善注文本在传抄刊刻中产生错讹，而后人擅改而导致误判。通过李善注引书"误判"情形的梳理，可以看到李善注引文面貌的流动和变迁，因而恢复李善注引书原貌，有助于注文的辑佚、校勘与研究。

李善注引书的话题引起与会学者热议，中国人民大学国学院陈伟文副教授认为"未引书考"的题目存在歧义，实际论文是讨论的"误引书考"，即误判的李善注引书。另外，学界习惯于探讨李善注引了哪些书，也可以转换思路，探讨李善注没有引唐代以前的哪些书，同样很有意义。河南科技学院文法学院刘锋副教授认为，李善引书的范围主要是东晋以前，今之所熟知的《文心雕龙》《诗品》未引及。哪些书引，特别是哪些书不引，或许一方面反映出这些典籍在唐初的传播境遇，另一方面也可借以窥探李善的注书工作机制和文献眼光。当然在考察哪些书不引时，似应避免李善不了解这些书的刻板认识，不引的原因或许与他使用的类书等参考书有关。总之，做一份李善未引书的书目单还是很有意思的，看看这位号称"书簏"的人，还有哪些书没有放在他的"书簏"里。

李善作注，除自己下功夫引经据典外，还袭用旧注，例如"骚"类作品就用了王逸注。针对此类旧注，陈伟文副教授提交论文《曹大家〈幽通赋注〉质疑》，认为曹大家的《幽通赋注》"很可能是后人的托名之作，并非出自曹大家之手。"理由是现存曹大家注近三分之一的条目与应劭等七位汉晋学者旧注雷同重复，隋朝以前未见流传的证据。根据文献记载，文人赋作有注似始于三国时薛综注《两京赋》，曹大家即班昭为其兄《幽通赋》作注，难免启人疑窦（《隋书·经籍志》著录项氏注《幽通赋》）。前文已提出一个推测性意见，即李善作注存在"替换底本"的现象，这里就要思考萧《选》原本里的《幽通赋》是否为曹大家注本？似可判断《文选》所收《幽通赋》为无注本，李善作注时替换为曹大家注本，检《旧唐书·经籍志》即著录曹大家注《幽通赋》一卷，此当即李善所本者。李善作注参考旧注，同样李善之后的注家也会参考李善注，当然也包括五臣注，以之作为重要的注释资料。中国人民大学国学院梁海燕副教授提交论文《〈文选·乐府诗〉题注及与〈乐府诗集〉题解之关系》，认为李善、五臣对《文选·乐府诗》所做题注，除引用唐前乐府典籍外，"时有己意阐发，亦为唐人乐府学成果之体现"，故也为郭茂倩《乐府诗集》撰写题解所注意，"或直接袭用，或综合参考，或刻意不取"。这也启示，除郭茂倩外，应该认真梳理李善注的阅读史和接受史，提供了拓展李善注文研究的重要空间。

四 《文选》文献学史的多维观照

《文选》文献学史是《文选》研究史或学术史的一个分支，但也涉及比较多的方面，傅刚先生提出"建立《文选》文献学"的观点（参见《百年〈文选〉学研究回顾与展望》，《古代文学前沿与评论》第 2 辑），称："应该更大规模地进行资料建设，如汇编历代《文选》学研究文选、历代《文选》学名著集成，影印《文选》写抄本、重要刻本、批校、评点本，编撰《文选学史》，这些工作势在必行，为《文选》学的深入开展奠定坚实的文献基础。"一方面要不遗余力地进行《文选》学基本文献资料的建设，目的是"返本"；另一方面也要及时并积极进行文献学史的总结性工作，提供反思，目的是"开新"，以更好地推动《文选》文献学的研究。从某种意义上讲，文献研究主导了近四十余年的《文选》学研究的基本格局，取得了厚重扎实的成果，但也开始显露一些深层次性的问题，例如文献研究趋向琐碎化，特别表现在版本研究方面，更精细化的研究是必要的，但要思考研究目标与《文选》学史的互动关系；文献研究的空间趋向饱和，面临着进一步开拓与深化的瓶颈；《文选》文献学史的研究还不够，了解过去是为了更好地走向未来；集大成攻坚克难的"大成果"乏人问津；由于《文选》文献方面的话题关注时间长，致使申请课题经费遇到一定困难，使得一些值得做的项目缺少经费开展。本次研讨会很难就以上各方面展开讨论并有所突破，主要是以"史"的眼光观察了《文选》文献学的历程，例如，学人早期利用敦煌写本的得失考察、用文献学的眼光看待明清时期的《文选》学研究、历代《文选》学著作的文献研究的回顾和瞻望、《文选》的校勘学史以及重新审视宋代《文选》学这样几个议题。另外，在《文选》学基本文献建设方面，提出利用现代数字技术手段，将《文选》的历代重要资料数字化，建设数据库，实现资源共享，服务《文选》研究。

敦煌藏经洞的写本震惊了 20 世纪初的学术界，1909、1913 和 1917 等年内伯希和曾送给蒋斧、罗振玉等一些敦煌四部书的影片，罗振玉次第印成"敦煌石室遗书"等编,引起了当时学者如王国维、刘师培、曹元忠、缪荃孙等人极大的注意,作了一些研究,并撰写提要向学界宣传和介绍(参见王重民《编辑"敦煌古籍叙录"述例》),其中就有《文选》写本。例如,蒋斧在1910年撰写《西京赋》题记,是我国学者最早介绍敦煌《文选》写本的专文(发表时间较晚,在1917年罗振玉编印的《鸣沙石室古籍丛残》);1911年《国粹学报》第七卷发表刘师培《敦煌新出唐写本提要》,其中就有《西京赋》等《文选》写本在内的提要。1917年,罗振玉影印出版《鸣沙石室古籍丛残》,收录《西京赋》写本。随着《文选》敦煌写本的陆续刊布,学界也开始更为广泛地使用这些写本校订传世本《文选》,取得了一定的成果。浙江大学古籍研究所金少华副教授提交论文《敦煌写本〈文选〉的早期利用——以高步瀛〈文选李注义疏〉为例》,讨论了高氏使用《西京赋》写本在校勘方面存在的问题,包括误校、失校、误判和欠缺按断四类情形,从而做出"高步瀛似未亲见"《西京赋》写本、"托人代校的可能性极大"的判断。同时也认为高氏对于《西京赋》写本的校勘价值有足够的认识,但也"尚存疑虑"。敦煌《文选》写本的早期利用,是学人《文选》治学史的脉络之一,以之为观察点,既可管窥敦煌《文选》写本与《文选》学术史的互动关系,也是《文选》文献学史研究的一个重要方面。

校勘史也是《文选》文献学史的重要组成部分,李善在注释《文选》的过程中即存在校勘,但尚不系统,李匡乂《资暇集》已经注意到《文选》的版本和校勘问题。进入《文选》刊刻的时代,校勘更加地凸显,例如北宋时期国子监李善注本的刊刻,目的是通过校勘获得准确无误的文本,但尚未出校记,校勘更多的是一种技术行为。到了秀州本的刊刻,情形可能就有不同,应该是附有校记的。此后南宋初的明州本、赣州本的刊刻,都明确附有校语,校勘成为一种自觉的文献整理行为,但还没有走向独立。《文选》校勘开始走向独立的标志是尤袤的《李善与五臣同异》(以下简称《同异》),除校异文外,还校语句字数之多寡,语句句数之多寡,以及篇目序次之差异,创造了《文选》校勘史的"同异"体例,也就是"考异"范式。中国社会科学院文学研究所刘明副研究馆员提交论文《新时代〈文选〉版本研究体系的深化与拓展》,认为尤袤着眼于刊刻《文选》而进行校勘整理的文献学成果《同异》,形成具有开创性意义的"考异"范式,在乾嘉之前的刻书很少见到这种附有校勘记的体例。胡克家的《文选考异》"即直接继承该范式，而且在体例上后出转精"。金少华副教授提出异议，认为尤袤不见得是《同异》的作者，还需要考察。就校勘而言，《文选考异》（以下简称《考异》）不仅明确注明依据的《文选》校本的具体版本，也扩大了校本的范围，比起《同异》来是一大进步。再者，胡克家依据的校本不过是茶陵本和袁本两种，却解决了很多《文选》文献上的重要问题，这对于今之能够利用到更多的珍本《文选》投入到校勘工作无疑具有启发意义。它不仅使我们思考校勘的两重目的，一种是不厌其校而尽可能地搜辑异文，另一种则是简明扼要，重在解决校勘背后的学术问题。

胡克家的《考异》在校勘上主要针对尤袤本而言，他所依据的"尤袤本"只是尤袤本这个版本里的一种印本，而且据称是经过修版后的印本，但经过胡克家校订之后，使得胡刻本成为最为通行的《文选》版本。中华书局1977年影印出版胡克家刻本《文选》，撰有《出版说明》，即云："胡克家改正了尤刻本明显的错误多达七百余处，虽然胡刻本也增加了一些错误，但大多是由于原本字迹模糊或残缺造成的，而且这类错误只有六十余处。"但《考异》也并非尽善尽美，仍有可以订补的余地和空间。傅增湘《藏园订补邵亭知见传本书目》提到这样一个事实，说他曾经依据李盛铎藏的尤袤本的一个印本，来校胡刻本，发现有些异文不见于《考异》，从而得出李氏藏本与胡刻底本虽然都是"尤袤本"，但因属于不同印次的印本故存在异文。针对该问题，刘明认为有必要在版本调查的基础上集合存世尤袤本《文选》的各部印本，开展《文选》"新考异"，将会是一项以前人校勘为基础的原创性成果，值得去尝试。

除校勘史的讨论外，《文选》版本史是另一与会学者关注的话题，版本研究是近三十年来《文选》文献研究最为热门的方向之一，但也面临着一些瓶颈。例如，重要的版本特别是宋本、元本和敦煌吐鲁番写本以及海外藏古抄本都已有所关注和研究，求深出新的问题便摆在研究者的面前。针对该瓶颈，首都师范大学文学院南江涛副教授提交论文《论明清〈文选〉学研究中的文献学观照》，认为明清《文选》学相对单调和薄弱，"系统从文献学层面进行观照的文章和论著乏善可陈"，特别是明清《文选》版本研究存在后继乏人的紧迫感，并以张凤翼《文选纂注》为例说明明代刻书存在一定的复杂性。明清时期《文选》学视域里的版本文献，相较于《文选》的敦煌写本、宋元本及域外汉籍版本的研究，确实是薄弱了许多，关注度也不高，是值得开拓的《文选》学"洼地"。针对明清《文选》版本的整理研究，刘明副研究馆员认为宜抱持"取精用宏、抓主放次的原则"，即"《文选》版本的研究应避免琐碎化和机械化"，"在不经典不重要的《文选》版本中，重点抓住通行本《文选》的研究"。例如，胡刻本之前通行的《文选》版本是汲古阁刻本，虽然这个本子存在一些问题，但清代一流的学者读的《文选》大都是这个本子，也留下了很多的名家批校批注，这就留下了研究《文选》的宝贵资料。所以，《文选》版本研究要重点关注两个系列，一是版本时间靠前的重要版本，二是版本时间靠后但属于通行的版本，至于两者之外的版本，视其具体情况择善从之，根据文献价值的研判调配投入的时间和精力。

历代《文选》学的著作文献也是《文选》文献学研究的重要内容，是以《文选》原典为核心衍生出来的著述，或考订，或详注，或评点批注，或文章辑选，具有值得重视的学术价值。刘锋副教授提交论文《历代〈文选〉学著作文献研究的回顾与展望》，指出历代各种《文选》学著作有记载可考者近二百种，至今存世者尚逾百种，并从"选学"的征实、课虚二义，将历代"选学"著作文献分为：版本校勘、音韵训诂和考订补注之类的著述，以《文选类林》为代表的《文选》辞藻摘选之类的著述，《文选》评点类著述，历代对《文选》进行拟、续、补、广、删、选而形成的各类著述，还特别提到日韩等域外汉籍目录中也收录一定数量的《文选》学著作。加强《文选》学的海内外交流，很有必要了解国外学人的《文选》学研究状况。《中国社会科学》杂志社范利伟编辑就此作出回应，认为以康达维为代表的域外学者进行的《文选》译注，译文也是一种注释，关注他们的成果是"多一种理解的视角"，也是文明交流互鉴的有益尝试。刘锋副教授针对历代"选学"著述的整理和研究，提出三点设想，其一是开展历代《文选》学著作文献总目叙录，学界已有相关成果，如华侨大学文学院徐华教授的《历代选学文献综录》等；其二是开展历代《文选》学著作专题研究，包括重要《文选》学著作成书与版本流传研究，关注较少的《文选》学著作的研究，如清人顾施桢的《文选六臣注汇注疏解》，历代稀见《文选》学著作研究，如日本蓬左文库藏孤本宋人曾原一撰《选诗演义》等；其三是开展历代《文选》学著作综合研究。类似《文选》学著述的总目叙录，刘明副研究馆员提出编纂现存《文选》版本叙录或提要，目的是"综括从抄本时代到刻本时代的现存《文选》版本"，"以展现《文选》版本的总体面貌"，是"构建《文选》版本研究体系进而重塑《文选》学的基础性成果"。

　　不管是《文选》的原典文献，还是衍生出来的历代著述文献，以及域外的著述文献，都需要直面数字化的时代，运用现代计算机处理和数字人文的理念，开发《文选》数据库，实现数字化时代的《文选》学术资源共享。中华书局马婧副编审提交论文《〈文选〉数据库设计方案》，提出建立《文选》数据库的设想，收录《文选》各版本、历代有关评点及评论资料，今人重要论著论文，兼及《文选》所录作家未收之作，并做结构化处理，支持全文检索、关键词的知识元链接。《文选》数据库，包括《文选》文本库、《文选》未收的唐前作品库、《文选》历代资料库、《文选》现当代研究成果库四个子库。建议另外再做一个专门的域外《文选》研究资料库，加强与海外的学术对话和学术交流，同时也推动《文选》研究"引进来"与"走出去"相结合。

　　此外，《文选》学术史上的一些重要话题也有再理解和再阐释的必要性，不妨梳理出一些话题，写一部《文选》话题史，相信将会是一部别开生面的《文选》学术史著述。董宏钰助理研究员提交论文《"选学废矣"视域下的两宋文人对〈昭明文选〉的袭旧与融通》，针对王应麟提出的话题"《选》学废矣"进行辨析，认为"作为音韵训诂注释的'学术《文选》'在宋代逐渐衰落是不争的事实，而作为总集之首、文章渊薮的'文学《文选》'却依旧在影响着宋人写诗作文"，故《选》学并未废矣。

　　整体而言，本次学术研讨会以《文选》文献学研究为主题，各位学者都拿出了自己最有思考和最有心得的成果参与交流，交流过程中不乏质疑辩难，也偶有面红耳赤的时刻，但并未影响到研讨的友好气氛，体现出对同道的包容尊重，对学术的敬畏，取得了较好的研讨效果，期待这种深而有思、和而不同的小而美的研讨会有机会能够继续举办，共同推动新时代的《文选》学研究。笔者由衷地感到满满的收获和启发，兹根据会议研讨论文和学者现场交流发言，结合《文选》文献学研究的历史和现状，勉力撰写研讨会纪要，或有不妥之处，由此产生的讹误舛谬一概由笔者自负文责。

　　　　　　　　　　　　　　　　　［作者单位：中国社会科学院文学研究所］

中国古代音乐与文学 ◀

《二年律令·秩律》所见西汉前期礼乐机构及其职能演变

——兼论"汉武乃立乐府"的礼乐建设背景[*]

曾智安

内容提要 张家山汉墓竹简《二年律令·秩律》的职官记载显示出了西汉前期礼乐机构的整体框架。"外乐""太祝""祠祀""太乐"等主要礼乐机构的职能演变虽然各不相同,但最终都不同程度被削弱,且都有部分职能被整合进"乐府"机构之中。"乐府"成为汉武帝礼乐机构改制的集中方向和核心部门,这才是"汉武乃立乐府"的真正内涵。"汉武乃立乐府"与"乐府"本身的性质及西汉前期礼乐建设的核心任务有关。

关键词 《二年律令·秩律》 汉武帝 奉常 乐府

一 前言

张家山汉墓竹简《二年律令》是西汉前期法律文书的汇抄。其中《秩律》约 34 枚竹简,1700 字左右,是吕后时期中央王朝对官吏禄秩的法律规定。[①] 与另一份反映西汉职官建置的重要文献《汉书·百官公卿表》相比,《秩律》的独特价值在于它真实记载了西汉开国至汉惠帝时期朝廷内外的职官

---

* 本文为国家社会科学基金项目"明清乐府学专书研究"(项目编号 23BZW066)的阶段性成果。

① 阎步克:《从〈秩律〉论战国秦汉间禄秩序列的纵向伸展》,《历史研究》2003 年第 5 期;另见彭浩、陈伟、〔日〕工藤元男主编《二年律令与奏谳书:张家山二四七号汉墓出土法律文献释读》,上海古籍出版社,2007,第 257 页。

建置情况，① 而后者反映的主要是西汉中晚期的职官设置。② 从这个意义上说，《二年律令·秩律》对于了解西汉初前期的职官设置情况更有参考价值。这就为进一步探讨"汉武乃立乐府"这一聚讼千年的疑难问题提供了新的契机。

众所周知，"汉武乃立乐府"是乐府学史上最受关注的疑难问题之一。班固在《汉书》中两次言之凿凿地提及汉武帝"立乐府"。③ 但贾谊《新书·匈奴》《史记·乐书》乃至《汉书·礼乐志》本身都出现了汉武帝之前有关"乐府"的记载。故自宋代王应麟开始，就不断有学者对"汉武乃立乐府"的说法进行质疑。④ 1977 年，随着秦始皇陵乐府钟的发现，学界更是普遍认为汉乐府不是由汉武帝创立。虽然仍然有坚持旧说者，但张家山汉墓竹简《二年律令·秩律》中明确出现"乐府"的职官及其秩次，⑤《肩水金关汉简（四）》载汉文帝前元七年诏令中明确提及"乐府卿"参与朝贺事⑥，则乐府不由汉武帝创立已经可以成为定论。但班固一代大儒，对西汉史事、制度极为熟悉，如果没有特别原因，应该不会屡次明确提及汉武帝"立"乐府。因此，如何理解《汉书》记载中的汉武帝"立乐府"，就成为学界关注的重点问题。在确认"乐府"机构并非由汉武帝创立的前提下，大多数学者认为，"汉武乃立乐府"的"立"并非始立之意，而是指汉武帝对"乐府"职能的扩充。⑦ 但这些探

---

① 张家山汉墓竹简整理者推断《二年律令·秩律》颁发于吕后二年（前 196 年）。高敏和马孟龙也有近似推断。见张家山二四七号汉墓竹简整理小组编著《张家山汉墓竹简〔二四七号墓〕》（释文修订本），文物出版社，2006，第 7 页；高敏《〈张家山汉墓竹简·二年律令〉中诸律的制作年代试探》，《史学月刊》2003 年第 9 期；马孟龙《张家山二四七号汉墓〈二年律令·秩律〉抄写年代研究——以汉初侯国建置为中心》，《江汉考古》2013 年第 2 期。
② 参见李炳泉《〈汉书·百官公卿表上〉"奉常"条疏证》，《潍坊学院学报》2011 年第 5 期。
③ （汉）班固撰，（清）王先谦补注，上海师范大学古籍整理研究所整理《汉书补注》，上海古籍出版社，2008，第 1470~1471 页、3024 页。
④ 关于历代的质疑，可以参见成祖明《"乃立乐府"新解》，《古籍整理研究学刊》2009 年第 5 期。
⑤ 张家山二四七号汉墓竹简整理小组编著《张家山汉墓竹简〔二四七号墓〕》（释文修订本），第 74 页。
⑥ 见甘肃简牍博物馆等编《肩水金关汉简（四）》下册，中西书局，2015，第 122 页。
⑦ 可集中参看寇效信《秦汉乐府考略——由秦始皇陵出土的秦乐府编钟谈起》，《陕西师大学报》1978 年第 1 期；刘方元《立乐府不自汉武帝始论》，《江西师院学报》1980 年第 3 期；袁仲一《秦代金文、陶文杂考三则》，《考古与文物》1982 年第 4 期；徐兴无《西汉武、宣两朝的国家祀典与乐府的造作》，《文学遗产》2004 年第 5 期；王福利《汉武帝"始立乐府"的真正含义及其礼乐问题》，《乐府学》第 1 辑，学苑出版社，2007；赵敏俐《汉代乐府官署兴废考论》，《文献》2009 年第 3 期；万尧绪《"乐府"新证》，《黄钟（武汉音乐学院学报）》2013 年第 3 期；李绍文《汉武帝"乃立乐府"考》，《江西社会科学》2013 年第 6 期。也有持反对意见者，如汪桂海《汉武帝"立乐府"新解》，《文史》2016 年第 2 辑等。

讨大多是从汉代"乐府"与"太乐"这两个机构的职能分工切入，而较少考虑"汉武乃立乐府"的礼乐机构建置背景。

事实上，不管如何理解，"汉武乃立乐府"首先都是一项礼乐机构的制度改革，是汉武帝面对时代礼乐建设的核心任务以及礼乐机构的实际运转情况而进行的机构及职能调整。只有从礼乐机构及职能改革的角度切入，才能贴切理解"汉武乃立乐府"的真正含义。张家山汉墓竹简《二年律令·秩律》的出土，无疑为解决这一问题提供了新的材料支持。本文即主要从《二年律令·秩律》的相关记载入手，考察西汉初期礼乐机构的职能演变，以期为揭示"汉武乃立乐府"的政治背景提供参考。

二 《二年律令·秩律》的记载及西汉前期的礼乐机构设置

《二年律令·秩律》所记载的西汉前期礼乐机构及其职官，主要包括"奉常"（二千石）、"外乐"（八百石）、"太祝"（六百石）、"长信祠祀"（六百石）、"祠祀"（六百石）、"乐府"（六百石）和"詹事祠祀长"（三百石）。以下分别论之。

首先来看"奉常"。《二年律令·秩律》记载汉代百官共有 11 个秩次。其中第一个秩次为二千石。奉常即与御史大夫、廷尉、内史、典客以及少府令等位于这一秩次：

> 御史大夫，廷尉，内史，典客，中尉，车骑尉，大仆，长信詹事，少府令，备塞都尉，郡守、尉，衛〈卫〉将军，衛〈卫〉尉，汉中大夫令，汉郎中、奉常，秩各二千石。御史，丞相、相国长史，秩各千石。[①]

可见奉常是西汉前期设置的最高职官之一。又据《汉书·百官公卿表上》："奉常，秦官，掌宗庙礼仪，有丞。景帝中六年更名太常。"[②] 其地位在相国（丞相）、太尉、御史大夫、太傅、太师、太保及前后左右将军之

---

① 张家山二四七号汉墓竹简整理小组编著《张家山汉墓竹简〔二四七号墓〕》（释文修订本），第 69 页；另见彭浩、陈伟、〔日〕工藤元男主编《二年律令与奏谳书：张家山二四七号汉墓出土法律文献释读》，第 258 页。

② 《汉书》卷一九上，中华书局，1962，第 726 页。

后，但位列九卿之首，高于郎中令、卫尉、太仆、廷尉、典客等职官。① 但在《二年律令·秩律》中，"御史大夫居首，廷尉居次，而掌管礼乐文教的奉常竟然只排在二千石大臣的尾巴上"。② 其排位在卫尉、中大夫令和郎中令之后，其实也就是在第一秩次的最末。可见在西汉初期，奉常的地位远未有后来那么高。同时这也意味着，西汉时期礼乐机构的地位并非一成不变。

其次来看"外乐"。在《二年律令·秩律》记载的 11 个秩次中，外乐与公车司马、太仓治粟、太仓中厩等同位于第三秩次，为八百石，是除奉常之外秩次最高的礼乐机构。尽管其位置在同秩次职官中较为靠后：

> 胡、夏阳、彭阳、朐忍、□□□□□临邛……公车司马、大
> （太）仓治粟、大（太）仓中厩、未央厩，外乐，池阳、长陵、溴
> （濮）阳，秩各八百石，有丞、尉者半之，司空、田、乡部二百石。③

按"外乐"机构不见于《汉书·百官公卿表》，也不见其他传世文献涉及。除了《二年律令·秩律》里的载录之外，另见于《二年律令·奏谳书》以及一些秦汉时期的封泥。④ 2018 年荆州胡家草场 12 号汉墓出土的《外乐律》记载了"外乐"的部分职能：

> 五行舞用八十人，其卌人卒。教舞，员十人。
> 武德舞用卌八人，其廿四人卒。
> 文始舞用六十四人，其卅二人卒。⑤

可见西汉前期，外乐负责《五行舞》《武德舞》《文始舞》的表演，并且还负责《五行舞》的教舞。这些都属于宗庙礼仪范围，可能是奉常的下

---

① 《汉书》卷一九上，第 724~730 页。
② 阎步克《从〈秩律〉论战国秦汉间禄秩序列的纵向伸展》，载中国社会科学院简帛研究中心编《张家山汉简〈二年律令〉研究文集》，广西师范大学出版社，2007，第 10 页。
③ 张家山二四七号汉墓竹简整理小组编著《张家山汉墓竹简〔二四七号墓〕》（释文修订本），第 71~72 页。
④ 参见张家山二四七号汉墓竹简整理小组编著《张家山汉墓竹简〔二四七号墓〕》（释文修订本），第 100 页；刘庆柱、李毓芳《西安相家巷遗址秦封泥考略》，《考古学报》2001 年第 4 期。
⑤ 唐俊峰：《新见荆州胡家草场 12 号汉墓〈外乐律〉〈蛮夷律〉条文读记与校释》，《法律史译评（第八卷）》，中西书局，2020。

属机构。

再次是"太祝""长信祠祀""祠祀"和"乐府"。《二年律令·秩律》中，这四个职官在 11 个秩次中都是处于第四秩次，与大量地方职官如汾阴、汧等地位相同，为六百石。四个职官中，太祝排位相对靠前，然后是长信祠祀、祠祀，乐府则相对较为靠后：

> 大行走士、未央走士，大（太）卜，大（太）史，大（太）祝，宦者，中谒者，大（太）官，寺工，右工室，都水，武库，御府，御府盐（监），和〈私〉府盐（监），诏事，长信掌衣，长安市，云梦，长信詹事丞，家马，长信祠祀，长信仓，大匠官司空，长秋中谒者，长信尚浴，长信谒者，祠祀，大（太）宰，居室，西织，东识（织），长信私官，内者，长信永巷，永巷詹事丞，詹事将行，长秋谒者令，右廐（厩），灵州，乐府，寺，车府，内官，圂阴，东园主章，上林骑，秩各六百石，有丞、尉者半之。①

据《汉书·百官公卿表上》，太祝为奉常的主要属官。② 又《二年律令·秩律》载："太医、祝长及它都官长，黄（广）乡长，万年邑长，长安厨长，秩各三百石，有丞、尉者二百石，乡部百六十石。"③ "祝长"当为太祝令属官，秩次为三百石。"长信祠祀"当为《二年律令·秩律》开头部分提及的长信詹事的属官。长信詹事秩二千石。《汉书·百官公卿表上》："长信詹事掌皇太后宫，景帝中六年更名长信少府，平帝元始四年更名长乐少府。"④ 则长信詹事类似于皇宫中的少府，只不过是专门为皇太后服务。"长信祠祀"当是专门负责皇太后宫中祠祀的机构。《二年律令·秩律》中提到的"祠祀"与"长信祠祀"同为六百石，且排在"长信祠祀"之后。彭浩等人认为是奉常属官，主祭祀。⑤ 可从。这一"祠祀"可能是汉高祖设立，

---

① 张家山二四七号汉墓竹简整理小组编著《张家山汉墓竹简〔二四七号墓〕》（释文修订本），第 74 页。
② 《汉书》卷一九上，第 726 页。
③ 张家山二四七号汉墓竹简整理小组编著《张家山汉墓竹简〔二四七号墓〕》（释文修订本），第 79 页。
④ 《汉书》卷一九上，第 734 页。
⑤ 彭浩、陈伟、〔日〕工藤元男主编《二年律令与奏谳书：张家山二四七号汉墓出土法律文献释读》，上海古籍出版社，2007，第 287 页。

主要掌管宫中各种祠祀："后四岁，天下已定，诏御史令丰治枌榆社，常以时，春以羊彘祠之。令祝立蚩尤之祠于长安。长安置祠祀官、女巫。……皆以岁时祠宫中。"① 关于"祠祀官"，陈直引《汉书·百官公卿表上》"景帝中六年，更名太祝为祠祀"的记载说："即本文之祠祀官。"② "祠祀"当是负责皇宫中祠祀事务的专门机构，与"长信祠祀"性质、功能一样，只是服务对象不同。"乐府"在四个官职中排位最末。据《汉书·百官公卿表上》，它是"少府"的主要属官之一。③

除"长信祠祀""祠祀"外，《二年律令·秩律》还提及"詹事祠祀长"一职：

> □室仆射、室仆射大官，未央食官、食监，长信圁□宅三，杨关，长信詹事、和〈私〉官长，詹事祠祀长，詹事厩长，月氏。④

由于简文断缺，"詹事祠祀长"的秩次不清楚。按"詹事祠祀长"当为"詹事"的属官。《汉书·百官公卿表上》载：

> 詹事，秦官，掌皇后、太子家，有丞。属官有太子率更、家令丞、仆、中盾、卫率、厨厩长丞，又中长秋、私府、永巷、仓、厩、祠祀、食官令长丞。诸宦官皆属焉。成帝鸿嘉三年省詹事官，并属大长秋。⑤

可知"詹事"为主管皇后、太子家事务的职官，其属官有"祠祀"。"詹事祠祀长"当即其主官，主管皇后、太子家的祠祀事务。据《二年律令·秩律》："詹事、和〈私〉府长，秩各五百石，丞三百石。"⑥ 则"詹事祠祀长"的秩次当为三百石。据此，则"长信祠祀""祠祀"和"詹事祠祀长"分别主管皇太后、皇帝、皇后以及太子宫中的祠祀事务。"长信祠祀"和

---

① 《汉书》卷二五上，第1210~1211页。
② 陈直：《史记新证》，天津人民出版社，1979，第69页。
③ 《汉书》卷一九上，第731页。
④ 见张家山二四七号汉墓竹简整理小组编著《张家山汉墓竹简〔二四七号墓〕》（释文修订本），第79页。
⑤ 《汉书》卷一九上，第734页。
⑥ 见张家山二四七号汉墓竹简整理小组编著《张家山汉墓竹简〔二四七号墓〕》（释文修订本），第74页。

"祠祀"秩次相同，但"长信祠祀"排序更前，显示出皇太后的地位更高。

以上是《二年律令·秩律》中所载礼乐机构及其属官的大致情况，在很大程度上反映了西汉初期朝廷礼乐机构的建置框架。另外需要注意的是，尽管《二年律令·秩律》中没有出现"太乐"这一职官，但结合其他传世文献，可知西汉初期的"奉常"职官序列中确实设立了"太乐"一职。《汉书·礼乐志》载：

> 汉兴，乐家有制氏，以雅乐声律世世在大乐官，但能纪其铿锵鼓舞，而不能言其义。①

据此，则汉初就有太乐官，主要管理雅乐声律。又《汉书·律历志》记载计算三分损益之法："阴阳相生，自黄钟始而左旋，八八为伍。其法皆用铜。职在大乐，太常掌之。"② 太乐主管乐律制订，与制氏擅长雅乐声律正相符合。又《汉书·礼乐志》载汉武帝时期河间献王献雅乐事，雅乐都由"大乐官"负责。③ 可见至汉武帝时代一直都设有"太乐"机构。据《后汉书·百官志》，东汉时大予乐令与太祝令、高庙令等并列，均属太常，为六百石。西汉时太乐令的情况应该类似，与"太祝""长信祠祀""祠祀"及"乐府"地位相近。

据此可知西汉初期礼乐机构及其职官设置的大致情况。总体来看，"奉常"当为西汉初期礼乐机构的主要管理部门，下有属官"外乐""太祝""太乐"以及"祠祀"；此外涉及礼乐的机构及职官，还有少府属官"乐府"，长信詹事属官"长信祠祀"，詹事属官"詹事祠祀"。这些机构中，显然是以"奉常"及其管辖的"外乐""太祝""太乐"以及"祠祀"为主，主要职能是对朝廷以及君主皇宫中的礼乐事务进行管理；"长信祠祀""詹事祠祀"则是专门管理皇太后、皇后以及太子宫中的祭祀事务。它们大体覆盖了朝廷以及皇室礼乐事务管理的主要方面，构成了西汉前期礼乐机构设置的整体框架。而如前所述，"汉武乃立乐府"的本质是对礼乐机构的职能调整，也就是在这个礼乐机构建置的整体框架之下，根据其所面临的礼乐文化建设局势而进行的内部机构及职能调整。故而有必要对汉武帝之前

---

① 《汉书》卷二二，第 1043 页。
② 《汉书》卷二一上，第 965 页。
③ 《汉书》卷二二，第 1071~1072 页。

这些礼乐机构的职能变化情况进行考察。

三 西汉外乐、太祝、祠祀及太乐的职能演变

如前所述，西汉前期的礼乐机构是以"奉常"及其管辖的"外乐""太祝""太乐"以及"祠祀"为主，以"长信祠祀""詹事祠祀"等机构为辅。其中"长信祠祀""詹事祠祀"是专门管理皇太后、皇后以及太子宫中祭祀事务的部门，一般不能参与朝廷公共事务管理；"奉常"的地位虽然没有后来那么高，但它一直处于西汉前期职官体系中的最高等级，是礼乐机构的最高领导部门，不涉及具体的礼乐职能，故而这些机构的职能变化情况可以不论。真正能够影响"汉武乃立乐府"的其他部门，主要就是"外乐""太祝""祠祀""太乐"。下面再分别考察它们的职能变化情况。

"外乐"作为礼乐机构最晚自秦代已经设立，主要职能是专门管理位于雍城的郊祀。雍城郊祀是秦朝规格最高的国家郊祀。但"外乐"的地位并不突出，是"太祝"的属官。西汉初期，表面上看，"外乐"的秩次达到八百石，地位反超"太祝"。但在实际的政治运转中，汉高祖对国家的郊祀管理进行了更为精细的切分，即由"太祝"主持全国的常规郊祀，由雍太祝、太宰专门负责雍城郊祀，由"祠祀官"及女巫主持刘氏祖先所在国的郊祀。在这个机构职能切分方案中，秦朝"外乐"机构的郊祀职能不仅被一分为三，甚至被完全剥夺，转而主要负责宗庙礼仪管理。"外乐"的地位看似得到较大提升，但其主要职能却几乎被完全调整，这多少带有明升暗降的意味。之所以如此，可能主要是因为"外乐"与秦朝国家郊祀深度关联，是秦朝天命的象征；而西汉政权建立后，为了削弱秦朝的文化影响，确立本朝新的政治文化根基，势必弱化"外乐"与国家郊祀的关联。此后一直到汉武帝时代，"外乐"的宗庙管理职能也逐渐被其他机构合并。它逐步淡出政治舞台，直至最终消失。至于它原本负责的郊祀职能，则逐渐转由"太祝""祠祀"以及"乐府"等机构接替。[1]

"太祝"是自西周即已设置的礼乐机构。其主要职责，是在天神、地示、人鬼的祭祀和大会同、大军旅等国家重大仪式活动中负责祝祷，充当

---

[1] 参见拙文《"外乐"发覆——兼论秦汉时期礼乐建设的重心之变》，《乐府学》第27辑，社会科学文献出版社，2023。

人与神灵祖先的沟通媒介。① 其最初的核心职能是负责宗庙礼仪，但也主持山川祭祀。《国语·楚语》载观射父与楚昭王谈及"祝"的选拔时说：

> 是使制神之处位次主，而为之牲器时服，而后使先圣之后之有光烈，而能知山川之号、高祖之主、宗庙之事、昭穆之世、齐敬之勤、礼节之宜、威仪之则、容貌之崇、忠信之质、禋洁之服，而敬恭明神者，以为之祝。②

所谓"能知山川之号、高祖之主、宗庙之事、昭穆之世"，即此之谓。秦汉时期的"太祝"，其职责大体如是，但整体上向山川祭祀调整。据《汉书·百官公卿表上》，"太祝"在秦代仍属"掌宗庙礼仪"的奉常职官体系，但主持郊祀及国家重要山川祭祀是其重要职能。《史记·封禅书》载，秦始皇统一天下之后，自殽以东、自华以西的名山大川，陈宝以及虽然不是大川但是靠近咸阳的各种山川、庙、祠等，"诸此祠皆太祝常主，以岁时奉祠之。……郡县远方神祠者，民各自奉祠，不领于天子之祝官"③。"太祝"主持国家重要的山川社稷祭祀活动，是秦始皇对国家地理格局进行文化控制的主要手段。④ 西汉前期虽然也以"太祝"参与宗庙礼仪⑤，但"太祝"的主要职能是向山川祭祀靠拢。西汉建立后的第二年，汉高祖在雍四畤的基础上"乃立黑帝祠，名曰北畤。有司进祠，上不亲往。悉召故秦祝官，复置太祝、太宰，如其故仪礼"。⑥ 并特别下诏说：

> 吾甚重祠而敬祭。今上帝之祭及山川诸神当祠者，各以其时礼祠之如故。⑦

---

① 参见于薇《周代祝官考辨》，《兰州学刊》2007年第5期。

② 徐元诰撰，王树民、沈长云点校《国语集解》，中华书局，2002，第513页。

③ （汉）司马迁：《史记》卷二八，中华书局，1959，第1377页。关于秦朝郊祀的地域范围，另可参见田天《春秋战国秦国祠祀考》，《中国典籍与文化》2013年第1期。

④ 参见田天《秦汉国家祭祀史稿》第4章，生活·读书·新知三联书店，2015，第288~293页。

⑤ 《汉书》卷二二，第1043页。

⑥ （汉）班固撰，（清）王先谦补注，上海师范大学古籍整理研究所整理《汉书补注》卷五，第1692页。

⑦ （汉）班固撰，（清）王先谦补注，上海师范大学古籍整理研究所整理《汉书补注》卷五，第1692页。

《史记·封禅书》载汉文帝下诏除去秘祝之官："始名山大川在诸侯，诸侯祝各自奉祠，天子官不领。及齐、淮南国废，令太祝尽以岁时致礼如故。"① 可知文帝时期，只要不在诸侯国内的名山大川，其祭祀都由"太祝"负责。这种情况一直延续到了汉武帝前期。《史记·封禅书》载："数年而孝景即位。十六年，祠官各以岁时祠如故，无有所兴，至今天子。"② 汉武帝即位后，对"太祝"的职能进行了新的调整，从而使"太祝"更多参与到朝廷的国家郊祀之中。《史记·封禅书》载，亳人谬忌向汉武帝献祠太一的方案，"于是天子令太祝立其祠长安东南郊，常奉祠如忌方。"③ 南郊郊祀是汉武帝时期最高等级的郊祀之一，其工作由"太祝"主管。又《史记·封禅书》载汉武帝第一次在甘泉郊拜泰一时有祥瑞出现，"太史公、祠官宽舒等曰：'神灵之休，佑福兆祥，宜因此地光域立太畤坛以明应。令太祝领，秋及腊闲祠。三岁天子一郊见。'"④ "泰一"就是"太一"，是最高神祭祀。按照宽舒的意见，其祭祀工作当由"太祝"主管。关于汉武帝时期"太祝"的主要职责，《史记·封禅书》总结道：

> 今天子所兴祠，太一、后土，三年亲郊祠，建汉家封禅，五年一修封。薄忌太一及三一、冥羊、马行、赤星，五，宽舒之祠官以岁时致礼。凡六祠，皆太祝领之。至如八神诸神，明年、凡山他名祠，行过则祠，行去则已。方士所兴祠，各自主，其人终则已，祠官不主。他祠皆如其故。⑤

汉武帝所兴建的六祠也是由"太祝"主管。除了方士新建的各种祠由其自主外，"他祠皆如其故"，即任由"太祝"管理。也就是说，在汉武帝前期，"太祝"职能得到了进一步强化，甚至成为国家郊祀的主角。在这个意义上，它实际上是填补了"外乐"退出国家郊祀管理后留下来的职能空缺。在秦及西汉初期，雍是唯一的国家郊祀场所，主要由"太祝"主管，

---

① 《史记》卷二八，第1380页。
② 《史记》卷二八，第1384页。
③ 《史记》卷二八，第1386页。
④ 《史记》卷二八，第1395页。
⑤ 《史记》卷二八，第1403页。

"外乐"专门负责；但随着汉武帝推出新的至上神太一，南郊以及甘泉成为了新的国家郊祀场所，需要专门的管理机构。"外乐"与秦朝国家郊祀的深度关联决定了它不可能成为汉代国家郊祀的主角，南郊和甘泉太一等国家郊祀的管理自然转由"太祝"主要负责。

综观"太祝"从西周到汉武帝前期的职能演变趋势，整体上是从以宗庙礼仪管理为主、山川祭祀管理为辅，逐渐过渡到以山川祭祀管理为主、宗庙礼仪管理为辅，甚至在汉武帝前期一度成为国家郊祀的主角。但在汉武帝中后期及以后，"太祝"的职能应该又发生了较大变化。可能就是在汉武帝进行礼乐机构改革的过程中，将"太祝"的国家郊祀职能调整到了"乐府"机构。哀帝罢乐府时，丞相孔光、大司空何武上书条列不可撤销的人员包括：

> 郊祭乐人员六十二人，给祠南北郊。……外郊祭员十三人，诸族乐人兼《云招》给祠南郊用六十七人……皆不可罢。①

这些人员原本都应该属于"太祝"主管，但却成为"乐府"人员。"太祝"的主要职能则很可能是被调整回了宗庙礼仪管理。《汉书·百官公卿表上》载："景帝中六年更名太祝为祠祀，武帝太初元年更曰庙祀，初置太卜。"② 汉武帝对"乐府"机构的调整大约是在元狩六年至元鼎三年之间（前 118 年—前 115 年），最晚不会晚于元鼎六年。③ 据此，则汉武帝太初元年（前 104 年）将"太祝"更名为"庙祀"，很可能是将其国家郊祀职能并入了"乐府"，而使其主要职能回归到宗庙礼仪管理，故而后来将其更名为"庙祀"。而据《汉书·韦贤传附韦玄成传》，宣帝时宗庙祭祀一年用"祝宰乐人万二千一百四十七人"④，则宣帝时"太祝"确实主要是在承担宗庙礼仪管理。由此可见，"太祝"的职能在汉武帝中后期发生了一次较大变化。

"祠祀"是汉高祖设立的、主要负责皇帝宫中祭祀的职官，但却在很大程度上参与了汉初朝廷的礼乐建设。《史记·封禅书》载汉高祖四年在长安

---

① （汉）班固撰，（清）王先谦补注，上海师范大学古籍整理研究所整理《汉书补注》，第1512 页。

② 《汉书》卷一九上，第 726 页。

③ 关于汉武帝调整"乐府"机构的时间，学界有不同说法。可集中参看龙文玲：《汉武帝立乐府时间考》，《学术论坛》2007 年第 3 期。

④ 《汉书》卷七三，第 3116 页。

置祠祝官、女巫：

> 其梁巫，祠天、地、天社、天水、房中、堂上之属；晋巫，祠五帝、东君、云中君、司命、巫社、巫祠、族人、先炊之属；秦巫，祠社主、巫保、族累之属；荆巫，祠堂下、巫先、司命、施糜之属；九天巫，祠九天：皆以岁时祠宫中。①

裴骃《集解》引应劭注云："先人所在之国，及有灵施化民人，又贵，悉置祠巫祝，博求神灵之意。"又引文颖注释："巫，掌神之位次者也。范氏世仕于晋，故祠祝有晋巫。范会支庶留秦为刘氏，故有秦巫。刘氏随魏都大梁，故有梁巫。后徙丰，丰属荆，故有荆巫。"② 也就是说，汉高祖在长安所置的祠祝官，主要是为了管理宫中的梁巫、晋巫、秦巫、荆巫、九天巫等各种祭祀人员。因为梁、晋、秦、荆等地属于汉高祖"先人所在之国"，宫中设置这些巫带有以祭祀地方神灵来追念远祖的意味。这就在实质上使"祠祀"带有管理地方神灵祭祀的色彩，与"太祝"对地方山川、庙、祠的祭祀管理比较接近。"祠祀"在很大程度上可以视作皇室专门的"太祝"。故而在汉代，笼统言之的时候，"太祝"和"祠祀"的区分并不严格。《史记·封禅书》："及秦并天下，令祠官所常奉天地名山大川鬼神可得而序也。"③这实际上是"太祝"的职责，但司马迁却将其称为"祠官"，也就是"祠祀"。禹平、王柏中就认为："两汉文献中所泛言的'祠官'，也当属太祝这一系统。"④

因为"祠祀"的职能与"太祝"近似，且为皇帝宫中祭祀事务的主管部门，与君主的关系更为接近，故而当君主进行礼乐建设时，往往将其与"太祝"一起作为主要的执行机构。《史记·封禅书》载汉文帝在赵人新垣平的鼓动下设立渭阳五帝庙，知道自己被蒙骗后诛夷新垣平，"自是之后，文帝怠于改正朔服色神明之事，而渭阳、长门五帝使祠官领，以时致礼，不往焉"。⑤ 这里的"祠官"当即"祠祀"。汉文帝以"祠官"而不是"太

---

① 《史记》卷二八，第1378~1379页。
② 《史记》卷二八，第1379页。
③ 《史记》卷二八，第1371页。
④ 禹平、王柏中：《两汉太常的祭祀礼事职能问题考述》，《学术交流》2006年第9期。
⑤ 《史记》卷二八，第1383页。

祝"负责渭阳、长门五帝祭祀，可能与其不再信任新垣平有关。但不管怎样，汉文帝时期的"祠官"已经正式参与到了国家郊祀活动之中。到汉武帝前期，"祠官"参与国家级郊祀的程度更为突出，不过主要是与"太祝"配合。《汉书·郊祀志上》载：

> 亳人谬忌奏祠泰一方，曰：……于是天子令太祝立其祠长安城东南郊，常奉祠如忌方。其后，人上书言……天子许之，令太祝领祠之于忌泰一坛上，如其方。后，人复有言……令祠官领之如其方，而祠泰一于忌泰一坛旁。①

这里的"祠官"就是"祠祀"。谬忌提供祠泰一方案后，太祝负责立祠、奉祠，"祠官""领之如其方"，与"太祝"一起完成国家郊祀任务。《汉书·郊祀志上》又载元鼎五年冬十月"上遂郊雍，至陇西，登空桐，幸甘泉。令祠官宽舒等具泰一祠坛，祠坛放亳忌泰一坛，三陔"。② 祠官宽舒虽然是甘泉泰一郊祀中的主要负责人，但他参照由"太祝"主管的亳忌泰一祭祀而行事。《汉书·郊祀志上》又载同年"十一月辛巳朔旦冬至，昒爽，天子始郊拜泰一……太史令谈、祠官宽舒等曰：'神灵之休，佑福兆祥，宜因此地光域立泰畤坛以明应。令太祝领，秋及腊间祠。三岁天子壹郊见。'"③ 祠官宽舒也是主要的参与者，从其建议由"太祝"主管泰畤来看，两个机构应该是保持了比较良好的合作关系。又《汉书·武帝纪》载元丰二年（前 109 年）汉武帝巡行天下：

> 春正月，行幸缑氏。诏曰："朕用事华山，至于中岳，获驳麃，见夏后启母石。翌日亲登嵩高，御史乘属，在庙旁吏卒咸闻呼万岁者三。登礼罔不答。其令祠官加增太室祠，禁无伐其草木。以山下户三百为之奉邑，名曰崇高，独给祠，复亡所与。"行，遂东巡海上。④

太室祠在嵩山。据《汉书·郊祀志》，嵩山自秦始皇时代就属于由国家

① （汉）班固撰，（清）王先谦补注，上海师范大学古籍整理研究所《汉书补注》，第 1703 页。
② 《汉书》卷二五上，第 1230 页。
③ 《史记》卷二八，第 1395 页。
④ 《汉书》卷六，第 190 页。

郊祀的五大名山之一，其祭祀由"太祝"统一管理。① 汉武帝令"祠官"在嵩山增加太室祠，这里的"祠官"要么是"太祝"的泛指，要么就是在事实上成了"太祝"的辅助职官。

但是据《史记·封禅书》和《汉书·武帝纪》《汉书·郊祀志》的记载可知，自元鼎五年之后，虽然汉武帝仍然频繁进行雍郊祀、甘泉泰畤等国家郊祀行为，并巡行各地，兴建大量祠祀，但无论是"太祝"和"祠祀"都已经较少出现在这些场合。也就是说，元鼎五年之后，汉武帝似乎已经不再主要依靠"太祝"和"祠官"来进行各种祭祀活动。二者在西汉礼乐建设中的作用已经逐渐减弱。这一方面与汉武帝此后更多信任方士公孙卿等人有关，另一方面可能也意味着，随着汉武帝礼乐机构改革的完成，这两个机构在西汉前期的礼乐职官体系中已经不再重要。"祠祀"很可能是随着"汉武乃立乐府"的完成而淡出了国家政治中心，回归到了对皇宫祭祀事务的管理。

甚至在汉武帝改制乐府后，"祠祀"的部分管理职能被整合到了"乐府"机构之中。汉哀帝罢乐府时，孔光与何武条陈不能裁撤的乐府人员包括"外郊祭员十三人，诸族乐人兼《云招》给祠南郊用六十七人"。② 其中的"诸族乐人"当即"祠祀"祭祀对象"族人（炊）""族累"的管理人员。《史记·封禅书》载汉高祖建立政权后在长安置祠祝官，其中"晋巫，祠五帝、东君、云中〔君〕、司命、巫社、巫祠、族人、先炊之属；秦巫，祠社主、巫保、族累之属"。③ 这里的"族人、先炊"即《汉书·郊祀志》中的"族人炊"："晋巫祠五帝、东君、云中君、巫社、巫祠、族人炊之属；秦巫祠杜主、巫保、族累之属。"④ 颜师古注："族人炊，古主炊母之神也。炊谓饎爨也。"⑤ 也就是古炊母之神。哀帝时期的"乐府"机构中，"诸族乐人"兼职承担《云招》和"祠南郊"的仪式。"祠南郊"是祭天仪式，其主祭神是泰一，同时祭祀泰一的佐使五帝。"诸族乐人"不仅来自秦巫、晋巫，而且还承担着晋巫的职责之一，正是西汉中后期"祠祀"的职能被

① 《汉书》卷二五上，第1206页。
② （汉）班固撰，（清）王先谦补注，上海师范大学古籍整理研究所整理《汉书补注》，第1512页。
③ 《史记》卷二八，第1378~1379页。
④ 《汉书》卷二五，第1211页。
⑤ 《汉书》卷二五，第1211页。

整合到了"乐府"的体现。

随后要讨论的是"太乐"。首先需要指出的是，随着张家山汉简《二年律令·秩律》的出土，关于"太乐"为西汉前期重要礼乐机构的看法遭到极大挑战。如前文所述，西汉初期的"奉常"属官中应该确实设有"太乐"，主要负责雅乐管理。但《汉书·百官公卿表上》中记载"奉常"的六个主要令丞，《二年律令·秩律》中唯独没有提及的就是"太乐"。"太乐"如果真的非常重要，《二年律令·秩律》当不至于只漏载了它。之所以没被记载，很可能是因为"太乐"及其职能在西汉前期的地位比较边缘化。史载汉初制氏"世世在大乐官"，但对负责的雅乐只能"纪其铿锵鼓舞，而不能言其义"①；河间献王刘德本来是要"修兴雅乐以助化"，虽然其所献雅乐被立于太乐，但一直未能得到积极回应，只是"岁时以备数，然不常御"，以至于"行之百有余年，德化至今未成"，而平当"宜领属雅乐，以继绝表微"的建议也没有被采纳。② 由此可见"太乐"及其职能在西汉前期礼乐建设中的政治地位。李锦旺认为西汉初期的"太乐长期以来只不过是一个脱离现实的虚化机构"。③ 这可能才是《二年律令·秩律》不载其职官的主要原因之一。

"太乐"在西汉前期的这种政治地位当与其职能紧密相关。据上文所引《汉书·礼乐志》，"太乐"是雅乐的管理机构。又据《汉书·百官公卿表上》，西汉时期的"太乐"是"奉常"属官。"奉常"的职责是"掌宗庙礼仪"。《汉书·礼乐志》所谓的"雅乐"，正是宗庙祭祀乐方面的内容。《汉书·礼乐志》在记述河间献王献雅乐事件后评论说：

> 昔殷周之《雅》《颂》，乃上本有娀、姜原，高、稷始生，玄王、公刘、古公、大伯、王季、姜女、大任、太姒之德，乃及成汤、文、武受命，武丁、成、康、宣王中兴，下及辅佐阿衡、周、召、太公、申伯、召虎、仲山甫之属，君臣男女有功德者，靡不襃扬。功德既信美矣，襃扬之声盈乎天地之间，是以光名著于当世，遗誉垂于无穷也。今汉郊庙诗歌，未有祖宗之事，八音调均，又不协于钟律，而内有掖庭材人，外有上林乐府，皆以郑声施于朝廷。④

① 《汉书》卷二二，第 1043 页。
② 《汉书》卷二二，第 1070~1072 页。
③ 李锦旺：《西汉乐府的职能演变及其名称的沿用》，《齐鲁学刊》2004 年第 5 期。
④ 《汉书》卷二二，第 1071 页。

在班固看来，"祖宗之事"才应该是"郊庙歌诗"的表现重点。他也正是从这个角度，对汉武帝消极回应河间献王献雅乐的事件进行了批评。可知"太乐"负责的雅乐建设实际上属于宗庙礼仪方面的建设。但西汉初期形成了重郊祀、轻庙祀的礼乐建设格局，宗庙祭祀一直没有得到充分重视。① 而且，在有限的宗庙礼乐建设中，其相关事务似乎也没有完全由"太乐"负责。如上文所引荆州胡家草场 12 号汉墓出土《外乐律》记载，"外乐"负责的《五行舞》《武德舞》《文始舞》等本也属于宗庙礼仪，但不是由"太乐"负责。又《汉书·郦陆朱刘叔孙传》载，汉七年"拜（叔孙）通为奉常，赐金五百斤。"② 《汉书·礼乐志》载：

> 高祖时，叔孙通因秦乐人制宗庙乐。大祝迎神于庙门，奏《嘉至》，犹古降神之乐也。……又有《房中祠乐》，高祖唐山夫人所作也。……高祖乐楚声，故《房中乐》楚声也。孝惠二年，使乐府令夏侯宽备其箫管，更名曰《安世乐》。③

汉高祖拜叔孙通为"奉常"，创制宗庙乐。但叔孙通并未将此事交给"太乐"，而是由"太祝"负责。高祖夫人所创《房中乐》着眼于"乐其所生，礼不忘本"，属于宗庙礼仪建设，但其主事者也不来自"太乐"，而是乐府令夏侯宽。又据《汉书·韦贤传附韦玄成传》，到宣帝本始二年（前72年），汉代的宗庙陵园机构已经极其庞大：

> 凡祖宗庙在郡国六十八，合百六十七所。而京师自高祖下至宣帝，与太上皇、悼皇考各自居陵旁立庙，并为百七十六。又园中各有寝、便殿……而昭灵后、武哀王、昭哀后、孝文太后、孝昭太后、卫思后、戾太子、戾后各有寝园，与诸帝合，凡三十所。一岁祠，上食二万四千四百五十五，用卫士四万五千一百二十九人，祝宰乐人万二千一百四十七人，养牺牲卒不在数中。④

---

① 参见拙文《"外乐"发覆——兼论秦汉时期礼乐建设的重心之变》，《乐府学》第 27 辑，社会科学文献出版社，2023。
② 《汉书》卷四三，第 2128 页。
③ 《汉书》卷二二，第 1043 页。
④ 《汉书》卷七三，第 3115~3116 页。

但是其管理者也不是"太乐",而是太祝、太宰（"祝宰"）。据此可知,"太乐"在西汉"奉常"职官体系中的地位可能一直不太高,其职能经常被其他部门取代。

在汉武帝完成礼乐机构改制后,一些理论上由"太乐"主管的人员或事务也可能被整合到了"乐府"机构。《汉书・礼乐志》载哀帝即位后决意罢乐府,丞相孔光、大司空何武上奏议其人员去留时提及:

> 郊祭乐人员六十二人,给祠南北郊。大乐鼓员六人,《嘉至》鼓员十人,……凡鼓十二,员百二十八人,朝贺置酒陈殿下,应古兵法。……兼给事雅乐用四人……仆射二人主领诸乐人,皆不可罢。①

其中的"大乐鼓员六人"显然本当属于"太乐",但却成了"乐府"常规人员配置。"《嘉至》鼓员十人"理论上应该也属于"太乐",但也被"乐府"列为常规人员。雅乐由"太乐"主管,但"兼给事雅乐用四人"则意味着这四人也是本属于"乐府",只是"兼给事雅乐用"。可见"太乐"部分配置人员被"乐府"整编,甚至进行宗庙祭祀时所需要的"雅乐"人员也是由"乐府"派出人员兼职。由此可见,经过汉武帝的调整,"太乐"在当时的礼乐职官体系中的地位更见其弱。

综观"外乐""太祝""祠祀"以及"太乐"等礼乐机构在西汉前期的地位及职能演变情况可知,这四个机构整体上呈现出两弱两强的发展趋势。两弱是"外乐"和"太乐",它们原本的主要职责,分别在郊祀和宗庙礼仪,但由于汉初政权着力削弱秦朝的郊祀体系,致使"外乐"最终退出历史舞台;而西汉政权重郊祀、轻宗庙的礼乐建设方向,也导致了"太乐"的持续势弱。两强主要是"太祝"和"祠祀",它们原本属于宗庙或皇室内部的祭祀管理机构,但实际上却主要参与到了国家的郊祀管理,甚至一度成为国家郊祀建设的主角,表现非常活跃。四个机构呈现出来的不同发展趋势,实际上正是西汉政权重郊祀、轻宗庙这一礼乐建设方向的集中体现。

但需要格外注意的是,不管是"外乐""太祝""祠祀"还是"太乐",在西汉中后期的地位和职能都发生了较大变化,而且都是受到了"乐府"

---

① （汉）班固撰,（清）王先谦补注,上海师范大学古籍整理研究所整理《汉书补注》,第1512页。

的影响。"外乐"和"太乐"自不待论，即使是"太祝"和"祠祀"，最终也都被调整回了它们的原本职能，而且都有部分职能被调整到了"乐府"机构之中。也就是说，西汉主要的礼乐机构，其职能在中后期都呈现出了向"乐府"集中的趋势。

四 "汉武乃立乐府"的必然与偶然

西汉中后期主要礼乐机构职能向"乐府"的集中，显然可以视为"汉武乃立乐府"的结果。也就是说，经过汉武帝的礼乐改制，"外乐""太祝""祠祀"以及"太乐"的职能都有不同程度的削弱，而且它们的部分职能（如国家郊祀、山川祭祀以及宗庙雅乐管理）是被整合到了"乐府"机构之中。此消彼长，"乐府"成为汉武帝礼乐机构改革的集中方向，也因此成为当时最重要的礼乐机构。这或许才是"汉武乃立乐府"的真正含义。

为何是"乐府"而不是其他机构成为汉武帝礼乐机构改制的集中方向？这首先与"乐府"机构的性质及职能有关。在西汉前期的礼乐机构中，"乐府"与君主个人的关系最为密切。从本质上说，"外乐""太祝"和"太乐"都是朝廷公共事务的管理机构。"祠祀"则是专为皇帝宫中祭祀先祖所在地而设置的管理机构，其事务也带有公共色彩。但"乐府"不一样。据《汉书·百官公卿表》，"乐府"隶属于"掌山海池泽之税，以给共养"[1] 的少府，是属于皇宫内部的管理机构，主要为君主的私人娱乐需求提供服务。[2] 贾谊在其《新书·匈奴》中向汉高祖献计诱服匈奴，建议以"乐府"中的倡乐作为主要诱饵[3]，显然就是劝刘邦通过将其专用的"乐府"分享给匈奴而获取对方的信任。从这个意义上说，"乐府"是专属于君主私人的特殊礼乐机构，最能够贯彻、体现君主的个人意志；反过来，君主如果想要全面贯彻个人意志、强势掌控朝廷礼乐建设方向，最得力的机构无疑也是专属于自己的"乐府"。因此，"汉武乃立乐府"主要与"乐府"的性质和功能有关，带有一定的必然性。

但这并非全部的原因。西汉前期，礼乐建设的一个核心任务，就是去

---

① 《汉书》卷一九，第 731 页。
② 见潘啸龙《汉乐府的娱乐职能及其对艺术表现的影响》，《中国社会科学》1990 年第 6 期；李锦旺：《西汉乐府的职能演变及其名称的沿用》，《齐鲁学刊》2004 年第 5 期。
③ （汉）贾谊撰，阎振益、钟夏校注《新书校注》，中华书局，2000，第 136 页。

除秦朝文化印迹，建立属于汉朝自身的天命崇拜体系。国家郊祀体系建设是其中关键。① 如前所述，"太祝"和"祠祀"是汉武帝前期进行国家郊祀体系建设的主要机构，二者甚至一度成为当时国家郊祀的主角，为什么最后汉武帝还是选择了"乐府"？这很可能是因为，在国家郊祀体系建设过程中，汉武帝的建设理念发生了从以仪式为主到以乐舞为主的转变。汉武帝前期依托"太祝"和"祠祀"进行国家郊祀体系建设，更看重的是祭祀仪式设计。《汉书·郊祀志上》载：

> 亳人谬忌奏祠泰一方，曰："天神贵者泰一，泰一佐曰五帝。古者天子以春秋祭泰一东南郊，日一太牢，七日，为坛开八通之鬼道。"于是天子令太祝立其祠长安城东南郊，常奉祠如忌方。其后，人上书言"古者天子三年一用太牢祠三一：天一、地一、泰一。"天子许之，令太祝领祠之于忌泰一坛上，如其方。后，人复有言"古天子常以春解祠，祠黄帝用一枭、破镜；冥羊用羊祠；马行用一青牡马；泰一、皋山山君用牛；武夷君用干鱼；阴阳使者以一牛"。令祠官领之如其方，而祠泰一于忌泰一坛旁。②

可见在整个郊祀过程中，汉武帝更看重的是祭祀的仪式和方法。又《汉书·郊祀志上》载：

> 其明年，天子郊雍，曰："今上帝朕亲郊，而后土无祀，则礼不答也。"有司与太史令谈、祠官宽舒议："天地牲，角茧栗。今陛下亲祠后土，后土宜于泽中圜丘为五坛，坛一黄犊牢具。已祠，尽瘗，而从祠衣上黄。"于是天子东幸汾阴。汾阴男子公孙滂洋等见汾旁有光如绛，上遂立后土祠于汾阴脽上，如宽舒等议。③

则汉武帝主要听从的意见也是关于祭祀的方法与程式。但李延年的出

---

① 参见拙文《"外乐"发覆——兼论秦汉时期礼乐建设的重心之变》，《乐府学》第 27 辑，社会科学文献出版社，2023。

② （汉）班固撰，（清）王先谦补注，上海师范大学古籍整理研究所整理《汉书补注》，第1703 页。

③ （汉）班固撰，（清）王先谦补注，上海师范大学古籍整理研究所整理《汉书补注》，第1709~1710 页。

现，促使汉武帝的郊祀理念发生了变化。《汉书·郊祀志上》载：

> 其春，既灭南越，嬖臣李延年以好音见。上善之，下公卿议，曰："民间祠有鼓舞乐，今郊祀而无乐，岂称乎？"公卿曰："古者祠天地皆有乐，而神祇可得而礼。"或曰："泰帝使素女鼓五十弦瑟，悲，帝禁不止，故破其瑟为二十五弦。"于是塞南越，祷祠泰一、后土，始用乐舞。益召歌儿，作二十五弦及空侯瑟自此起。①

　　李延年的受宠带有一定的偶然性。这主要与汉武帝宠爱其妹李夫人有关。但这个偶然因素却促使汉武帝提出了"今郊祀而无乐"的问题，并得到了公卿的积极回应，从而在事实上使郊祀建设发生了从以仪式为主到以乐舞为主的变化。② 在这个建设框架之中，无论是"太祝"还是"祠祀"，其主要功能都在于仪式建设，乐舞建设并不是它们的长处，故而无法承担起相应任务。而"外乐""太乐"一直未曾得到朝廷的充分重视。综合比较，一直为君主提供娱乐服务的"乐府"机构反而成为最好的选择。从这个意义上说，汉武帝选择"乐府"来主导当时的礼乐机构改革，也带有一定的偶然色彩。

　　然而还需要注意的是，无论是从淘汰"外乐"还是从选择"乐府"来说，本文所探讨的"汉武乃立乐府"背景，都还只是针对汉武帝完成当时礼乐文化建设的核心任务，即建立属于汉朝自身的天命崇拜体系而论。事实上，汉武帝进行的礼乐文化建设并不仅止于此，还带有他自身开创的礼乐文化建构目标，即高度彰显王权。③ 这一目标就更不是"外乐""太祝""祠祀"及"太乐"等机构所能承担的了。这是"汉武乃立乐府"的另外一个重要背景。关于这一点，笔者另有专文探讨，此处姑且从略。

［作者单位：河北师范大学文学院］

---

① 《汉书》卷二五上，第 1232 页。
② 见王福利《汉武帝"始立乐府"的真正含义及其礼乐问题》，《乐府学》第 1 辑，学苑出版社，2006。
③ 参见拙文《"外乐"发覆——兼论秦汉时期礼乐建设的重心之变》，《乐府学》第 27 辑，社会科学文献出版社，2023。

拟古意而得于心

——论李东阳拟古乐府的自然之声[*]

万紫燕　张世敏

内容提要　李东阳在乐府诗史上有承前启后之功。其拟古乐府以传承古诗遗意为目的，得之于心，发之乎声，拟古而能自创新制。他以史册旧事立义，另立新题，既摆脱了拟古乐府"题与义皆仍其旧"之弊，又能通过吟咏奇踪异事，在传承古乐府精神的基础上追寻古意，进而推行古道，辅翼诗教。拟古亦不必在文辞、体式上对古乐府亦步亦趋，只要能以辞达意，随意所止，则变化万千，终不离古乐府之正道。古意得之于心，发而为自然之声，所作虽为新调，却因与"和而正"的古乐精神高度相通，今之乐亦不失为古之乐。李东阳试图以拟古乐府打通古乐与今乐、治道与人情之间的鸿沟，开启了明中期复古思潮与真诗说的先声。

关键词　李东阳　拟古乐府　古意　自然

以李东阳为代表的茶陵派接续元末明初古乐府运动之余绪，以拟古乐府鸣于天地间，不仅使台阁体的末流诗风为之一振，还开启了明中期的复古诗风。特别是李东阳的格调诗论，是明代格调说的先驱者，对明清格调说产生了深远的影响，郭绍虞认为，"由格调说言，李东阳可说是格调说的先声，李梦阳可说是格调说的中心。"① 因李东阳及茶陵派在明代诗歌史上

---

*　本文为湖南省社会科学基金一般项目"明代骚体乐府研究"（项目编号23YBA178）阶段性成果。

①　郭绍虞：《照隅室古典文学论集》，上海古籍出版社，1983，第367页。

具有承上启下的作用，20世纪以来，学术界对其诗学理论已有较深入的研究①。十余年来，在明代乐府诗逐渐引起学术界关注的背景下，周寅宾②、司马周③、马丽④、王辉斌⑤等学者全面考察了李东阳拟古乐府的思想内容、艺术特色、拟古理论等。此外，已有学者关注到李东阳拟古乐府的创新价值，如郭瑞林认为"不管是诗歌体式、艺术风格还是题材、主题都带有很大的创造性"⑥；张煜认为他"有意突破摹拟的传统"，"其拟古乐府诗的实质为新乐府，非传统意义的古乐府"⑦。无论是拟古视角的考察，还是创新视角的研究，都从某些方面呈现了李东阳乐府创作的真实面貌，是本文立论的基础。

事实上，李东阳的拟古乐府既有拟古意以振兴诗教传统的一面，又有"别辟新调"⑧，吟咏性情的一面。本文拟从李东阳试图找回诗歌美刺功能的目的切入，分析其拟古乐府中"拟古意"而"得于心"的矛盾统一关系，肯定其堪称"自然之声"⑨的政治性与审美性的统一，重新审视历代评论家对其拟古乐府的批判。

一　以史事、新题续诗教

综观《李东阳集》，乐府诗总计176首，其中"诗稿"卷一、卷二录《拟古乐府》101首，"诗后稿"尚有古乐府6首，此外还有2卷"长短句"（指歌行乐府），七言古诗中也有不少歌行乐府。在这些乐府诗中，数量最多，成就最高的无疑是拟古乐府。

---

① 参见司马周《20世纪以来茶陵派学术史研究——茶陵派文学理论研究回顾》，《哈尔滨师范大学社会科学学报》2014年第5期。

② 周寅宾：《论李东阳的〈拟古乐府〉》，《船山学报》1988年第1期。

③ 司马周：《茶陵派与明中期文坛》，湖南人民出版社，2010；《因人命题 缘事立义——论李东阳〈拟古乐府〉诗的主题取向》，《湖南农业大学学报》2008年第1期。

④ 马丽：《李东阳拟古乐府研究》，陕西师范大学硕士学位论文，2009。

⑤ 王辉斌：《李东阳拟古乐府综论——以其创作实况、理论认识及后人批评为重点》，《南都学坛》2017年第1期。

⑥ 郭瑞林：《不拘旧套，另创新格——论李东阳的乐府诗》，《中国韵文学刊》2006年第1期。

⑦ 张煜：《李东阳〈拟古乐府〉新变——兼论对明清咏史乐府的开启》，《北京化工大学学报》2021年第3期。

⑧ （清）田雯：《古欢堂集》杂著卷一，郭绍虞编选，富寿荪校点《清诗话续编》第2册，上海古籍出版社，1983，第694页。

⑨ （明）李东阳著，李庆立校释《怀麓堂诗话校释》，人民文学出版社，2009，第20页。

　　针对李东阳拟古乐府咏史事、立新题的特点，冯班有"不取古题""不咏时事"① 之类的批评。王辉斌认为这类批评"实不可取"②。李东阳的拟古乐府，重在写古意，其用史事而另立新题，自有其法度，他在《拟古乐府引》中有开宗明义的阐释：

　　　　予尝观汉魏间乐府歌辞，爱其质而不俚，腴而不艳，有古诗言志依永之遗意，播之乡国，各有攸宜。嗣是以还，作者代出，然或重袭故常，或无复本义，支离散漫，莫知适归；纵有所发，亦不免曲终奏雅之诮。唐李太白才调虽高，而题与义多仍其旧。张籍、王建以下，无讥焉。元杨廉夫力去陈俗，而纵其辩博，于声与调或不暇恤。延至于今，此学之废，盖亦久矣。间取史册所载，忠臣义士，幽人贞妇，奇踪异事，触之目而感之乎心，喜愕忧惧，愤懑无聊不平之气，或因人命题，或缘事立义，托诸韵语，各为篇什……讴吟讽诵之际，亦将以自考焉……③

　　所谓的古乐府，是质而不俚的汉魏间乐府歌辞，而拟古便是要取法"古诗言志依永之遗意"，创作出具有"古乐府"格调的作品。在拟古乐府的创作中，之所以要另立新题，是为了避免"重袭故常"，像李白一样才调虽高，"而题与义多仍其旧"，即使有所创新，亦不过是"曲终奏雅"；之所以要取材史册，是因为其中忠臣义士与幽人贞妇的"奇踪异事，触之目而感之乎心"，"喜愕忧惧"之情油然而生，托诸吟咏，像《诗经》能够让天子"知得失，自考正"④ 一样，可让身居台阁高位的李东阳"将以自考"。

（一）缘事立义，赓续诗教

　　李东阳《拟古乐府》缘事立义，所缘之事，往往是史册所载忠臣义士或幽人贞妇的"奇踪异事"。其立意的最终目的，在于诗教。如《安石工》：

<hr />

① （清）冯班撰，（清）何焯评《钝吟杂录》附录《古今乐府论》，李鹏点校，中华书局，2013，第144页。

② 王辉斌：《李东阳拟古乐府综论——以其创作实况、理论认识及后人批评为重点》，《南都学坛》2017年第1期。

③ （明）李东阳撰《李东阳集·诗稿》卷一，周寅宾、钱振民校点，岳麓书社，2008，第3页。

④ 陈国庆编《汉书艺文志注释汇编》，中华书局，1983，第40页。

端礼门，金石刻，丞相手书奸党籍。长安役者安石工，不识人贤愚，但识司马公。卑疏不敢预国事，幸免刻名为后累。匹夫愤泣天为悲，黄门夜半来毁碑。碑可毁，亦可建，盖棺事，久乃见。不见奸党碑，但见奸臣传。①

据《宋史》"奸臣传"记载，蔡京秉国专权，窃取朝政十多年，陷害忠良无数。最具讽刺性质的事件是刻碑，"时元祐群臣贬窜死徙略尽，京犹未惬意，命等其罪状，首以司马光，目曰奸党，刻石文德殿门。又自书为大碑，遍班郡国。"② 作者叙述此事件，重点突出了"安石工"这一普通百姓形象。《宋史·司马光传》曰：

徽宗立，复太子太保。蔡京擅政，复降正议大夫。京撰《奸党碑》，令郡国皆刻石。长安石工安民当镌字，辞曰："民愚人，固不知立碑之意。但如司马相公者，海内称其正直，今谓之奸邪，民不忍刻也。"府官怒，欲加罪，泣曰："被役不敢辞，乞免镌'安民'二字于石末，恐得罪于后世。"闻者愧之。③

石工安民对所谓"奸党"的评价与认识是对蔡京之流的最大嘲讽。作者甚至直接化用安石工说的话入诗，不避俚语。安石工的正直与丞相蔡京之奸邪形成了强烈的对比。末云"盖棺事，久乃见。不见奸党碑，但见奸臣传"，又是蔡京生前与身后的强烈对比，作者正是通过这些比较，突显奸臣误国的主题，以达到讽谏的目的。

诗教不仅是要风于上，还要化于下。如《避火行》：

夫人避火，避火不可。妇人不下堂，下堂羞杀我。夫人避火，避火不可。我身有傅还有姆，傅姆不来心独苦。君不见宋姬一卒春秋悲，文姜辱死南山诗。④

---

① 《李东阳集·诗稿》卷二，第 79 页。"刻名"，原作"刻石"，从四库本改。
② （元）脱脱等撰《宋史》卷四七二，中华书局，1977，第 13724 页。
③ 《宋史》卷三三六，第 10769~10770 页。
④ 《李东阳集·诗稿》卷一，第 6~7 页。

宋伯姬事迹载《列女传》中。何孟春解曰："按伯姬以成公九年归宋，成十五年，恭公卒，计嫠居二十四年。失火时，其年盖六十矣，而犹以礼自嫌如此，此《春秋》所以贤而悲之。文姜者，鲁桓公夫人，齐襄公之妹也。《毛诗·南山》刺齐襄公也，鸟兽之行，淫乎其妹。赋伯姬事，而比事属辞，善恶相形，盖《春秋》褒贬之义也。"① 作者通过一褒一贬，使人知人伦，守道德。

首先，李东阳拟古乐府依史册旧事以立义，并不是为了以史论的方式阐释历史，而是因为史学著作本来就有"惩恶而劝善"②的价值属性，以其史事入乐府诗，能使忠臣贞妇闻之而有所劝，奸顽邪恶闻之而有所愧。李东阳强化了拟古乐府的诗教功能，但随之而来也产生了一些新问题。如明代理学家徐泰曾论曰："长沙李东阳，大韶一奏，俗乐俱废……独拟古乐府，乃杨铁崖之史断，此体出而古乐府之意微矣。"③ 对于李东阳在明代诗坛的拨乱反正之功，徐泰作了充分的肯定，但也尖锐地指出其以史事入诗，导致拟古乐府如同杨维桢的史断之作一般，古意衰微。然而，对以史事入诗之弊，李东阳不仅有清醒的认识，他甚至预知到了后人可能的批判，故曰："晦翁深于古诗……感兴之作，盖以经史事理，播之吟咏，岂可以后世诗家者流例论哉？"④ 只要是有感而发，且能够"播之吟咏"，即使以"经史事理"入诗亦无不可，而不必拘于历代诗家流传下来的惯例。李东阳恪守诗教传统，又能在吟咏主题上打破常规的做法，在明清文人中已遇知音。黄周星在读其乐府诗后慨叹道："余尝读西涯乐府而酷爱之，不独怀古论世有功劝惩，而音节扢铮，激越顿挫，此案间第一绝妙下酒物也。"⑤ 其中"怀古论世有功劝惩"数字，可谓得李东阳拟古乐府之真谛。咏史怀古，是为了以史家的劝惩，匡扶诗家的美刺，通过吟咏历史的兴衰变迁，有助于当下的世道人心。

其次，李东阳以史事来拟古乐府，也并非在史事与时事两者之间更偏

---

① 《李东阳集 1 诗稿》卷一，第 7 页。
② 杨伯峻编著《春秋左传注》，中华书局，1981，第 870 页。
③ （明）徐泰：《诗谈》，吴文治主编《明诗话全编》第 2 册，江苏古籍出版社，1997，第 1393 页。案："废"，原文作"发"，误。
④ 《怀麓堂诗话校释》，第 100 页。
⑤ （清）黄周星撰《黄周星集·九烟先生集》卷一《陶密庵诗序》，谢孝明校点，岳麓书社，2013，第 22 页。

向于前者，而是因为史册中的"奇踪异事"更能感动人心，辅翼诗教。只要时事能够寓含政之得失，足以感动天地，则亦可付诸吟咏。如《白杨行》：

> 　　路经白杨河，河水浅且浑。居人蔽川下，出没无完裈。俯首若有得，昂然共腾欢。停舟问何为，蹙额向我言。始知沙中蚬，可代盘间餐。此物能几何，岁荒乃加繁。吾人未沟壑，生意谅斯存。仓皇为朝夕，岂不念丘园。边河种官柳，一株费百钱。茫茫江淮地，千里惟荒田。十岁九不雨，摧枯固其然。况复苦迎送，诛求到心肝。生当要路冲，鸡狗不得安。嗟我独何为，听之坐长叹。微心不盈寸，引此万虑端。民风古有赋，历历谁能宣。悲哉白杨行，观者幸勿删。①

此诗收录于《南行稿》，是李东阳随其父回茶陵途中之作。江淮自古盛产粮食，而此时却是"千里惟荒田"的萧条景象。白杨河边的居人以拾蚬为食，朝不保夕；而河边所种官柳，却是"一株费百钱"。通过人命与官柳的强烈对比，表达对百姓的同情与无奈。类似的还有《风雨叹》《马船行》等。诗中的情感表达深沉而内敛，体现出儒家温柔敦厚之风。其《怀麓堂诗话》曰：

> 　　长歌之哀，过于痛哭。歌发于乐者也，而反过于哭。是诗之作也，七情具焉，岂独乐之发哉！惟哀而甚于哭，则失其正矣。善用其情者无他，亦不失其正而已。②

"哀而甚于哭，则失其正"，可见李东阳提倡刚简适中，哀乐有节，故于《拟古乐府引》中云："其或刚而近虐，简而似傲，乐而易失之淫，哀而不觉其伤者，知言君子，幸有以正我云。"③可见无论是咏史以拟古，还是抒写现实，其情感表达的方式是一样的。

总之，李东阳的新题乐府或基于史册以借古讽今，或基于现实以歌民病，都是立足于温柔敦厚的诗教传统，抒写不失其正的古人诗意。

---

① 《李东阳集·杂记·南行稿》，第 1347～1348 页。
② 《怀麓堂诗话校释》，第 183 页。
③ 《李东阳集·诗稿》卷一，第 3 页。

（二）另立新题，推行古道

李东阳以史册故事入诗，往往"采其有关治体可新耳目者"①，其事大多不载古题乐府，不得不另立新题。另立新题与援引史事是互为表里的，两者皆有共同的指向，即推行古道，开悟人心，树立伦常纪纲。

根据点校整理本《李东阳集》来看，其101首拟古乐府，全部为三字题。其中，以乐府标志性字眼为题的共计35首，包括"怨"8首、"行"10首、"叹"9首、"曲"5首、"篇"1首、"引"1首、"词"1首。这些标题中绝大多数皆是自拟新题，如《易水行》《睢阳叹》等。在用新题咏史事的同时，李东阳不刻意求新，当所歌咏之事已见诸前代乐府诗，则沿用古题，如《明妃怨》等。

除这35首有乐府标志外，李东阳更多采用了白居易等人的命题方式，即"首句标其目"②。首句标其目共分两类，一是以开头三字命题的共计24首，如《渐台水》，开篇曰："渐台水，深几许。"③ 等等。二是题目虽不是开头三字，但仍在首句当中，属于起句点题型的，共计15首，如《屠兵来》，其首句曰："儿勿啼，屠兵来，赵宗一线何危哉。"④ 等等。两类共39首，故"首句标其目"亦是比较典型的拟题方式。余下的27首乐府诗亦能体现李东阳"或因人命题，或缘事立义"的拟题主张，前者如《冯婕妤》《王凝妻》之类；后者如《城下盟》《夹攻误》等。

此外，在其"诗后稿"卷一中收录的6首古乐府，分别是《朝母篇》《乳姑曲》《猫相乳行》《示用儿，效玉川子作》《慈母图》《孝子图》。其中《猫相乳行》写的是实事，以颂美监察御史陆君美及其兄文亨之间的恩义友爱之事。李东阳序曰："予非韩昌黎氏，无能为说，因为乐府作《相乳行》，捭其乡之人歌之以传于无穷。"⑤ 是其题本亦为三字。

李东阳拟古乐府主张另立新题以咏史事。他不仅对李白等乐府大家沿袭古题、古义颇有微词，而且对林鸿、袁凯等人的拟古乐府亦提出严厉批

---

① （清）宋泽元：《四家咏史乐府》序《明史乐府》，《丛书集成续编》第264册，新文丰出版公司，1989，第657页。
② 谢思炜校注《白居易诗集校注》卷三，中华书局，2006，第267页。
③ 《李东阳集·诗稿》卷一，第8页。
④ 《李东阳集·诗稿》卷一，第6页。
⑤ 《李东阳集·诗后稿》卷一，第802页。

评，认为"林子羽《鸣盛集》专学唐，袁凯《在野集》专学杜，盖皆极力摹拟，不但字面句法，并其题目亦效之。开卷骤视，宛若旧本；然细味之，求其流出肺腑卓尔有立者，指不能一再屈也"①。拟古若如林鸿、袁凯一样，在字句与题目等方面极力摹拟，则即使"宛若旧本"，也难以有发自肺腑之情与卓然挺立之格。可见，为了抒写自我的真情实感，也需要另立新题。

必须指出的是，李东阳虽主张"拟古"，但并不是要追踪摹拟古人，亦步亦趋，而是要在传承古乐府精神的基础上追寻古意，进而推行古道。其曰："近时作古乐府者，惟谢方石最得古意。"② 李东阳对"得古意"没有明确界定，其《拟古乐府引》对李白等诗人都颇有微词，唯独以"力去陈俗"褒扬以咏史拟古见称的杨维桢。章懋《铁崖古乐府序》云："其命辞皆即史传故实槃括而成……公于文词，且欲复古，而况为政，岂不欲行古道，而使今之天下复于唐虞三代也耶？"③ 所谓复古，就是以诗歌推行古道，使天下复归于唐虞三代之治，如此方能谓之"得古意"。此外，李东阳于《桃溪杂稿序》赞美谢铎："先生学愈高，诗亦益古。"④ 诗歌之古与学问密切相关，古代士大夫之学，不外乎治国安邦之道。宋泽元谓其咏史乐府"辩议之博大昌明，实有足以开悟人心，扶持世教者"⑤。由此可见，所谓诗歌"得古意"，即得古道，并以诗歌的形式播之乡国，教化人心。李东阳继承杨维桢的乐府创作，吟咏史册中的忠贞之士，不失为"得古意"的蹊径，既可以传承诗教，又能另立新题，避免陈陈相因。

二 文辞、体式惟意所止

李东阳的拟古乐府所拟者为古意，而非古乐府之文辞与体式，故要"陶写情性，感发志意"⑥，抒发作者自己的真情实感，就必须回答如何处理古意与作者己意之间的关系问题。处在格调诗论草创之期的李东阳，尽管没有像李梦阳那样提出"人不必同，同于心"⑦ 等同情理论，但他也试图跨

① 《怀麓堂诗话校释》，第 72 页。
② 《怀麓堂诗话校释》，第 283 页。
③ 载（元）杨维桢著《杨维桢诗集》附录，邹志方点校，浙江古籍出版社，2010，第 456 页。
④ 《李东阳集》第 2 册，第 486 页。
⑤ 宋泽元：《四家咏史乐府》序《西涯乐府》，《丛书集成续编》第 264 册，第 583 页。
⑥ 《怀麓堂诗话校释》，第 1 页。
⑦ （明）李梦阳撰，郝润华校笺《李梦阳集校笺》卷五九，中华书局，2020，第 1850 页。

越古人与今人、古意与作者己意之间的鸿沟："天下之理，出于自然者，固不约而同也。"① 只要是源出于自然，则天下之理不约而同。故"出于自然"而抒写自我真情实感的诗歌，就如同古人吟咏相同情感一般，今意亦如同古意，不约而同。当古今之人心意相通，诗人们便能够在拟古意的同时，抒发共通的一己之意、一己之情。这就化解了拟古与抒情之间的矛盾。

只要情感都是从心中自然流出，则古意与作者之意并无不同，因此，作者一方面可以通过复古求得古意，恪守诗教，另一方面则抒写己意，"得于心而发之乎声，则虽千变万化，如珠之走盘，自不越乎法度之外矣。"② 以此作为逻辑起点，拟古乐府就不必在文辞、体式上对古乐府亦步亦趋，而应当变化万千，随意所止，终不离古乐府之正道。

（一）以辞达意，质而不俚

拟古与抒写己意可以并行不悖，故李东阳有论："作诗不可以意徇辞，而须以辞达意。辞能达意，可歌可咏，则可以传。"③ 主张诗歌语言不必刻意摹拟古辞，而要"辞能达意"。

为实现这一主张，李东阳常常借用人物原话入诗，如《鲜卑儿》：

> 鲜卑胡，汉儿是汝奴。夫为汝耕，妇为汝织。纵使汝温饱，相歌呼，胡为虐彼无宁居。汉土著，鲜卑汝客作，一匹绢，一斛粟，为汝击贼使汝乐，胡为疾彼同剽掠。高丞相，三军主，能胡言，能汉语，胡为爪牙汉肝腑。奸雄桀骜不足数，犹能虎视中原土。君不见鲜卑小儿难共事，河南行台征不至。④

何孟春解题引《北齐书》曰：

> 东魏大丞相渤海王高欢，累世北边，习其俗，遂同鲜卑。欢每号令军士，其语鲜卑则曰："汉民是汝奴。夫为汝耕，妇为汝织，输汝粟帛，令汝温饱，汝何为陵之。"其语华人则曰："鲜卑是汝客作。得汝

---

① 《怀麓堂诗话校释》，第 64 页。
② 《怀麓堂诗话校释》，第 21 页。
③ 《怀麓堂诗话校释》，第 45 页。
④ 《李东阳集·诗稿》卷一，第 46 页。

一斛粟，一匹绢，为汝击贼，令汝安宁，汝何为疾之。"时鲜卑轻中华人，惟惮都督高昂。欢申令三军，常为鲜卑语，昂若在列，则为华言。河南行台侯景，素轻欢世子澄，谓仆射司马子如曰："王在，吾不敢有异；王亡，吾不能与鲜卑小儿共事矣。"武定四年，欢有疾，征澄至晋阳。澄诈为欢书召景，景不至。①

　　从这条解题材料来看，丞相高欢对鲜卑胡人与中原汉人所说的话直接化作了诗歌的前半部分。这种再现法可以起到两方面的表达效果：一是增强内容的真实性，突显真人真事；二是增强语言的个性化，突显人物的性格特征。叙述完历史事件后，作者再发表议论，表明立场，总结"鲜卑小儿难共事"的经验教训。如此，则可谓"辞能达意"。

　　又如《归母怨》：

　　　　母告儿，饥不得汝食，寒不得汝衣，汝身荣盛吾何为。儿告母，寒不见母寒，暑不见母暑，死若有知应得睹。齐使还，周兵起，天遣来，来送死，洛阳不死长安死。殿前一杀数十人，母身在否无儿存，丁宁莫遣齐师闻。②

　　其中，"母告儿"句与"儿告母"句，皆取自史实，乃后周晋国公宇文护都督与其母的信中语。何孟春解题曰：

　　　　仍令人为阎作书与护，末云："汝贵极王公，富过山海。有一老母，八十之年，飘然千里，死亡旦夕，寒不得汝衣，饥不得汝食。汝虽穷荣极盛，光耀世间，于吾何益？"护报书云："遭遇灾祸，违离膝下。热不见母热，寒不见母寒，衣不知有无，食不知饥饱，分怀冤酷，终此一生，死若有如（笔者按：应为"知"），冀奉见于泉下耳！不期今日得通家问"云云。③

　　从材料中可以看出《归母怨》诗歌语言的来源，其理与《鲜卑儿》实

---

①　《李东阳集·诗稿》卷一，第45~46页。
②　《李东阳集·诗稿》卷一，第50页。
③　《李东阳集·诗稿》卷一，第49页。

同。类似的尚有《四知叹》《鹦鹉曲》《伯仁怨》等多篇，皆如此。

李东阳特别强调乐府语言要"质而不俚"。《怀麓堂诗话》曰："质而不俚，是诗家难事。乐府歌辞所载《木兰词》，前首最近古。唐诗，张文昌善用俚语，刘梦得《竹枝》亦入妙。至白乐天令老妪解之，遂失之浅俗。"① 李东阳认为张籍"善用俚语"，而白居易则"失之浅俗"，其言下之意，俚言俗语本不易用，但要求其"质"，而非徒有其表。观以上所列举之诗，亦多用口语入诗，亦其所谓"善用俚语"者也。

（二）长短丰约，惟意所止

乐府体式自由，李东阳称之为"长短丰约，惟其所止"②。故其乐府诗有齐言，有杂言，有长篇，有短篇。短者如《挂剑曲》仅三十字，长者如《花将军》三百余字。齐言有全篇三字者，如《鸿门高》《和士开》等；五字者，如《申生怨》《卜相篇》等；七字者，如《绵山怨》《易水行》等。杂言则以三七或三三七的句式为多，如《屠兵来》《筑城怨》等。

但也有一些乐府，其句式结构比较特别，如《乹狗叹》：

> 石头城中镇将死，父忠臣，儿孝子。袁家小儿匿不住，乳母怒，门生喜；杀郎君，要贼利，天地鬼神须鉴汝。斗场开，乹狗戏，狗噬狂生如噬矢。狗亦有知能报主，齐朝司空空姓褚。③

一般来说，乐府杂言以三五、三七或三三七句式较为常见，因为这种句式节奏感强，便于歌咏。而此诗中，还出现了七三三句式，并与三三七句式一起，形成回环往复的节奏感。当然语言的运用是为了表意服务的，这种急促紧张的节奏，更为有力地彰显出千钧之际，忠臣孝子以及乳母之大义，甚至"狗亦有知能报主"的主题，讽刺极其辛辣。

为了达意，还有部分诗作突破了上述常见的句式，如前面提到的《鲜卑儿》引史传人物的原话入诗，有三言句，有四言句，也有五言与七言句。又如《高凉洗》：

---

① 《怀麓堂诗话校释》，第85页。
② 《李东阳集·诗稿》卷一，第1页。
③ 《李东阳集·诗稿》卷一，第45页。

　　　　刺史召，君勿行，妾不知兵，能知刺史情。刺史反，君勿战，妾
先请战，归与君相见。吁嗟乎！高凉娶妇得妇力，不见刺史但见贼。
太原亦有娘子军，谁道军中无妇人？①

"吁嗟乎"以前的部分，有三言、四言与五言句式。之所以要突破常见
的句式，是因为前半部分采用妇人叮嘱其夫君之言。若改动妇人言语的自
然句式，其声气也会随之变化。故潘时用评曰："作妇人语，便是。"② 以妇
人之语，妇人之见，而能知刺史之为贼，表达高度赞许之意。

　　历史人物各有性情与神态，在摹拟其声口，并以其语入诗时，应当要
突破常规的句式。如《牧羝曲》：

　　　　嗟汝陵，咄汝律，羝可乳，节不可屈。咄汝律，嗟汝陵，宁为我
死，不作汝曹生。生入朝，身已老，有泪犹沾茂陵草。天遣生还入画
图，不然谁识冰霜貌。③

　　自"嗟汝陵"至"不作汝曹生"是代苏武立言，痛骂李陵与卫律。潘
时用评曰："句奇律兀，甚称题目。"④ 之所以用三言、四言、五言错杂的句
式，是为了表达苏武牧羊这一题材中的英雄气概。

　　李东阳采用丰富多样的错杂句式是为了更好地达意，但若是采用古题
的体式足以表情达意，亦会沿用古体。如《和士开》即沿用《五杂组》的
体式，潘时用评云："用古体入新事，别是一格。"⑤ 其诗曰：

　　　　五杂组，二美女，往复来，和士开，不得已，出刺史。
　　　　五杂组，一帘珠，往复来，侍中庐，不得已，降诏书。
　　　　五杂组，娄领军，往复来，掠余珍，不得已，出国门。⑥

①　《李东阳集·诗稿》卷一，第47页。（原文"妾不知兵能知刺史情"与"妾先请战归与君
　　相见"两句未点断，似不协韵，当断。）
②　（明）李东阳：《怀麓堂集》卷一，《景印文渊阁四库全书》第1250册，台北商务印书馆，
　　1986，第11页。
③　《李东阳集·诗稿》卷一，第24页。
④　《怀麓堂集》卷一，第7页。
⑤　《怀麓堂集》卷一，第12页。
⑥　《李东阳集·诗稿》卷一，第50页。

　　该诗可分三章，各章皆与古题《五杂组》体式高度相似，都以"五杂组"为起句，中间只是将古辞"往复还"换成了"往复来"，末尾都以"不得已"作结。这种体式与讽刺和士开因媚主而起伏的人生之态形象地融为一体。

　　概而言之，李东阳拟古乐府的言辞与体式皆以达意作为标准，作者之意变化万千，而不离法度之外，故其言辞与体式亦变化万千，而不违背"可歌可咏"这一基本的标准与原则。言辞与体式在法度允许的范围之内随作者之意而变化，是李东阳拟古乐府另创新制的重要表现。要想对其有更加深入的认知，需要从音律的角度对其做进一步的分析。

三　暗合古调的自然之声

　　李东阳是明代格调说的先驱，高度注重诗歌的音乐性。他在《怀麓堂诗话》中开宗明义地对诗进行了定性："《诗》在六经中，别是一教，盖六艺中之乐也……后世诗与乐判而为二，虽有格律，而无音韵，是不过为排偶之文而已。"① 《诗经》作为诗歌的源头，与乐共生，合二为一。而后世之诗与乐一分为二，已不是诗之正体。李东阳拟古乐府的最终目的就是要恢复古诗的音乐性，突出其不同于文的独有的文体特征，达到以乐动人、诗教与乐教合一的效果。其《沧州诗集序》亦云："盖其所谓有异于文者，以其有声律风韵，能使人反复讽咏，以畅达情思，感发志气，取类于鸟兽草木之微，而有益于名教政事之大。"② 对于李东阳恢复诗歌音乐性的主张与成就，古今学者都给予了高度评价。四库馆臣不吝惜褒扬之词，"李、何未出以前，东阳实以台阁耆宿主持文柄。其论诗主于法度音调，而极论剽窃摹拟之非，当时奉以为宗。"③ 李庆立校《怀麓堂诗话》时，对李东阳的诗学体系也进行了全面而深入的总结，并认为诗歌音律是其论诗的主线："李东阳视音律为诗原始的最基本的元素和最主要的特征，以音律辨体，倡言诗与乐合一，是始终贯穿于其诗学理论的一条主线。"④

---

① 《怀麓堂诗话校释》，第1页。
② 《李东阳集·文稿》卷五，第443页。案"声律风韵"，原文作"声律讽咏"，当从四库本。
③ 《怀麓堂诗话校释》附录《四库全书总目提要》，第347页。
④ 《怀麓堂诗话校释》前言《李东阳诗学体系论》，第12页。

（一）中和之乐，合乎古调

在古调消亡的背景下，欲以古调恢复拟古乐府的音乐性，似乎是不可能完成的任务。因此，清代的学者对明代文人的这种努力多持否定态度，冯班有言："诗之不合于古人，余能正之也；乐之亡，如之何哉？"① 当代学者大多也认为明代文人的这种努力难以落到实处，如王立增认为："明代从立国之初就大力提倡古乐，在此种背景下，文人试图通过拟写乐府诗恢复汉魏古乐，以形式上的相似形成对古乐的想象。"②

拟古乐府既不能摒弃古乐，采用俗乐；也不能为了恢复古乐，而极尽摹拟之能事，在文辞、体式上对古乐府亦步亦趋。在进退两难的情况下，李东阳拟古乐府走的实际上是中间路线，即拟古而不泥于古，取古乐之意而求古乐府之格调。其曰："古雅乐不传，俗乐又不足听。今所闻者，惟一派中和乐耳。因忆诗家声韵，纵不能仿佛赓歌之美，亦安得庶几一代之乐也哉！"③ 对于古雅乐不传，俗乐又不堪用的窘境，李东阳显然有清醒的认识。因此，创作出与古乐相通的"中和"之乐，即新调之中有古意，新调与古乐达到异曲同工的效果，当是明代文人唯一可以走通的路径。

从精神层面出发恢复古乐的路径，并不是李东阳天才式的独创，而是时代的需求。朱元璋立国之后，力求恢复汉唐礼乐之制，倡导古乐，他于洪武十七年谕礼部曰：

> 古乐之诗章，和而正。后世之歌词，淫以夸。古之律吕，协天地自然之气。后世之律吕，出入为智巧之私。天时与地气不审，人声与乐声不比。故虽以古之诗章，用古之器数，亦乖戾而不合，陵犯而不伦矣。手击之而不得于心，口歌之而非出于志。人与乐判然为二，欲以动天地、格鬼神，岂不难哉？然其流已久，救之甚难。卿等宜究心于此，俾乐成而颂之，诸生得以肄习，庶几可以复古人之制。④

古乐的核心在"和而正"的基本精神，以及"动天地、格鬼神"的社

---

① 《钝吟杂录》，第 145 页。
② 王立增：《古乐想象与文学呈现：明代乐府诗的复古与新变》，《中州学刊》2022 年第 10 期。
③ 《怀麓堂诗话校释》，第 293 页。
④ 龙文彬撰《明会要》上册，中华书局，1956，第 359 页。

会功能。如果抛开古乐的基本精神，无视其社会功能，即使是用"古之器数"表演"古之诗章"，亦会"乖戾而不合，陵犯而不伦"。反之，若能上接古乐诗章"和而正"的基本精神，"得于心"而歌之，或"可协天地自然之气"，那么，今之乐章亦"庶几可以复古人之制"，则何尝不是古之乐章。

以"中和"作为衡量乐章的核心标准，则乐章所吟咏的内容应当要符合传统儒家伦理与中正之道。历代史册大抵是官方编撰的文献，其取材与立意大致是合乎此法度的，故以史册中的"奇踪异事"入诗，只要方法得当，乐章自然有中和之美，合乎古调。以《刘平妻》为例：

> 谁谓虎力猛，赤手亦可屠。谁谓妾无身，妾身虽在不如夫。妾身与夫争虎口，生同道路死川薮。呼儿拔刀儿不怖，厉声摧山虎为沮。携夫夜归车下宿，蓐食趋程烹虎肉。夫身有子死不孤，生当为君西击胡。①

该诗取材《元史》，歌颂的是为救夫而涉险杀虎的刘平之妻胡氏。因挟胡氏的义烈入诗，"此章猛气雄心，激为孤愤之语。必如此然后与事相副，古今当独唱也。"② 谢铎认为其与《四烈妇》诗一样，"音韵铿锵，气韵高古，以为奇作。"③ 由此可见，至少李东阳及其同道之人相信，只要所歌咏之事合乎中正之道，则其所作之乐府诗便可能得古乐的中和之美。

在李东阳的拟古乐府中，咏史册之旧事，而能得古乐之遗意者非止《刘平妻》一首，而是普遍现象。王瓒在《西涯乐府·序》中云：

> 今公是编，不袭故常，不询俗尚，撷往事以立题，据本义而生说，沉郁顿挫，清畅和平。多或数十言，少或二三语，微而显之，偏而正之，皆可以开悟人心，翼树伦纪。似淡实腴，似迩实远，言有尽而意无穷。或美或刺，有以嗣《风》《雅》之遗音。④

李东阳以旧事入诗而又另立新题，拟古而不袭故常的乐府诗，从音乐

---

① 《李东阳集·诗稿》卷一，第 91 页。
② 《李东阳集·诗稿》卷一，第 92 页。
③ 《怀麓堂集》卷二，第 19 页。
④ 《四家咏史乐府》序《西涯乐府》，《丛书集成续编》第 264 册，第 584 页。

而自有所得。得于心而发之乎声，则虽千变万化，如珠之走盘，自不越乎法度之外矣。如李太白《远别离》、杜子美《桃竹杖》，皆极其操纵，曷尝按古人声调？而和顺委曲乃如此。①

李东阳所言"长短句"实为歌行乐府。其集"诗稿"卷三收录的"长短句"有《捕鱼图歌》《沧浪吟》等。乐府体无定式，长短不齐，"最难调叠"，但"随其长短，皆可以播之律吕"，原因就在于："凡音者，生于人心者也。乐者，通伦理者也。"② 从人心中自然流露的"和而正"之情感，发之于声，就成"自然之声"。声调无古今之别，李、杜之作，变化万千，自有乐律，但又在法度范围之内，具有古乐府之格调。又云：

> 古诗歌之声调节奏，不传久矣。比尝听人歌《关雎》《鹿鸣》诸诗，不过以四字平引为长声，无甚高下缓急之节。意古之人，不徒尔也。今之诗，惟吴、越有歌。吴歌清而婉，越歌长而激，然士大夫亦不皆能。予所闻者，吴则张亨父，越则王古直仁辅，可称名家。亨父不为人歌，每自歌所为诗，真有手舞足蹈意。仁辅性亦僻，不时得其歌。予值有得意诗，或令歌之，因以验予所作。虽不必能自为歌，往往合律，不待强致，而亦有不容强者也。③

这表明，李东阳虽不能自歌其诗，但其诗往往合于律吕，也不仅仅是"以四字平引为长声"而已。清人潘德舆亦曾称赞李东阳乐府诗之音节，曰：

> 李西涯《花将军诗》，纵横激壮，音节入神，真得歌行之奥，尤妙后幅……论史诸乐府，予只取《安石工》后数句……西涯七古大气流行，亦欠简劲，然音节无不可爱。此翁于音节最留神，且其振起衰靡，吐纳众流，实声诗一大宗。④

---

① 《怀麓堂诗话校释》，第 20~21 页。
② （汉）郑玄注，（唐）孔颖达正义，吕友仁整理《礼记正义》卷三七，上海古籍出版社，2008，第 1458 页。
③ 《怀麓堂诗话校释》，第 108 页。
④ （清）潘德舆著，朱德慈辑校《养一斋诗话》卷六，中华书局，2010，第 89~90 页。

尽管潘德舆对其以乐府咏史多有批评，但对其诗"音节入神""无不可爱""实声诗一大宗"等评价却极高，并认为其拟古乐府可称得上是"自为一格"①。李东阳感之于史，情感的抒发则随着语言音节的长短高低、轻重缓急，形成富于节奏感的韵律，流淌在字里行间，"自然之声"由是而生。后人读其诗，一旦能够同情相感，"自然之声"则由是而传。

因此，李东阳提出以"心领神会"②作为基础，创作出既合乎律之规矩，又能取调之巧的诗章与乐曲这一乐府拟古路径，为明代复古派以情感作为格调论诗奠定了基础。更难能可贵的是，李东阳不仅承认文人得之于心的自然之声，亦为真情实感自然流露的民歌留下了一席之地："彼小夫贱隶、妇人女子，真情实意，暗合而偶中，固不待于教。"③肯定"暗合而偶中"的民歌亦不失为自然之声，为后之作者肯定民歌，取法民歌开辟了道路。

其后李梦阳继承李东阳"自然之声"的理论，主张"真诗"说："夫诗者，天地自然之音也。今途咢而巷讴，劳呻而康吟，一唱而群和者，其真也，斯之谓风也。"④直接将民歌认定为真诗，相比李东阳可谓更进了一步。他虽然获得了"明代首先对民歌时调欣然表示赞许的文坛领袖"⑤的评价，但其源实出李东阳。杨慎亦受李东阳"自然之声"的影响，虽对前七子复古多有指摘，但对李梦阳"真诗在民间"的观念也非常赞同，尝云："空同以复古鸣弘、德间，观其乐府，幽秀古艳，有铙歌、童谣之风。"⑥杨慎重视民歌、谣谚，广泛收集从上古到明代各时期的民歌、童谣、谚语等，编成《风雅逸编》十卷，《古今风谣》一卷，《古今谚》一卷。此外，不仅整理收集民歌、谣谚，而且在创作中或直接、或间接地将民歌、谣谚作为素材加以运用。如其《送余学官归罗江》，沈德潜评之曰："全用《绵州歌》，后只缀四语送行，另是一格。"⑦由此可见，李东阳拟古乐府"自为一格"的自然之声，实际上已是"或创新制"⑧了。

---

① 《养一斋诗话》卷六，第 89 页。
② 《怀麓堂诗话校释》，第 134 页。
③ 《怀麓堂诗话校释》，第 132 页。
④ 《李梦阳集校笺·遗文》，第 2051 页。
⑤ 陈文新：《明代诗学》，湖南人民出版社，2000，第 71 页。
⑥ （清）朱彝尊：《明诗综》卷二九，中华书局，2007，第 1479 页。
⑦ （清）沈德潜、周准编《明诗别裁集》卷六，上海古籍出版社，1979，第 144 页。
⑧ （清）陈田：《明诗纪事》，上海古籍出版社，1993，第 931 页。

要之，李东阳的拟古乐府作为自然之声，既非古乐，又非今乐，而是传承了古乐之遗意的新调。其拟古乐府所试图恢复的古乐与"途咢而巷讴"的民歌、谣谚等，或为古，或为今，或为雅，或为俗，然皆可统一于"自然之声"。李东阳在追寻古乐"和而正"的基本精神的同时，发现了民歌中亦有"暗合而偶中"者。以此作为拟古乐府的出发点，得之于心，矢口而咏，则可和合古今、雅俗共赏。李梦阳作为前七子执牛耳者，师承李东阳，以复古鸣于世，其乐府诗气象盛大，良有以也。

四 余论

李东阳的拟古乐府自创新制，一方面以传承古乐府的基本精神与诗教功能为圭臬，得古乐府之遗意，另一方面在题材、题目、文辞、体式与音乐性等方面，都呈现出崭新的面貌，可谓是拟古意而得于心，自成一格。对于其试图以拟古乐府赓续诗教传统，古今学者几乎一致认为他有振一代诗风之功，如陈田谓"茶陵崛起……挟风雅之权以命令当世，三杨台阁之末派，为之一振"①。然而对于其乐府"或创新制"，则褒贬不一。如钱木庵《古题乐府论》曰："李茶陵以咏史诗为乐府，文极奇而体则谬。"② 早年对其拟古乐府有批评的王世贞，于晚年则幡然改途："吾向者妄谓……李宾之拟古乐府，病其太涉论议，过尔抑剪，以为十不得一。自今观之，亦何可少乎？其奇旨创造，名语叠出，纵不可被之管弦，自是天地间一种文字。"③ 王士禛亦云："夫西涯乐府虽变体，自是天地间一种文字，弇州晚年尚尔服膺，遽斥之为野狐外道，可乎？"④ 这表明王世贞、王士禛等人对李东阳采史事入乐府，自成一格，别创新制的理解与认可。当然，其拟古乐府不仅仅是"天地间一种文字"，更是传承了古乐与古意的一代乐章。

李东阳以拟古乐府开启了明中期的复古思潮及对真诗的探讨，对此应当给予充分的肯定。然而，因其自身与时代的原因，其拟古乐府亦存在两个显而易见的问题。一是李东阳"历官馆阁，四十年不出国门"⑤，对饥者、

① 《明诗纪事》，第931页。
② （清）钱木庵：《唐音审体》，载丁福保辑《清诗话》第2册，上海古籍出版社，2015，第808页。
③ （清）王世贞：《读书后》卷四，《景印文渊阁四库全书》第1285册，第54页。
④ （清）王士禛撰，湛之点校《香祖笔记》卷二，上海古籍出版社，1982，第30~31页。
⑤ （清）钱谦益：《列朝诗集小传》，上海古籍出版社，1983，第245页。

劳者等底层劳动人民的生活与情感，缺乏全面而深刻的了解，因此，吟咏史册中的"奇踪异事"，实乃退而求其次，不得已而为之。二是李东阳处在格调诗论草创之初，对于古意与作者己意、古调与新调之间的矛盾统一的关系，尚未做深入的分析。尽管他也意识到了古意与作者己意是相通的，但不像以李梦阳为代表的前七子，基于正变理论，以情有正变来弥合情与格之间的矛盾。构建情感与格调更为圆融的诗歌理论体系，还有待前后七子。

[作者单位：湖南理工学院中文学院]

中国早期佛教乐舞、歌诗及散乐研究述评

孙菱義

内容提要 20世纪以来，随着敦煌文献的发现，学界开始对梵呗、佛曲等佛教乐舞艺术以及俗讲、变文等佛教文学投予极大的热情，由此引发了对中国早期佛教乐舞、歌诗及散乐的关注，在探讨其艺术构成、表演形式、表演群体和音乐功能等方面都取得了令人瞩目的成就。总体而言，目前学界对佛教乐舞和杂伎艺术的研究侧重于结合图像资料与传统文献来认识其表演形态，考察其源流经始，但对于一些重要的、有名目记载的佛教乐舞杂伎个案的研究仍嫌不足；佛教歌诗的研究则主要从歌辞体制和语言学的角度来考察其曲辞特征，在辞乐关系、音乐形态以及歌辞的政治文化内涵等方面则有待于细致、深入的发掘。有鉴于此，未来该领域的研究就需要进一步扩大所用文献材料的范围，从跨学科的视角对佛教表演艺术进行综合考察，并在具体的政治文化背景下去观照佛教伎乐这一重要的宗教媒介和宗教实践，努力在这一研究领域形成系统的研究理论和通史性著述。

关键词 佛教乐舞 佛教歌诗 散乐百戏 文献范围 跨学科

作为佛教文化的重要组成部分，佛教乐舞、歌诗和散乐艺术从两汉之际就伴随佛教的输入传至中土，并在南北朝渐臻鼎盛，是时北朝寺庙"梵唱屠音，连檐接响"[①]，南朝宫廷法会则"梵偈宵唱，云花昼翻"[②]，一派繁荣景象。泊乎隋、唐，朝廷出于政治外交需要，遂将诸多域外佛教乐舞纳

---

① （北齐）魏收：《魏书》卷一一四《释老志》，中华书局，1974，第3045页。

② （梁）徐陵撰，许逸民校笺《徐陵集校笺》卷三《报德寺刹下铭》，中华书局，2008，第191页。

入官方制定的九部、十部之乐。汉唐之际充满分裂动荡的历史，促成了中外艺术文化的交融，佛教歌舞、杂伎以及域外乐理、乐器的陆续输入，给中国文学艺术带来了深刻的影响，故有学者称此时期为中国音乐史上的"变乐时期"①。

在这一历史时期，梵呗、转读、佛曲等几种重要的佛教音乐形式开始兴起和成熟，中国传统音乐和文学也在与佛教的激荡下产生了新变，这些历史过程，已隐然构成了一部生动的佛教音乐文学史，值得大书特书。遗憾的是，由于乐舞杂伎艺术多为活态传承，难以保存，其艺术构成和表演形式早已在历史长河中响落烟沉，如今只留下历史文献中的片段记录，这就给中国早期佛教音乐文学的研究带来了相当大的困难。尽管如此，学者们还是力求通过对历史文献的钩稽、考古图像的解读来探寻其艺术形态，勾画出佛教音乐文学历史发展中的某些重要环节，取得了令人振奋的成绩。这些努力和成就固然令人感佩和欣喜，但离构建一部系统、完备的佛教音乐文学史的目标还有相当的距离。因此，就有必要通过早期佛教音乐文学研究的回顾来总结其得失，展望其未来，以促进研究的进一步开展。

一 中国早期佛教乐舞研究

佛教乐舞是通过音声及形体动作来表现佛教内容的一种宗教艺术，在佛教发展和传播过程中曾发挥重要作用。在早期佛教乐舞实体资料荡然无存的情况下，要探究其历史面貌，就不得不借助相关历史文献和现存图像资料进行考察。学界对早期佛教乐舞的研究，也基本上是循此路径展开，学者们不畏艰难、泥田跋涉，在整体研究和专题研究方面都作出了值得肯定的成绩，兹述之如下。

（一）整体研究

1. 佛教音乐观念和音乐美学研究

关于中国早期②佛教乐舞的整体研究，一个重要渠道是根据这一时期的

---

① 朱谦之：《中国音乐文学史》，上海人民出版社，2006，第4页。
② 鉴于佛教乐舞、歌诗、杂伎艺术与佛教输入的同步性，本文所谓"早期"，指的就是从两汉至隋这段佛教音乐文学的孕育、发展期，而唐以后吸收了大量俗乐的佛教音乐和文学则不在其列。

禅宗音乐美学释义》① 认为，借由音声之道，梵呗通过"空灵"的美学特征将佛教"空"的义理转向了审美的存在。另有许云和《梵呗、转读、伎乐供养与南朝诗歌关系试论》②、刘湘兰《南朝梵呗与清商乐》③ 等文，也就梵呗的演唱方式和美学特征展开了讨论。对梵呗美学特征的探讨具有音乐史和文学史的双重意义，目前的研究固然取得了一定的进展，但仍存在着一些局限和不足，这主要体现在对梵呗"哀婉"音声所承载的佛教精神缺乏深入、透彻的理解，从而将之与中国传统音乐中的哀声妄加比附，致使部分研究走向了歧途。

2. 佛曲研究

作为礼佛、娱佛的一种重要音乐形式，佛曲在南北朝大量输入中土，并在隋、唐时成为宫廷音乐的重要组成部分。学界对佛曲的认识经历了一个由模糊到清晰的过程，早先郑振铎《佛曲叙录》④ 和罗振玉《佛曲三种》⑤ 均将佛教俗讲中具有音乐性的押座文、变文等视同纯乐舞性质的佛曲。1929 年，向达在《论唐代佛曲》一文中纠正了前贤对"佛曲"概念的认识，主张应将佛曲与敦煌经卷中的俗讲变文区别开来，视为一种独立的佛教音乐形式，并提出："佛曲者源出龟兹部，尤其是龟兹乐人苏祇婆所传来的琵琶七调为佛曲的近祖。……佛曲的远祖实是印度北宗音乐。"⑥ 但向达仅将佛曲限定为西域之乐，未虑及南北朝以来由中土僧徒、文士、帝王创制的众多华化佛曲，而唐以后的佛曲更是吸收了许多民间曲调，致使"郑卫弥流""淫音婉变，娇弄颇繁"⑦，几于变俗。

20 世纪敦煌藏经洞的发现，使学界加深了对佛曲的认识，并关注到其真正的表演群体——"寺属音声人"。姜伯勤《敦煌音声人略论》⑧，根据敦煌文书中的呈僧司牒和破历账簿等资料，厘清了敦煌寺属音声人的身份

---

① 蔡洞峰：《梵呗"空"之美学意境——佛教中国化视域下的禅宗音乐美学释义》，《宗教学研究》2021 年第 3 期。

② 许云和：《梵呗、转读、伎乐供养与南朝诗歌关系试论》，《文学遗产》1996 年第 3 期。

③ 刘湘兰：《南朝梵呗与清商乐》，《中山大学学报（社会科学版）》2013 年第 6 期。

④ 郑振铎：《佛曲叙录》，《中国文学研究》1927 年第 17 卷。

⑤ 罗振玉：《敦煌零拾》，北京图书馆出版社，1924。

⑥ 向达：《唐代长安与西域文明》，商务印书馆，2015，第 286 页。

⑦ （唐）释道宣：《续高僧传》卷三十，《大正新修大藏经》第 50 册，台湾佛陀教育基金出版部，1990，第 705 页。

⑧ 姜伯勤：《敦煌音声人略论》，《敦煌研究》1988 年第 4 期。

和职责。文章指出，由于佛教戒律禁止僧尼从事伎乐表演，敦煌寺院设乐实际上是由音声人来承担。张弓在《汉唐佛寺文化史》①中也特设《敦煌佛寺与"乐人""音声"》一节，对佛教音声人从事伎乐表演的情况加以说明。此外，项阳《乐户与宗教音乐的关系》《关于音声供养和音声法事》《佛教戒律下的音声理念——云冈石窟伎乐雕塑引发的思考》《中土音声人理念的存在与消解》②，孙云《"为用"与"制度"的博弈——佛教音声的历史流变研究》《佛教音声为用论》③，以及卮小红《唐五代音声人试探》④等一系列研究，也在不同程度上探讨了佛教音声人演化的历史。基于对音声人身份的认识，王小盾遂将佛曲定义为从西域传入的乐工之曲，是世俗音乐，以期与呗赞、转读等由僧人表演的音乐艺术区别开来⑤。然而从学界目前的讨论来看，佛曲的概念和适用范围仍存在很大的争议，这主要是由于早期佛曲资料记述的匮乏，导致学界对佛曲艺术特征的研究仍处在模糊阶段，后续还需对佛曲具体曲目的艺术形态、思想内容进行深入探究，才能明晰其固有的特征和范围，形成统一的认识和看法。

对佛曲曲目的具体研究是一项极为艰辛的工作，尽管如此，学界已充分注意到其重要性，并有成果发布。有学者将张骞出使西域所得的《摩诃兜勒》一曲视为佛曲之始，认为"摩诃"即梵语 mahā，意为"大"，"兜勒"为与佛教相关的人名或伎乐名⑥。但也有学者从该曲的功能出发，指出《摩诃兜勒》既为"武乐"，当作军中鼓舞士气之用，并引班固《东都赋》中的"兜勒"为四夷乐之指，否认了该曲的佛曲性质⑦。田青《梁武帝与佛

① 张弓：《汉唐佛寺文化史》，中国社会科学出版社，1997。
② 项阳：《乐户与宗教音乐的关系》，《音乐艺术》2002 年第 2 期；项阳：《关于音声供养和音声法事》，《中国音乐》2006 年第 4 期；项阳：《佛教戒律下的音声理念——云冈石窟伎乐雕塑引发的思考》，《中国音乐》2013 年第 2 期；项阳：《中土音声人理念的存在与消解》，《黄钟》2017 年第 1 期。
③ 孙云：《"为用"与"制度"的博弈——佛教音声的历史流变研究》，《中国音乐学》2014 年第 2 期；孙云：《佛教音声为用论》，上海音乐出版社，2019。
④ 卮小红：《唐五代音声人试探》，《敦煌研究》2003 年第 3 期。
⑤ 王小盾：《中国早期艺术与宗教》，东方出版社，1998。
⑥ 参见桑原隲藏「張骞の遠征」，史学研究会编『史的研究（續）』，富山房，1916；钱伯泉《最早内传的西域佛曲〈摩诃兜勒〉研究》，《新疆艺术》1991 年第 1 期；王福利《〈摩诃兜勒〉曲名含义及相关问题》，《历史研究》2010 年第 3 期；罗慧《佛曲的传入及其与法曲之关系》，《乐府学》第 3 辑，学苑出版社，2008；田青《"丝绸之路"传来的佛教音乐——以〈摩诃兜勒〉曲为例》，《法音》2018 年第 10 期等。
⑦ 魏永康：《张骞持归西域乐曲〈摩诃兜勒〉考》，《音乐研究》2003 年第 5 期。

乐》《雅乐，还是佛乐？——中国文化史上的一桩"冤案"》① 等文关注到
了梁武帝所制《善哉》《大乐》《大欢》等十首佛曲，认为自六世纪初梁武
帝"正乐"开始，佛曲已经大量渗入到中国传统雅乐之中，惜其并未对这
些佛曲曲目做进一步探究。对于隋唐时代的佛曲，向达《论唐代佛曲》从
古代乐书中辑录了数十首隋唐佛曲名，并对天竺乐中的《天曲》及部分佛
曲的曲名含义、宫调及运用场合作了考述。叶栋《敦煌壁画中的五弦琵琶
及其唐乐》② 一文，对隋代龟兹乐部的解曲《婆伽儿》之曲名含义及历史渊
源进行了全面解读，认为"婆伽儿"为唐代"勃伽夷"城的音译，为当地
的一种碗舞，但作者未关注到勃伽夷城浓厚的佛教信仰，由此忽略了此曲
与佛教的密切联系。金文达《佛教音乐的传入及其对中国音乐的影响》③ 认
为，隋唐天竺乐部之《天曲》《沙石疆》和龟兹乐部之《小天》都与佛教
有关。然而遗憾的是，鉴于史料记述的缺乏，目前对佛曲曲目的个案研究
还相对薄弱，对其表演形态和乐义内涵的认识仍然不足。

3. 佛教乐舞图像研究

从美术史的角度看，石窟、壁画中保存了丰富的佛教乐舞图像，可作
为研究佛教乐舞艺术的重要资料，前辈学者利用图像资料与文献材料进行
比对，从中钩稽出佛教音乐的乐器组合、乐队编制、舞容舞姿等大量历史
信息，取得了重要的研究成绩。如高德祥利用敦煌经变画中的童子伎乐图
像与《隋书·音乐志》的记述进行对比，为进一步认识梁武帝《法乐童子
伎》的表演形态提供了新的视角④。牛龙菲《敦煌壁画乐史资料总录与研
究》⑤ 是一部系统而全面的佛教乐舞专著，书中详细考证了敦煌壁画中出现
的典型乐器、乐舞的源流和形态。潘国强《洛阳龙门石窟中乐器及乐队组
合》⑥ 指出，在北魏古阳洞和宾阳洞的乐器组合中，多见魏晋以来新传入的
贝、铜钹、琵琶、五弦、箜篌等乐器，这与隋唐九部、十部乐中的西凉乐
乐队组合极为相似。赵昆雨《云冈石窟乐舞雕刻研究》，通过对云冈石窟中
的乐舞图像进行分类，指出云冈乐舞雕刻与西凉乐之间存在密切关系。庄

① 田青：《梁武帝与佛乐》，《佛教文化》1993 年第 1 期；田青：《雅乐，还是佛乐？——中国文化史上的一桩"冤案"》，《佛教文化》1995 年第 1 期。
② 叶栋：《敦煌壁画中的五弦琵琶及其唐乐》，《音乐艺术》1984 年第 1 期。
③ 金文达：《佛教音乐的传入及其对中国音乐的影响》，《中央音乐学院学报》1992 年第 1 期。
④ 高德祥：《敦煌壁画中的童子伎》，《中国音乐》1991 年第 2 期。
⑤ 牛龙菲：《敦煌壁画乐史资料总录与研究》，敦煌文艺出版社，1991。
⑥ 潘国强：《洛阳龙门石窟中乐器及乐队组合》，《中国音乐》1995 年第 3 期。

壮《论早期敦煌壁画音乐艺术》①，根据敦煌北朝洞窟的音乐图像，分析了天宫乐伎、飞天乐伎、化生乐伎、药叉乐伎、菩萨乐伎、供养人乐伎等几个类型，以及佛教音乐演出的不同乐器、乐队组合。霍旭初《西域佛教石窟寺中的音乐造型》② 对新疆龟兹和高昌两个代表性地区的石窟寺造型进行研究，指出与佛教相关的音乐造型主要出现在佛传故事、因缘故事、供养佛陀和表现天宫佛国的场景，并对其中来自西域和印度的乐器进行了溯源。此外，还有安忠义《梵乐之螺贝——以南北朝至隋唐佛教石窟图像为例》、曹晓卿《古青州北朝佛教造像中的飞天伎乐用乐研究》、贾冬《河南郾城彼岸寺经幢乐器雕刻考释》③、王克芬《佛教与中国舞蹈》、孺子莘主编的《中国石窟寺乐舞艺术》④ 等，均结合美术史和音乐史去探析佛教乐舞的相关情况。近年来，《中国音乐文物大系》⑤ 等大型丛书的出版，更是为相关研究提供了极大的便利，反映出在佛教乐舞艺术研究中越来越注重图像资料的趋势。

如上所言，由于乐舞艺术本身具有的活态性质，石窟、壁画中留存的佛教乐舞图像就成为研究佛教乐舞表演形态的活化石。利用这些图像对佛教乐舞进行知识考古，必将获得大量的影像资料和历史信息，形成一部巨量的知识文献，解决传统文献无法解决的许多重要问题。从这方面来看，这显然是未来最为看好的一个研究领域。

总体而言，自20世纪以来，关于中国早期佛教乐舞的研究在整体研究与专题研究方面都取得了可喜的成绩，学界对早期中国佛教音乐的发展历史、音乐观念、美学特征和乐舞形态等领域，都进行了广泛而深入的探索，但也存在一些亟待解决的问题。首先，佛教乐舞史料急需扩充。目前关于佛教乐舞的史料，主要集中在教内典籍、古代乐书、历史典籍等文献资料和考古发掘的乐舞图像资料，用"纸上材料"与"地下材料"进行比勘的研究方法已经为越来越多的学者所采纳，呈现出一种新的研究气象。但是，

---

① 庄壮：《论早期敦煌壁画音乐艺术》，《中国音乐》2004年第1期。
② 霍旭初：《西域佛教石窟寺中的音乐造型》，《西域研究》2005年第3期。
③ 安忠义：《梵乐之螺贝——以南北朝至隋唐佛教石窟图像为例》，《中国音乐学》2015年第4期；曹晓卿：《古青州北朝佛教造像中的飞天伎乐用乐研究》，《中国音乐》2015年第1期；贾冬：《河南郾城彼岸寺经幢乐器雕刻考释》，《中原文物》2016年第5期。
④ 王克芬等《佛教与中国舞蹈》，天津人民出版社，1995；孺子莘主编《中国石窟寺乐舞艺术》，人民音乐出版社，2009。
⑤ 《中国音乐文物大系》总编辑部编《中国音乐文物大系》，大象出版社，2007。

从研究的要求和进展来看，学界对佛教考古图像前沿成果的关注仍显不足。
在文献资料的利用上，也需将目光拓展到诗文杂著、地方史志、金石资料、
域外文献、西域民族语言文字材料等其他领域。在这方面，陈志远《六朝
的转经与梵呗》① 一文就做出了有意义的尝试，该文以六朝志怪小说《荀氏
灵鬼志》所记周子长转读佛经故事，及《惠云墓志》记载的梁武帝遣四百
沙弥学习经呗新声之事，弥补了魏晋南北朝梵呗文献记载之阙。近年来，
王小盾对日本、韩国、越南的音乐文献进行调查、辑佚②，也为佛教音乐史
料的开拓做出了贡献。其次，对佛教乐舞的个案研究仍有待深入。历史典
籍中关于佛教乐舞名目的记载，是认识古代佛教乐舞艺术的珍贵线索，倘
能将这些伎目与佛教考古、佛教美术、音乐学、西域历史语言等其他学科
进行结合，加强跨学科的合作研究，早期佛教乐舞的乐义内涵与表演形态
是可以获得进一步认识的。最后，作为佛教乐舞艺术的源头，我们也不应
忽视印度艺术文化的探研。如近年来《舞论》③ 这一印度古代文艺理论著作
的翻译、出版，就提供了一个认识古代印度戏剧、舞蹈和诗学理论的窗口，
但目前尚未见学者将其中传统印度舞蹈的资料与佛教舞蹈进行对比研究。

二　中国早期佛教歌诗研究

所谓"佛教歌诗"，指的是用音乐形式来宣达佛教内容的歌辞，亦有学
者称之为"佛曲声诗"④。它同音乐相生相伴，从"入乐"的标准来看，包
括佛教呗赞歌辞、佛教曲辞，以及明确为奉佛文士或僧人参与创作的乐府
歌诗，而俗讲、变文等含有说话伎艺的文本由于与音乐曲调的配合关系不
甚严格，故本文不纳入佛教歌诗的考察范畴。任中敏对佛教曲辞"音乐性
较强、不止于吟讽，且不附有说话等杂伎"⑤ 的定义，亦适用于佛教歌诗。

---

① 陈志远：《六朝的转经与梵呗》，《佛学研究》2017 年第 2 期。
② 参见王小盾《域外汉文音乐文献述要（上）——越南、韩国篇》，《中国音乐学》2012 年
　　第 2 期；王小盾《域外汉文音乐文献述要（中）——日本篇》，《中国音乐学》2012 年第
　　3 期；王小盾《域外汉文音乐文献述要（下）——乐书目录篇》，《中国音乐学》2012 年
　　第 4 期；王小盾、宁倩、刘盟《从〈体源钞〉看中国典籍与日本乐书的关系》，《音乐文
　　化研究》2018 年第 1 期；张娇、王小盾《论日本音乐文献中的古乐书》，《文艺研究》
　　2019 年第 1 期等。
③ 〔古印度〕婆罗多撰，尹锡南译《舞论》，巴蜀书社，2021。
④ 杨贺：《唐"佛曲声诗"概念界说》，《浙江学刊》2014 年第 1 期。
⑤ 任中敏：《唐声诗》，上海古籍出版社，2006，第 449 页。

其文体或齐言、或杂言，音乐或用梵曲、或用燕乐、或承清商、或借俗曲，要之，皆是以宣传佛教思想为目的的入乐歌辞。目前学界对中国早期佛教歌诗的研究主要围绕这三个方面展开：

（一）内典中的呗赞歌辞研究

佛教呗赞歌辞研究的一个重要方面，就是探究歌辞文本的内容、思想，如王小盾、金溪《经呗新声与永明时期的诗歌变革》[1] 一文，通过历史典籍和汉译佛经的交互印证，对早期呗赞曲目的内容、体制进行了探析，使历史上诸如康僧会《泥洹呗》、支谦《赞菩萨联句梵呗》等仅存名目的中土早期呗赞的形态得到彰显，同时该文还就梵呗、转读与永明声律的关系进行了深入探究，得出了重要结论。孙尚勇《释僧祐〈经呗导师集〉考论》[2]，根据《出三藏记集·经呗导师集》所载录的 21 条歌呗名目及注文，挖掘出早期呗赞相应的佛经出处，使中土早期呗赞歌辞的形态在一定程度上得以复原。作者还指出，中土梵呗最早多由西域僧人直接删略经中偈颂而成，至南朝时中土僧人、文士始吸收世俗音乐依经制呗，为中国佛教音乐的发展带来了重大变化。霍旭初《鸠摩罗什〈赠沙门法和〉偈颂辩正》[3] 一文，旨在重审罗什《赠沙门法和》偈的含义，该文对"哀鸾孤桐上"一句的内涵重新进行辨析，指出"哀鸾声"其实是佛教"好音声"之一，蕴含着佛法精神，"孤桐"则是古代琴的代称，整句意指佛法之音在琴瑟上鸣响，是罗什因敬重法和而创作的颂扬佛法、赞佛功德之偈。2021 年，金溪在清华大学开设的《南齐佛诞日仪式音乐的制撰——以〈法乐辞〉为个案》讲座中，对王融《法乐辞》的诗体特征和结构特征进行了细致研究，认为"灵瑞""下生""在宫""四游""出国""得道""宝树"诸章，是以歌曲的形式来歌咏佛本生事迹，其内容主要是化裁《修行本起经》和《太子瑞应本起经》中的佛陀本生故事而来，由此将《法乐辞》视作华化梵呗的代表。这些研究，可以说是利用汉译佛经与内典经目探究中土梵呗形制的卓有成效的工作，在一定程度上恢复了史籍失载的梵呗文本来源和面貌，为认识中土早期梵呗的制作渠道、思想内容提供了重要的方法和路径。

对呗赞歌辞的另一个研究方向主要聚焦于歌辞的文本构成形态。有学

---

① 王小盾、金溪：《经呗新声与永明时期的诗歌变革》，《文学遗产》2007 年第 6 期。
② 孙尚勇：《释僧祐〈经呗导师集〉考论》，《中华文史论丛》2008 年第 3 期。
③ 霍旭初：《鸠摩罗什〈赠沙门法和〉偈颂辩正》，《西域研究》2016 年第 3 期。

者从语言学的角度，通过对梵、汉佛经偈颂体制的比较，探析偈颂在原始佛教和早期中国佛教中的形态，如朱庆之《梵汉〈法华经〉中的"偈""颂"和"偈颂"（一）（二）》①对传统观点提出修正，文中对"偈"与"颂"在梵文佛经中的差别进行细致辨析，认为"偈"（gāthā）是佛经中诗歌部分的泛称，"颂"（Śloka）则专指佛经中颂扬佛陀及国王的歌赞，二者的原始义指并不相同。辛岛静志通过梵、巴、汉语佛经的比勘，指出"呗"是梵语词根√bhāṣ（"讲、诵"）的音译，"呗匿"是梵语 bhāṇaka 的音写②。此外，对早期汉译佛偈体制的研究也一直是热点，如陈允吉检索了汉译佛典经、律、论三藏中的偈颂文句，指出汉译偈颂平易朴素的语言特征有刻意取法民谣的取向③。孙尚勇在《佛经偈颂的翻译体例及相关问题》《汉译佛经偈颂的程式》④ 等系列论文中，全面统计了中古佛偈的四、六、八、十二言等句式，指出四句偈是中古时期佛偈最为常见的一种形式，并总结出汉译佛偈的偈内程式与偈间句法程式。作者认为，汉译佛偈的程式来源于梵、胡文佛典，保留了口头表演的艺术形式。齐藤隆信《汉译佛典中偈的形态论——与汉语韵文的联动》⑤，从译偈的字数、体制和押韵的角度进行综合考察，认为汉译佛典中偈的形式受到中国传统韵文的深刻影响，译偈的形式并不是一种新模式的创造，而是将中土现有的韵文样式直接移植到佛偈的翻译中，这不失为一种有效的翻译方法。陈明《"从后说绝"：安世高译经中的偈颂（gātha）翻译》⑥关注到汉译佛典中最早的诗体翻译问题，作者通过考察安世高的译经，发现在现存安世高译经中并没有将梵语原典的偈颂译成诗体，而是译为长行（散文），最早将梵本偈颂译为汉语诗句的肇自支谶。作者另撰《汉译佛经中的偈颂与赞颂简要辨析》⑦，对汉

---

① 朱庆之：《梵汉〈法华经〉中的"偈""颂"和"偈颂"（一）》，《汉语史研究集刊》2000年第2期；《梵汉〈法华经〉中的"偈""颂"和"偈颂"（二）》，《汉语史研究集刊》2001年第2期。

② 〔日〕辛岛静志著，裘云青、吴蔚林译《佛典语言及传承》，中西书局，2016，第33页。

③ 陈允吉：《汉译佛典偈颂中的文学短章》，《社会科学战线》2002年第1期。

④ 孙尚勇：《佛经偈颂的翻译体例及相关问题》，《宗教学研究》2005年第1期。孙尚勇：《汉译佛经偈颂的程式》，《中国俗文化研究》2005年第三辑。

⑤ 齐藤隆信：「漢訳仏典における偈の形態論——中華の韻文との連動」，『印度学佛教学研究』2007年56卷1号。

⑥ 陈明：《"从后说绝"：安世高译经中的偈颂（gātha）翻译》，《第二届中国俗文化国际学术研讨会论文集》，2007年。

⑦ 陈明：《汉译佛经中的偈颂与赞颂简要辨析》，《南亚研究》2007年第2期。

译佛经偈颂中的重颂、讽颂、赞颂进行分析，特别指出佛经赞颂诗与其他诗体的差异。湛如《法句赞歌——印度早期佛教经律中的赞颂辨析》①，以《法句经》中的偈颂为例，对早期偈颂的体例分类和功用进行了较为细致地考察。莫德厚《佛教典籍中短偈的句式与修辞格》②，将汉译佛典中的偈颂按照句式类型进行分类，特别指出比喻、对比是汉语偈颂常见的特殊修辞格。王丽娜《偈与颂：以中古时期汉译佛典为中心》《佛教偈颂文体三种复合形式研究》③ 等论文，详细梳理了中古时期不同译经阶段的汉译偈颂在文体、文学方面的特点，特别强调长篇偈在东晋南朝的出现，标志着汉译偈颂修辞手法的丰富和成熟。另有孙尚勇《佛教经典诗学研究》、孙昌武《偈颂与〈法句经〉》④ 等研究，也对早期佛典中偈颂的翻译体例问题进行了概括性的考察。

　　汉译呗赞歌辞的形成经历了一个极其艰难的孕育过程，《高僧传》对此就有所透露："若用梵音以咏汉语，则声繁而偈迫；若用汉曲以咏梵文，则韵短而辞长。"⑤ 后世学者的研究，其实就是揭示前人如何在天竺呗赞歌辞的基础上构建中土呗赞歌辞形态，使其适合汉语演唱。这种揭示令我们看到古人在接受异质音乐文化时，是用怎样的智慧和技术进行卓有成效的改造的。

　　作为佛经中的颂词，偈颂与中国古代文学的关系也是学界关注的焦点。首先，佛经偈颂翻译对中国文学文体带来的革新和影响，从上个世纪初就已受到关注，胡适在《佛教的翻译文学》⑥ 中明确指出，佛经韵散相间的体制，深深影响了后世弹词说白与唱文夹杂并用的形式。陈允吉也注意到了汉译偈颂与中古诗歌的关系，其《东晋玄言诗与佛偈》《中古七言诗体的发展与佛偈的翻译》⑦ 等文，论证了佛教七言译偈、七言诗颂与中古七言诗三者之间一脉相承的关系。作者以王融《净住子颂》为例分析其体制结构特征，认为这类七言诗颂是佛偈译文与中古七言诗的媒介，指出七言偈作为

①　湛如：《法句赞歌——印度早期佛教经律中的赞颂辨析》，《法音》2008 年第 5 期。
②　莫德厚：《佛教典籍中短偈的句式与修辞格》，《法音》2008 年第 9 期。
③　王丽娜：《偈与颂：以中古时期汉译佛典为中心》，南开大学博士学位论文，2012；王丽娜：《佛教偈颂文体三种复合形式研究》，《宗教学研究》2015 年第 4 期。
④　孙尚勇：《佛教经典诗学研究》，高等教育出版社，2013；孙昌武：《偈颂与〈法句经〉》（上），《古典文学知识》2019 年第 5 期。
⑤　（梁）慧皎：《高僧传》卷十三，《大正新修大藏经》第 50 册，第 415 页。
⑥　胡适：《白话文学史》，岳麓书社，1986。
⑦　陈允吉：《东晋玄言诗与佛偈》，《复旦学报（社会科学版）》1998 年第 1 期；陈允吉：《中古七言诗体的发展与佛偈的翻译》，载《古典文学佛教溯源十论》，复旦大学出版社，2002。

汉译佛典中甚早出现的一种偈颂形式，是促成梁末七言古诗和乐府成熟的直接动因。李小荣、吴海勇《佛经偈颂与中古绝句的得名》①，以敏锐的眼光发现最早用"绝"来指称韵文的现象出现于早期汉译佛典，故此认为"绝句"一词出于内典，安世高等用"绝""绝句"来译 gāthā，有音义并举的用意在。同时，作者还强调中古绝句和佛教偈颂一样，与音乐都有着天然联系。孙尚勇《中古汉译佛经偈颂诗学价值述略》② 认为，中古汉译偈颂的体制以五、七言为主，四言、杂言等为次，这与此时期乐府诗和文人诗使用的体制情况是一致的，由此说明了二者之间的关联。具体到相应的作品，作者通过对比中古诗歌与中古汉译偈颂的程式化特征，推测汉郊祀歌《天马》的创作当借鉴了李延年对佛曲《摩诃兜勒》的改制，又云张衡通篇七言的《四愁诗》、陆机《百年歌》等中古诗歌创作，都可能受到了佛经偈颂程式的影响。

其次，还有学者试图就印度"声明"理论与中古诗歌声律问题进行讨论，如饶宗颐《印度波尔尼仙之围陀三声论略——四声外来说平议》③ 一文，探讨了天竺颂歌《四吠陀》中记载的抑、扬、混合三声吟唱之法，指出这种诵法早在公元前二世纪便已失传，与六朝僧徒转读法之关系无从明了，故认为陈寅恪以印度"三声"比附于中国之"四声"并无充分理据。他在《文心雕龙声律篇与鸠摩罗什通韵——论四声说与悉昙之关系兼谈王斌、刘善经、沈约有关诸问题》④ 中提出，南齐"四声说"当与悉昙学的传入有关，周颙所擅之"体语"即是梵语纽字，沈约所撰《四声谱》中的反音亦是从悉昙悟得。其《论悉昙异译作"肆昙"及其入华之年代》一文，根据《出三藏记集》卷三《新集安公失译经录》所载目录，将道安著录的《悉昙慕》视为中土悉昙学的开端，指出南齐初年之前，中土僧徒已用宫商五音配合悉昙十四字母。周广荣《梵语〈悉昙章〉在中国的传播与影响》⑤ 一书，勾勒了梵语《悉昙章》发展至南朝"悉昙学"，随后影响了四声理论和诗律变革的发展脉络，并以南北朝著名诗人谢灵运的悉昙学著作及梁武帝疏释《大般涅槃经·文字品》为例，论证了当时

---

① 李小荣、吴海勇：《佛经偈颂与中古绝句的得名》，《贵州社会科学》2000 年第 3 期。

② 孙尚勇：《中古汉译佛经偈颂诗学价值述略》，《宗教学研究》2009 年第 4 期。

③ 饶宗颐：《梵学集》，上海古籍出版社，1993，第 93~120 页。

④ 饶宗颐：《梵学集》，第 93~120 页。

⑤ 周广荣：《梵语〈悉昙章〉在中国的传播与影响》，宗教文化出版社，2004。

文士对《十四音》的熟悉。佛教声明理论推动了南朝"四声"理论及诗歌相关音韵问题的发展，南朝"永明体"、梁陈宫体诗对声律之美的追求，都与佛教声明的传入不无关系，从这个角度而言，佛教声明对中古诗歌带来的影响无疑是巨大的。

呗赞歌辞的技术化处理，关涉到在"改梵为秦"[①]时如何兼容辞乐关系的问题，自陈寅恪、饶宗颐等学者注意到这个问题后，呗赞与中国诗歌的关系逐渐成为研究热点。对呗赞歌辞的探讨，其意义不仅在于对中土梵呗特征的认知，更在于对中国古典诗歌新变历史过程的认知，它期待着学界进一步钩深致远，为中国早期诗歌的艺术形式研究提供坚实的事实依据。

（二）敦煌佛教歌辞研究

除呗赞歌辞外，敦煌写本中也记录了大量佛教曲辞，其中以偈、颂、歌、赞、吟等命名的歌辞通常都具有较强的歌唱性，其中虽多为隋唐五代之作，但不少曲调的源流却可以追溯到南北朝时期。任中敏在《唐声诗》中就专辟一章对付诸吟唱的佛教偈赞歌辞进行探讨，论及"佛曲歌辞"的渊源，他特别强调梁武帝创制十首佛教"正乐"之事，认为唐代《金刚经颂》等偈赞皆为"唐声诗借梁句"[②]之例。而《十二时》《五更转》等曲亦为南朝佛教所创，后来才在隋、唐流行。在《敦煌曲初探》[③]中，他还考察了专为佛赞而设的"佛曲四调"：《悉昙颂》《散花乐》《好住娘》《归去来》。通过《悉昙颂》小引"唐国中岳释沙门定会法师翻注"之句，以及歌辞和声中保留的"摩底利摩、鲁流卢楼、颇罗堕"等梵文音译，任先生指出该曲原应为天竺歌曲。至于《散花乐》，则与隋代《文康乐》中的《散花》为同曲，《羯鼓录》"食曲"中亦列《散花》，说明此曲本为佛教仪式上奉请菩萨尊者入道场的呼祷，至迟在六朝时此调已入俗乐。此外，任先生《敦煌歌辞总编》[④]还辑录了大量佛教歌辞，其在书中特别指出，除宗教性的赞偈佛曲之外，用俗曲演唱的佛曲辞也应划入佛曲的考察范围。王小

①　慧皎：《高僧传》卷二，《大正新修大藏经》第 50 册，第 332 页。
②　任中敏：《唐声诗》，第 157 页。
③　任中敏：《敦煌曲初探》，上海文艺联合出版社，1954。
④　任中敏：《敦煌歌辞总编》，上海古籍出版社，2006。

盾《隋唐五代燕乐杂言歌辞》[①] 一书也专设章节讨论敦煌佛教讲唱辞，亦认为《十二时》《五更转》是源于南朝、与佛教有关的曲调。李小荣在《敦煌佛教音乐文学研究》[②] 中也对二曲进行了考察，认为《五更转》的"转"含有曲调体制可重复歌辞之意，《十二时》虽音乐性质、调类归属阙载，但源自佛教的可能性最大。

此外，敦煌佛教歌辞的写卷中，还留下不少指示梵呗歌唱技巧的音曲符号，向达在《唐代俗讲考》[③] 中就已提出，敦煌歌曲中的"平、侧、断"符号可能与梵呗有关。王小盾《佛教呗赞音乐与敦煌讲唱辞中"平""侧""断"诸音曲符号》[④] 也通过敦煌讲唱辞中的诸音曲符号，探析了佛教呗赞音乐的曲调特征和声法技巧，总结了呗赞演绎技巧从晋宋时期的"三位七声"到唐代"八啭八德"的转变。李小荣《变文讲唱音声符号"上下"含义新说》[⑤]，认为"古吟上下"等音声符号中的"上""下"当指某种特别的乐器，而不是特定的句尾符号，也非"平仄"的标识。郑阿财《佛曲偈赞在敦煌讲唱文学的运用》[⑥] 也认为，"平""侧""断"等诸音曲符号与六朝梵呗最基本的平调、侧调、折调是一脉相承的。同时，作者还关注到了唐代《百岁篇》《五更转》《十二时》等曲辞借用魏晋南北朝燕乐或民歌的情况。与上述学者不同，孙楷第将"平、侧、断"等诸音曲符号视为诵读法的标志，认为其源出中国传统清商乐[⑦]。此外，还有徐湘霖《敦煌偈赞文学的歌辞特征及其流变》、王志鹏《敦煌佛教歌辞研究》[⑧] 等研究，也就敦煌偈赞歌辞的辞体特征和吟唱性进行了探讨。

唐前呗赞歌辞亡佚极多，敦煌佛教曲辞的发现，为进一步探讨其内容和形式特征提供了重要支持。学界在这个方面所做的工作，已充分注意到了它们之间的关联性，原来不甚明了的问题，通过这些新见材料的开掘得到了清楚的认识。假以时日，这个领域定会取得更多研究成果，成为追溯

---

① 王昆吾：《隋唐五代燕乐杂言歌辞》，中华书局，1996。
② 李小荣：《敦煌佛教音乐文学研究》，福建人民出版社，2007。
③ 向达：《唐代俗讲考》，《唐代长安与西域文明》，商务印书馆，2015。
④ 王小盾：《佛教呗赞音乐与敦煌讲唱辞中"平""侧""断"诸音曲符号》，载《中国早期艺术与宗教》，东方出版社，1998。
⑤ 李小荣：《敦煌佛教音乐文学研究》，福建人民出版社，2007。
⑥ 郑阿财：《敦煌佛教文献与文学研究》，上海古籍出版社，2011。
⑦ 孙楷第：《唐代俗讲轨范与其本之体裁》，载《敦煌变文论文录》，上海古籍出版社，1982。
⑧ 徐湘霖：《敦煌偈赞文学的歌辞特征及其流变》，《四川师范大学学报》1994 年第 4 期；王志鹏：《敦煌佛教歌辞研究》，高等教育出版社，2013。

唐前呗赞歌辞特征的重要津梁。

（三）佛教乐府歌诗研究

在汉魏六朝乐府中，部分作品的音乐渊源或故事母题来源于佛教，郭茂倩在《乐府诗集·杂曲歌辞》题解中就已说明，其中部分歌辞"或缘于佛老，或出自夷虏"[①]。虽然"杂曲歌辞"是兼收备载历代杂曲，其中有古辞，也有后世继拟的新声，但即便如此，仍可以通过后人拟述的歌辞概见其旧有的大义和形态，从中审视佛教对中古音乐文学的渗透和影响，了解中古时期佛教是如何拓宽了乐府歌诗的思想深度和丰富其文学形态的。

在佛教与乐府歌诗的关系研究方面，朱庆之已有系列成果问世，其《东汉乐府民歌中的佛教影响——古词〈善哉行〉"来日大难，口燥唇干"来源考》《对"来日"一语的汉语史和文学史考察》[②] 二文指出，汉乐府《善哉行》"来日大难，口燥唇干"之句，显然来源于汉魏六朝佛经中关于人身四大不调、口燥唇焦的描述。作者通过"来日"在文学作品中的语义溯源，认为"来日"在此诗中表示的是未然时间，"大难"指佛教中的生死大难，"口燥唇干"则指佛教"八苦"中的"病苦"或"三恶道"之苦，由此论证了佛教对汉乐府歌辞创作的影响。此外，其《〈孔雀东南飞〉与佛典》《再论〈孔雀东南飞〉中的佛教影响》[③]，也从全新的角度对这首著名的中古长篇叙事诗进行了研究。他通过详考东汉以降汉译佛典中记载的"遣妇还家、夫妇自尽"主题故事，认为这首诗中用"孔雀"比兴、"鸳鸯"譬喻，以及焦、刘故事的原型，都可能与汉代即传入中原的印度佛教文学有关。其研究在梁启超所推测的《佛本行赞》文体"与《孔雀东南飞》等古乐府相仿佛"[④] 之基础上，进一步证实了《孔雀东南飞》成诗和佛典的内在关联。王小盾《〈行路难〉与魏晋南北朝的说唱艺术》[⑤] 认为，《行路

---

① 郭茂倩：《乐府诗集》卷六十一《杂曲歌辞》，中华书局，1979，第885页。

② 朱庆之：《东汉乐府民歌中的佛教影响——古词〈善哉行〉"来日大难，口燥唇干"来源考》，四川大学中国俗文化研究所编《项楚先生欣开八秩颂寿文集》，中华书局，2012。朱庆之：《对"来日"一语的汉语史和文学史考察》，《语言科学》2013年第12卷第1期。

③ 朱庆之：《〈孔雀东南飞〉与佛典》，陈少峰主编《原学》第一辑，中国广播电视出版社，1994；朱庆之：《再论〈孔雀东南飞〉中的佛教影响》，载《第三届中国古典文献学国际学术研讨会论文集》，东吴大学出版社，2014。

④ 梁启超：《翻译文学与佛典》，载《佛学研究十八篇》，天津古籍出版社，2005，第157页。

⑤ 王小盾：《〈行路难〉与魏晋南北朝的说唱艺术》，《清华大学学报（哲学社会科学版）》2002年第6期。

难》十八首以第一人称表白的口吻及换景的手法，与佛教讲唱"一人多角""口语叙事"的表演方式是一致的，这种一致性使得《行路难》在唐代成为佛教偈颂的常用文体。鉴于这一案例，作者推测《乐府诗集·杂曲歌辞》所载300余首魏晋南北朝作品也多应为说唱歌辞。此外，孙尚勇在《佛教影响下的人生困境书写——试论赵壹〈穷鸟赋〉的渊源》中提出，赵壹《穷鸟赋》所开辟的以"穷鸟"为核心意象的话语体系，集中深刻地揭示了人类个体困境的全新文学传统，赋中"穷鸟"的语源和思想虽来自先秦，但其中"穷鸟则啄"的题材和思想渊源则源于佛教。因此，作者认为此赋"是东汉较早接受佛教信、语言和义理等多重影响的文人文学文本"[1]，这为理解曹植《野田黄雀行》《空城雀》等一系列以"穷鸟"为主题的乐府诗提供了新的视角。

关于南北朝僧人参与乐府创作的情况，许云和在《六朝释子创作艳情诗的佛学观照》中指出，"六朝释子多赋艳词"实际上是当时僧人以相说法、警世无常的一种权巧方便，法云奉旨改《三洲歌》，其引经奉答的"应欢会而有别离"是以佛经中的思想言论作为依据的，传递的就是佛教"合会恩爱，必有离别"的思想[2]。中国台湾地区萧丽华主编的《中国佛教文学史》第十一章《南北朝与隋唐佛教歌诗》[3]，也述及南朝释宝月作《估客乐》《行路难》、释宝云改《三洲歌》《懊侬歌》、北周卫元嵩自制《天女怨》《十二因缘六字歌》之事，然而并未对这一现象背后深层的宗教逻辑进行阐释。

汉魏六朝乐府歌辞与佛教之间存在密切关系，可以说是不易之论。以上的研究在这方面已做了有益的尝试，但相对于乐府歌辞中可供研究的对象来讲，还远远不够。实际上，佛教对汉魏六朝乐府歌辞的渗透，不仅杂曲歌辞有之，清商曲辞中也大量存在，即使是某些朝代的雅乐中，也同样有佛教音声。比如隋代就是"太常雅乐，并用胡声"[4]，这胡声虽然是指北朝少数民族遗声，但却多有佛教音乐掺杂其中。这就需要我们拓宽乐府诗研究的范围，加大研究力度，使得这一领域的研究取得更多成果。

---

① 孙尚勇：《佛教影响下的人生困境书写——试论赵壹〈穷鸟赋〉的渊源》，《安徽师范大学学报（人文社会科学版）》2020年第4期。
② 许云和：《六朝释子创作艳情诗的佛学观照》，《文艺研究》2016年第6期。
③ 萧丽华主编《中国佛教文学史》，佛光文化事业有限公司，2023。
④ （唐）魏徵等：《隋书》卷一四《音乐志》，中华书局，1973，第345页。

总上言之，佛教歌诗研究涉及的范围极为广阔，学界在近百年内已经取得了突出的成就，尤其对中国早期佛教歌诗一些隐晦、难解的问题进行了富有价值的探索。然而，关于佛教歌诗的研究仍有广阔的探索空间，尤其在辞乐关系、表演形态以及歌辞同政治文化之间的关联等方面，仍缺乏细致、深入的研究，这就需要加强对佛教歌诗文献深层肌理的发掘，在有限的史料中对歌辞背后的历史逻辑进行解读，从而使歌辞中一些隐晦的佛教成分得到充分的理解。此外，如何在传世文献和敦煌写卷的基础上，运用新材料、新视野、新方法进行研究，也是未来可以期待的突破。总之，佛教歌辞的文献价值和思想价值，仍值得进一步关注。

三　中国早期佛教杂伎研究

早在原始佛教时期，佛教寺院活动就已充斥着民间散乐表演，如《佛本行集经》就记载了印度民间"或复腾铃，或复打鼓，或著屩屐，或缘竿头，或复倒行"[1] 等种种杂艺，《根本说一切有部毗奈耶》云，有乐人取佛行迹"奏入管弦、欲为舞曲"[2]。这些佛教杂伎传入中土后，与民间散乐、杂伎相渗透，导致了佛教寺庙音乐的歌舞化、伎艺化，而梵剧艺术的东渐，更是推动了中国戏曲艺术的发展。

关于佛教杂伎研究，中外学者不懈努力的一个重要方向在于探究佛教戏剧的内容和形态。论及佛教戏剧，首先值得关注的是 20 世纪德国探险队在吐鲁番地区发现的三部贝叶梵文剧本残卷：《舍利弗传》、吐火罗文《弥勒会见记》、回鹘文《弥勒会见记》。1911 年，德国学者吕德斯将之整理为《佛教戏剧残片》[3] 一书出版。三剧之中，《舍利弗传》的年代比其他两部要早数个世纪，且现存九幕，内容相对完整，因此在中外学界都备受重视，国外学者如吕德斯、瓦尔德施密特等都曾倾力对这些贝叶梵文残片进行编订和研究。此后，许地山和金克木对之进行了介绍。许地山《梵剧体例及其在汉剧上底点点滴滴》[4] 认为，《舍利弗传》中的一些诗句取自《佛所行赞》，剧本表现的是目犍连和舍利弗皈依佛陀的事迹，其传入中土的时间当

---

[1]　〔古印度〕阇那崛多译《佛本行集经》卷八，《大正新修大藏经》第 3 册，第 691 页。

[2]　（唐）义净译《根本说一切有部毗奈耶》卷三十九，《大正新修大藏经》第 23 册，第 844 页。

[3]　杨富学：《德藏西域梵文写本整理与研究回顾》，《敦煌研究》1994 年第 2 期。

[4]　李肖冰、黄天骥、袁鹤翔、夏写时编《中国戏剧起源》，知识出版社，1990。

与北凉昙无谶译介《佛所行赞》的时间相差无几。又谓梵剧已经具备乐歌、舞蹈、科白三个要素，其源出于歌舞。金克木在《梵语文学史》① 中也赞成这部九幕剧出自马鸣之手，指出这个剧本虽有残缺，但人物、语言、格式都符合成熟的古典戏剧标准。任中敏在《唐声诗》② 中考察了唐代《舍利弗》《摩多楼子》的音乐、歌辞，认为二者皆是唐前从印度传入的戏剧，是我国最早的目连戏，盛唐时犹演唱。摩多楼子即目犍连，与舍利弗俱为佛弟子，只是《摩多楼子》的两首歌辞已不涉仙佛、不咏调名本意，可证当时已作普通歌曲。其在《唐戏弄》③ 中亦举证了翔实的资料，认为署名为李白所作的《舍利弗》歌辞，当为梵剧《舍利弗传》剧内之曲，而非普通杂曲。康保成则将《舍利弗》视为一种狭义的弄婆罗门，认为其属于出现较早的以净演净（由和尚扮演和尚）、且介于散乐歌舞戏及杂戏之间的一种戏剧形式④。吕超《印度表演艺术与敦煌变文讲唱》⑤ 聚焦于西域所传梵剧与敦煌变文讲唱的关系，指出《舍利弗传》与讲述六师斗法的《破魔变文》在内容上有诸多相似之处，说明梵剧促进了敦煌变文讲唱艺术的发展。许云和《〈通志〉"梵竺四曲"考略》⑥ 则为《舍利弗》和《摩多楼子》二曲提供了新的阐释，其文通过对《舍利弗》歌辞与佛经偈颂体制、内容的比对，判定《舍利弗》曲与梵剧《舍利弗传》并无关系，而是善声沙门截取《妙法莲华经》中偈颂而成的呗声，《摩多楼子》则是借西域佛曲而填制的新辞，借以言征战之苦。

　　至于《弥勒会见记》，季羡林曾撰一系列论文对之进行过详细的讨论，认为残卷中每幕剧的开头都标明了地点、场次、曲调和出场人物，说明这是一个严格的戏剧剧本，内容讲述了弥勒会见释迦牟尼之事⑦。冯家昇、李经纬⑧

---

① 　金克木：《梵语文学史》，江西教育出版社，1999。

② 　任中敏：《唐声诗》，上海古籍出版社，1982。

③ 　任中敏：《唐戏弄》，凤凰出版社，2013。

④ 　康保成：《傩戏艺术源流》，广东高等教育出版社，1999。

⑤ 　吕超：《印度表演艺术与敦煌变文讲唱》，《南亚研究》2007 年第 2 期。

⑥ 　许云和：《〈通志〉"梵竺四曲"考略》，《江西师范大学学报（哲学社会科学版）》2010 年第 6 期。

⑦ 　季羡林、靳尚怡、赵辉：《吐火罗文〈弥勒会见记剧本〉译文——对新疆博物馆本（编号 76YQ1.16 和 1.15）两叶的转写、翻译和注释》，《语言与翻译》1992 年第 3 期；季羡林：《谈新疆博物馆藏吐火罗文 A〈弥勒会见记剧本〉》，《文物》1983 年第 1 期。

⑧ 　冯家昇：《1959 年哈密新发现的回鹘文佛经》，《文物》1962 年第 7、8 期；李经纬：《哈密本回鹘文〈弥勒三弥底经〉首品残卷研究》，《民族语文》1985 年第 4 期；李经纬：《哈密本回鹘文〈弥勒三弥底经〉第二卷研究续》，《喀什师范学院学报》1985 年第 1 期。

等学者则对回鹘文本《弥勒会见记》展开细致研究，认为该剧是根据《贤愚经》的记载而改创的讲述弥勒一生行迹的故事。耿世民《回鹘文哈密本〈弥勒会见记〉研究》提出，佛教的弥勒传说可能与古代伊朗有关救世主、或摩尼教关于光明使者重返世上的观念有关。他详细考察了哈密本的内容、结构，指出该剧在古代焉耆语中被称作做"戏剧"，说明它是一种古代戏剧形式。2014 年，郑玲的博士学位论文《〈弥勒会见记〉异本对勘研究——回鹘文（哈密本）与吐火罗 A（焉耆）文本之比较》① 付印出版，书中对《弥勒会见记》进行了深入的解读和校勘，详析了回鹘文、吐火罗文 A 两个版本之间的异同，并对《弥勒会见记》的历史背景、文学特点及版本演变情况作了系统梳理，为后续研究提供了一个可靠的文献读本。

此外，还有学者对佛教戏剧与中国戏曲的关系展开讨论，如：美国学者梅维恒通过出土文献与佛典中梵文、回鹘文、粟特文、汉文的对应关系，结合西域壁画、佛教剧本等资料进行论证，认为印度的看图讲唱传统与中国的变文讲唱艺术是有渊源关系的②。黎蔷在《印度梵剧与中国戏曲关系之研究》《中国最早佛教戏曲〈弥勒会见记〉考论》《20 世纪西域古典戏剧文本的发掘与研究》③ 等系列论文中，考察了《弥勒会见记》的内容和结构，关注到该剧在时空转换上跨度极大的特点，称赞其"史诗型壮阔宏伟的'开放式'戏剧艺术结构"④，并将其视为中国"目连戏"之始。廖奔《从梵剧到俗讲——对一种文化转型现象的剖析》⑤ 考察了梵剧东渐的历史，该文以目连故事为例，认为梵剧在叙事文体和音乐结构方面都对中国戏曲带来了深远影响。黄永明《西域戏曲艺术探源》⑥ 梳理了西域乐舞杂伎的发展历史，指出新疆地区几部梵剧的发现为理解中国戏曲的发源问题有着巨大的价值。黄天骥《"旦"、"末"与外来文化》⑦ 认为，"旦"音的翻译与梵文 Tāṇḍava、Naṭa、Naṭana、Tāṇḍi 和中亚语言中一系列有关舞蹈的词有关

① 郑玲：《〈弥勒会见记〉异本对勘研究——回鹘文（哈密本）与吐火罗 A（焉耆）文本之比较》，甘肃人民出版社，2014。

② 〔美〕梅维恒著，王邦维、荣新江、钱文忠译《绘画与表演：中国绘画叙事及其起源研究》，中西书局，2011。

③ 黎蔷：《中国最早佛教戏曲〈弥勒会见记〉考论》，《中华戏曲》1999 年第 23 辑。黎蔷：《20 世纪西域古典戏剧文本的发掘与研究》，《文学遗产》2003 年第 4 期。

④ 黎蔷：《印度梵剧与中国戏曲关系之研究》，《戏剧艺术》1986 年第 3 期。

⑤ 廖奔：《从梵剧到俗讲——对一种文化转型现象的剖析》，《文学遗产》1995 年第 1 期。

⑥ 黄永明：《西域戏曲艺术探源》，《西域研究》1997 年第 1 期。

⑦ 黄天骥：《"旦"、"末"与外来文化》，见《中国戏剧起源》，知识出版社，1999。

联，"旦"这一音节是其中重要的构成部分，是从印度传入的外来语。"末"承担的唱念职能与发声有关，在梵文中发声、喊叫为 mā，由此论证中国戏曲与印度文化之间的密切关系。康保成在《中国戏剧史新论》①中提出，戏曲中的"敷演"一词来源于佛教讲唱表演艺术，二者同属于一种叙事性的讲唱。林梅村《于阗乐舞与梵剧东渐》②一文，着重强调于阗乐舞在梵剧东渐中所承担的重要作用。郎樱《西域佛教戏剧对中国古代戏剧发展的贡献》③也认为，西域佛教戏剧的传入对中原戏剧艺术的形成、发展产生了重要影响。从传世的梵剧剧本和语源学的角度来考察梵剧与中国戏曲的关系，无疑为中国戏曲艺术的研究拓宽了视角。不过，由于梵剧剧本的发现尚属个案，且是当时周边地区的产物，所以在考虑其与中国古代戏曲的关系时，就不宜求之过深。将其作为区域性的文化遗产来对待，认识其文本价值和文本特点，也许更符合历史实际。

除了佛教戏剧之外，佛教散乐中也存在着以歌舞敷演佛经故事的情形。在这方面，日本的音乐研究学者率先做出了探索，如林谦三考察了汉译佛典中的"寻橦伎"，认为其在早于佛典编纂的时代便已流行于印度地区，这一民间技艺为旃陀罗阶层所传承，至迟在汉代即经西域传至中土，《西京赋》中"都卢寻橦"的"都卢"就是"旃陀罗"之音译，由此证明寻橦伎同佛教有着密不可分的关系，反映了汉世西域与中原艺术文化的交流④。国内方面，任中敏关注到了南朝的一系列散乐杂伎，其在《唐戏弄》中重新界定了梁三朝乐上一系列"橦伎"的形态和内涵，指出它们并非简单的缘竿伎，而是"在高处别有表演也"⑤。田青在中国古代音乐的研究中也指出，梁三朝乐的一些伎目如《须弥山》《金轮橦伎》等，其名称与佛教关联甚深⑥。郗文倩《张衡〈西京赋〉"鱼龙曼延"发覆——兼论佛教幻术的东传及其艺术表现》⑦，详细考察了《西京赋》中描述的汉代散乐、幻术演出形

①　康保成：《中国戏剧史新论》，台北"国家出版社"，2012。

②　林梅村：《于阗乐舞与梵剧东渐》，载《古道西风——考古发现所见中西文化交流》，生活·读书·新知三联书店，2000。

③　郎樱：《西域佛教戏剧对中国古代戏剧发展的贡献》，《民族文学研究》2002 年第 4 期。

④　〔日〕林谦三：《散乐二考》，《东洋音乐研究》1951 年第 9 号。

⑤　任中敏：《唐戏弄》，第 329 页。

⑥　田青：《田青文集》第三卷，文化艺术出版社，2018，第 473 页。

⑦　郗文倩：《张衡〈西京赋〉"鱼龙曼延"发覆——兼论佛教幻术的东传及其艺术表现》，《文学遗产》2012 年第 6 期。

态，认为它们与佛教《贤愚经》中舍利弗、劳度叉以幻术斗法的故事基本可以一一对应，"鱼龙曼延"幻术更是吸收了佛教降魔故事中的"变化"元素，由此推论在张衡的时代，佛教幻术就已经对中国的散乐百戏产生影响了。

其实，与梵剧剧本相比，魏晋南北朝二史八书中记录的佛教散乐、百戏更值得关注，它们与中国古代社会生活、思想意识、文化艺术发生了更为直接的关系，对这些佛教散乐、百戏的表演内容和形态进行深入研究，可能会发现它们与中国古代戏曲艺术之间的某些深刻关联，从这个角度而言，对佛教散乐百戏表演内容、形态的研究，无疑是一个充满期待的领域。

总的来看，学界对中国早期佛教杂伎的研究主要集中在梵剧及其与中国戏曲的关系方面，相比之下，对佛教散乐、百戏的关注则不多。事实上，无论在梵剧还是在佛教散乐、百戏中，都同样存在以歌舞敷演佛经故事、宣扬佛法精神的情形，说明佛教杂伎曾经是佛教徒向大众宣说法理的重要媒介之一。然而目前对中国早期佛教杂伎的研究还很零星，偶有关注者也仅是针对历史上的一些个案研究，缺乏系统性、理论性的阐释，亦未留意到佛教杂伎在宫廷朝会中所承担的政教功能。因此，关于这一领域的研究仍留下很大的空白有待填补，希望有更多的成果问世。

余　论

作为一种涵盖了歌、乐、舞、杂伎的综合艺术，佛教伎乐在佛教传播史上曾发挥过重要作用。然而回观如今国内、外大部分佛教史书写，仍是以译经、人物、教理和宗派为中心来建构其知识体系，鲜有将佛教表演艺术作为独立的章节纳入其中[①]。佛教伎乐的历史情况，只有在佛教艺术史、佛教文化史的视野下才会被提及，说明在对佛教发展历程的认识上，学界普遍只是将佛教伎乐视作佛法东渐的衍生物，却忽略了"梵响"和"金言"一样，在历史上都曾是佛教弘法之舟楫，对推动佛教发展有着无可替代之功。从这个意义上来讲，在对中国早期佛教进行考察时，就需要站在佛教史的制高点，重新评估佛教乐舞、歌诗和杂伎艺术的作用和价值，唯其如

[①]　在目前的佛教史专著中，仅见张雪松《唐前中国佛教史论稿》（中国财富出版社，2013）以独立章节介绍佛教的唱导、转读艺术，以及季羡林、汤一介主编的《中华佛教史》丛书（山西教育出版，社2013）含有《佛教美术卷》《佛教文学卷》。

此，一部佛教史才会显得系统、丰富和饱满。

　　中国早期佛教乐舞、歌诗、杂伎研究百年来已经取得了长足的进步，相关论文、专著的数量显著增长，研究议题也逐渐得到了拓展和深化。但在目前的研究中，仍缺少以人类学、民族学、音乐学、舞蹈学、语言学等跨学科视角去对佛教表演艺术进行综合考察。在佛教伎乐研究领域，尚未形成系统的研究理论和通史性专著，说明对佛教表演艺术的总体把握和理论构建仍然不足。此外，佛教乐舞、歌诗、杂伎艺术都曾深深涉入南北朝政治活动，与当时的政治、宗教、文化紧密联系在一起，而目前的研究多只聚焦于其艺术层面，有待更为深刻的宗教解读和历史解读。实际上，只有在具体的历史背景下去观照佛教乐舞、歌诗、杂伎艺术的运用，才能对佛教丰富的音乐文化内涵得到准确、深刻的理解。总之，作为文化交融的产物，佛教乐舞、歌诗、杂伎所承载的艺术信息和历史信息是巨大的，对之进行广泛、深入的研究，可谓任重道远，其功甚多，需要我们付出更多的努力。

［作者单位：中山大学中国语言文学系］

明清档案与文学 ◀

档案中的清学史：戚学民《清史档案中的清代文史书写》评述

安东强

1902 年，梁启超在《新史学》中痛惜中国数千年史学"能因袭而不能创作"，"其稍有创作之才者，惟六人"，其一即为黄宗羲《明儒学案》在史书体例上的创制，"乃创为学史之格，使后人能师其意，则中国文学史可作也，中国种族史可作也，中国财富史可作也，中国宗教史可作也，诸类此者，其数何限！"[①] 如此则"学史"不仅可以视为专史的一个门类，而且可以作为分门别类各学科历史的总称。尤其值得注意的是，梁启超于黄宗羲所创的"学史之格"首先推阐出"中国文学史"的概念。

若以编纂取材而论，举凡所谓"学史"之作，无论是黄宗羲的《明儒学案》，还是各类"中国文学史"的书写，往往取材于私家著述，尤其是学人文集、别集及碑传、行状、书信、日记、回忆录等文献范围，也就是一般公开出版或私下传抄的文献，而较少想到要从官方档案中爬梳"学史"的脉络。究其所以然，林存阳教授指出："这是学术思想史的特点决定的，因为学人的著述多以私家稿本、钞本、刻本流传，似乎与内府档案关系较远，故而研究清代学术思想史者也多以学者私家著述为研究对象。"[②]

戚学民教授《清史档案中的清代文史书写》一书的特色，恰恰在于爬梳清朝国史馆、民初清史馆的《儒林传》《文苑传》档案，深入剖析清史

---

① 梁启超：《新史学》，汤志钧、汤仁泽编《梁启超全集》第二集，中国人民大学出版社，2018，第 500~501 页。

② 林存阳：《序一：潜心深耕精研档案 探寻儒林文苑意蕴》，戚学民：《清史档案中的清代文史书写》，清华大学出版社，2022，第 2 页。

《儒林传》《文苑传》历次稿的形成、修订及定本过程，进行了迥异前人研究思路的学术实践，对清代学术史、文学史的若干重要问题提出新解，形成一套"档案中的清学史"脉络。这从他的书名中即可感受到著作的研究理路。

这同样也是学民教授治学之路的一个转向。他自称此书与他 2011 年前的研究有两大不同：第一是研究的主题有所变化，主要是从研究梁启超和严复等人的政治和学术思想，转入清国史馆和清史馆的清史《儒林传》《文苑传》；第二便是研究对象的文献形态不同，由此前的现代印刷品及清代刻本、钞本和稿本，转变为清国史馆的档案（其中虽有部分钞本，但是均作为档案全宗的档册）（《前言》，第 11 页）。

虽然学民教授进入学界之初便研究戊戌变法至辛亥革命时期的政治思想史，如关于梁启超《戊戌政变记》和严复《政治讲义》，但是在时段上由晚清前溯中期、在领域上由政治思想移入学术，按照蔡乐苏教授所言，这个治学转向的一个机缘是在北京与桑兵教授的"特别相见"（《序三》，第 8 页）。我虽未在侧亲聆这场学术交谈，因当时一直兼任业师桑兵教授的学术助手，后在协助《先因后创与不破不立：近代中国学术流派研究》（生活·读书·新知三联书店，2007）书稿的一些事宜时，也曾听闻学民教授承担的第一章关于《汉学师承记》研究的一些学术掌故，甚佩从该书编纂的制度性需求（"备国史之采择"）来梳理清代汉宋之争的思路。后来我自己撰写《张之洞〈书目答问〉本意解析》（《史学月刊》2010 年第 12 期）一文时，亦从张之洞当时出任学政的"职司所在"的视野来考察《书目答问》不止在教人读书，更有深意的是导人刻书。现在追想起来，大概也是受到这个研究思路的影响。

尽管学民教授强调《清史档案中的清代文史书写》一书是自 2011 年以来"以清国史馆档案为中心的部分研究成果的结集的研究"，且与此前研究有所不同，可是细绎全书的主体内容，仍可见到他的《阮元〈儒林传稿〉研究》（生活·读书·新知三联书店，2011）一书问题意识的延续。比如第一部分从《论余嘉锡覆辑〈儒林传〉》到《简论〈四库全书总目〉对清代学术史论述的影响：以〈儒林传稿〉为中心》诸篇，依据的主要史料固然是清国史馆《儒林传》档案，但讨论内容和问题仍是此前研究阮元《儒林传稿》的延续，梳理了清国史馆各次稿《儒林传》与《儒林传稿》的部分问题。

全书令人耳目一新的内容无疑是关于清国史馆的《文苑传》档案研究。学民教授在该书的第二部分从《〈钦定国史文苑传〉钞本考》至《清史〈章学诚传〉的编纂：章氏学说实际境遇之补证》篇章，从档案文献入手，考察历次《文苑传》的编纂情况、版本、重要人物及学派的书写，打通中国文史之学的研究思路和学科意识，新意迭出，早在专题论文陆续发表之时已经引起文史学界的共同关注。

按照今日学科划分，历代正史的《文苑传》往往是中文学科的重要研究对象，如周祖譔、胡旭两位教授主编的《历代文苑传笺证》（共 6 册，凤凰出版社，2012）。不过由于悠久的学术传统，在学科分野的影响下，中国文史之学恐怕仍然是各学科之间的共通之处最多的学术领域之一。文史不分在今日学界常谈，之所以不分，或者难分，最坚实的基础无疑在于共同的语言文字与经典文献。国内高校关于中国古文字学、文献学或在史学、或在文学的设置，便是最佳例证。

学民教授关于清史《儒林传》《文苑传》的系列研究，正是基于中国文史之学的共同文献入手。正如林存阳教授所称："《儒林》《文苑》二传档案形成的年代，纂修者没有分科之意。因此，今日对其探讨，只要实事求是，从档案记载本身出发，解析其意旨，自可获得创见；若自行设限，恐怕反而难得其真相。"（《序　》，第 3 页）

此前已有研究者关注清史《文苑传》的书写，主要是考察《清史稿》《清史列传》诸书《文苑传》的文本，或正误，或补正，或订讹，或探源，但都集中于传世文本的讨论。① 其实不只清史《文苑传》的既有研究呈现出这种基本取向，放眼更早朝代的《文苑传》研究，也往往不得不如此。唐长孺先生曾有一名篇，探讨《晋书》卷九二《文苑传》中所载"赵至"这个人物所反映的曹魏士家制度情形，开篇即讨论"赵至传"的文本来源，称"本传可能因袭王隐、臧荣绪等《旧晋书》之文，也可能《新晋书》所补。不论是因袭旧文，或是自补新篇，其最重要的根据，必然是嵇绍的

---

① 　如官大梁《〈清史列传·文苑传〉正误二条》，《史学月刊》1989 年第 5 期；陆湘怀：《〈清史稿·文苑传〉补正》，《浙江师大学报》1996 年第 4 期；吴戬：《〈清史列传·文苑传〉校点讹失举例》，《古籍研究》2015 年第 2 期；陈茜：《〈清史列传·文苑传（三）〉订讹》，《山东图书馆学刊》2017 年第 4 期；邓菀莛：《清史〈文苑传〉对诗学史的改写——基于对钱谦益的探讨》，《社会科学家》2020 年第 8 期；崔壮：《〈清史列传·文苑传〉点校订补》，《国学学刊》2021 年第 4 期。另有苏晓方：《〈清史稿·文苑传〉研究》，陕西师范大学硕士学位论文，2018。

《赵至叙》。"又因《嵇绍集》早已散逸，又考察《赵至叙》在传世文献如《世说新语》注中的记载情况，得出结论："残缺的《赵至叙》与《晋书》本传互有详略，这是由于《世说新语》注必然有所删节，《御览》等所引更为简单之故，但其中有些异同可能是《晋书》别有所据。"① 在没有数据库检索的时代，以唐先生的学术造诣与文献功力，能作如此细致的梳理，令人叹为观止，然而也仅能从传世文献的文本脉络中探讨，而无编纂《晋书·文苑传》诸人物传档案稿本可供考稽。

如此对比，并非有意苛责既有研究，而是要指出清代文史研究的一个重要特点——海内外存有大量的官方档案可资创新性研究的发掘和利用。早在《清史稿》于 1928 年匆匆刊布之际，陈寅恪先生便指出："清史之草率，谓十六年告成，以清代事变之烦剧，断非仓猝间能将三百年之史实一一整理者也。闻史馆中史料残缺殊甚，某人任某门，则某门之史料即须某人以私人资格搜罗。微特浩如烟海之史料，难由一二私人征集，即自海通以还，一切档案，牵涉海外，非由外交部向各国外交当局调阅不可，此岂私人所能为者也？"② 当下，海内外档案的搜罗和利用在清代政治、外交、法律等研究领域已为常态，可在学术史领域却比较鲜见。

学民教授在将近完成阮元《儒林传稿》的研究时，通过王汎森教授获知《儒林传稿》的相关诸多档案在台北故宫博物院收藏，且在王教授、黄克武教授、潘光哲教授的帮助下，从 2010 年至 2016 年数次到台北查阅档案。在学民教授看来，"台湾的自然风景和市井风情都远不如各处档案的吸引力大"（《前言》，第 12 页）。

由于众所周知的原因，清代、民国的档案在台湾地区的藏量非常丰富。学民教授在台查阅档案时面临两难：一是民国史档案的学术诱惑，各类公私档案数量和内涵极为丰富，且不断开放新增，兼具学术价值和新闻效应，搜罗此类档案来做研究，可谓是中国近现代史领域"预流"的正途。二是台北故宫博物院藏的数百万件清史档案，其"丰厚程度比之前述民国档案毫不逊色。且借助现代科技手段，实行了数字化，数百万件档案已经扫描，可以在线阅览，查档的效率更高。而未能扫描的档案，可以申请调出查阅原件"（《前言》，第 13 页）。从最初两个方向平均用力到最后权衡取舍，学

---

① 唐长孺：《魏晋南北朝史论丛》，生活·读书·新知三联书店，1955，第 30 页。
② 陈守实：《记梁启超、陈寅恪诸师事》，张杰、杨燕丽选编《追忆陈寅恪》，社会科学文献出版社，1999，第 42 页。

民教授最后决定把主要精力用在清史领域。虽然民国史研究领域也因此少了一位杰出的学者，但是清史研究领域则会不断涌现学民教授关于清史《儒林传》《文苑传》研究的力作，而《清史档案中的清代文史书写》一书应是序曲而已，接下来我们应该就可以在他的新书《清史〈文苑传〉与清代文史书写研究》（已获得 2021 年国家社会科学基金后期资助项目立项）中读到更系统性的论述。

关于《清史档案中的清代文史书写》一书的学术特点，林存阳教授在序中已有精当的概括。笔者延续林教授的思路，对全书的学术创新再略赘数言，以求教于学界方家。

其一，厘清了清史《儒林传》《文苑传》历次稿的文本脉络，辩证《清史稿》中《儒林传》与《文苑传》的学术价值。《清史稿》自刊布以来便引起众多非议，官方禁令与学界批评共存[1]，正如前引陈寅恪先生的批评意见，都使人怀疑其史学价值。其中固有编纂时间紧迫所导致的体例问题、考订讹误等因素，清代档案留存丰富及公私各类文献尚存，以及《清史稿》正文的史源问题，当是重要的学术因素。

学民教授关于清史档案中《儒林传》《文苑传》历次稿的梳理和比勘，清晰地说明了《清史稿》的文本来源与删削过程，从而揭示了《清史稿》诸传的史料价值。如关于清史《儒林传》的文本考证，澄清了百年修纂历程中八个成形本之间的演变关系，特别是余嘉锡覆辑《儒林传》，是此前学界未曾知晓的版本。而关于《清史稿·儒林传》文本形成的关键，则找到台北故宫博物院藏的 701007820 号缪荃孙《儒学传一》稿本，它与此前诸多版本之间的关系清晰可见，而且还"包含了较多审阅与修改的信息，其中圈画修改的笔迹应是夏孙桐所言刻印《清史稿》前对缪稿'传中亦稍更动'的体现"（第 13 页）。

学民教授以《清史稿》中《翁同龢传》为例，强调"需要结合该文献的形成过程来进行"认识传文的史学价值。他依据台北故宫博物院藏清国史馆全宗的《翁同龢传包传稿》，细致分析了《翁同龢传》的纂辑经过：从 1909 年 8 月 4 日刘登瀛交馆的《翁相国履历》的事迹册，到 1911 年 5 月 28 日由商衍鎏领受纂辑、钱骏祥覆辑的任务，9 月 27 日完稿《翁同龢列传》，这是官修《翁同龢传》的第一个正式版本。在此版本的基础上，民初清史

---

[1] 详情可见朱师辙《清史述闻》，生活·读书·新知三联书店，1957。

馆协修王崇烈拟写了《翁同龢列传》，沿用了原行文架构，增删幅度不大，但提到了翁同龢日记，关于获罪之由则是举荐康有为，这可谓是官修的第二个正式版本。此后《清史稿》最终定稿者在此基础上大加删削，对本传许多事迹进行改写，尤其是征引了 1925 年商务印书馆影印出版的《翁同龢日记》，形成官修的第三个版本。"与学术界指出的清末民初对翁同龢的贬低的普遍趋势不同，《翁同龢传》依据《翁同龢日记》，实际对翁同龢的作用多有肯定"，因此，"在翁同龢研究史上，《清史稿·翁同龢传》的地位需要重新评估"（第 261 页）。美中不足的是，关于《清史列传》中的《翁同龢传》与上述诸版本的关系如何，以及具体来源问题，作者尚未梳理。

其二，通过考察历次稿的承传关系，揭示出史官叙述的政治张力。考察不同文本之间的渊源流变，以及不同文本叙述差异之间的张力，正是学民教授之长。他的代表作《严复〈政治讲义〉研究》（人民出版社，2014）正是这个研究思路的成功实践。不同的是，相对于严复翻译《政治讲义》关于概念术语的学理斟酌而言，清史档案中《儒林传》《文苑传》的文本差异，则不仅是学术层面的问题，更关键的可能是政治语境的差异，以及史官史权的权衡。

既往清代学术思想史或文学史的研究对象是私家著述的刻本、钞本、稿本等，把握的是学者的苦心孤诣，而清史档案的《儒林传》《文传苑》首先要考虑的是政治与制度的问题。作为制度设置的清朝国史馆，其史官首先是官员，其次才是如何辨章学术、考镜源流的事宜。诚如作者所言："我们依靠唯物史观的指导，以历史学方法逐字解读，对档案保持有好奇心和敬畏之心，逐渐进入文字记载的内容，读懂文字背后的制度和设想。"（《前言》，第 16 页）

不过，史官亦有其在清朝文治政策约束之下的变通。史官的史权历来是修史的一大问题，如《北史》"魏收传"记述作为史官的魏收作史有"举之则使上天，按之当使入地"之语，可谓史官笔锋权力的极致之辞。清史《儒林传》《文苑传》的史官们，固然不像书写王大臣列传的史官们需要反复使用春秋笔法来彰显政治褒贬，可是同样具有不可低估的书写影响力。

比如关于陈澧学术思想的研究，早已有丰硕的学术成果，揭示出陈澧在晚清学术界的影响力。可是关于陈澧如何纳入清史《儒林传》的记述，仍是一个值得探究的问题。学民教授注意到陈澧入清史《儒林传》既是一个学术问题，又是一个地域意识自觉的问题。他注意到清史《儒林传目》

档案中在人名之下的省籍方形印章，表明"史籍考量为史官关注的一个明证"，而从阮元呈缴的《儒林传稿》、曹振镛主持纂修的《钦定国史儒林传》及后来的覆辑本，"其中都没有广东人士"，而嘉庆朝开始纂修的《文苑传》也同样如此。他敏锐地意识到"广东士人进入《儒林传》《文苑传》社会历史因素有很多，目前尚无法全面揭示"，但晚清时期张之洞表彰陈澧，以及广东官员谭宗浚出任《儒林传》的总纂，当是关键，其直接提出粤中先达胡方、冯成修、陈昌齐、曾钊、陈澧五人"应列儒林"（第 83、84 页）。后来广东官员陈伯陶主持《儒林传》第五次稿的修订时，又丰富了陈澧在乐律学方面成就的内容（第 94—95 页）。

无独有偶，关于清代文章之学影响最大的桐城派的书写，亦可见史官的叙述张力。无论是作为姚鼐门生的陈用光率先将刘大櫆、姚鼐纳入《文苑传》，且在叙述时将《大臣传》中的方苞与刘、姚二人文章之学的传承关系进行清晰叙述，从而在官方层面树立了桐城派三祖的历史叙述（第 205—207 页）。缪荃孙主持纂修的《续文苑底稿》则首次提出"桐城派"的概念，其中暗含清廷进一步强化桐城派正统地位之意，在叙述上则"改写或弱化了桐城派诸人反对汉学的形象，塑造了桐城派接受汉学的面向"（第 226—227 页）。至于《清史稿·文苑传》最终增加了马翿飞，缘由是主持修纂《儒林传》的马其昶为其五世孙，这既有表彰先祖之意，又希望突出桐城派在清代理学史上的位置（第 23 页）。

而清史《文苑传》中的《蒋士铨传》的书写，则反映出史官权力的另一面，即如何排除异己。作为翁方纲后学的曹振镛、陈用光等人，在掌握了《文苑传》纂修的主导权后，所描绘的乾隆朝诗史全局，刻意把与蒋士铨齐名的袁枚、赵翼排除在外，而突出了蒋士铨"忠"的特点和诗学特长。"这一现象说明，翁方纲的诗学不仅具有一般意义上的官学身份，更借助人脉和制度因素扩张了影响。"（第 160—161 页）这对于清代诗学史研究无疑具有重要启示。

其三，在梁启超、钱穆等人清学史之外，从清廷视野勾勒出一套清学史叙述系统，即"档案中的清学史"。自司马迁于《史记》创设《儒林列传》，颇有延续先秦王官之学传统的意味。他开篇称："余读功令，至于广厉学官之路，未尝不废书而叹也。"① 然而他也留意能够与在朝之学互动的

---

① （汉）司马迁《史记》卷一二一《儒林列传第六十一》，中华书局，1982，第 3115 页。

在野之学。迄至后世，历代正史的"儒林传"都成为后世考辨儒学家法和传承的关键文献，但这都是一种"在朝"的视野。

梁启超表彰黄宗羲《明儒学案》固然在于开创了"学史"的体例，换一角度来看，也是一种"在野"视角的儒林传。因此，在黄宗羲《明儒学案》及《宋元学案》的影响下，宋元以来儒学传承史大概呈现出"在朝"与"在野"的两类学术史叙述系统。

就清学史而言，无可否认的是"在野"的叙述传统更有优势和影响，长期以来已为今人探讨清学史问题的先验和基础，其中又尤以梁启超和钱穆的影响最大。正如学者所言："在近代学人的清学史叙述中，影响后来相当深远的首推梁启超和钱穆。梁启超自清季即展开清学史的论述，因为年少胆大，论点和论据都不够稳定，以今日之我与昨日之我战的情形，较政治领域有过之无不及。"其代表论著有《论中国学术思想变迁之大势》《清代学术概论》《中国近三百年学术史》，尤其是后一种站在汉学家的立场撰述清学史，引发钱穆不满，遂以同名著述"辨析清代的汉宋并非如时人所认为的那样壁垒森严，甚至尽力抹平汉宋之分，以至于令人有矫枉过正而抹杀汉宋分别之感"①。在梁启超、钱穆之后，21世纪以来又有学人将章太炎、刘师培等人关于清学史的论述汇集成编，以反映清学史叙述的多样性。

以学民教授《清史档案中的清代文史书写》一书的体量与内容而论，当然不能说在梁启超、钱穆等人清学史叙述系统之外，已然完成了一套全新的清朝廷视野的清学史叙述系统，但无疑是提示给学界一种重建的可能和方向。

需要指出的是，学民教授从清史《儒林传》《文苑传》历次稿的记述文本，解读出一种理解这些学人受到当时官方的认可程度，即早期的学术影响力。以清廷国史《章学诚传》为例，对胡适《章实斋先生年谱》称章氏生平事迹及学说被埋没之说进行了平议，指出章氏学说的影响程度不能仅就民间、学者层面而论，而应注意清廷高层对章氏学说的评价，"清廷国史的记载，在相当程度上代表了官方对士人的评价和认可"（第229页）。经过梳理《章学诚传》的历次稿，可以证实章氏从晚清到民国学术界一直发生影响，"其在清廷国史中的地位也在逐渐提高，从附见到正传"，均与胡适所说相去较远（第237页）。

---

① 桑兵：《近代学术的清学纠结》，《中山大学学报（社会科学版）》2010年第6期。

从晚清康有为开始，关于经今文学便成为清学的一大问题，后续不仅有其弟子梁启超扩大影响，还引起海外汉学家的重要关注和研究。关于清代经今文学追溯的常州学术在清朝官方到底是一个什么样的叙述，既往囿于国史馆档案文献，无从得知。经学民教授爬梳清朝档案关于常州学术的记载与论述，表明常州庄氏一系学人群体自光绪前期续纂儒林传之后，"就一直在清史《儒林传》中占据牢固地位"，在缪荃孙的《原纂本清史儒林传》《儒学传》中呈现的谱系"比梁启超、章太炎、刘师培、皮锡瑞等人早十余年，是正史系统中最早的关于常州庄氏学术的系统记载"。关于常州学术的定位，更是与康有为、梁启超的说法有所区别，缪荃孙的写法反映是那个时代的主流看法，"是汉学正统的分支和延续"，而非康、梁所说的乾嘉时期对汉学的反动，但"我们今日所普遍信从的，恰是梁启超等人的看法"，"是一种后设的解释"（第40、41页）。

毋庸讳言，其实无论是清史《儒林传》《文苑传》这样"在朝"的书写系统，还是梁启超、钱穆、章太炎、刘师培等人"在野"的叙述系统，究其本质，都是清学史的不同认识，与清学史的本来事实仍有一定距离。按照钱穆所言"时代意见"与"历史意见"之分，其实也都是"意见"，与历史上本来的事实仍有所不同。

重构清学史之难，在于近代分科治学的影响下，今人基本已经无法具备全面梳理清学的学术素养和能力。2000年前后，曾有学者提出要系统重写清学史，当即为前辈反问是否具有这个能力和素养。辨章学术，考镜源流，固然是中国学术史的重要议题，自古以来也仅有西汉刘向、刘歆父子受命大规模校订群书，以及清朝四库全书馆群臣编纂古今传世文献这样的大型工程。就清学史而言，无论是清朝国史馆的史官们，还是梁启超、钱穆等人，大概都没有对清代学者所有著述进行一番整体的盘点与校订，因此所撰写的清学史，恐怕不过是"历史意见"与"时代意见"相互交汇的历史认识。

受此影响，"在近代学人的清学论述中，无论整体还是具体，因为立场各异，观念不同，看法悬殊，言说不仅有别，甚至大相径庭，令人感到清代学术为一回事，后来的清学史述说为另一回事。"尽管如此，不断剖析和厘清各类清学史的叙述系统仍具重要意义，即如何实现历史认识与历史本事的趋近："史实即所谓第一历史须由历史记述即所谓第二历史加以展现，任何历史记述，往往积薪而上，越到后来，概念条理越加清晰。因此，历史认识与本事只能近真，难以重合。"①

　　因此，重建清史档案中的清学史书写系统，不仅可以提供比勘印证梁启超、钱穆等人清学史叙述系统的另一重历史认识，而且能够凭借不同的历史认识进而深入历史本事层面，既知其然，又知其所以然。

[作者单位：中山大学历史学系]

---

① 　桑兵：《近代学术的清学纠结》，《中山大学学报（社会科学版）》2010 年第 6 期。

清宫档案及其利用

王　澈

内容提要　20世纪初中国古文献四大发现之一的清宫档案，是目前中国历史上保存数量最多、最完整的明清两朝中央国家机关和皇家生活的档案。保存着1067万余件清宫档案的中国第一历史档案馆，占据了存世明清档案的半壁江山。本文简要回顾了该馆作为清宫档案管理机构的百年历程、馆藏精要，清宫档案社会利用发展脉络，以及清宫档案史料主动服务社会的编辑出版概况。

关键词　清宫档案　内阁大库　档案利用　档案编辑

谈及清宫档案，就不得不提内阁大库。内阁大库隶属内阁，内阁作为明清时期的中央办事机构，其官署内阁大堂坐落于紫禁城内东南隅。内阁大库在内阁大堂之东、文华殿之南，有东西两座库房，砖石结构，各开2门，各有库房10间。[①] 东库房贮存实录表章，称为实录库；西库房贮存红本典籍，称为红本库。1921年的"八千麻袋"事件[②]，使深藏禁宫的"大

---

① 万依主编《故宫辞典》，故宫出版社，2016，第13页。

② 1908年，3岁的宣统帝继位后，其本生父醇亲王载沣为摄政王。为了明确职责，载沣命查阅清顺治初年多尔衮摄政时的典章制度。然而，内阁大库档案混乱不堪，难以找到所需材料。载沣决定挑选无用旧档进行焚毁，以减轻库容。此间，内阁大学士张之洞提议清查内阁大库，将书籍转交学部图书馆，无用旧档则行销毁。当学部担任参事的罗振玉前来接收书籍时，发现大量档案具有极高的史料价值，于是请求张之洞将档案也一并拨给学部保管并获允。民国初年，教育部设立历史博物馆筹备处，开始接收内阁大库档案。1916年，这些档案被转移至故宫的端门。1921年，由于北洋政府财政拮据，历史博物馆资金不足，又将这些档案进行挑选，整齐的档案被堆放在午门城楼上，而零乱的15万斤档案装了8000麻袋，以4000元的价格卖给了北京西单同懋增纸店。罗振玉得知此事，即以3倍的价格将这批十多年前经他力争后脱离了被焚命运的大内档案从同懋增纸店购回，这批档案的绝大部分才躲过被化成纸浆的命运。时人称之为"八千麻袋"事件。经过辗转流徙，目前，此部分档案分别由北京中国第一历史档案馆、台北故宫博物院、台北"中央研究院"历史语言研究所等机构保管。

内档案"不仅开启了辗转播迁的历程，而且为社会所略知，并引起学界关注。1925 年的暑假期间，王国维在为清华学生做公开讲演时谈道："自汉以来，中国学问上之最大发现有三：一为孔子壁中书，二为汲冢书，三则今之殷墟甲骨文字、敦煌塞上及西域各处之汉晋木简、敦煌千佛洞之六朝及唐人写本书卷、内阁大库之元以来书籍档册。此四者之一已足当孔壁、汲冢所出。"① 从此，20 世纪初中国古文献的四大发现——殷墟甲骨、居延汉简、敦煌文书和大内档册得到了世人的瞩目。其中，"内阁大库之元以来书籍档册"，即"八千麻袋"事件中涉及的"大内档册"，或称"大内档案"②，又称内阁大库档案。由于内阁大库位于紫禁城内，保存的档案是明清时期中央国家机关的档案，又常被人称作明清档案、清宫档案。

一　清宫档案概述

清宫档案是目前中国历史上保存数量最大、最完整的明清两朝中央国家机关的档案。作为人类活动和实践经验的记录与总结，从史前时期的"结绳""刻契""画图"等记事方式，到发明文字后的原始记录，均可称为档案，它伴随着人类社会文明的发展而发展。中国作为历史悠久、文化博大的文明古国，档案的保存与管理，历来受到统治者重视，虽王朝更迭，却均开设馆库、制定制度、选派官员进行管理。然而，由于竹简、丝绢、纸张等档案载体对温湿度等自然环境有较高的要求，加之战乱兵燹、天灾水火、人为损毁等原因，拥有数千年文明史的中国，明清以前的纸质档案留传下来的却是十分稀少。目前，中国现存最早的纸质档案为辽宁档案馆馆藏的 6 件唐代档案，其中 3 件落款有"开元二年"（714）的字样，但要更准确地界定，当为敦煌文书。据统计，目前存世的明清档案 2000 余万件，位于北京的中国第一历史档案馆占据了明清档案的半壁江山，保存有 1067 万余件，中国大陆各地、台湾地区以及海外收存的明清档案也不下 1000 万件，其中，辽宁省档案馆保存有清代皇室玉牒、"满文老档"、盛京内务府档案等 20 万卷（册）。台北故宫博物院保存有清代档案 395415 件（册），"中央研究院"历史语言研究所约 31 万件，"中央研究院"近代史研究所保

---

① 王国维：《最近二三十年中中国新发见之学问》，《王国维文集》第 4 卷，中国文史出版社，1997，第 33 页。

② 鲁迅：《谈所谓"大内档案"》，引自《明清档案论文选编》，档案出版社，1985，第 1 页。

存清代总理衙门及外务部档案 1464 函，商部档案少许。① 本文概要介绍中国第一历史档案馆及其馆藏、利用情况。

中国第一历史档案馆馆藏的清宫档案，包括明清两朝中央国家机关、皇室生活和少部分清代地方机关、个人的档案，主要由内阁大库档案、军政管理机构档案、宫中各处档案、皇室服务机构档案等构成，另有部分地方衙署及个人档案。

（一）机构沿革

中国第一历史档案馆能够保有大量的清宫档案，缘于与北京故宫博物院千丝万缕的联系。1925 年 10 月，故宫博物院成立时设古物馆、图书馆、总务处两馆一处，图书馆下设图书、文献二部。文献部即中国第一历史档案馆的前身，主要负责紫禁城内及清廷中央机关明清档案的清点和集中，后名称、职能和归属几经变更。

1927 年 6 月，文献部易名掌故部。1928 年 10 月，掌故部与图书馆分离，称为文献馆，职掌细化为五项，"一、关于档案及清代历史物品之编目事项；二、关于档案及清代历史物品之陈列事项；三、关于档案及清代历史物品之储藏事项；四、关于档案及清代历史物品之展览事项；五、关于清代史料之编印事项。"② 可见文献馆时期，其职能不仅限于档案的收集、管理、利用，也包括部分宫中文物的管理、利用，如帝后冠服、仪仗卤簿、戏衣切末、印章册宝、匾额楹联、木刻版片、兵器乐器、宝钞钱币等，主要用于展览陈列，综合性较强。这一状态到 1947 年时，被清晰界定为文献馆四大职能：文献之保管整理、分类编目、编辑流传和陈列展览。③ 1951 年 5 月，故宫博物院改组，文献馆改称故宫档案馆，职能划分更为专业化：负责档案的整理搜集、登记编目、研究编辑、提供参考等事项。④ 因此，强化了档案研究职能，将文物实体的管理功能移出，陈列展览职能转为陈列展览"提供参考"。

1954 年 11 月成立国家档案局，次年 12 月，故宫档案馆移交国家档案局，改称第一历史档案馆，1958 年 6 月改名明清档案馆。归属名称虽有变

---

① 逸文：《台湾中研院近代史所档案馆藏档评介》，《民国档案》2002 年第 3 期。
② 北平故宫博物院编《北平故宫博物院报告》，1929 年 12 月。
③ 《故宫博物院组织条例》，中国第一历史档案馆文书档案，1947-0100-2。
④ 《故宫博物院组织条例草案》，中国第一历史档案馆文书档案，1951-0122-1。

更，但机构及档案实体仍然在故宫博物院内。直到 1959 年 10 月中央档案馆成立，明清档案馆成为中央档案馆下属的明清档案部，机构及部分档案实体移至西山办公区。1969 年 5 月，撤销国家档案局，同年年底，明清档案部与中央档案馆分离，交回故宫博物院。1979 年 2 月，恢复国家档案局，次年 4 月，再度归属于国家档案局，改称中国第一历史档案馆。

从 1925—2024 的一个世纪中，该机构办公地点也屡有变化。最初在紫禁城院内东偏南的南三所，1926 年、1931 年，大高殿、内阁大堂渐次成为文献馆办公分处。1959-1969 年，迁出紫禁城，于北京西山办公区办公。1970 年，再回紫禁城，在内阁大堂、国史馆、会典馆办公。1975-2020 年，馆址在北京故宫西华门内一座坐西朝东黄色琉璃瓦顶的仿古式 6 层办公楼中，使用面积 14000 多平方米。2021 年，位于天坛以北、故宫东南方的祈年大街 9 号新馆投入使用，占地面积 13400 平方米，总建筑面积近 10 万平方米。

（二）档案介绍

中国第一历史档案馆馆藏档案全宗表

全宗号	全宗名	全宗号	全宗名
1	明朝档案	17	工部
2	内阁	18	外务部
3	军机处	19	学部
4	宫中各处档案	20	农工商部
5	内务府	21	民政部
6	宗人府	22	邮传部
7	责任内阁	23	八旗都统衙门
8	弼德院	24	大清银行
9	宪政编查馆	25	督办盐政处
10	修订法律馆	26	溥仪档案
11	国史馆	27	端方档案
12	吏部	28	顺天府
13	户部—度支部	29	山东巡抚衙门
14	礼部	30	黑龙江将军衙门
15	兵部—陆军部	31	宁古塔副都统衙门
16	刑部—法部	32	阿勒楚喀副都统衙门

续表

全宗号	全宗名	全宗号	全宗名
33	珲春副都统衙门	56	陵寝礼部
34	长芦盐运使司	57	太仆寺
35	会议政务处	58	太常寺
36	銮仪卫	59	光禄寺
37	巡警部	60	鸿胪寺
38	醇亲王府	61	翰林院
39	总理练兵处	62	大理院
40	神机营	63	会考府
41	京师高等审判厅、检察厅	64	清理财政处
42	近畿陆军各镇督练公所	65	管理前锋护军等营事务大臣处
43	卓索图盟扎萨克衙门	66	健锐营
44	税务处	67	火器营
45	理藩部	68	侍卫处
46	方略馆	69	尚虞备用处
47	舆图汇集	70	禁卫军训练处
48	都察院	71	京城巡防处
49	军谘府	72	京城善后协巡总局
50	资政院	73	京防营务处
51	步军统领衙门	74	禁烟总局
52	北洋督练处	75	赵尔巽档案
53	钦天监	76	各处档案汇集
54	国子监	77	征集接受捐赠档案
55	乐部		

　　中国第一历史档案馆收藏的清宫档案，共 77 个全宗，1067 余万件。其中，明代档案为馆藏全宗第一号，共计 3855 件，[①] 档案起止时间为洪武四年（1371）至崇祯十七年（1644），包括洪武、永乐、宣德、成化、正德、嘉靖、隆庆、万历、泰昌、天启、崇祯 11 朝档案，以题行稿为主。馆藏的

[①] 本文所引中国第一历史档案馆馆藏各项档案统计数量，除另有说明外，均以该馆所编、国家图书馆出版社 2023 年版《中国第一历史档案馆馆藏全宗概述》为准。

绝大多数为清代档案，形成时间从清入关前的天命前九年（1624）至清宣统三年（1911），现分为76个全宗，清朝中枢机构档案全宗、清代皇族和宫廷事务机构档案62个，10个为地方机关全宗档案，4个为个人全宗档案。各个全宗档案的数量相差极为悬殊，其中内阁、军机处、宫中、内务府全宗档案数量各在100万件以上，宗人府、兵部—陆军部档案各有几十万件不等，其他全宗从十几万件到几十件，尚虞备用处档案全宗数量最少，仅有1件。此外，尚有溥仪退位后1912年至1924年未出宫前及其在天津、东北时期形成的档案。现有汉文档案800余万件（册），满文档案200余万件（册），另有蒙文档案5万多件（册），还有少量藏文、维吾尔文、托忒文等少数民族文字及英、日、俄、德、法等外国文字的档案。以下简要介绍馆藏百万件以上、使用率较高的4个大全宗。

1. 内阁全宗，为馆藏全宗第二号

内阁是明清时期的中央办事机构，经历了由集权皇帝的辅政设置——国家行政的权力中枢——典礼本章的办理机构的演变过程，宣统三年（1911）四月责任内阁成立后裁撤。中国第一历史档案馆的内阁档案共241万余件（册），自天聪三年（1629年）至宣统三年（1911年）。内容包括政治、经济、军事、文化、民族、宗教及天文地理等各个方面，反映了清朝由兴起到统一全国，直至灭亡的300余年的历史。文书种类有诏书、诰命、敕谕、朱谕、题本、奏本、表文、笺文、启本、咨文、移会、黄册等数十种。

其中利用率较高的有政令文书和题本。（1）政令文书。是皇帝发布政令的文书档案，包括诏书、敕命（谕）、诰命、金榜（含殿试题）、祭文等及其文稿，共计9442件。清代遇有重大政治事件和隆重庆典布告天下民众，使用诏书；敕封外藩和封赠六品以下官员及世爵有袭次者，使用敕命；谕告外藩及外任官，使用"敕谕"；封赠五品以上官员及世爵承袭罔替，使用"诰命"。殿试结果的榜示称为"金榜"，张贴于东、西长安门外者为大金榜，馆藏31件；皇帝阅视、传胪等时使用的为小金榜，馆藏178件。[①]（2）题本。内阁全宗中的题本是清朝高级官员向皇帝报告各类政务的文书之一，官员参劾、兵马钱粮、刑名命盗等例行公务，官员都可具题用印呈览，为馆藏档案数量最多的文种，共计168万余件。由于辗转播迁等原因，一些满

---

① 王金龙：《也谈清代小金榜》，《历史档案》2010年第3期。

汉合璧的题本，出现了满汉分家的管理状态，汉文题本 159 万余件，满文题本 8.6 万余件。

2. 军机处档案，为馆藏全宗第三号

军机处作为清代辅佐皇帝的中枢机构，初为雍正年间西北用兵而设。雍正十年（1732）定名"办理军机处"。乾隆帝继位后，更名"总理事务处"。乾隆二年（1737），又恢复军机处旧名，全称"办理军机事务处"，成为定制。宣统三年（1911）四月裁撤。军机大臣和军机章京掌办一切军国要政，军机处档案计 102 万余件，时间自雍正八年（1730）至宣统三年（1911），文书种类有录副奏折、满汉文档簿、来文、照会、清册、电报、函札、奏表、奏稿、杂件、舆图等。

其中，利用率较高的是录副奏折和上谕档。（1）录副奏折。为清廷满汉官员上呈奏折经过拟办奉旨后抄录的副本或留中的原折，原以 1 日为 1 箍，半月为一包，称为月折包，内容覆盖政治、经济、军事、文化等社会方方面面，共计 90 余万件，包括汉文 72 万件，满文 18 万余件。为适应较大的社会利用需求，在检索手段尚不发达的 1958 年，按"朝年—问题"原则，进行了拆包分类、折片分家的整理，分为内政、军务、财政、农业、水利、工业、商业、交通运输、工程、文教、法律、外交、民族事务、宗教事务、自然现象、镇压革命运动、帝国主义侵略、综合 18 大类。（2）上谕档。是专门记载皇帝谕旨的档册。共 2913 册，自雍正元年（1723）至宣统三年（1911）。内容非常丰富，内政、外交无不涉及，各朝重大事件、官员任免、奖恤丁忧、制度沿革、宫廷礼仪等，在上谕档中均有记载。上谕档与录副奏折结合使用，基本能完整地了解某一事件或问题的始末。在 1980 年代拍摄为缩微胶卷，2009 年，完成了 2507 册上谕档的全文数字化，实现了上谕档的全文检索。（3）随手登记档亦具有较高的利用价值，共 709 册，自乾隆元年（1736）至宣统三年（1911）。为军机处每日进呈奏折、片、单及所奉朱批、谕旨的登记簿册，由值日章京记载，抄录奏折题由、皇帝全部朱批、发抄处理结果及谕旨摘要，是查找奏折、谕旨完整系统的编年史料，可为进一步查找奏折及谕旨提供线索。

3. 宫中档案，为馆藏全宗第四号

宫中档案，指保存于清朝皇宫内廷中的各类档案，1925 年文献部在清理这些档案时，以其"系统虽异，地点均在内廷"，故名"宫中各处档案"，简称"宫中档案"，并一直是按一个系统进行整理和保管。为维持原管理面貌，现仍沿用"宫中各处档案"这个全宗名称。该全宗共有档案 138 万余件（册），上自顺治元年（1644），下迄宣统三年（1911），有汉文、满文两种。汉文有：朱批奏折、朱谕、电旨、廷寄、咨文、单、片、电报、诗文、药方、圣训、起居注、各种簿册、书籍、杂件等；满文有：朱批奏折、廷寄、谕旨汇奏、朱谕、杂录档（又名和图礼档）、值班档（又名该班档或依都档）等。

其中，利用率最高的是朱批奏折。朱批奏折始于康熙时期，原为皇帝与官员间私人通讯，经皇帝用朱笔或墨笔批示后的奏折，发还原奏本人执行。雍正帝登基后，出于政治斗争的需要，谕令将朱批奏折"俱着敬谨收集呈朕"，以后历朝相沿，遂成定制，客观上为保存这部分档案创造了条件。目前中国第一历史档案馆保存的朱批奏折共有 79 余万件，汉文 58 万余件（亦可分为 18 大类），满文 20 万余件。其中，康熙、雍正、光绪朝的汉文朱批奏折均已结集影印出版，康熙、雍正朝的满文朱批奏折则全部翻译出版。

4. 内务府档案，为馆藏全宗第五号

内务府是管理宫廷事务、服务皇帝及其家庭的机构。清入关前为尚方司，入关后，设内务府。顺治十年（1653），裁内务府，设十三衙门。顺治十八年（1661），废十三衙门，恢复该衙门，名内务府总管衙门。雍正元年（1723），其内部为广储司、都虞司、掌仪司、会计司、慎刑司、庆丰司、营造司及上驷院、武备院、奉宸院，七司三院的建置已成定例。此外，还有武英殿修书处、御茶膳房、御药房、敬事房、造办处、三织造、庄头处、官房租库、咸安官学、景山官学、蒙古官学等 40 余个下设机构。1911 年清王朝被推翻，溥仪根据优待皇室条件居住宫中，内务府续存至 1924 年溥仪出宫。共有档案 286 万件（册）。

内务府掌满洲上三旗包衣组织的全部军政事务，管理宫廷内部的人事、财务、礼仪、保卫、刑法、工程、制造、农林、畜牧、渔猎及一切日常事务，虽然不是国家权力机关，但由于其直接为皇帝服务的特殊地位，所以许多国家政务活动都与内务府有着一定的联系。如：（1）红本档。309 册，是总管内务府大臣遵例汇奏所属各机构一年内经办事务的档簿。主要内容有：官员功过奖惩，盛京庄头出入粮石，官三仓出入粮石、蜂蜜、盐斤、黄白蜡支、纸张、木炭，祭祀用过猪牛、果品数目，各处进贡及赏赐数目等。（2）奏销档。1026 册，是内务府大臣日常上奏奉旨后抄录存案的簿册，其内容以内务府经办的宫廷事务为主，如：祭祀、筵宴、贡品收贮、工程建设、租税缴纳等，比红本档更为系统，是研究内务府和清代宫廷史极为重要的史料。

二　清宫档案的利用

档案的利用工作，从内涵上说，有狭义和广义两方面的内容。从狭义上讲，就是接待利用者查阅档案，提供咨询的被动式服务。从广义上说，起码包含 4 项：一是上述被动服务；二是编辑出版专题、丛编、汇编等各种形式的档案史料；三是举办档案展览；四是进行学术研究、中外文化交流等。后三项兼含被动服务与主动服务。本文所涉档案利用工作，拟略述广义利用工作中的前两项，即清宫档案查阅利用和编辑出版。

专制王朝统治时期，也有利用档案的行为，但仅为官方编修实录、圣训、方略、会典等书籍之目的，或查找前朝相关事例以便参照行政。清宫档案亦是如此，因而秘藏深宫。清宫档案向社会开放，经历了三个时期。

1. 1932—1950 年，文献馆时期

此时期又可分为三个阶段：

（1）建馆到抗战前（1932—1937）

1925 年，文献馆成立，大内档案开始逐步整理。1930 年 3 月，文献馆"将实录库所存汉文实录及起居注移存大高殿并整理编目，以便利用。"[1] 这标志着清宫档案向社会开放利用筹备工作的启动。1932 年，为适应学术界对档案的需要，文献馆订立了借抄档案规则，主要有：（1）凡欲抄录档案，应先将拟抄文件开列目录，函请故宫博物院审查。（2）获允后，由故宫博物院派人代为抄录；抄录所需纸张、劳务等费用由申请者承担。（3）抄录档案，非经故宫博物院许可，不得发表。（4）著文发表时，凡文章中引用所抄档案内之文字，须说明原件存故宫博物院。（5）来馆利用档案，须办理借阅手续，填写利用人姓名、利用档案范围。[2] 由于这时故宫已开始南迁准备，利用者不多，据不完全统计，1932 年约有 11 个单位和个人提出到文献馆查阅、摘抄、参观档案，大部分是高校和科研单位，有燕京大学（政

---

① 张德泽：《中国第一历史档案馆大事年表》，《历史档案》1998 年第 1 期。
② 《故宫博物院文献馆 1932 年工作报告》，中国第一历史档案馆文书档案，0000-0101-1。

治系、历史系、法学院）、清华大学（历史系）、中法大学的师生，中央研究院气象所等。但是此时的文献馆自身的办公就分散在南三所、大高殿、内阁大库等处，没有专供利用者查阅档案的场所。中央研究院社会调查所派人到文献馆抄录内阁大库经济史料，过程就十分艰辛，从1932年1月下旬自备桌张，到次年找寻查档场所、增加抄写桌椅、办理进宫手续、冬季自行采暖等。① 在《故宫博物院文献馆二十二年度工作报告及将来计划》中提到了下个年度的计划："本馆庋藏之档册文件，久为学术机关及专门学者所重视，常有请求阅览及抄录者。惟本馆原来办公地方，未能容纳多人，实有另辟档案阅览室必要。查清史馆旧址与南三所毗连，前门又与实录、红本二库望衡对宇，且该处有库房一所，更可藉为贮存档案之需。现在该处房屋空闲，拟即稍加修葺，辟为档案阅览室。"② 档案阅览室的设置，是文献馆档案利用正式开展标志之一。标志之二是从1934年开始，在文献馆的《年度工作报告》中，增加了"阅览及借抄事项"的内容，并成为连续3年多的固定栏目。可以说，建院9年后，利用工作才正式成为文献馆工作的组成部分。

据不完全的文献馆年度工作报告统计，文献馆从1934年到1937年"七七事变"爆发，共接待65个单位和学术团体（年均14个）。

（2）北平沦陷时期（1937—1945）

1937年卢沟桥事变后，8-11月共4个月，没有任何利用记录，可见北平确实已经放不下一张平静的书桌。直到12月，第三本油印的文献馆工作报告中才出现了一条利用记录：曾任清史馆总纂的吴向之（廷燮）借阅顺治、康熙两朝实录4函。1938、1939两年，也只有吴向之和另一位历史地理学家赵泉澄的零星借阅记录。1940—1945年抗战胜利，文献馆工作文件中再也没有发现利用记录。

（3）抗战胜利至新中国之初（1945—1951）

1946年，利用工作开始零星恢复，但多为个人行为，如：时任故宫博物院院长马衡之子、著名戏剧导演马彦祥参观昇平署戏本，故宫专门委员王重民带引美国文学博士史麟书参观外交档案、军机处照会。

文献馆时期或来馆或利用的，还有许多当时或后来相当著名的学者。

---

① 中国第一历史档案馆文书档案，1932-0024-00010，1933-0029-00102。
② 中国第一历史档案馆文书档案，1933-0026-00012。

如：1932 年，著名中美关系史专家、燕京大学政治系研究员卿汝楫查阅外交档案，戏曲造诣精深的周明泰请人抄录昇平署剧本。1934 年，收藏家、书法家冯恕派人抄写实录，北京大学文科研究所主任胡适托人查找江宁织造曹氏档案。1935 年，后来成为美国著名汉学家、历史学家、哈佛大学东亚研究中心创始人的费正清（John King Fairbank），此时他是还在北平清华大学上学、名为费正敬的留学生，在故宫专门委员福开森的引领下参观了内阁大库的黄册、朱批奏折和各项档案。1936 年，时任北京大学秘书长兼中文系教授的郑天挺查阅实录，北京大学历史系吴相湘查阅上谕档，等等。

文献馆时期的清宫档案利用，其特点主要是为学术研究服务，同时，也保留了历朝历代档案为国家政治服务的功能。1946 年 4 月，由于外蒙古独立，引发了中华民国政府内的巨大争议，北平行营曾向文献馆借阅了内外蒙地图 65 件。[①]

2. 1951—1979 年，明清部时期，加强制度建设

（1）1951 年制定了"故宫博物院借阅借抄档案暂行办法（草案）"7条，主要有：①借阅或借抄档案，应先列出档案种类，来函洽商；②引用档案须注明原件存故宫档案馆字样；③出版物须赠送档案馆参考；④每次借阅，限于一个档案全宗，并限制每日查阅件数与提调档案次数；

（2）1957 年，制定"第一历史档案馆档案材料利用简则（草案）"12条，在延续 1951 年办法外，增加了国内利用者要提供本人所在机关介绍函、外国利用者要经外交部及国家档案局批准的要求。

（3）1959 年，制定"明清档案部档案材料利用暂行办法（草案）"10条，增加利用档案目的或研究题目的要求，外国利用者的利用要得到外交部及该馆馆长的批准。

---

① 1945 年 8 月 14 日，中华民国政府与苏联签订《中苏友好同盟条约》，约定在打败日本后，苏联在尊重中国东北主权与领土完整、不干涉新疆事务、不援助中国共产党的三个前提下，可通过公民投票的方式与结果决定外蒙古是否独立。同日，中苏两国外交外长王世杰、莫洛托夫就蒙古问题互致照会："中国政府声明……如外蒙古之公民，投票证实此项愿望，中国政府当承认外蒙古之独立。"两个月后（10 月 20 日），在联合国观察员的监督下，外蒙古进行公投，投票结果显示，97.8% 的外蒙古公民赞成独立。1946 年 1 月 5 日，中华民国政府承认蒙古人民共和国独立。但两个月后，国民党六届二中全会上检讨外交报告，有人建议废弃《中苏友好同盟条约》。1947 年元旦，在中华民国宪法中确定蒙古为中国的自治区之一，以立法的形式否定了外蒙古独立。

（4）1964 年，正式实施"明清档案部档案利用资料暂行办法" 16 条，增加了①本馆档案提供单位使用，一般不提供个人使用；②利用人员需提供本单位人事部门的政审材料，经本部同意后，方可来馆利用；③一般不提供外国公民利用。

根据现有资料统计，1951—1965 年 15 年间，明清部接待利用单位和个人 445 个以上（年均 30 个）；1971—1976 年 6 年共接待 63 个单位（年均 10 个）。此间，1962 年，接待了越南学者查阅档案；1963 年，接待了苏联学者、朝鲜学者查阅档案。

"文革"开始后，正常利用工作停止了 3 年。1969 年利用工作恢复后，首先修订了"明清档案部档案资料利用暂行办法"，改为 18 条，主要是增加了限制利用珍贵及有关国家机密档案的范围等条款。

"文革"结束后的 1977 年，接待查档单位数量达到 43 个，2281 人次，创下了"文革"以后查档利用的新纪录。1978 年十一届三中全会以后，随着改革开放和科学文化春天的到来，来馆查档的人员日渐增多。1979 年一年，累计接待 136 个单位，5541 人次，超过了 1971—1977 年 7 年的累计接待单位数量总和。

此间来馆或联系查档的著名学人有历史学家范文澜（1949 年）、郭沫若（1961 年）、王戎笙（时任郭沫若秘书，后为著名清史专家）和《红楼梦》研究专家周汝昌（1973 年）。

明清部时期的档案利用的特点是，总体控制比较严格，多以单位为主，涉及部门众多，包括科研、高教、文博、艺术、军事、企业、商业、金融、水利、气象、医药、公安、消防、新闻、出版等；查档内容广泛，涉及中外关系、农民起义、帝国主义侵略、辛亥革命、戊戌变法、商业贸易、民族事务、农垦水利、矿产资源、建筑工程、天文气象、医药卫生、赈灾捐献、帝后生活、宫殿苑囿、文学艺术、地方历史等各个方面。查阅利用档案目的各有不同，如：撰写学术论著，编写教材，编修方志，举办展览，修复古迹，医药食品开发，编写剧本、拍摄影视剧等。特别在经济建设中提供了有益的参考，如三门峡水库工程、京密引水渠工程，黄河、长江、淮河治理工程等，都从档案中找到了确切可靠的历史数据。①

---

① 参考邹爱莲《一九八三年明清档案利用情况》，《历史档案》1984 年第 4 期；朱淑媛：《十年来国内读者利用中国第一历史档案馆馆藏回顾》，《历史档案》1992 年第 4 期。

3. 1980 年至今，中国第一历史档案馆时期

（1）1980—2007 年，蓬勃发展期

1980 年，清宫档案迎来了又一个春天。1980 年 3 月 17 日，经中共中央及国务院批准，国家档案局发布了《关于开放历史档案的几点意见》，中国第一历史档案馆根据其精神，也进行了利用制度的重新拟定，放宽了清宫档案的利用范围和内容，简化了利用手续。1981 年的《中国第一历史档案馆关于查阅利用明清档案的暂行办法》规定：本馆所藏明清档案，均可向国内科研部门、大专院校、党政军机关、群众团体、企事业单位及其他工作人员提供利用，取消了政审环节。同时，国外利用者只要持国内接待单位介绍信和本人有效护照，即可到档案馆查阅档案，其他手续和查阅方法和国内人员相同。在此期间，提供利用档案的方式主要有 3 种：一是提供档案原件阅览，这是主要的提供利用方式；二是从 1981 年开始，利用缩微胶卷在阅读机上阅览。三是从 2002 年开始，可以在计算机终端阅览档案数字化影像。

1980—2007 年接待利用人次共计 123865 人次，其中，1980—1992 年是清宫档案利用的高潮期，接待人次年均 6100 人以上。形成这一态势的原因，一是编修方志的需要。1980 年为编写地方志而前来查阅档案的利用者仅占全年利用者总数的 6.3%，1987 年则达到了利用者总数的 57%。这些编史修志的利用者主要来自全国各省、市、自治区及所辖市县的政府机关，企事业单位并各类院校。如：山西省高平县编写《高平县志》，四川省财政厅编写《四川省财政志》，汕头海关编写《汕头海关志》等。据统计，除西藏自治区和台湾地区之外，全国各省、市、自治区及所辖市、县，大都为完成地方志的编写工作而前来查阅过档案。二是学术研究。中国（包括中国人民大学清史研究所，中国社会科学院历史研究所与近代史研究所，北京市社会科学院历史所，台湾"中央研究院"历史语言研究所、近代史研究所）及美国、日本、法国等十余个国家的专家、学者长期利用清宫档案，就戊戌变法、慈禧太后、清代经济、清代八旗、清代科举、西藏治理、中外关系等问题，查阅了军机处、宫中、内阁、内务府等全宗内的档案，完成了高水平的学术论著。如，中国人民大学清史研究所孔祥吉的《康有为变法奏议研究》（辽宁教育出版社，1988）、中国社会科学院近代史所刘小萌的《满族从部落到国家的发展》（中国社会科学出版社，2007）、时任美国费正清研究中心主任、哈佛大学教授的孔飞力（Alden Kuhn）的《叫魂：1768

年中国妖术大恐慌》（1990 年成书，陈兼、刘昶译，上海三联书店，1999）等。三是文化传播。包括影视剧、小说、展览等，清宫档案为再现历史及其细节创作，提供了历史背景的资料和素材。中国电影合作制片公司 1983 年推出的电影《火烧圆明园》《垂帘听政》、中国人民大学清史研究所凌力创作反映捻军反清斗争的长篇历史小说《星星草》等利用了清宫档案。北京故宫博物院 1988 年举办的《末代皇帝溥仪生活展览》展出了溥仪大婚时前清遗老们的祝贺礼单复制件等，为观众提供了溥仪结婚大典的详情。①

（2）2008—2020 年，调整蓄力期

2008 年起，为保护清宫档案，原件一般不再提供利用。中国第一历史档案馆为更好地服务社会，开启向现代化档案馆跨越式转化，制定了明确的目标，近期目标为实施整理数字化工程，推动新馆建设。远期目标为构建明清档案事业发展新平台，建设档案整理数字化信息库，提升档案管理和利用水平。经过 5 年多的持续推进，全部馆藏实现整理到件，并将馆藏总量从 1000 余万件精准统计为 1067 余万件。

调整期的档案利用工作受到较大影响，利用方式主要是缩微胶片阅览和电子图像阅览两种。由于停用原档，致使许多利用者特别是国外利用者认为已停止档案利用，利用人次急剧下滑，2009 年的利用人次仅为 2007 年的 1/3。但此间的电子图像阅览方式，随着档案数字化建设的加快和互联网建设逐渐成为档案利用的主要方式，同时，部分档案文献实现了全文检索，如，军机处档簿上谕档。2015 年，87 岁的美国耶鲁大学教授、军机处研究专家白彬菊（Beatrice S. Bartlett）来馆查阅上谕档，看到全文检索时，兴奋得无以复加：“我真没想到，你们这个太厉害了！美国还没有。”

这一时期的档案利用主要集中在学术研究、举办展览等社会文化需求，兼有出版行业强劲发展的加持，推出了诸多有新观点、新材料的成果。如，清华大学苗日新教授的《熙春园·清华园考——清华园三百年记忆（增订本）》（清华大学出版社，2011），利用馆藏朱批奏折确认了清世宗对《古今图书集成》真正的编纂者陈梦雷署名权的剥夺。《北京青年报》记者刘江华的《左宗棠传信录》（岳麓书社，2017），从左宗棠与曾国藩、胡雪岩、郭嵩焘等晚清重要人物交往的逸事、传闻入手，利用清宫档案进行史实重建，

---

① 参见邹爱莲《一九八三年明清档案利用情况》，《历史档案》1984 年第 4 期；朱淑媛：《十年来国内读者利用中国第一历史档案馆馆藏回顾》，《历史档案》1992 年第 4 期。

以期最大限度地证实或证伪。台湾"中研院"近代史研究所赖慧敏研究员，利用馆藏宗人府、内务府等档案，撰写了《清代的皇权与世家》（北京大学出版社，2010）、《乾隆皇帝的荷包》（中华书局，2016），前者对清代的海宁陈氏、桐城张氏、曲阜孔氏、满洲钮祜禄氏等世家大族的形态、人口、地域及与皇权的关系进行深入全面的探讨，后者详细讨论了乾隆年间的皇室财政收支。美国耶鲁大学历史系白彬菊教授，利用清宫档案经过多年研究，撰写了《君主与大臣》（董建中译，中国人民大学出版社，2017），采用内外朝的分析框架，得出了军机处的建立过程及清廷行政的运作方式的新论断。

（3）2021年至今，新馆开启期

2020年底，一座米黄色的大楼在祈年大街北段路西拔地而起，中国第一历史档案馆搬出故宫西华门，新馆于2021年7月19日正式开馆。新馆聚焦将清宫档案"保管好""利用好"的要求，围绕服务国家大局、社会需求、利用水平提升发力，利用方式虽仍以电子图像阅览为主，但不断扩充开放数量，在国家重大事件、重要节日等时间节点，持续增加清宫档案向社会开放的力度。目前，局域网开放档案数据达到近450万件，互联网开放目录达到424万条，利用大厅也从原来在故宫西华门内时的30余个座位增加到106个，查档电脑终端的运行速度亦大大增加，查档体验更佳。迁入新馆的2021、2022年，分别接待利用者3620人次、3534人次。从2022年9月开始，实行周六开放。目前，国内外利用者群体的特点均以高校师生、研究机构人员、文博系统工作者为主，国外利用者主要来自美国、日本、英国、法国等。其研究方向包括清代财政经济、机构职官、边疆民族、气候环境、社会史、外交史、区域史、茶文化、宫廷史、园囿陵寝等，私家修谱也呈上升趋势。同时，利用清宫档案形成各种专题数据库并进行分析研究，也是当前研究机构和高校查档的重要模式。近期研究成果有南开大学历史学院常建华教授的《众生百态：清代刑科题本里的"打工人"》（中国工人出版社，2024），利用馆藏内阁题本档案，用宏观叙事与微观叙事相结合的方法，还原清代打工人的日常生活，生动描绘了剃头匠、木匠、铁匠等8类人群的状态。[①]

①　本文综述利用清宫档案推出的成果，除有说明外，基本依据馆外利用者反馈本馆的成果。特此说明。

三　清宫档案的编辑出版

编辑出版的目的，是将编辑作品通过一定的方式公之于众，包括纸质出版、电子出版、网络出版、数字出版等，后三种方式出现于 20 世纪 90 年代中期以后。清宫档案的编辑出版始于纸质出版，是服务学术研究、服务国家治理、服务社会需求的重要路径，也是档案保管机构向社会提供主动服务的重要方式，更是数字化时代到来前保护清宫档案实体、发掘档案价值的必要手段。

文献馆时期，清宫档案编辑出版工作是先于社会利用展开的。从文献馆 1926 年出版的第一个档案出版物算起，1926—2023 年的 98 年间，共出版清宫档案 245 种，3748 册，机构名称经历了 8 次的调整（文献部、掌故部、文献馆、故宫档案馆、第一历史档案馆、明清档案馆、中央档案馆明清档案部、故宫明清档案部、中国第一历史档案馆），管理部门更换了 4 次（故宫—国家档案局—中央档案馆—故宫—国家档案局），档案出版物纸本的出版方式也从 20 世纪 80 年代以前的抄录、标点、排印出版，转变为 20 世纪 90 年代以后的原档影印和数字化影像印刷出版。在建馆百年的前夕，正在探索从纸媒编辑到数字编辑的转化。

清宫档案的编辑出版过程亦可分为 3 个阶段：

（一）1926–1950 年，文献馆时期

在未经过大规模整理的困难条件下，以陈垣、沈兼士、单士魁等为代表的老一辈历史学家及档案工作者筚路蓝缕，开辟了发掘公布清宫档案的编辑出版之路。1925 年 10 月，故宫博物院成立，其图书馆下设的文献部，在建院 9 个月后就交出了自己的第一份出版物《交泰殿宝谱》，1927 年 11 月改为掌故部后，1928 年 1 月开始出版《掌故丛编》，每月一辑，不考虑档案原有格式，不设统一格式，不标点，一份档案为一件，件内均接排；一组史料不能齐备，则于下期续刊；每组史料各自编码，方便读者自行汇集。1929 年 3 月正式与图书馆剥离成立文献馆，《掌故丛编》（共出版 10 辑），改名为《文献丛编》（共出版 46 辑）。1930 年 6 月，为加快向社会公布清宫档案的进度，开印《史料旬刊》（共出版 40 期），每十日一期，可以刊发单份档案，能够更为及时灵活地公布新发现的"可供考征

者"①。文献馆编纂出版档案文献史料的基本方式是由馆员抄录，再行排印出版。为了加紧出版、缩短编辑周期时，则省去档案抄录过程，直接派馆员手持档案原件站在排字工人身旁，根据档案原件排字，馆员在保证档案原件不受损坏与玷污的同时负责档案文字校对。刊出的档案涉及政治、经济、军事、文化、外交、宫廷政争、太平天国等，如顺治帝、康熙帝谕旨，雍正朱批谕旨不录奏折，英使马戛尔尼来聘案，康熙建储案等。除外交史料（《筹办夷务始末》《清光绪朝中日交涉史料》《清宣统朝中日交涉史料》《清代外交史料》《清光绪朝中法交涉史料》《清末教案史料》）外，多为小专题。全面抗战和内战期间，清宫档案编纂基本陷于停顿状态。

1925—1950 年文献馆时期出版物达 54 种，380 册（函、轴）。内容包括宫藏画像舆图、档案史料、档案目录等。这些成果便利了学者的利用和研究，同时对明清档案的抢救、留存和传播起到重要的作用。

（二）1951—1979 年，明清档案部时期

在此期间，清宫档案编纂出版工作，受到国家政治形势的影响，时有断续。1951—1965 年相对活跃，重点配合新中国反帝反封建的主题。如，与中国史学会合作编辑《中国近代史资料丛刊》之《中法战争》《辛亥革命》《洋务运动》《第二次鸦片战争》史料；国内开展对《武训传》的批判时，编辑公布《宋景诗档案史料》。1966—1976 年"文革"时期，编纂出版近乎停顿，但配合毛泽东主席"把《红楼梦》当历史读"的精神，编辑出版了《关于江宁织造曹家档案史料》《李煦奏折》。

1978 年十一届三中全会后，档案编纂出版工作得以迅速恢复发展。为快速向社会推出清宫档案，编辑出版了《清代档案史料丛编》。每年汇集若干专题合为一辑，标点铅排。至 1990 年，共出版 14 辑

此间出版使用抄录档案、新式标点、铅字排印的方式。出版档案成果 14 种，57 册。

（三）1980 年至今，中国第一历史档案馆时期

1980 年，国家档案局开放历史档案工作的要求下达后，档案编辑工作

① 故宫博物院文献馆编《史料旬刊》第一期发刊词。

呈现出全面发展的局面。1980—2023 年的编辑项目，涵盖了明清两代，有的按档案文种系列出版，有的按专题出版，或汇编，或选编，或丛编等。其出版方式在继承点校排印这一传统方法的同时，推出影印和光盘等现代出版形式。特别是影印出版，由于具备保持档案原貌、编辑出版周期短、出版物误差小等优点，受到学术界和出版界的欢迎。此阶段共出版档案史料 177 种，3311 册。择要简述如下。

1. 据档案文种出版

（1）清帝起居注：康熙、雍正、乾隆、嘉庆、光绪、宣统 6 朝的起居注出版，共 89 册；

（2）朱批奏折：康熙、雍正及光绪 3 朝朱批奏折出版，共 168 册；

（3）官员履历：《清代官员履历全编》共 30 册；

（4）军机处簿册：①清帝谕旨：雍正、乾隆、嘉庆、道光、咸丰、同治、光绪、宣统 8 朝军机处上谕档出版，共 144 册。②军机处随手登记档，乾隆、嘉庆、道光、咸丰、同治、光绪、宣统 7 朝随手登记档编年出版，共 226 册。③军机处电报档，是晚清时期的军机处誊录并以簿册形式保存下来的电报抄稿。《清代军机处电报档汇编》影印出版，分为谕旨、综合、专题 3 类，共 40 册。

2. 据专题内容出版

随着对档案内容发掘的深入，围绕国家大局、社会需求和文化传播的主题明确且相对完整的专题档案的出版成果不断推出。

（1）按区域方位划分：

①西藏：《元以来西藏地方与中央政府关系档案史料汇编》（1994 年版，共 7 册），《清宫珍藏历世达赖喇嘛档案荟萃》（2002 年版，共 1 册），《清宫珍藏历世班禅额尔德尼档案荟萃》（2004 年版，共 1 册）等；

②粤港澳：《清宫粤港澳商贸档案全集》（2002 年版，共 10 册）；

③台湾：《明清宫藏台湾档案汇编》（2009 年版，共 232 册）；

④新疆：《清代新疆满文档案汇编》（2012 年版，共 283 册）；

⑤西南：《清代皇帝御批彝事珍档》（2000 年版，共 1 册）；

⑥东北：《珲春副都统衙门档》（2006 年版，共 238 册）；

⑦西北：《清宫珍藏杀虎口右卫右玉县御批奏折汇编》（2010 年版，共 3 册）；

⑧东部：《清宫扬州御档》（2010 年版，共 18 册）。

（2）按研究主题划分：

①农民运动：《清代前期苗民起义档案史料汇编》（1987 年版，共 3 册），《清政府镇压太平天国档案史料》（1990 年版，共 26 册）；

②中外关系：《清中前期西洋天主教在华活动档案史料》（2003 年版，共 4 册），《晚清国际会议档案》（2008 年版，共 10 册），《明清时期宫藏丝绸之路档案图典》（2021 年版，共 8 册），《中琉档案史料汇编》（2022 年完成，共 51 册）；

③辛亥革命：《清宫辛亥革命档案汇编》（2011 年版，共 80 册）；

④列强侵华：《清宫甲午战争档案汇编》（2015 年版，共 50 册）；

⑤历史人物：《郑成功档案史料选辑》（1985 年版，共 3 册），《清宫林则徐档案汇编》（2020 年版，共 30 册）；

⑥宫廷历史：关于帝后医疗的《清宫医案研究》（1996 年版，共 1 册），关于宫廷制造的《清宫内务府造办处档案总汇》（2005 年版，共 55 册），关于皇家园林的《圆明园》（1990 年版，共 2 册），《清宫颐和园档案》（2017 年版，共 4 卷 40 册）；

⑦其他：《华工出国史料汇编》（1985 年版，共 4 册），《乾隆朝惩办贪污档案选编》（1994 年版，共 4 册），《纂修四库全书档案》（1997 年版，共 2 册），《清宫御档》（2001 年版，共 5 函 24 册），《清代妈祖档案史料汇编》（2003 年版，共 1 册），《明清宫藏地震档案》（2005 年版，共 2 册），《乾隆朝西域战图秘档荟萃》（2007 年版，共 1 册），《中国明朝档案总汇》（辑录馆藏明代档案的同时，收录了辽宁省档案馆藏明代辽东问题档案，2001 年版，共 101 册）。

此外，为及时向社会提供小专题档案史料，自 1981 年起，还创办了《历史档案》（季刊），这是全国第一本将公布档案与史学研究结合、国内外发行的学术刊物。2011 年改版，以公布明清档案文献、刊发明清档案论文、探讨明清档案业务为宗旨，凸显明清档案特色。每期公布档案史料与刊发学术论文相兼顾，同时设有读档随笔、史苑杂谈、档案介绍、档案业务、国外档案、书刊评介、学术动态、珍档撷英等专栏。目前为国家新闻出版署中国期刊方阵"双效期刊"、中国人文社会科学 AMI 综合评价（A 刊）核心期刊、《中文核心期刊要目总览》核心期刊、《中文社会科学引文索引》（CSSCI）来源期刊、《中国学术期刊综合评价数据库》来源期刊等，是中文报刊海外发行最受海外机构欢迎前 50 名报刊之一。至 2023 年底，已发行

43 年，出版 176 期。共刊发档案史料 930 余组，约 1800 万字，刊发文章 2600 篇，2600 万字。

回顾清宫档案的百年利用，无论是提供阅览的被动服务，还是编辑出版的主动服务，虽然已有长足进展，但距离国家和社会的期望还有相当的距离。比如，如何加大清宫档案的网络化使用？如何向社会提供更多的档案文化精品？无疑，百年磨砺，中国第一历史档案馆向社会奉献了 3000 余册档案史料出版物，但其中有大量档案粗加工产品。鉴于近年在馆内平台大力度地开放档案、在互联网公布馆藏档案目录，能够在很大程度上满足社会的需要，20 世纪 90 年代以后大规模采用的、适应当时社会需要的原档复印式的粗加工、大批量、高速度的档案汇编形式也许不再是目前社会的必需，应代之以细加工、小批量、精琢磨的编研项目。同时，当时代列车进入数智时代，编研项目一方面要注重传统纸本，另一方面也要注重利用电子数据进行数字编研，在整体资源整合的前提下，考虑专题数据库和全文数字化，便于未来研究者和利用者在馆藏资源中的查全与查准。

回眸从文献馆到中国第一历史档案馆近百年往昔岁月，有危机，有转机，清宫档案在新时代迎来了现代化的新馆，愿新的平台、新的机遇，引领明清档案事业走向新的辉煌。

［作者单位：中国第一历史档案馆编研处］

档案利用与清代文学研究的新进路

朱曦林

内容提要　清代内阁大库档案自 20 世纪初发现以来，与孔子壁中书、汲冢书并称为"中国学问上之最大发见"。在此后的一百多年里，经过几代学人的不懈努力，清代档案的收集、整理、编辑、出版和利用取得了显著成绩。具体于清代文学研究，近年来随着儒林传、文苑传及部分大臣传稿档案的出版和数字化，清代档案对于清代文学研究的价值也开始引起学界的关注，并在清代文学史、重要流派、重要作家、清代诗文、小说戏曲等方面取得了新进展。但也应该注意到，随着研究的逐步深入，厘清存世档案及各版本的形成时间、对两传档案进行系统整理并形成权威文献整理成果、重视清廷官方视域中的本朝文学史的建构，仍然是利用档案开拓清代文学研究新进路面临的重要问题。

关键词　档案利用　清代文学研究　新进路　儒林传　文苑传

20 世纪初，明清档案、殷墟甲骨文字、敦煌塞上及西域各处之汉晋木简、敦煌千佛洞之六朝及唐人写本书卷，在当时被称为"最近二三十年中国新发见之学问"，与孔子壁中书、汲冢书并称为"汉以来中国学问上之最大发见"。[①] 明代档案存世数量有限，而清代档案的保存则"尚称完整"[②]，据调查统计，已知存世的有两千万件。[③] 这些"清代二百余年之公

---

① 王国维：《最近二三十年中国新发见之学问》，《学衡》1925 年总第 45 期。

② 戴逸：《清史〈文献丛刊〉、〈档案丛刊〉总序》，《明清论丛》第 5 辑。

③ 秦国经：《明清档案学》，学苑出版社，2005，第 1 页。

家文书"①，包括内阁档案、军机处档案、宫中档案、内务府档案、各部院档案以及地方部门、私人档案等，主要分藏于中国第一历史档案馆、台北"故宫博物院"、台北"中央研究院"历史语言研究所等机构，"这批档案，内容之丰富，数量之巨大，反映清代社会生活之全面，是任何其它历史时期的历史资料所无法比拟的"②。从 20 世纪 20、30 年代开始，清代档案的整理和刊布，在探索中拉开帷幕；改革开放以后，在几代学人的努力下，清代档案的收集、整理、编辑、出版和利用取得了显著成绩，目前仍处于方兴未艾的阶段。

但相较于清史研究一直以来对档案利用的重视，"把它放在研究历史的最高地位"③，清代文学研究在近四十多年虽然已经从长期被冷落、边缘化发展为古代文学研究最具活力和发展最快的领域之一④，但对清代档案文献的关注和利用明显还不够充分。"一时代之学术，必有其新材料与新问题"⑤，新的研究问题往往与系统而完整的文献互为表里，文献整理既是文学研究的基础，也是研究趋势的风向标，既反映出该领域研究的需求情况，又推动该领域学术研究的逐步深入，21 世纪的清代文学研究能够"走出冷落"，即得益于一大批大中型丛书的陆续编纂和影印出版所提供的坚实文献基础。⑥ 具体于清代档案，近年来随着儒林传、文苑传及部分大臣传稿档案的整理出版和数字化，档案之于清代文学研究的价值也开始引起部分学者的关注。但客观来看，不管是从其文献数量、文本内容，还是其所体现的文学史价值，清代档案目前仍然是清代文学研究关注度较低且亟待开发的文献宝库。有鉴于此，本文拟从档案利用的角度略作梳理，以请教于方家。

---

① 沈兼士：《文献馆整理档案报告》，《文献特刊·报告》1935 年。

② 李文海：《清史研究八十年》，《清史研究》1999 年第 1 期。

③ 郑天挺：《清史研究和档案》，《历史档案》1981 年第 1 期。

④ 参见石雷《明清诗文研究的观念、方法和格局漫谈》（《文学遗产》2011 年第 3 期）、张晖《元明清近代诗文研究的现状及其可能性》（《文学遗产》2013 年第 4 期）、吴承学《明清诗文研究七十年》（《文学遗产》2019 年第 5 期）、杜桂萍《现状与反思：清代诗文研究的学术进境》（《求是学刊》2022 年第 5 期）、何诗海《〈文学遗产〉70 年与元明清文学研究》（《文学遗产》2024 年第 6 期）等。

⑤ 陈寅恪：《陈垣〈敦煌劫余录序〉》，《金明馆丛稿二编》，生活·读书·新知三联书店，2001，第 266 页。

⑥ 参见周明初《走出冷落的明清诗文研究——近十年来明清诗文研究述评》（《文学遗产》2011 年第 6 期），吴承学《明清诗文研究七十年》（《文学遗产》2019 年第 5 期）。

一

从清末迄今，清代档案历经了清政府、北洋政府、国民政府等多次时局变迁和战乱破坏，造成了严重的损失，但存世至今的仍然可观。这些数量浩繁的清代档案，涉及了清代政治、经济、军事、文化等方方面面，而与清代文学研究直接相关的则是国史馆和清史馆档案。国史馆是清代负责纂修国史的专门机构，设立于康熙二十九年（1690），最初为撰修清太祖、太宗、世祖三朝史而设，其间史成则馆撤，至乾隆三十年（1765）十月，为纂修国史列传，重开国史馆，自此遂为常设机构。辛亥革命以后，国史馆改称清史馆，并接收了国史馆的档案。1927 年《清史稿》修成后，清史馆撤销，国史馆和清史馆档案于 1928 年移交故宫博物院文献馆。① 目前这部分档案主要分藏于中国第一历史档案馆和台北"故宫博物院"。

从《中国第一历史档案馆馆藏档案全宗概述》《"国立故宫博物院"清代文献档案总目》提供的记载中可以看到，中国第一历史档案馆藏有国史馆档案 42418 件涉及五千余人②，台北"故宫博物院"藏有清国史馆及清史馆所修各种列传稿本一万八千余册③。其中与清代文学相关的档案主要涉及了国史馆、清史馆的儒林、文苑传档案。④ 那么，这些儒林、文苑传档案是如何形成的？曾负责纂修两传的缪荃孙在《国史儒林文苑两传始末》中对嘉庆至光绪年间的情况有过介绍，后来任清史馆总纂的夏孙桐也有详细的记载：

> 艺风所记《儒林》《文苑》两传，第一次阮文达之稿，有《儒林》而无《文苑》，第二次戴文端所进呈，两传始备。第三次道光甲辰另行删并，即坊间所刻之本；第四次光绪中艺风所撰，未及进呈；第五次

---

① 参见《中国第一历史档案馆馆藏档案全宗概述》，国家图书馆出版社，2023，第 79 页。
② 参见《中国第一历史档案馆馆藏档案全宗概述》，第 80 页；秦国经《明清档案学》，学苑出版社，2005，第 91~92 页。
③ 庄吉发：《清史馆与清史稿——清史馆未刊纪志表传的纂修及其史料价值》，《故宫学术集季刊》第 23 卷第 2 期，2005 年。
④ 按，除中国第一历史档案馆外，台北"故宫博物院"藏有《儒林传》312 册、《儒学传》3 册、《文苑传》226 册。（《"国立故宫博物院"清代文献档案总目》，台北"故宫博物院"，1982，第 184 页）

光绪癸卯国史馆据艺风稿重添，欲进呈而未果。及清史馆开，两传仍归艺风经手，即所自撰旧稿增删，改名《儒学》《文学》，此第六次也。又经马通伯复辑，大致与缪稿无大异，略有增入之人，仍名《儒林》《文苑》，此第七次也。马稿又经柯凤孙复阅，仅改作序文，其中无甚变动，而其稿失去儒林一册，至付印时仓猝又取缪稿，但改用阮文达原序，传中亦稍更动，此第八次也。①

夏孙桐为缪荃孙至戚，在清史馆期间曾分纂嘉、道、咸、同四朝列传及《循吏》《艺术》二汇传，到后期又总阅嘉、道以后诸列传，朱师辙曾说"《清史稿》惟闰丈经手最多而亦最出力"②，故其对于儒林、文苑两传编纂情形的记载是具有较高可信度的。从夏孙桐的记载中可以看到，《儒林传》经过八次编纂、《文苑传》经过七次编纂，其中《儒林传》始创于阮元③，《文苑传》最初则由陈用光、潘锡恩、陈沆纂辑④，道光二十四年（1844）两传又经方俊、蔡宗茂进行了删并⑤，光绪六年（1880）缪荃孙、谭宗浚等人又续修两传，二十九年（1903）又进行了第二次续修。至民国年间修《清史》，缪荃孙重任其事，以儒学、文学为名纂辑两传，又先后经过马其昶、柯劭忞的纂辑修改，最终形成了《清史稿》之《儒林传》《文苑传》。⑥而以上这些历次纂修的稿本，最终也形成了当下所能见到的多种儒林、文苑传档案。

然而，迄今在清代文学研究中，对这些档案的关注和利用仍然有限，为人熟知的主要是《清史稿》的相关汇传，并将之作为考察生平的资料来利用，认为："自清代以来，有不少研究清代作家、文集史料的成果，为我

---

① 夏孙桐：《附记》，缪荃孙：《儒学传》卷首，上海图书馆藏稿本。

② 朱师辙：《清史述闻》"序"，上海书店出版社，2009，第 2 页。

③ 《儒林传》第二次修改情况，据缪荃孙言："总裁戴文端公进呈时，出毛奇龄于文苑，去沈国模、谈泰、桂馥、钱澄之、方中通、朱鹤龄、臧庸、阎循观、汪绂、金榜、王鸣盛、丁杰、任大椿、孔广森、张惠言、孔兴燮等十七人。文达不以为然，而载被删主任人《皇经堂续集》。各人均载表字，各书均注出处。跋言官书不入、私集不取之稿，不妨收之。"（缪荃孙：《艺风堂文漫存（乙丁稿）》卷三《国史儒林文苑两传始末》，张廷银、朱玉麒主编：《缪荃孙全集·诗文》，凤凰出版社，2014，第 661 页）

④ 参见戚学民《〈钦定国史文苑传〉钞本考》，《文学遗产》2017 年第 6 期。

⑤ 缪荃孙：《艺风堂文漫存（乙丁稿）》卷三《国史儒林文苑两传始末》，《缪荃孙全集·诗文》，第 661 页。

⑥ 参见朱曦林《清史馆与清学史研究之风的形成——以缪荃孙〈清史稿·儒学、文学传〉的编纂为中心》，《汉学研究》第 37 卷第 1 期。

们研究清代作家的生平与相关文献提供了借鉴。《清史稿》有'文苑传'三卷，清代著名的诗人作家大致收入（另有些入'儒林'等传）但总体上记载过于简略，更无文学方面的研究。"① 这种看法如果仅就《清史稿》的单一文本而言，确实无可厚非，但若进入到清代文学的发展历程中，结合不同时期清廷纂修儒林、文苑传所形成的档案来看时，又使其呈现了清廷对不同时期本朝文学的态度和取向，成为具有官方色彩的文学史。尤其是有清一代的统治者，在万机余暇，无不雅好文艺，他们以极高的热情和兴趣直接参与文学批评活动，并将他们的文学趣味通过御制诗文集、钦定总集及序跋乃至诏谕、言谈，自上而下进行播散，对清代文学风气产生了举足轻重的影响，② 并在一定程度上决定了清代文学的发展走向。

事实上，清代官方即使到了统治秩序渐趋松弛的末期仍然保持着较大的威权，而官定文书也同样具有非常大的影响力，光绪年间李桓在编辑《国朝耆献类征初编》时就强调"本人又国史馆本传者均将史传首列"③，有学者就指出："当时士人常用来判断一位儒者分量的威权，是《四库全书》所收著作数量之大小，以及《四库全书总目提要》中之评论。在道光以后，《国史儒林传》中是否有传？评价如何？则至为重要。《国史儒林传》一方面是以国史馆之名义纂辑，一方面是出自当时已获学界宗主地位的大儒之手，其重要性更高。"④ 值得注意的是，有清一代士人受顾炎武"一号为文人，无足观矣"的影响，认为"文须有益于天下"，而文人"不识经术，不通古今"⑤，在他们心目中儒林传的地位要远高于文苑传，深恐先人或自己在身后被收入到《文苑传》中。如姜宸英就曾说"吾自少常恐为文苑传中人"⑥；汪喜孙则深恐其父与袁枚、蒋士铨被同列《文苑传》，希望能

---

① 参见吴承学《清代文章研究的历史与现状》，《文学遗产》2006 年第 1 期。比如《中国古代文学通论·清代卷》"附录"开列的《研究书目举要》，也并未将《清史稿·文苑传》列入其中。

② 参见吴承学、曹虹、蒋寅《一个期待关注的学术领域——明清诗文研究三人谈》（《文学遗产》1999 年第 4 期）、蒋寅《科举试诗对清代诗学的影响》（《中国社会科学》2014 年第 10 期）。

③ 李桓：《国朝耆献类征初编》卷首《述意》，清光绪十年刻本，第 6a 叶。

④ 王汎森：《权力的毛细管作用：清代的思想、学术与心态》，北京大学出版社，2022，第 506~507 页。

⑤ 顾炎武著，陈垣校注《日知录校注》卷一九，安徽大学出版社，2007，第 1097、1108 页。

⑥ 方苞：《记姜西溟遗言》，钱仪吉《碑传集》卷四七，靳斯校点，中华书局，1993，第 1315 页。

改入《儒林传》①；甚至姚莹急于将姚范的《援鹑堂笔记》出版也是缘于国史馆正在纂修儒林、文苑二传，希望能将其收入《儒林传》中。② 当然，这只是士林对儒林、文苑传内涵的不同理解，由于这些传记最终是需要经过最高统治者的认可，因而不管是儒林传还是文苑传均具有相同的权威性，这种影响力甚至到民国初年依然存在。在《清史》撰修时，一位学人能否收入到《清史》、对其评价是否公允仍然是备受士人关注的事情③，比如当时为使晚期桐城派耆宿贺涛能在《清史》立传，弟子门生联名呈文的就多达七十人，后经徐世昌等人推荐④，最终才得以宣付史馆立传。⑤ 而缪荃孙在执笔《儒学传》《文学传》时，也因忌惮时论的评骘，对纂成之稿谨慎处理，深恐被私下流传。⑥ 甚至《清史稿》在问世之后，学人中对于《儒林传》《文苑传》应收入何人，传目应如分合，何人应入儒林，何人应入文苑，也颇为重视，不乏多种评价之声。结合这些例子来看，恰如学者所观察到的那样，"一旦被宣付国史馆立传，即使传本只是贮存在国史馆内，一般人无法读到，仍然可以产生很大的权威"⑦。从这个角度来看，有清一代多次续修儒林、文苑传都是清廷对官方威权的不断延伸，而如果我们将存世的不同阶段的儒林、文苑传档案，辨析连缀，排比成册，那么无疑可以形成较为完整的清代文学发展史。

具体于清代文学而言，五四以后受西方文学观念的影响，传统文学观念发生了重大的变化，强调进化的文学史观和净化的文学史观，确立了以白话文学、平民文学为代表的新的文学观念。由此中国文学界逐渐走出传统，积极迎合现代西方文明，认为"只有诗篇、小说、戏剧，才可称为文学"⑧，而代表清代文学的则"是那些长篇的白话小说"⑨，并对清代诗文尤其是以桐

---

① 汪喜孙：《汪孟慈集》卷五《与王念孙书（二）》，《汪喜孙著作集》，杨晋龙等点校，"中央研究院"中国文哲研究所，2003，第 184 页。

② 姚莹：《东溟文集》卷二《与张阮林论家学书》，《姚莹集》，安徽教育出版社，2014，第 39~40 页。

③ 参见朱曦林《清史馆与清学史研究之风的形成——以缪荃孙〈清史稿·儒学、文学传〉的编纂为中心》，《汉学研究》第 37 卷第 1 期。

④ 贺葆真：《贺葆真日记》"1915 年 11 月 9 日"条，徐雁平整理，凤凰出版社，2014，第 316 页。

⑤ 贺葆真：《贺葆真日记》"1916 年 2 月 8 日"条，第 333 页。

⑥ 陈东辉、程惠新：《缪荃孙致吴士鉴信札考释》"十五"，《文献》2017 年第 1 期。

⑦ 参见王汎森《权力的毛细管作用：清代的思想、学术与心态》，第 530 页。

⑧ 刘大白：《中国文学史》，大江书铺，1933，第 10 页。

⑨ 刘大杰：《中国文学发展史》，商务印书馆，2015，第 1066 页。

城派、《文选》派、江西诗派为代表的传统诗文大加鞭挞，自此过去士大夫所擅长的古文、骈文、诗词等雅文学退却到了学术视野的边缘，小说、戏曲取代传统诗文成为文学正宗。① 这种偏见也在很长一段时间内影响了我们的文学史对清代文学的评价，导致清代诗文研究长期受到冷落，直到 20 世纪 80 年代尤其是进入 21 世纪以后，才逐渐从"一个期待关注的学术领域"发展成为"古代文学研究中最具活力的领域"。但如何从文学史的维度来认识清代文学仍然是学界需要面对的问题，正如有学者所观察到的那样，"尽管从理论上来讲，文学史研究的最终目的仍是要撰写文学史，但在眼下元明清近代诗文怎么入史的问题上还存在不少障碍的前提下"②，这就要求每一位清文学研究者应摆脱一隅之见和固有认知模式，在纵向的文学史运动和横向的文学史背景研究中，尽可能客观地把握清代文学的总体面貌和独特性质，并对其文学史价值作出既不背离历史语境，又富有现代学术眼光的阐释和重估。③

就上述层面而言，系统详备的儒林、文苑传档案提供了一个很好的切入点。作为乾隆中期以降，士人世界的指导性文献之一④，官修的儒林、文苑传构成了对清代文学发展脉络的系统论述，虽然钱基博认为"一代文宗往往不厕于文苑之列。……入《文苑传》者，皆不过第二流以下之文学家尔。且作传之旨，在于铺叙履历，其简略者仅以记姓名而已，于文章之兴废得失不赞一辞焉"⑤，但在存世的不同阶段档案中，文学宗主不管是在列传或是在汇传中，他们的身影却是始终贯穿于其间的连接点，比如王士禛并非收在《文苑传》之中，但纂修者充分利用其领袖地位，在行文中以其为中心连缀书写了顺康诗学史的发展图景；而蒋士铨则是官方对乾隆朝诗学史书写的重要人物，以其构成了乾隆诗学的核心。⑥ 可以说，清代文学研究与此前朝代研究的一大不同，除了丰富的存世文献外，还有其他朝代无法企及的官方档案材料。"文学史乃纪述之事，论证之事"，其职志在于

---

① 参见刘跃进《文学史的张力》（复旦大学出版社，2021，第 3~19 页），吴承学、曹虹、蒋寅《一个期待关注的学术领域——明清诗文研究三人谈》（《文学遗产》1999 年第 4 期），吴承学《明清诗文研究七十年》（《文学遗产》2019 年第 5 期）。
② 张晖：《元明清近代诗文研究的现状及其可能性》，《文学遗产》2013 年第 4 期。
③ 参见何诗海《〈文学遗产〉70 年与元明清文学研究》，《文学遗产》2024 年第 6 期。
④ 参见王汎森《权力的毛细管作用：清代的思想、学术与心态》，第 530 页。
⑤ 钱基博：《现代中国文学史》"绪论"，傅道彬点校，中国人民大学出版社，2004，第 6 页。
⑥ 参见戚学民《清史档案中的清代文史书写》，清华大学出版社，2022，第 125~161 页。

"纪实传信"①，因此当重新回到传统文学史的叙事中，借助这些存世的清代档案文献，从清代文学的实际出发，梳理清代文学史发展演进的线索，或许也可以成为进入清代文学史的一种新进路。

二

从嘉庆十五年（1810）阮元主持纂修儒林、文苑等传到民国十七年（1928）《清史稿》付印，两传的编纂一直受到时人的关注，由代表官方威权的指导性文献逐渐转变为后世对有清一代学术文化和文学成就的定评，迄于《清史稿》出版，对两传的评论依然成为一时学人的焦点。与此同时，由于儒林、文苑传所收学人之间关联密切，也往往使学人在研究讨论时无法将之割裂开来。

纵观这批存世的儒林、文苑传档案，其文献性质的转变，不仅为晚近学人的研究利用奠定了基础，同时也开创了对两传具体内容评论研究的滥觞。其中，首先为学人所关注的是《清史稿》的儒林、文苑两传。1914 年初，清史开馆后不久，参与其事者就对《清史》如何撰修进行了讨论，当中的大多数人认为，"清史为结束旧史之时，不妨依据旧史稍广其类目"，主张沿用"旧史体裁"②，因此最终采"于氏（式枚）九条为主，而参取各家所长以补之"，即据《明史》的体例而稍作变通。③ 具体于儒林、文苑两传，馆中内外也不乏具体意见，比如吴士鉴就认为，《文苑传》应以阮元所修国史馆《文苑传》为依据，"除国初诸大家外，其余以有著述卓然可传者为限，或诗，或古文家，或骈文家，或金石学家，或校勘之学家，或文选学家，必须学有专长，方可列入此传"。④ 如果说这些讨论只是在两传编纂之前的话，那么在 1928 年《清史稿》出版后，各方的评论则形成了对儒林、文苑传的首批研究。如朱师辙对其祖朱骏声被列入附传颇为不满，认为："清代小学桂、段、朱、王四大家，先祖《说文通训定声》为尤著，张文襄《书目答问》加以按语谓'此书甚便学者'，清'儒林'桂馥、段玉裁、王筠皆有正传，岂有反以最著之一人为钱大昭之附传？且先祖出钱竹

---

① 钱基博：《现代中国文学史》"绪论"，第 5 页。
② 《清史馆近闻》，《时报》1915 年 6 月 15 日。
③ 朱师辙：《清史述闻》卷一，第 3 页。
④ 吴士鉴：《陈纂修体例》，《清史述闻》卷一一，第 156~157 页。

汀先生门，以附竹汀尚不谓当，况与钱大昭素无往来，学术不相涉，而为附传可乎？"① 张尔田则批评儒林、文苑两传存在有应立传而缺漏者，有不应立传而冒滥收入者。② 傅振伦则认为两传的人物分合，颇有不妥之处："本稿儒林文苑诸传，专传附出，分铨不当。如马骕附于《儒林二·张尔岐传》，崔述附见《儒林三·雷学淇传》，杨守敬附于《文苑三·张裕钊传》，其显例也。他若王国维之入《忠义传》，章学诚之入《文苑传》，分隶亦属失当。"③ 李权虽赞许二传"出入异同，实有别具卓识者"，但指出《清史稿》二传较《清国史》"儒林自芮长恤以下二百余人，文苑自周茂兰以下三百余人，并姓名而轶之"，批评"修《清史》者乃听其湮没而不之恤，秉《春秋》责备贤者之义，其能为之讳哉"，希望"后之续修者，愿有所观览焉"。④ 王伯祥还指出两传人物的遗漏问题，称："《儒林》著录卢文弨和顾广圻，而黄丕烈、陆心源、丁丙诸人竟不一顾；《文苑》附见孙原湘和周济，而独遗诗人舒位、王昙和词人戈载。"⑤ 而时论亦有批评《文苑传》存在学者缺漏的情况，如朱筠、翁方纲在原刊本中即为漏传。⑥ 以上的这些评论虽然不是专题研究，但也为之后的研究奠定了基础。

此后在很长的一段时间内，虽然《清史稿》《清史列传》《清国史》等书相继出版，但学界对儒林、文苑两传却鲜有做专题研究者⑦，这种情况直到进入 21 世纪初才有所改观。王汎森通过对存世儒林传档案的梳理，以《国史儒林传》的成书过程及顾炎武学术地位的转变为中心，探讨了嘉庆、道光年间思想文化历史中，官方意识形态、学术、思想、社会几种力量互相交织、转变的情形。⑧ 该文虽然主要讨论《国史儒林传》，但由于儒林、文苑人物的交织，在具体探讨时也离不开对文苑传人物的梳理，不仅涉及

---

① 朱师辙：《清史述闻》卷五，第 72 页。
② 杨树达：《积微翁回忆录》（增订本），北京大学出版社，2007，第 84 页。
③ 傅振伦：《〈清史稿〉评论上》，许师慎辑《有关清史稿编印经过及各方意见汇编》下册，台北："中华民国"史料研究中心，1979，第 569 页。
④ 李权：《阅〈清史稿〉儒林文苑诸传书后》，《东方杂志》第 41 卷第 5 期，1945 年 3 月。
⑤ 王伯祥：《读〈清史稿〉述臆》，《民铎杂志》第 10 卷第 1 期，1929 年 1 月。
⑥ 朱师辙：《清史述闻》卷五，第 73 页。
⑦ 这时期代表性成果有：汪宗衍《〈清史稿·儒林、文苑传〉校记》（《中国文化研究所学报》总第 12 期，1981 年）、王锺翰《清国史馆与〈清史列传〉》（《社会科学辑刊》1982年第 3 期）等。
⑧ 王汎森：《清代儒者的全神堂——〈国史儒林传〉与道光年间顾祠祭的成立》，《"中央研究院"历史语言研究所集刊》第 79 本第 1 分册，2008 年 3 月。

到了阮元撰修儒林、文苑传时的讨论过程，也提示了不同版本的儒林、文苑传稿及其纂修档案的存在及差异。从这个层面来说，本文也开创了晚近对儒林、文苑传档案利用的滥觞。与此同时，陈鸿森对《清史列传》《清史稿》儒林、文苑传的考证，则揭示了各传文本存在的问题。①

最近十几年来，随着档案的数字化尤其网络查档的逐步开放，以清国史馆、清史馆儒林、文苑传稿及其档案为中心的研究逐步展开。虽然历次传稿在编纂时，主持其事者皆秉持"两传本无轩轾"②的态度，甚至认为："清代学术，超汉越宋。论者至欲特立'清学'之名，而文学并重，亦足于汉、唐、宋、明以外别树一宗，呜呼盛已！"③但事实上，晚近对于两传研究则是从阮元《儒林传稿》及《国史儒林传》开始的。戚学民《阮元〈儒林传稿〉研究》（生活·读书·新知三联书店，2011）通过研究阮元《儒林传稿》的编纂过程、学术记载、修订刊刻情况等，探究该书清代学术史论述成形的过程及其对晚清学术史著作的影响；马延炜《〈清国史·儒林传〉与清代学术史的建构》（湖南人民出版社，2016）在考证恢复《清国史·儒林传》纂修过程的本来面貌的基础上，通过文献的比较研究，呈现不同时代清学史文本纂修所折射出来的学术时态，并挖掘该传背后所反映的思想史、文化史等。需要指出的是，由于历次编纂的儒林、文苑传几乎是同时进行，并且两传人物在不同编次中还存在相互流转的情况，因此不管是以《儒林传》为主题的研究还是讨论《文苑传》者，二传之间的关系和变化均是在具体研究时无法回避的问题。近年来以清代档案利用为中心的研究，主要涉及了两传的版本及形成过程、清代诗文的官方认同、清代文学史书写、作家作品研究等，具体体现在以下几个方面：

第一，是对各传稿档案及其形成过程的研究。从前录夏孙桐的记载中可以知道，自嘉庆年间创编国史儒林、文苑传后，其曾经过多次续修和增补，厘清现存各档案之间的前后关系，呈现各个版本之间的演进关系是目前学界关注的主要问题。如戚学民《阮元撰二卷本〈国史儒林传〉》（《扬州文化研究论丛》2009 年第 1 期）、《论余嘉锡覆辑〈儒林传〉》（《历史研

---

① 陈鸿森：《〈清史列传·儒林传〉考证》，《传统中国研究集刊》第 3 辑，2007 年；《〈清史列传·儒林传〉续证》，《中国典籍与文化》2012 年第 1 期；《〈清史列传·文苑传〉识误》，《成大中文学报》总第 28 期，2010 年；《〈清史稿·儒林传〉举正》，《国学研究》第 25 卷，2009 年。

② 缪荃孙：《文学传序》。

③ 赵尔巽等《清史稿》卷四八四《文苑一》，中华书局，1977，第 13314 页。

究》2017 年第 2 期）、《〈钦定国史文苑传〉钞本考》（《文学遗产》2017 年第 6 期）、《桐城传人与文苑列传》（《社会科学战线》2017 年第 4 期）、《潘锡恩与〈文苑传〉清史第一次稿》（《中华文史论丛》2019 年第 4 期）等系列研究，分别讨论了阮元《儒林传稿》与《国史儒林传》的关系、余嘉锡覆辑《儒林传》第七次稿的内容和价值、清史《文苑传》第一次稿主要纂修者及其编纂情况。马延炜在前述专著中比较了《清国史·儒林传》历次纂修的文本情况（收入前著，第 55—92 页）。黄圣修《清两卷本〈国史儒林传〉考述——兼论道光二十四年以前〈儒林传〉稿本之变化》（《故宫学术季刊》第 29 卷第 4 期，2012 年）利用档案对《国史儒林传》进一步研究，指出阮元于嘉庆十七年所缴交的传稿在嘉庆十九年至二十三年期间，曾经过顾莼与曹振镛等人的删改，并以"《儒林传》三十六本"进呈御览。此后该稿又经历过数次的调整与修正，最后定稿为方俊、蔡宗茂之八卷本《儒林传》。后来八卷本又在馆员辗转传抄之下，为书肆所得。书商一方面将八卷调整为两卷，另一方面又将阮元的序抄录置于卷首，自此根源于国史馆，却又有差异的两卷本《国史儒林传》才算真正的问世。赵永磊《〈国史儒林传〉与阮元〈儒林传稿〉关系辨误》（《文献》2019 年第 2 期）则通过辨析缪荃孙《国史儒林文苑两传始末》记载的讹误，考证这两个版本的差异及变化原因。伍野春《南京图书馆藏〈儒林传稿〉版本考》（《扬州文化研究论丛》2019 年第 1 期）、《阮元〈儒林传稿〉文本源流及其演变考》、《阮元〈儒林传稿〉辑纂原则考论》（《扬州文化研究论丛》2023 年第 1 期）等，系统考察了阮元《儒林传稿》的版本、文本源流及演变、辑纂原则等问题。肖慧琛《光绪国史续修文苑传纂修考略》（《厦门大学学报》2019 年第 1 期）考证了光绪年间国史馆续修《文苑传》的情况，即夏孙桐所称第四次稿，指出这一稿展现了光绪前期对顺康雍乾嘉道咸同及光绪前期共九朝文坛正统的确定。阎昱昊《马其昶清史〈儒林传〉稿本初探》（《安徽史学》2022 第 6 期）通过对台北"故宫博物院"所藏清史馆档案中两册署有"马其昶"之名的《儒林传》稿本的考察，揭示了清史《儒林传》第七次稿的基本面貌。唐铭鸿《〈清史列传·文苑传〉与七十四卷本〈文苑传〉关系考》（未刊稿）指出刊本《清史列传·文苑传》是以清国史馆光绪二十七年（1901）至三十二年（1906）间恽毓嘉、余堃、恽毓鼎等人纂辑成形的七十四卷本《文苑传》为基础，直接采用其纂修成果刊行而成。罗婷婷《嘉道咸时期国史〈文苑传〉纂修考》（清华大学硕士学位论文，2017）考证了《文苑传》第一次稿的纂修情况。蒋亦晗《缪荃孙两稿〈文苑传〉的文献学研究》（清华大学硕士学位论文，2019）对缪荃孙光绪年间主持纂修的《文苑传》及清史馆时期纂修的《文学传》进行了详细比对分析。李思清《清史馆文人群体研究》（中华书局，2024，第 438—452 页）考察了《国史文苑传》到《清史文苑传》人物谱系的变化。

第二，是探讨清廷官方对本朝文学史的建构。历次撰修的儒林、文苑传形成了官方对本朝学术及文学成就的记载，并长期在士林中具有高度的权威性。但这种建构形成并非一蹴而就，其间在不同时期既受皇权的直接影响，也与主持编纂者的学术、文学取向密切相关。戚学民的系列研究成果，如《记载佳话：清〈钦定国史文苑传〉对诗歌史成就的书写》（收入前著，第 162—174 页）讨论了《钦定国史文苑传》对本朝诗学史成就的评价，认为官方通过写出皇帝对特定作者的赏识以标明统治者对文坛的引领作用，以比拟前代著名诗人彰显本朝诗人的水平；《昭代雅音，渔洋为宗：王士禛与清史〈文苑传〉顺康诗学史的书写》（《清华大学学报》2018 年第 2 期）、《纂述权力与诗史构图：〈蒋士铨传〉与清史〈文苑传〉对乾隆朝诗学史的书写》（《清华大学学报》2020 年第 1 期）则通过考证清史《文苑传》第一次稿的编纂，指出王士禛不仅在本体意义上是顺康诗坛领袖，也在认识论层面上对顺康诗学史的书写发挥了重要作用。而由蒋士铨弟子陈用光纂辑《蒋士铨传》，并指示其将袁枚、赵翼排除在《文苑传》之外，造成第一次稿对乾隆朝诗学史记载的残缺，则是曹振镛领导的纂修团队刻意为之的结果。《性灵派登场：论〈续文苑底稿〉对乾隆朝诗学史的续写》（《东南学术》2022 年第 6 期）则以光绪年间编纂的《续文苑底稿》为中心，讨论官方对乾隆诗学史的改写，指出《续文苑底稿》首次将袁枚和赵翼等性灵诗人立为正传，使性灵诗学成为清史《文苑传》记述的乾隆朝诗学史骨干，从而揭示了性灵诗派及乾隆朝诗学史被历史建构的历程。邓菀莛《清史〈文苑传〉对诗学史的改写——基于对钱谦益的探讨》（《社会科学家》2020 年第 8 期）通过考察刊本《清史稿》对钱谦益的改写，揭示出编纂官所展现的诗学正伪、源流之辨，认为该传的改写不仅是史官对历史的还原与纂史之改写，也寄予了易代后的诗学选择与文化坚守。唐铭鸿《清史馆新修〈文苑传〉研究——以缪荃孙〈文学传〉为中心》（清华大学博士学位论文，2024）梳理了缪荃孙《文学传》对清代文学史的建构，指出该传稿强调诗学正宗，形成了一条由钱谦益、王士禛、沈德潜构成的核心脉络，并强调张之洞、李慈铭在同光诗学中的重要性以及唐宋调和的诗学特质脉络；文章学则以桐城派、阳湖派相抗衡作为主线，并书写了一批不立宗派的古文家。

第三，是对重要流派、重要学者作家的文史书写研究。在有清一代的历史演进过程中，产生了多个重要的学术流派、文学流派，不仅在当时具有广泛的影响，在学术史、文学史上也占有重要的地位。比如常州学派，在清代学术史上被认为晚清今文经学的源头，尤其是经梁启超的谱系化后，形成了以庄存与、庄述祖、刘逢禄、宋翔凤、龚自珍、魏源、康有为为代表的晚清今文经学传承发展脉络，并广泛为此后的学人所接受。但事实上，在清廷撰修的历次《儒林传》中，常州学派并非是以西汉今文经学反对古文经学的对立流派，而归属汉学阵营的重要支脉，是十三经治学系统的有机构成。这方面戚学民《汉学主流中的庄氏学术：试析〈清史稿·儒林传〉对常州学术的记载》（《中华文史论丛》2011 年第 4 期）通过对缪荃孙所撰《儒林传》第四、第六稿及《清史稿》的考察，指出缪荃孙的记载在时间上早于梁启超等人，应是十九世纪 80 年代之前学术界对于常州学人的主流看法。《清史稿·儒林传》对常州学者的记载说明，关于常州学派的解释远非只有梁启超式的单一的诠释角度，也应该回到权威模式形成之初的语境中，联系常州学人的学术著述等原始资料，进行实事求是的研究。而对于常州文派，其《论清史〈续文苑底稿〉对常州文派的书写》（《文学评论》2021 年第 2 期）以清史《文苑传》第四次稿为中心，梳理缪荃孙在该稿中对常州文派的记载，指出由于缪氏是常州人又是汉学后劲，在《儒林传》《文苑传》中均有意提高常州的地位，因此《续文苑底稿》不仅首次提出"常州派"之名，还以张惠言和恽敬为领袖，陆继辂、董士锡和李兆洛为别支，书写了一个和桐城派相抗的文派。而同样的情况也体现在桐城派上，作为清代文学史上的重要流派，从姚鼐开始就有意识地建构其发展传衍的脉络，此后桐城派学人又通过选本、汇钞、传记等形式不断谱系化桐城派的发展史。① 在清国史和清史的记载中，参与编纂的桐城学人也在不断强化其正统地位，温馨《陈用光与清国史馆〈文苑传〉中桐城派谱系考》（《安徽史学》2022 年第 1 期）通过对陈用光入国史馆前后历史情境的考察，以《文苑传·姚鼐传》第一次稿的编纂为中心，发掘清代国史馆史传文本的形成

---

① 　参见拙文《近百年来桐城诗派研究述论》，《古代文学前沿与评论》第 3 辑，2019 年。

过程，考察姚鼐对抗汉学、力宗宋学的形象塑造和桐城派学统的书写。戚学民、唐铭鸿《论〈续文苑底稿〉对桐城派史的续写》（《安徽史学》2022年第 1 期）、《论姚永朴〈文苑列传〉对桐城派史的书写》（《安徽史学》2023 年第 4 期）分别讨论第四次稿的工作本《续文苑底稿》对桐城派续写的内涵和价值，指出该稿将"桐城派"名义正式写入国史，以官方形式进一步确认了桐城派古文正统地位；清国史馆和清史馆全宗中的姚永朴《文苑列传》虽然后来大部分未被采用，但该稿增立了戴名世、吴汝纶等传，并重纂了方东树、梅曾亮和管同传，重写了桐城派发展史。李思清则系统梳理了《清史稿》对桐城文派的记载和评价。（收入前著，第 453—483 页）

第四，是以档案为中心的学术史研究。清代官方两传的编纂虽然秉承皇权的旨意，但也同样受到一时学术风气的影响，前引王汎森的研究通过顾炎武在儒者全神堂地位的变化，很好地揭示了其中的原因。晚近两传档案的研究，在爬梳具体档案的内容之外，也逐渐走向档案的外部研究，尝试从学术史的角度厘清两传的编纂过程是当前学术研究的趋向之一。陈居渊《汉学与宋学：阮元〈国史儒林传〉考论》（《复旦大学》2011 年第 2 期）即以阮元《儒林传稿》为中心，指出该传的编纂已逾越官方著作与私家著作之间的鸿沟，是作者根据时代特定的学术文化需求所作出的新综合。它对于回应当时学术界汉宋对立的学术生态、消弭纯汉学化学术研究的极度泛化、重新确立嘉道以后新的学术导向、突破传统学术史叙述范式等方面都产生了正面而又持久的影响。黄圣修《光绪朝的〈儒林传〉纂修——以〈儒林传〉存三十二卷本为中心的讨论》（《台湾师大历史学报》第 67 期，2022 年）考证了光绪年间《儒林传》的纂修情况，指出台北"故宫博物院"所藏《儒林传》存三十二卷本，是以缪荃孙主持纂修时所完成的传稿为底本，并在此基础上经过增补部分人物、调整传目而成。同时，作者还深入到纂修的背景之中，讨论光绪朝国史馆运作与盛清时期的差异，以及外部学术政治环境对史稿纂修的影响，尤其是在纂修过程中对于体例拟定、新学科应对等问题所面临的困境与回应。他的另一篇文章《清代学术的汉宋视角转换——以马其昶〈清史儒林传稿〉为中心的讨论》（《台大历史学报》总第 70 期，2022 年）通过考察中国科学院图书馆所藏马其昶《清史儒林传稿》，指出该传稿对传目人物收录安排所做的调整，以及姚范、姚鼐与方东树等人出入《儒林》《文苑》的例子，可以看出从清中叶以迄民国初年，汉、宋两派支持者对于以正史纪传为载体的清代学术史该如何撰写，曾有过激烈的角力。该稿所呈现的清学景象，与缪荃孙稿完全不同，因此就其意义而言可谓汉宋学的视角转换。朱曦林《清史馆与清学史研究之风的形成——以缪荃孙〈清史稿·儒学、文学传〉的编纂为中心》（《汉学研究》第 37 卷第 1 期）系统梳理了缪荃孙《儒学传》《文学传》的编纂过程，以及纂修前后清史馆内外的讨论及评价，尤其是两传编纂期间编纂者关于儒林、文苑传入传人物的讨论，从两传编纂及影响的角度考察清史馆与清学史研究之风形成的关系。唐铭鸿《清史馆新修〈文苑传〉研究——以缪荃孙〈文学传〉为中心》则关注到缪荃孙在该传编纂期间，由于受到当时文学现代转型的影响，在"文学""文苑"命名之间徘徊的情形，并指出该传所代表的官方史学视角的考察，是理解清末文学现代转型的重要侧面，也是展现清末民初"文学史"观念形成与发展的重要另面。

此外，在清代戏曲小说研究方面，如么书仪《关于升平署档案》（《文学遗产》2008 年第 2 期）、陈志勇《清中叶梆子戏的宫内演出与宫外禁令——从内廷档案中的"侉戏"史料谈起》（《文艺研究》2019 年第 9 期）、郑志良《碑刻、历史档案与吴敬梓家世生平辨析》（《文学遗产》2023 年第 6 期）、朱姗《〈歧路灯〉作者李海观印江宦迹考论——以新见清代档案史料为核心》（《文学遗产》2023 年第 1 期），通过对清代档案的利用，在一定程度上也拓展了戏曲小说、作品作家研究的路径。

三

近年来学界通过对清代档案的利用尤其是儒林、文苑传档案的利用，在清代文学研究的多个领域中取得了显著的进展。但不可否认的是，相对于数量浩繁、种类繁多的清代档案来说，不管是对于档案研究本身还是通过档案利用拓展清代文学研究的广度和深度，目前只是做了初步的探索，还存在一些亟待解决的问题和值得关注的地方。就笔者管见所及，主要有以下几个方面：

第一，是厘清存世档案及各版本的形成时间次序。从上述梳理中可以看到，目前关于《儒林传》《文苑传》档案的形成及其先后次序，学界主要依靠的记载是缪荃孙《国史儒林文苑两传始末》和夏孙桐在第六次稿《儒学传》《文学传》书首的《附记》。事实上，由于夏孙桐与缪荃孙之间的至戚关系，除了夏氏直接参与清史馆编纂的情况外，此前两传版本的情况或是直接来源于缪的转述，或是借助史馆的档案记载，但所说的内容均不涉及历次编纂之间的过程稿。但随着两传档案研究的逐步深入，研究者也开始注意到在已知记载的历次档案版本之间还出现了多种不可忽视的过程稿，如阮元《儒林传稿》到坊刻两卷本《国史儒林传》之间还有进呈的"三十六卷本"、修改的八卷本；《儒林传》第七次稿在马其昶覆辑之外，还有余嘉锡的覆辑稿；坊刻《清史列传·文苑传》则是以清国史馆七十四卷本《文苑传》为底本，而该稿又是以缪荃孙《续文苑底稿》为基础；从缪荃孙《文学传》、马其昶《文苑传》到《清史稿·文苑传》刊本之间也不尽如夏孙桐所言，而是经历了复杂的变化。如何在系统爬梳儒林、文苑传各个成稿档案及过程稿基础上，确定各版本之间的关系，是下一步研究中需要考证厘清的问题。同时，从目前已有的成果来看，"《××传》第某次稿""××卷本《××传》""《国史儒林传》""《钦定国史文苑传》""《续文苑传底稿》"等表述均是研究者在对某个传稿档案进行研究时常见的命名方式，但由此也造成了研究者对各个传稿档案命名的不尽统一。事实上，能否对各个档案成稿包括各过程稿有准确的定位和命名，即是研究者能否厘清各个成稿版本及前后次序的重要标志，也是当前两传研究所需要逐步解决的问题。

第二，是对两传档案进行系统整理并形成权威整理成果。从以上所谈及的档案版本问题延伸而言，则是目前对历次《儒林传》《文苑传》档案系统整理的欠缺。虽然在两传影印出版方面已经有《续修四库全书》本《儒林传稿》、《清国史》本的三种《儒林传》及一种《文苑传》，整理出版的则有《清史稿》《清史列传》的成果，但与已知的两传档案仍然有较大的差距。其中，《清史稿》成书之后，迄今曾经有过两次较大规模的集中整理。第一次是新中国成立初期，自20世纪50年代末起，国家集合四方专家，对《二十四史》及《清史稿》的系统点校。第二次则是70、80代，台湾地区众多清史专家合作完成的《清史稿校注》。《清史稿》的两次整理，于《儒林传》《文苑传》用力重点各异。前者系具有开拓意义的创举，做了传文的分段，并施加新式标点。后者采取"以稿校稿，以卷校卷"的原则，利用存档的清史馆原稿、清国史馆历朝国史稿及相关资料，进行全面校勘，《儒林传》出有校记476条、《文苑传》出校记291条。① 近年来，对《儒林传》

---

① 参见陈祖武《清史稿儒林传校读记》，商务印书馆，2020，第2~3页。

的系统整理，则有陈祖武先生的《清史稿儒林传校读记》，该书秉持"实事求是，护惜古人"的宗旨，以中华书局点校本《清史稿》为底本，参校影印嘉业堂抄本《清国史》三种《儒林传》，对该书《儒林传》著录之近三百家传记进行整理，并逐家校读，订讹正误。同时还逐传附录点校本《清史列传》之相关传记，并进行校对。可以说该书不仅是目前关于《儒林传》整理最为精审的成果，也为接下来如何汇编整理两传做出了开拓性的探索。事实上，如果放眼前述的多种《儒林传》《文苑传》档案，学界的系统整理仍然任重而道远。由于涉及的两传档案版本繁多，仅夏孙桐提及的版本《儒林传》就有八次成稿、《文苑传》有七次成稿，各个版本两传的分合不尽相同、所收人物多寡有异，在厘清各个版本的形成次序、内容差异之后，选择哪个版本作为整理的底本，以何种形式来汇编整理，也是值得进一步探索的问题。而这种整理汇编的目的，在于能给读者和研究者提供一个经过整理、编排得宜的版本，一编在手，重要的版本异同可以一目了然，重要的学术见解亦可尽收眼底。①

第三，是重视清廷官方视域中的本朝文学史的建构。作为官方意旨的体现，清代统治者以"钦定""御定"之名通过书籍的编纂深刻影响着一代"文学"的发展。从清代文学研究的角度来看，作为士人世界的指导性文献，清廷官方编纂的《儒林传》《文苑传》与《四库全书总目》一样都具有毋庸置疑的权威性。但若就二者的研究来说，《四库全书总目》仅从诗文评经典化的角度，近二十多年来对该书的研究已经开拓出明清文学研究的新领域，有学者就指出，《四库全书总目》不仅代表了清代正宗正统的学术思想，而且基本构成了古典形态文学批评学术史的雏形，大致体现出传统诗文评研究的学术水平。同时，该书作为传统诗文评研究的集大成之作，也是现代形态文学批评史学科形成的基础。20 世纪中国文学批评史研究虽然借鉴了外来文学批评的形式，但《总目》提供的许多内容、观点及文献也为批评史家所普遍接受和充分利用，在相当长的时间内，不少中国文学批评史研究即是以此为底本和基础的。② 然而，与《总目》具有同等权威地位，同儒林传一起被视为"文学并重"的文苑传，从已有的研究成果来看，受到的重视程度与《总目》仍然有较大的距离。《总目》作为清廷官方颁布

---

① 参见刘跃进《关于〈文选〉旧注的整理问题》，《古代文学前沿与评论》第 1 辑，2018 年。
② 参见吴承学《论〈四库全书总目〉在诗文评研究史上的贡献》，《文学评论》1998 年第 6 期。

的著作，从清中叶以降已经广泛受到关注，而两传则因为未正式刊行，虽然在士林中具有颇高的影响力，却直至清末由书商刊行后才广为流传。尽管如此，从历次编纂的两传档案尤其是文苑传档案及其纂修过程中可以看到，由于国史、正史的权威地位甚至到了民国年间修《清史》时，能否进入史传都是时人及门生家属趋之若鹜的事。如何来建构清代官方的文学史叙事并非易事，既要能彰显文治盛景、润色鸿业，又要能获得士林的公论，取得舆论的支持，同时纂修者也在具体编组过程中试图呈现其文学主张，时常为人传述征引的阮元、曹振镛、翁方纲、谭宗浚、缪荃孙、吴士鉴等人的讨论无不证明了此事。《文苑传》从嘉庆末年创编到民国初年《清史稿》刊本，仅已知的成稿即有七种，其中还涉及了前述多种过程稿，历次档案稿本逐步形成了清代官方对本朝文学史的建构并不断进行调整：诗学方面从最初以钱谦益、王士祯为中心的顺康诗学，到沈德潜、蒋士铨、袁枚、赵翼在不同阶段稿中对乾嘉诗学史的续写，再到道咸以降同光诗派，呈现清代诗学的发展脉络；古文方面，则呈现从清初侯方域、魏禧、汪琬、到桐城派方苞、刘大櫆、姚鼐及阳湖派张惠言、恽敬、陆继辂等，再到清末吴汝纶、李慈铭等为主线的发展史。此外，在词学方面则对阳羡、浙西、常州等主要学者兼有记载。因此，在厘清各传稿档案版本的基础上，逐步考察清廷官方在不同时期对本朝文学史的书写、调整、续写以及对代表性学者的定位，探究其对本朝诗文词赋成就的评价，揭橥官方视域与私人记述之间的不同维度，尤其是在近代西方分科体系传入与文学革命影响之中，传统文苑传编纂的坚守与调适，也是清代文学研究中值得注意的问题。

第四，是既要进入档案之内也要观照档案之外。在关注历次传稿档案本身的问题之外，对于产生这种建构的过程也是清代文学研究所应值得关注的问题。从前述梳理中可以发现，在形成每一次传稿时，编纂者都会根据其学术旨趣和文学主张在清廷官方意识范围之内对入传人物、行文表述进行调整。如性灵派进入《续文苑底稿》的书写之中，即与负责其事的清国史馆总裁潘祖荫和纂修官缪荃孙有关，并且由于缪荃孙的关系，常州人在《儒林传》《文苑传》中的地位大幅度提高，并在《文苑传》的古文记载中特别塑造了"常州派"的名义和谱系，在诗学史记载中则出现了常州人赵翼、黄景仁在内的性灵派阵营。而桐城派在历次《文苑传》档案中均占有重要的地位，除了姚鼐自身有意建构桐城派谱系并加以宣传外，与主导第一次稿纂辑工作的桐城传人陈用光不无关系，他不仅将桐城派写入了国史《文苑传》，使桐城派的记载首次进入国史，而且使桐城派成为该稿中乾隆年间唯一的古文作家群体，从官方名义上确定了桐城派古文正统的地位，此后历次《文苑传》对古文发展脉络的叙述即是在此基础上进行续写。① 由此可见，观照档案之外是利用档案进行清代文学研究必不可少的一环。还是以文史交织的桐城派研究为例，在清代学术发展历程中，时人对于晚清学术虽然有"道咸以降之学新"的整体认识，但身历晚清民国学术变迁者，在述诸笔端梳理这一发展脉络时，亦有不同感受。然而就经典清学史著作来说，对于晚清学术的论述，从章太炎、刘师培、梁启超到稍后的钱穆、侯外庐、杨向奎等，不管对今文经学采取何种态度，却大体接受梁启超的说法皆以今文经学作为晚清学术演进和发展的主线。② 但如果跳出经典清学史著作，从桐城派的视角来看，则形成了另一种晚清学术发展的主线。如与桐城派有千丝万缕关系的徐世昌在编纂《清儒学案》时，不仅采取"揆以通天地人之谓儒"③ 的态度，"于《文苑》中人，亦加甄综"，更是认为"桐城学派为有清特起者，故须详其源流"④，甚至认为："清代文章，号为桐城、阳湖二派，证以钱鲁斯之言，则二派固自一源。望溪之于《三礼》，姬传之于《九经》，即不与婺源同科，亦何异新安正轨？"⑤ 对于晚清学术的梳理，特别强调"挺生其间"的主流是以曾国藩为代表的桐城派所倡导的"博文以约礼，信道而尊闻""以班、马之文章，发程、朱之义理"⑥。这一表述与王国维"道咸以降，乃二派之合而稍偏至者"⑦ 的认识颇为相近，只不过《清儒学案》所建构的"会通汉宋以求新"的晚清学术，是以桐城派作为内里的脉络。而这种从学术上对桐城派的认

① 参见戚学民《性灵派登场：论〈续文苑底稿〉对乾隆朝诗学史的续写》，《东南学术》2022年第6期；《清史档案中的清代文史书写》，第210页。
② 参见张勇《梁启超与晚清"今文学"运动》，北京大学出版社，2017，第14~38页。该文指出："梁著清学史的开创性地位及长于论断的特点，使得后来有关清学史的观念性讨论和个案研究，或正或反、或引申或辩驳，多以任公的相关论述为出发点；其中，有关晚清今文学的研究，更因任公以'亲历者'身份所做叙述的'权威性'，而成为后来研究的基本凭借或起点。"（第38页）需要补充的是，章太炎、刘师培对今文经学的梳理虽然不是受梁启超的清学史著作影响，但却与晚清时康有为、梁启超的政治立场有着密切的关系。
③ 夏孙桐：《观所尚斋文存》卷六《拟清儒学案凡例》，民国年间铅印本。
④ 曹秉章整理，徐世昌批示《清儒学案曹氏书札》，俞冰主编《名家书札墨迹》第12册，线装书局，2007，第161~162页。
⑤ 徐世昌：《清儒学案》"凡例"，陈祖武点校，河北人民出版社，2008，第2页。
⑥ 徐世昌：《清儒学案》"序言"，第2页。
⑦ 王国维：《观堂集林》卷二三《沈乙庵先生七十寿序》，河北教育出版社，2003，第574页。

识，在马其昶覆辑的《儒林传》第七次稿中也有鲜明的体现，在这一稿中，姚鼐、方东树均从《文苑传》被移入了《儒林传》中，由此呈现出了与此前历次传稿档案不同的清学史景象，体现了"在清代学术史中长期被忽略的一群人，他们心中学术史样貌及其自我定位的展现"。① 而这也提示我们，在利用档案研究清代文学时，不能仅仅单一的在文学史的视域中，而必须兼顾政治史、学术史等多方面的视域。

[作者单位：中国社会科学院文学研究所]

---

① 参见黄圣修《清代学术的汉宋视角转换——以马其昶〈清史儒林传稿〉为中心的讨论》，《台大历史学报》总第 70 期，2022 年。

从"断明一代"到"二百七十年各家著述"
——论《明史艺文志》收书体例的形成[*]

王宣标

内容提要　殿本《明史艺文志》收录"二百七十年各家著述"，《四库全书总目》认为其"惟载明人著述"的体例"于义为允"。这种体例袭自王鸿绪《明史稿艺文志》，并无疑议，但并非王鸿绪所创。结合对《明史艺文志》纂修中先后形成的五种官方档案的考察，可知最先成书的尤侗《明艺文志》已经采用"断明一代自足成志"的做法，然《四库全书总目》对"其例惟载有明一代著作"的批评并不平允；其后，黄虞稷依据《千顷堂书目》改编成《明史艺文志稿》，收书体例未发生变化，都是在明代著述之后附补宋辽金元史志之阙者；熊赐履进呈本在《明史艺文志稿》基础上进行删削，明确只收"有明一代"著述，后为王鸿绪所承袭。

关键词　《明史艺文志》　尤侗　黄虞稷　《千顷堂书目》

引言　《明史艺文志》的五种官方档案

为前朝胜国修史，是历代王朝表明政治统绪和文治武功的重要举措。明清鼎革，早在顺治二年即有开馆修史之命，康熙十八年又重开明史馆，然迟至乾隆四年《明史》始告完编，前后历时九十余年，为二十四史中纂

---

* 本文为国家社会科学基金项目"《千顷堂书目》整理与版本研究"（批准号23XTQ001）阶段性成果。

修耗时最久的一部。从 1679 年到 1739 年，在《明史》正式纂修过程中，《艺文志》先后经由尤侗、黄虞稷、熊赐履、王鸿绪、张廷玉等多位史官负责编纂或裁定，形成了至少五种官方档案。这些档案材料是今天研究《明史艺文志》最为重要的基础文献。

首先是尤侗《明艺文志》五卷，这是康熙十八年重开明史馆以来成书的首部《艺文志》稿本。《四库全书总目》对此稿颇多批评："所摭拾既多挂漏，又往往不载卷数及撰人姓名。其例惟载有明一代著作，而前史所载则不录……诸史之志，惟《宋史》芜杂荒谬，不足为凭，此志又出《宋志》之下。后来钦定《明史》，削侗此稿重加编定，固至允之鉴也。"① 今天看来，《四库全书总目》的评价并不平允，只是由于这部志稿流传不广，晚清以降学者大多没能得见原书，以致相关研究尚不充分，某种程度上掩盖了尤侗稿本在《艺文志》成书中的贡献。

其次是黄虞稷的《明史艺文志稿》五卷。学界基本认同《明史艺文志》是依据黄虞稷《千顷堂书目》删削而成，这种说法实际上源自《四库全书总目》："考明一代著作者，终以是书为可据，所以钦定《明史艺文志》颇采录之，略其舛驳而取其赅赡可也。"② 但实际过程要比《四库全书总目》所说复杂得多。在康熙二十年春，黄虞稷赴京入明史馆，便着手将《千顷堂书目》改编成《明史艺文志稿》，两部目录存在明显的差异，后者才是《明史艺文志》真正意义上的源头之一。遗憾的是，黄虞稷《明史艺文志稿》抄本现今只残存了史子集部的部分内容，因此相关研究还需要借助其他文献才能得以推进。

再次是国家图书馆所藏 416 卷本《明史》中的《艺文志》五卷。关于416 卷本《明史》，学者大多视为万斯同所撰，经笔者考察所得，这部《明史》实际上是康熙四十一年熊赐履的进呈本。③ 而其中的《艺文志》五卷应该是从黄虞稷《明史艺文志稿》五卷发展而来，但在收书体例上发生了变化。其后的两种文本分别是王鸿绪的《明史稿艺文志》四卷与殿本《明史艺文志》四卷，二者之间差异甚小，且后者明显是依据前者抄录而成，某种意义上可以视为同一种文本。《四库全书总目》评价殿本《明史艺文志》说："《艺文志》惟载明人著述，而前史著录者不载。其例始于宋孝王《关

---

① （清）永瑢等撰《四库全书总目》卷八七，中华书局，1965，第 746 页。

② （清）永瑢等撰《四库全书总目》卷八五，第 732 页。

③ 王宣标：《熊赐履与〈明史〉纂修》，《史学史研究》2014 年第 1 期。

中风俗传），刘知几《史通》又反复申明，于义为允。"① 对这种断代收书体例评价颇高。

从尤侗《明艺文志》到殿本《明史艺文志》，在卷首都附有总序一篇。由于殿本《明史艺文志》总序从王鸿绪《明史稿艺文志》序文发展而来，也就是说五篇序文实际上值得关注的是前四篇。比较这四篇序文，可以为研究《明史艺文志》成书中收书体例的变化提供参考。

一　尤侗《明艺文志》"断明一代"的体例

尤侗《明艺文志》五卷一直为学界所忽视，关键还是由于其书流传不广，在《四库全书总目》之后似乎少有学者得见。1933 年，李晋华列举纂修各官所拟史稿，首列尤侗三种著作，存《明史拟稿》六卷和《明史外国传》八卷，于《明史艺文志》五卷则注曰"缺"。② 1959 年，商务印书馆出版《明史艺文志补编附编》，在《出版说明》中说："起初我们本想把清尤侗的《明史艺文志》五卷，也收入本书，因为至今还未找到"。并在《明史艺文志》五卷所加注释中说："我们检过好几部康熙刻本，都在目录上挖去'明史艺文志五卷'字样，则初印本并未印入，当是后来的续刊。"③ 以致版本目录学家王重民质疑《明艺文志》是否真实存，他说："《四库全书总目》卷 87，《郑堂读书记》卷 32 都著录过尤侗的《明史艺文志》稿五卷，但据他们所记的内容我猜疑不可能是尤侗的稿子，应该是黄虞稷以后的一部稿本。"④ 有幸笔者在上海图书馆藏《西堂余集》清刻本（线普长 326128—47）中得见这部志书，据此可以验证《四库全书总目》的说法其实并不完全准确。

尤侗《明艺文志》卷首有序文一篇，用以阐述其编纂主旨，全文八百余字，据其文意可作四段。以下节录尤侗序文的最后两段以供讨论：

> 明初伐燕，首命大将军收秘书图籍……既定天下，复诏求四方遗
> 书。永乐移都北平，命修撰陈循取文渊阁书百柜，运以十艘。又遣官

---

① （清）永瑢等撰《四库全书总目》卷四六，第 416 页。
② 李晋华：《明史纂修考》，上海书店出版社，1992，第 67 页。
③ 商务印书馆编辑部：《明史艺文志补编附编》，商务印书馆，1959，第 7 页。
④ 王重民：《中国目录学史论丛》，中华书局，1984，第 224 页。

四出购买，故阁中积书近百万卷……及遭流寇之祸，而金匮石室，委弃兵燹，靡有遗者，可为一慨也。然其轶往往藏之名山，传于通邑，考其篇目，焕乎如新。盖有明诸君，皆笃好风雅，自太祖而下，御制诗文，斐然可观。而敕命儒臣修纂之书，实繁有辞。至于名公巨卿，高议岩廊之上；骚人墨客，咏歌蓬屋之下：莫不扬光蜚声，著书满家，未可更仆数也。较之汉唐，何多让焉？

经史子集，昉自荀勖，唐因之，定为例。前史兼录古今载籍，盖按内府书目而然。若明季秘书已亡，奚取子虚乌有云云者为？且断明一代自足成志，前史所录勿赘可也。其中搜罗遗佚，多失卷目，亦阙之。①

在最后一段中，尤侗解释了他不再沿袭前代史志目录"兼录古今载籍"通例的主要原因，这是由于明代末年宫廷藏书散佚严重，而可供参考的明代内府书目又多不足为凭，于是他自创新的体例，也就是所谓的"断明一代自足成志，前史所录勿赘可也"。需要注意的是，如何理解尤侗所说的"断明一代"，究竟是指只收录有明一代著者所撰的著作，还是只收有明一代存世的著作，其中包括前代史志目录未收的前人著作呢？对此有必要解读清楚。

《四库全书总目》在批评尤侗《明艺文志》时特别针对其收书体例说："其例惟载有明一代著作，而前史所载则不录，盖用刘知几之说。然如朱鉴《朱子易说》……章如愚《山堂考索》皆灼然宋人。朱公迁《诗传疏义》《四书通旨》……范梈《木天禁语》，以及周伯琦、杨允孚、李存、吴海、陈基诸集，皆灼然元人。甚至袁昂《书评》收及南齐之人，而荀悦《汉纪》、袁宏《后汉纪》为黄省曾所刻，《管子》《韩子》为赵用贤所刻，皆但有刊版之功，并无注书之事。而以为黄省曾《两汉纪》，赵用贤《管子》《韩子》。是某人所刊，即署某人，恐有明一代之书版，志不胜收矣。"②《四库全书总目》的批评，特别是"是某人所刊，即署某人"无疑是正确的，但"其例惟载有明一代著作"的说法与尤侗"断明一代"的本意是否相符尚值得商榷。

---

① （清）尤侗：《西堂余集》，上海图书馆藏清刻本。
② （清）永瑢等撰《四库全书总目》卷八五，第746页。

　　细读尤侗序文，《四库全书总目》似乎误解了尤侗的原意。序文中"且断明一代自足成志"显然是针对"前史兼录古今载籍"而言，尤侗确实是改用断代体例，但这种断代应该是指不再"兼录古今载籍"，而是只收录有明一代存世的著述。或者说，尤侗收录有明一代见诸记载的经籍，其中不再重复前史已经著录的条目，明人著作当然是他收录的主要对象，同时兼及前代史志所不载而明代又见存流传的前人著述。从某种意义上说，这种体例是其后"补史艺文志"①的先声。

　　尤侗《明艺文志》对此后《艺文志》的编纂产生了重要影响，最为直接的证据之一就是这篇序文的后两段为王鸿绪所袭用，略加改写，便是现今所见的《明史稿艺文志》卷首的序文：

　　　　明太祖定元都，大将军收图籍致南京，复购求四方遗书……定鼎于燕，诏修撰陈循取文渊阁书一部以至百部，各择其一，得百柜，连舻运京……是时，阁内贮书二万余部，近百万卷……迨贼烽犯阙，宋刻元镌荡然靡遗……是金匮石室之储无可得而考矣。若夫明御制诗文，内府镂板，而儒臣奉敕修纂之书及象魏布告之训，卷帙既夥，文藻复优，当时颁行天下。至于名公卿之论撰，骚人墨客一家之言，其工者深醇大雅，卓卓可传，即有夸多斗靡、怪奇驳杂互见乎其间，亦足以考风气之正变，辨古学之源流，识大识小，掌故备焉。把其华实，无让前徽，可不谓文运之盛欤。

　　　　经史子集，昉自荀勖，唐因之，定为例。前史兼录古今载籍，以为皆其时柱下之所有也。明季秘书已亡，则前代陈编无凭记载。第就二百七十年各家著述，斐然足成一志，爰取士大夫家藏目录，稍为厘次。凡卷数莫考、疑信未定者，宁阙而不详云。②

　　特别是最后一段，其中不少文字直接来自尤侗序文。当然，王鸿绪进行了两处重要的调整：一是将"断明一代自足成志，前史所录勿赘可也"改作"就二百七十年各家著述，斐然足成一志"，也就是明确将收书体例调整为只录有明一代著家的著述，这与其后《四库全书总目》所谓"其例惟

　①　王重民：《明史艺文志与补史艺文志的兴起》，《中国目录学史论丛》，中华书局，1984。
　②　（清）王鸿绪：《明史稿》志第七十四，清敬慎堂刻本。

载有明一代著作"之意相合。或许可以这样推测，《四库全书总目》对尤侗《明艺文志》体例的批评，受到对殿本《明史艺文志》先入为主的影响。二是将"其中搜罗遗佚，多失卷目，亦阙之"改为"凡卷数莫考、疑信未定者，宁阙而不详"，王鸿绪将此前三种文本中为数不少的只有书名而没有卷数甚至缺少著者信息的条目全部删去，这种做法孰是孰非留待学者们再做论述。

尤侗并非目录学家，让他编纂《艺文志》并非适合的人选，这可能与当时史馆"拈阄分派"的分纂方式有关，且时间仓促，导致所编纂的《艺文志》五卷出现许多纰漏，这或许才是《西堂余集》后刻本铲去《明艺文志》的重要原因。但无论如何，作为最先成书的《艺文志》稿本，在收书体例和分类上对后出文本都有不容忽视的影响。

二 《千顷堂书目》与《明史艺文志稿》的差异

此前已经有学者注意到《千顷堂书目》与《明史艺文志稿》可能存在差异。王重民就曾指出："康熙二十八年（1689）黄虞稷写定了《明史艺文志》稿，交给总裁官徐乾学……黄虞稷自己当然还保留着一份《明史艺文志》的原稿，后来用'千顷堂书目'的名称流传出来。"[1] 其说影响甚大。对此张明华提出不同意见："《千顷堂书目》是虞稷在家编的，《明史艺文志稿》是虞稷担任明史馆编纂官时编的，故《千顷堂书目》在先，是初稿，《明史艺文志稿》在后。《明史艺文志稿》的内容应比《千顷堂书目》丰富。但到底增加多少？黄虞稷作了哪些补苴和修订？二者的差异在哪里？"[2]指出二者有先后之别，且存在差异。李庆则认为："徐乾学旧稿的面目，以目前所知的材料而言，虽然是不清晰的，但它决不等于《千顷堂书目》，二者存在着相当的差别。"[3] 所谓"徐乾学旧稿"，即"黄虞稷的《明史艺文志稿》是康熙二十八年（1689）由徐乾学进呈的"，但徐乾学进呈本《明史》稿本中并无《艺文志》，因此所指就是黄虞稷据《千顷堂书目》改编而成的

---

① 王重民：《中国目录学史·后记》，载姚名达《中国目录学史》，商务印书馆，2014，第362页。
② 张明华：《黄虞稷和千顷堂书目》，国际文化出版公司，1994，第88页。
③ 李庆：《论〈明史艺文志〉与〈千顷堂书目〉之关系》，《中华文史论丛》第59辑，上海古籍出版社，1999。

《明史艺文志稿》。时至今日，以上提及的诸多问题仍未得到很好的解答。

其实早在乾隆三十八年，卢文弨已经注意到了《千顷堂书目》与《明史艺文志稿》之间的差异。在乾隆三十二年之前，卢文弨曾抄得过《千顷堂书目》一部，其来源不详。数年后，他又从吴县（现江苏苏州）朱文游处借得《明史艺文志稿》，于是利用这部《明史艺文志稿》校订此前抄得的《千顷堂书目》。三十八年校毕时，卢文弨撰写《题明史艺文志稿》以记其事。卢文弨先后得见《千顷堂书目》与《明史艺文志稿》，且亲自详细校勘，所论弥足珍贵：

> 此《志稿》传是温陵黄虞稷俞邰氏所纂辑，今以颁行《明史》校之，所分门类多有删并移易之处。史于书不甚著及无卷数者，俱削之。黄志中小注为史所采入者亦无几耳。《志稿》自南宋及辽、金、元之书，俱搜辑殆遍，此即晋、隋史志兼补五代之遗则，而今以断代为限，亦俱削之已。安得有力者将此四代书目别梓之以传，亦学者之幸也。
>
> 外间传有《千顷堂书目》，与此志大致相同，而亦间有移易，堂名"千顷"，固黄氏所以志也。然今之书，直是书贾所为。郡县志几于无所不载。别集各就其科第之年以为先后，取便于检寻耳；宗藩与宗室离而为二，俱失体裁。而小注又为钞胥任意删减，益失黄志之旧。但此《志稿》别集类于羽流、外国亦俱阙如；篇第亦间或颠倒，恐此尚有脱简。余先钞得《书目》，后从朱君文游借得此本，力不能重写，但取以校《书目》，改正不少。既毕校，遂书其前以还之。①

文字简练，却涉及卢文弨所见《明史艺文志稿》的一些基本信息，以及他对《千顷堂书目》与《明史艺文志稿》之间关系的理解。

卢文弨说："《志稿》自南宋及辽、金、元之书，俱搜辑殆遍。"说明《明史艺文志稿》与《千顷堂书目》体例相同，都是以记载明代著述为主，每类末再附以宋辽金元史志之阙者。但当时已经颁行的殿本《明史艺文志》采用断代体例，不再附录四朝著作，对此卢文弨颇为不满。卢文弨在《读史札记》中曾重申这一观点，他说："晋、隋、唐、宋之志经籍、志艺文者，皆兼载前代之书，其所不载，即可以知其亡佚矣。后世书籍倍多，亦

---

① （清）卢文弨：《抱经堂文集》卷七，中华书局，1990，第96页。

有难悉其有无者，其不能遍载也固宜。今《明史艺文志》但专载有明一代
之书。然古之为志者，不拘拘于限断而兼补前代之缺。窃以为《宋史》所
未及收，并辽、金、元之书，亦未尝不可载入也。"① 因此，卢文弨认为应
该将《明史艺文志稿》中被删去的四代书目辑录刊刻，以彰显其独特价值。
实际上，卢文弨自己在晚年完成了这项工作。②

关于《千顷堂书目》与《明史艺文志稿》之间的差异，卢文弨在文中
主要提及以下几点：一是《千顷堂书目》的史部地理类"郡县志几于无所
不载"，过于繁杂；二是《千顷堂书目》的集部别集类"各就其科第之年以
为先后"，这种排列方式是前代目录不曾出现的。颇有意味的是，《四库全
书总目》对此却称赞说："集部分八门，其别集以朝代科分为先后，无科分
者则酌附于各朝之末。视唐宋二志之糅乱，特为清晰，体例可云最善。"③
三是《千顷堂书目》集部别集类中"宗藩与宗室离而为二"，也就是说《千
顷堂书目》在集部别集类首列宗藩著作，但在朝代科分之后又列有"宗室"
之属。卢文弨认为这种一分为二的做法，有失体裁。四是"小注又为钞胥
任意删减，益失黄志之旧。"卢文弨在校订之后发现《千顷堂书目》的小注
比《明史艺文志稿》要少许多，他认为这是钞胥任意删减的结果。正是基
于上述种种不满，卢文弨斥责这部《千顷堂书目》"直是书贾所为"，应该
不是黄虞稷的原作。当然，对于《明史艺文志稿》，卢文弨同样认为存在问
题，即集部"于羽流、外国亦俱阙如；篇第亦间或颠倒"。也就是说，《千
顷堂书目》集部别集类原有"道士"之属与"外国"之属，但这部《明史
艺文志稿》中却没有，且一些分类的排列存在前后颠倒之处。因此，卢文
弨认为这部《明史艺文志稿》可能存在脱简的情况。

基于二者存在的差异，卢文弨对二者之间的关系总结说："黄俞邰有
《明史经籍志》，原稿体例较好。今《千顷堂书目》乃从此出，虽增添甚多，
而杂乱无序，是贾客之帐簿而已。我已先钞得《书目》，今难于改易，只得
将黄志细细校补，所增添小注甚多，并《书目》之所漏者，亦间有之，俱
补全矣。"④ 可见，卢文弨认为先有《明史艺文志稿》，其后书贾据以随意增

① （清）卢文弨：《读史札记》，中华书局，2010，第 196 页。
② 王宣标：《卢文弨校刻"〈明史艺文志〉二卷"考》，《版本目录学研究》第 5 辑，北京大
学出版社，2014。
③ （清）永瑢等撰：《四库全书总目》卷八五，第 732 页。
④ 《抱经学士与其弟书》，转引自吴寿旸《拜经楼藏书题跋记》，《续修四库全书》第 930 册，
第 416 页。

删而成《千顷堂书目》。

今天看来，卢文弨所论与黄虞稷依据《千顷堂书目》修订而成《明史艺文志稿》的实际情况正好相反。《千顷堂书目》中"郡县志几于无所不载"，这是《千顷堂书目》作为知见目录，黄虞稷在编纂时意欲求全的一种体现。但如此著录，可能并不符合史志体例，因此在修订成《明史艺文志稿》时，黄虞稷便将其中大量的县志删去以求简省。且《千顷堂书目》作为黄虞稷为准备修史所撰的初稿，小注并不完备；待等到进入明史馆之后，黄虞稷有了充裕的时间加以补撰，更为重要的是，史馆中丰富的明人传记文献可供他参考利用，因此《明史艺文志稿》中小注较《千顷堂书目》为多，这属于后出转精的正常现象。

尽管卢文弨关于《千顷堂书目》与《明史艺文志稿》关系的论述不足凭信，但他经过校勘，已经注意到了这两部目录虽然相近但确实存在差异，且他利用《明史艺文志稿》以校订《千顷堂书目》的工作，某种意义上保存了《明史艺文志稿》的大量信息。虽然经他校订的《千顷堂书目》未见存世，但其校记大都保存在现存诸多《千顷堂书目》抄本之中。张明华曾利用卢文弨校记以比较《千顷堂书目》与《明史艺文志稿》的异同，得出结论："《千顷堂书目》与《明史艺文志稿》应该说大部分是相同的，但由于《明史艺文志稿》是虞稷又参考了不少公私藏书及有关文献后编的，故能改正《千顷堂书目》的讹误，又增加新的内容，应该说是《千顷堂书目》的增定稿。"① 虽然论述不够充分，但这一说法是令人信服的。

目前研究《千顷堂书目》与《明史艺文志稿》关系的难点，不在于《明史艺文志稿》而在于《千顷堂书目》。虽然《明史艺文志稿》流传不广，但井上进已经证实京都大学附属图书馆所藏残本《明史艺文志》就是黄虞稷的《明史艺文志稿》②，近年来逐渐引起学界的重视，可惜此本残缺了经部和集部的后半部分。笔者已经论证，熊赐履进呈本《明史艺文志》五卷就是《明史艺文志稿》中的明代部分，而卢文弨所刻《明史艺文志》二卷即《明史艺文志稿》中的宋、辽、金、元部分，因此将这五卷与二卷缀合大致可以复原《明史艺文志稿》。而《千顷堂书目》现今虽然有众多版本存世，但其流传中递经乾嘉间众多学者如杭世骏、卢文弨、吴骞、鲍廷

---

① 张明华：《黄虞稷与千顷堂书目》，第 92 页。

② 〔日〕井上进：《〈千顷堂书目〉与〈明史艺文志〉稿》，杨永政译，《古典文献研究》第 22 辑上卷，凤凰出版社，2020。

博等的校订、增补，经他们整理过的抄本面貌各异，特别是卢文弨曾用《明史艺文志稿》校订《千顷堂书目》，从此《明史艺文志稿》文字混入《千顷堂书目》，致使《千顷堂书目》的本来面貌逐渐被遮蔽。因此，《千顷堂书目》的版本梳理还有许多工作值得深入研究。

三 从《明史艺文志稿》到熊赐履进呈本《明史艺文志》

《千顷堂书目》卷首原无序文，今存吴骞校补本却附有《明史艺文志序》一篇，未署作者。这篇序文又见于卢文弨《群书拾补》之中，明确署作"史官倪灿撰"。根据卢文弨校订《千顷堂书目》的经过可以推断，这篇序文应是他从朱文游所藏《明史艺文志稿》抄录而来，显然是倪灿为黄虞稷《明史艺文志稿》所撰。吴骞在借得卢文弨金陵新校本之后，便将这篇序文抄录在自己订补的《千顷堂书目》卷首。倪灿序文全文二千一百余字，与本文所论相关的是最后一段文字：

> 第有明一代以来，君臣崇尚文雅，列圣之著述，内府咸有开板，而一时作者，亦自彬彬。崇正学者多以濂洛为宗，尚词藻者亦以班扬为志。迨夫博雅淹通之士，著述尤夥，故其篇帙繁富，远过前人。虽不无芜蔓，然亦有可采。前代史志，皆著录古今之书，以其为中秘所藏，著一代之所有。今文渊阁之目，既不能凭，且其书仅及元季，三百年作者缺焉，此亦未足称纪载也。故特更其例，去前代之陈编，纪一朝之著述。《元史》既无艺文，宋志咸淳以后多缺，今并取二季，以补其后，而附以辽金之仅存者，萃为一编，列之四部，用传来兹。诸书既非官所簿录，多采之私家，故卷帙或有不详。要欲使名卿大夫之崇论闳议，文儒学士之勠志苦心，虽不克尽见其书，而得窥标目以著一代之盛云尔。①

倪灿在序文中对《明史艺文志稿》的收书体例进行了总结，即"去前代之陈编，纪一朝之著述"，且又"并取〔宋元〕二季，以补其后"，再"附以辽金之仅存者"，其原因大致与尤侗序文所述相近：相较于"皆著录

① （清）卢文弨：《群书拾补》，《续修四库全书》第1149册，第581册。

古今之书"的前代史志，《明史艺文志稿》"特更其例"主要是由于"今文渊阁之目，既不能凭，且其书仅及元季，三百年作者缺焉"，没有凭信的明代内府藏书目录以供参考。这也足以证明，《明史艺文志稿》虽经黄虞稷改编，但其收书体例与《千顷堂书目》一样，并未发生变化。

值得注意的是，在熊赐履进呈本《明史艺文志》五卷的卷首也附有一篇序文，题作《明史艺文志叙》，全文一千七百余字，未题撰人姓名。对校可知，这篇叙实际上就是根据倪灿序文删削而成。其中最为重要的删改是在最后一段：

> 然有明一代，君臣颇尚文雅，一时作者，亦自彬彬。正学多以濂洛为宗，词章亦以班扬为志。故其篇帙繁富，远过前人。虽不无芜蔓，然亦有可采。今并萃为一编，列之四部，用传来兹，俾观者得窥标目以著一代之盛云。①

熊赐履进呈本的最大改动，是删去了倪灿序中"元史既无艺文，宋志咸淳以后多缺，今并取二季，以补其后，而附以辽金之仅存者，萃为一编"，而改为只收"有明一代"著述，不再补录宋辽金元史志之阙。这是对收书体例的重大调整，这种调整直接影响到了其后王鸿绪《明史稿艺文志》采取"第就二百七十年各家著述，斐然足成一志"的做法。

熊赐履进呈本的调整是否更加符合史志目录的编纂，抑或是目录学史上的某种倒退，尚有待论断，但这部《明史艺文志》五卷随后遭到目录学者的批评，曾经亲自订补过《千顷堂书目》的杭世骏便首先发难。杭世骏所撰《黄氏书录序》中说："江宁黄俞邰氏，搜辑有明一代作者，详述其爵里，门分类聚，比于唐宋《艺文志》之例。予披览粗竟，窃叹俞邰用力之勤，而悲其志之不得试也……观俞邰所排比，自南宋以迄元末，皆以灿然大备，盖其志直以《中经新簿》之责为己任，为有明二百七十载王、阮。惜乎，其不得与于馆阁之职也……暨居京师，句甬全孝廉复携五册见示，皆从史馆录出，只有明人而缺南宋以后诸公，盖为《明史》起见，固未知俞邰网罗四代之苦心矣。"② 杭世骏提到他在京师时曾看到过全祖望带来的

---

① （清）万斯同：《明史》，《续修四库全书》第 326 册，第 246 页。

② （清）杭世骏：《道古堂文集》，《续修四库全书》第 1426 册，第 259 页。

一种五册本志稿，这种志稿最为重要的特征就是"只有明人而缺南宋以后诸公"，可见杭世骏所见者正是熊赐履进呈本《明史艺文志》五卷，除了收书体例相同之外，五卷与五册之数也正好相合。杭世骏批评说这部志稿删去补宋金辽元部分，实际上是"未知俞邰网罗四代之苦心"。

杭世骏其后购得曝书亭本《千顷堂书目》，在他完成抄补工作之后撰写了一篇跋文："右《千顷堂书目》，金陵黄俞邰所辑。俞邰征修《明史》，为此书以备《艺文志》采用。横云山人删去宋辽金元四朝，取其中十之六七为史志。史馆重修，仍而不改，失俞邰初志矣。元修三史，独阙《艺文》，全在《明史》网罗，如后汉、晋、五代不列此志，《隋书》特补其阙，不必定在一朝也。"① 杭世骏误以为删去宋辽金元四朝部分的是王鸿绪，批评他"失俞邰初志"。前文已经说明，真正删去黄虞稷《明史艺文志稿》中宋辽金元四朝部分的是熊赐履进呈本，王鸿绪只是承袭了这种做法而已。

综合以上相关档案的对比分析，可以对《明史艺文志》收书体例的形成过程进行总结：康熙十八年重开明史馆以来首部成书的是尤侗《明艺文志》五卷，鉴于当时的实际情况，尤侗采用"断明一代自足成志，前史所录勿赘可也"的体例，这与《四库全书总目》"其例惟载有明一代著作，而前史所载则不录"的批评存在一定出入。其后，黄虞稷根据此前所撰《千顷堂书目》改编成《明史艺文志稿》，但二者体例并未发生变化，都采用"纪一朝之著述"且"并取〔宋元〕二季，以补其后"，再"附以辽金之仅存者"的做法。熊赐履进呈本则在《明史艺文志稿》的基础上，改为只收"有明一代"著述，不再补录宋辽金元之阙；这种体例为王鸿绪所沿袭，也就是"第就二百七十年各家著述，斐然足成一志"，最终殿本《明史艺文志》改作"故今第就二百七十年各家著述，稍为厘次，勒成一志"，也就是《四库全书总目》所说的"惟载明人著述"。

〔作者单位：三明学院文化传播学院〕

---

① （清）黄虞稷：《千顷堂书目》，上海古籍出版社，2001，第797页。

征稿启事

  《古代文学前沿与评论》是由中国社会科学院"登峰战略"古代文学优势学科主办，旨在反映中国古代文学研究状况及其前沿动态的专业学术刊物，每年拟出版两期，于6月、12月出刊。设有特稿、笔谈、书评、访谈、专题评论、前沿综述、会议纪要、项目动态、论点汇编、新资料、特藏文献等栏目。现特向海内外学界同仁约稿，恳请惠赐佳作。

  来稿须知：

  1. 须为原创和首发的作品，请勿一稿多投。

  2. 来稿请附内容提要（300字以内）、关键词及英文标题；本刊采用页下注形式，注释格式参照《文学遗产》。

  3. 稿件请附作者简介及联系方式。

  4. 来稿一律采用匿名评审，一经选用，即会通过电话或电子邮件告知。正式刊印后，赠送样刊两本，并一次性奉付薄酬（其中包含电子版著作权使用费）。两个月内未收到回复者，稿件可自行处理。

  5. 经《古代文学前沿与评论》刊出的稿件，本刊拥有长期专有使用权。作者如需将本刊所发文章收入其他公开出版物中，须事先征得本刊同意，并详细注明该文在本刊的原载卷次。

  6. 来稿请寄至北京市东城区建国门内大街5号中国社会科学院文学研究所古代室《古代文学前沿与评论》编辑部，邮编：100732。或通过电子邮件寄至：qyypltg@163.com。联系电话：010—85195462。

中国社会科学院"登峰战略"古代文学优势学科

Contribution Invited

Frontiers and Reviews of Classical Chinese Literary Study (《古代文学前沿与评论》) is a professional academic journal sponsored by the superior discipline of ancient Chinese Literature, Institute of literature, Chinese Academy of Social Sciences. Published twice a year, in June and December respectively, the Journal devotes to presentrecently research situation of ancient Chinese literature and its dynamic frontiers, setting up various columns such as "Featured Articles", "Informal Discussion", "Book Review", "Scholar Interview", "Special Topic", "Frontiers Review", "Conference Minutes", "Project Trends", "Arguments Collection", "New Findings", and "Special Collection of Materials". Contributions from academic colleagues at home and abroad are sincerely welcomed and appreciated.

Notices for Contributors:

1. The contribution should be original and unpublished, multi-submission is unacceptable.

2. The contribution should contain Abstract (within 300 words), Keywords and English Title; footnote format is in line with *Literary Heritage* (《文学遗产》).

3. The contribution should contain contributor's personal information and contact details.

4. The contribution will be reviewed anonymously. Once accepted, the contributor will be informed by phone or email. After the official publication, the contributor will receive two copies and a one-time payment (including the copyright royalty for the electronic version). If no response within two months, the contribution is at contributor's disposal.

5. The Journal has the long-term exclusive right to use its contributions. Only with the Journal's permission, the contributor has the right to republish it in other publications, and when do so, he/she should clarify its original provenance.

6. The contribution can be mail to 北京市东城区建国门内大街 5 号中国社会科学院文学研究所古代室《古代文学前沿与评论》编辑部, Postcode: 100732; or email to qyypltg@ 163. com, Tel: 010-85195462.

The Superior Discipline of Ancient Chinese Literature,

Institute of literature, Chinese Academy of Social Sciences

图书在版编目（CIP）数据

古代文学前沿与评论. 第十一辑／中国社会科学院
"登峰战略"古代文学优势学科编；刘宁主编. --北京：
社会科学文献出版社，2025.6. --ISBN 978-7-5228
-4993-5

Ⅰ.I206.2

中国国家版本馆 CIP 数据核字第 2025NH1500 号

古代文学前沿与评论（第十一辑）

编　　者／中国社会科学院"登峰战略"古代文学优势学科
主　　编／刘　宁

出 版 人／冀祥德
责任编辑／王霄蛟
责任印制／岳　阳

出　　版／社会科学文献出版社·人文分社（010）59367215
　　　　　地址：北京市北三环中路甲 29 号院华龙大厦　邮编：100029
　　　　　网址：www.ssap.com.cn
发　　行／社会科学文献出版社（010）59367028
印　　装／三河市东方印刷有限公司

规　　格／开　本：787mm×1092mm　1/16
　　　　　印　张：22.25　字　数：369 千字
版　　次／2025 年 6 月第 1 版　2025 年 6 月第 1 次印刷
书　　号／ISBN 978-7-5228-4993-5
定　　价／98.00 元

读者服务电话：4008918866